LESLIE
LAFOY

Un héritage compromettant

Traduit de l'américain
par Catherine Algarra

J'AI LU

Titre original
THE PERFECT SEDUCTION

St. Martin's Paperbacks Edition, New York

Prologue

L'air chaud et lourd vibrait de l'incessant bourdonnement des insectes. La véranda n'offrait qu'un refuge médiocre contre la touffeur ambiante. Une goutte de transpiration roula le long du dos de Seraphina Treadwell tandis qu'elle contemplait les deux pièces posées au creux de sa main. Son autre main se crispa sur le carton à dessins coincé sous son bras. Elle leva la tête et, avec un sourire forcé, croisa le regard de sa cliente.

— Nous étions d'accord pour cinq livres sterling, dit-elle le plus poliment possible.

— C'est vrai, concéda Cora Matthews en esquissant une moue de mépris. Toutefois, dans l'intervalle, lord Matthews m'a fait remarquer que vous n'aviez ni diplôme ni recommandation. Par conséquent, vous devrez vous contenter de la somme que je veux bien vous verser. J'ai décidé que deux livres étaient largement suffisantes pour ce genre de travail.

Le titre de noblesse que s'arrogeait lord Matthews était usurpé, comme nul ne l'ignorait à Belize. Le cœur battant, Seraphina fit une deuxième tentative pour obtenir son dû.

— Nous étions convenues…

— Ce Seraphina deux livres ou rien, madame Treadwell. Étant donné les circonstances dans lesquelles vous…

Seraphina s'empressa de couper court à ce discours hypocrite.

— Je suis parfaitement consciente des circonstances, dit-elle en faisant glisser les deux pièces dans son sac.

« Comme je suis consciente d'un grand nombre de choses, ajouta-t-elle silencieusement en ouvrant le carton à dessins. Notamment que vous préférez voir des petites filles mourir de faim et aller nu-pieds, plutôt que de tenir parole. »

Elle sortit avec précaution un dessin au pastel et l'orienta de façon que son interlocutrice puisse l'examiner.

— Voici votre commande. Un tableau de votre maison, avec tous les… embellissements que vous avez demandés. Ce travail vous satisfait-il, lady Matthews ?

L'espace d'un instant, elle vit les yeux de la femme pétiller de satisfaction. Puis le masque dédaigneux reprit sa place.

— Il faudra bien que je m'en contente, n'est-ce pas ? Puisque vous êtes la seule artiste de la colonie.

Seraphina sourit.

— La seule, en effet.

D'un geste sec, elle déchira la feuille en deux, sous les yeux effarés de Cora Matthews. Lui en tendant l'un des morceaux, elle ajouta :

— Vous avez payé la moitié du travail. Quand vous serez décidée à payer l'autre moitié, faites-moi signe.

Muette de rage et de stupeur, la femme la regarda refermer son carton à dessins.

— Je vous souhaite une bonne journée, madame Matthews.

Pivotant sur ses talons, Seraphina souleva légèrement les plis de sa jupe et descendit d'un pas digne les marches de la véranda.

Elle avait déjà parcouru une grande partie de l'allée écrasée de soleil, lorsque Cora Matthews recouvra ses esprits. Souriant tranquillement, Seraphina ignora ses insultes. Cora Matthews ne pouvait rien contre elle. Elles se trouvaient au bout du monde. De fait, songea-t-elle en soulevant sa jupe un peu plus haut pour enjamber une flaque de boue, Belize City était au beau milieu de nulle part. Ce n'était qu'un bout de terre plate, sur la côte infestée de moustiques du golfe du Mexique. L'endroit n'était revendiqué par aucune nation et n'avait même pas le statut de pays indépendant. Il n'y avait pas de gouvernement, pas de police et pas le moindre semblant de culture locale. Belize City se contentait d'exister et de subsister, en bordure de la jungle.

La plupart des gens ne choisissaient pas de venir s'installer ici. Les hasards de la vie les déposaient sur le rivage et les y abandonnaient. Seraphina pouvait compter sur les doigts d'une main le nombre de personnes de sa connaissance qui avaient choisi Belize comme lieu de destination. Sur les cinq, l'un avait eu assez de présence d'esprit pour repartir dès le mois suivant. Deux autres – ses parents – reposaient dans le cimetière local. Deux autres encore, Arthur et Mary Reeves, les avaient quittés pour aller explorer les vestiges d'anciennes civilisations. Leur absence était censée durer deux semaines, mais cela faisait maintenant six mois qu'ils n'avaient pas donné signe de vie.

Dieu leur vienne en aide, où qu'ils se trouvent. Leur maison tenait toujours debout et leurs filles se portaient bien. Du moins, aussi bien que pouvaient se porter trois fillettes dont les parents avaient disparu. Toutefois, un problème était devenu crucial : celui de l'argent. Les réserves financières laissées par les Reeves étaient épuisées depuis un mois et demi.

Seraphina soupira. Elle comptait sur la somme que lui devait Cora Matthews pour acheter de quoi dîner et procurer à l'aînée des fillettes la paire de chaussures dont elle avait un besoin urgent.

La rapacité de cette femme allait l'obliger à renoncer à ce dernier achat. Les deux pièces qui s'entrechoquaient dans son réticule suffiraient tout juste à les aider à survivre pendant encore une semaine. Ensuite... ensuite, elle ne devrait plus compter que sur la Providence. Seule une intervention divine pouvait lui offrir une chance de sortir les petites Reeves de cet endroit hideux.

Partir... Songeuse, Seraphina s'immobilisa au beau milieu de la route boueuse. Par-delà les maisons délabrées qui constituaient le centre de Belize City, on apercevait un deux-mâts arrimé dans la baie. Le navire avait dû jeter l'ancre pendant la nuit et de petites embarcations transportaient l'équipage à terre. Loin au-dessus de l'horizon de gros nuages gris s'accumulaient.

Il était totalement inutile de posséder une montre à Belize. Chacun ici savait que la pluie arrivait ponctuellement à 2 heures de l'après-midi. Et bien que les ennuis soient plus difficiles à prévoir que le mauvais temps, il suffisait de savoir qu'ils s'abattaient sur le village à une cadence encore plus accélérée que les orages. Il fallait absolument qu'elle rentre retrouver les filles avant que le capitaine n'ait donné quartier libre à ses hommes, et que ces derniers n'aient transformé Belize en une réplique de Sodome et Gomorrhe.

Mais avant, elle devait se rendre chez Marta de Leon. D'un pas décidé, Seraphina se dirigea vers la tente piquée de rouille de Marta devant laquelle des poulets picoraient. Celle-ci accepterait de lui donner quelques provisions en échange des deux livres sterling et ne ferait même pas allusion aux dix livres qu'elle lui devait déjà. Les autres marchands ne se montreraient pas aussi généreux.

— Bonjour, madame Treadwell.

Seraphina tressaillit en entendant la voix familière et se retourna promptement. Elle n'aimait pas savoir Milton Hopkins derrière elle.

— J'ai une lettre pour vous.

Il tira la missive de la poche de sa salopette crasseuse et s'approcha – beaucoup trop près – pour la lui tendre.

— Pour moi ?

Seraphina s'en empara en hâte et fit un pas en arrière, rétablissant entre eux une distance respectable.

— Ben, en réalité, elle est pour M. Reeves, précisa Hopkins.

Il sourit, exhibant une mâchoire édentée, et poursuivit de sa voix sifflante :

— Mais vu qu'il est pas là et que sa dame et lui vous ont confié les filles, j'ai pensé qu'il valait mieux vous la donner.

— Merci, répliqua Seraphina en examinant la lettre.

Elle était en effet adressée à Arthur Reeves. L'écriture était ferme, sans la moindre fioriture inutile. C'était visiblement une main déterminée qui avait tracé ces caractères forts et précis. Une main d'homme, selon toute vraisemblance.

— Ça vient de Londres, ajouta Hopkins. En Angleterre.

— Je vois, en effet.

— Le courrier est arrivé, il y a deux heures. J'allais l'apporter chez vous après déjeuner, mais puisque vous êtes là et que la maison est passablement éloignée du village…

Seraphina parvint à esquisser un sourire poli et recula de quelques pas.

— Je suis contente de vous avoir épargné cette peine. J'apprécie votre conscience professionnelle, monsieur

Hopkins. Je mettrai ce courrier en lieu sûr, jusqu'au retour de M. Reeves.

— Vous avez eu des nouvelles de votre mari ?

Elle se figea et, le cœur battant, scruta le visage buriné de son interlocuteur. Savait-il quelque chose qu'elle ignorait ?

— Pas depuis qu'il est parti dans la jungle avec les Reeves, dit-elle avec circonspection. Et... vous ? Avez-vous eu vent de quelque chose ?

— Rien de rien.

Un immense soulagement la submergea. Puis, se rappelant soudain qu'elle était censée s'inquiéter du sort de son époux, elle se redressa et s'efforça d'afficher une expression où se mêlaient la déception et une digne résolution.

— Ne perdez pas espoir, madame Treadwell. C'est pas la première fois que des gens s'aventurent dans la jungle et en reviennent indemnes. Si un gars est capable de s'en sortir, c'est bien Gerald Treadwell.

Seraphina fut parcourue d'un frémissement glacé.

— Je prie chaque soir pour qu'un miracle se produise, répondit-elle d'une voix crispée.

— Pour ce qui est des Reeves, il y a vraiment qu'un miracle qui pourrait les ramener ici ! À votre place, j'y compterais pas trop, madame Treadwell. Six mois...

L'homme secoua la tête et ajouta :

— Il ne doit même rien rester de leurs squelettes, à l'heure qu'il est.

Seraphina étouffa un petit cri et fit de son mieux pour ravaler la colère qu'elle sentait monter en elle.

— Dire que vous aviez presque réussi à me remonter le moral ! lâcha-t-elle d'un ton sec.

Mais Hopkins était insensible aux sarcasmes. Il secoua de nouveau la tête, lorgnant sans vergogne sur le décolleté de la jeune femme.

— Tôt ou tard, faudra bien regarder la réalité en face, madame Treadwell. Il y a toutes les chances pour que vous ne soyez pas veuve, mais, en revanche, ces petites sont bel et bien orphelines. C'est aussi simple que ça. Vous devriez vous occuper d'assurer leur avenir. Mlle Amanda sera bientôt en âge de se marier.

Seraphina demeura bouche bée. En âge de se marier ? L'aînée des fillettes venait tout juste d'avoir neuf ans !

— Mais au fait, poursuivit Hopkins en balayant du regard le groupe de maisonnettes qui constituaient le village, je la vois jamais se promener par ici, Mlle Amanda.

Et il gèlerait à Belize avant que cela se produise, se promit Seraphina en son for intérieur.

— Elle est restée à la maison pour aider ses sœurs à faire leurs devoirs de mathématiques et de géographie.

Puis, craignant que l'homme n'ait quelque idée fâcheuse, elle s'empressa de préciser :

— Je vais d'ailleurs les retrouver de ce pas.

Hopkins cracha sur le sol, juste entre les pieds de Seraphina qui fit un bond en arrière en poussant une exclamation de dégoût.

— Vous devriez l'emmener plus souvent en ville, vous savez. Les filles de son âge ont besoin de sortir du cercle familial. Mon Isabelle s'entendrait bien avec Mlle Amanda, surtout qu'elles sont à peu près du même âge. À un an près, pas vrai ?

Trois ans en réalité, songea Seraphina. Mais en matière d'expérience un univers les séparait. Et tant qu'elle aurait un souffle de vie, elle veillerait à ce que cela ne change pas. La jeune épouse de Milton Hopkins était âgée de douze ans à peine, et aucune femme, quel que soit son âge, ne méritait de subir ce que cette pauvre créature endurait quotidiennement.

— Je connais un gentleman, au Guatemala, qui serait sans doute intéressé par une jeune fille aussi belle et délicate que Mlle Amanda.

Seraphina fit mine de ne pas avoir entendu. Elle ignora également le regard appuyé d'Hopkins sur ses hanches. Quel individu répugnant ! Son poing se serra involontairement, et elle dut faire appel à toute sa volonté pour ne pas le gifler. Seigneur ! Il devait bien exister un moyen de fuir cet endroit de cauchemar avec les fillettes ! Mais il fallait d'abord qu'elle trouve un prétexte pour échapper à Milton Hopkins. Et peu lui importait de paraître mal élevée. L'homme lui inspirait une telle répulsion qu'elle en avait la chair de poule.

— Il faut que je vous laisse, monsieur Hopkins, les filles m'attendent pour déjeuner. Merci pour la lettre.

Elle pivota sur ses talons et s'éloigna sans jeter un coup d'œil derrière elle. C'était préférable, car l'individu avait le don de réveiller ses pires instincts. Si elle le frappait au visage, comme elle en mourait d'envie, il perdrait probablement le peu de dents qui lui restaient et finirait par mourir de faim. Non seulement elle se sentirait coupable toute sa vie, mais les ragots iraient bon train. *Savez-vous ce qu'a fait Seraphina Miller-Treadwell ?* Sa réputation, déjà bien mal en point, en souffrirait terriblement. Et tout ça à cause de Milton Hopkins ? Non, décidément, cela n'en valait pas la peine.

Les poulets de Marta, pauvres bêtes déplumées et d'une maigreur pathétique, s'éparpillèrent en caquetant de frayeur à son approche. Ils allèrent gratter le sol un peu plus loin et le silence retomba, si bien que les échos d'une conversation parvinrent aux oreilles de la jeune femme.

Hésitante, Seraphina s'immobilisa devant la tente. Devait-elle attendre que Marta en ait fini avec sa cliente, ou bien signaler sa présence en tapant sur le moule à tarte suspendu à l'entrée en guise de carillon ? Les habitants de Belize étaient très attachés aux bonnes manières. Jetant un coup d'œil au rivage, elle vit les canots approcher. Il ne lui restait plus beaucoup de temps.

Elle tendit l'oreille et saisit quelques paroles indiquant que l'entrevue touchait à sa fin. Elle pouvait donc se permettre d'attendre poliment son tour, décida-t-elle en résistant à l'envie de s'essuyer le front du revers de la manche. Ses yeux se posèrent alors sur la lettre froissée qu'elle serrait entre ses doigts. Il lui fallut un moment pour réussir à coincer son carton à dessins sous un bras afin de tenir la missive à deux mains.

Elle en lissa le papier et réexamina attentivement l'écriture ferme. *Arthur William Albert Reeves. Belize.* De toute évidence, l'expéditeur ignorait qu'Arthur avait disparu. Ce qui l'embarrassait fort quant à la conduite à tenir. Que devait-elle faire de cette lettre ? Seraphina soupira ; elle se serait bien passée d'avoir à prendre une telle décision. Pourtant, elle n'avait pas le choix. On portait toutes sortes de fardeaux pour rendre service à ses amis, n'est-ce pas ?

La solution la plus simple consisterait à ranger cette missive dans la boîte où se trouvaient les documents qu'Arthur lui avait confiés avant son départ. Mais alors, elle prendrait le risque de rester dans l'ignorance d'affaires importantes, qui demandaient peut-être à être traitées rapidement ? Quant au genre d'affaires dont il pouvait s'agir, elle n'en avait pas la moindre idée.

Ce qu'elle savait, en revanche, c'était qu'au cours des trois années que les Reeves avaient passées à

Belize, Arthur n'avait reçu aucune correspondance. Le courrier arrivait si rarement qu'après le passage d'un navire chacun dans le village savait ce que son voisin avait reçu. Le seul fait que cette missive soit parvenue jusqu'ici impliquait qu'elle était importante. Par conséquent, il était de son devoir de prendre connaissance du contenu. Arthur et Mary lui avaient confié la responsabilité de leur maison, de leurs enfants et de leur argent… Elle devait donc être habilitée à traiter aussi leur courrier.

Naturellement, rien dans l'aspect de la lettre ne suggérait qu'elle contenait des documents d'affaires ou officiels. Il s'agissait peut-être d'une correspondance d'ordre strictement personnel. Dans ce cas, le fait de l'ouvrir et de la lire constituait une grave offense à la vie privée d'Arthur.

« Cesse de tergiverser, se morigéna-t-elle. Ouvre cette enveloppe, qu'on en finisse. »

Elle rompit le cachet de cire d'une main nerveuse et déplia la lettre. Deux billets de cent livres un peu froissés s'en échappèrent et tombèrent à ses pieds, dans une flaque de boue. Le cœur battant, la gorge nouée, Seraphina se pencha pour les ramasser, lâchant du même coup son carton à dessins.

Voilà qui allait les sauver de la ruine et du désespoir…

1

Londres, 1860

Selon son habitude, Perceval avait agi sans aucune considération pour son entourage. Pourquoi diable avait-il fallu qu'il se noie dans son bol de porridge ? Encore une de ses lubies d'excentrique. Quant à Arthur, il prenait tout son temps. Pas pressé d'endosser ses responsabilités ! Vraiment, en tant que frères, ces deux-là étaient lamentables. Et le fait qu'ils ne soient que ses demi-frères ne changeait rien à l'affaire. À eux deux, ils avaient encore une fois réussi à exacerber sa rancœur.

— Encore plongé dans de sombres pensées, Carden ?

Sans lever les yeux de sa tasse de thé, ce dernier répondit en toute franchise :

— Pas plus que d'habitude, Aiden.

Barrett Stanbridge se pencha par-dessus la table pour prendre une troisième tranche de pain grillé et demanda :

— Les inquiétudes habituelles au sujet de l'état de l'Empire, ou sur le fait que plus personne ne se soucie de construire des voies de chemin de fer en Angleterre ?

Étalant une généreuse portion de beurre sur son pain, il ajouta :

— À moins que tu ne rumines les commentaires plutôt désagréables de lady Caruthers sur les plans que tu lui as soumis pour sa nouvelle serre ?

— Je m'apprêtais à aborder tous ces sujets-là, admit Carden, en se demandant si midi était une heure décente pour commencer à boire. Et je ne perdrais pas mon temps à dessiner des serres pour de stupides vieilles dames si le Parlement consentait enfin à voter une loi pour réglementer l'écartement des rails de chemin de fer !

— Très juste, répliqua Aiden Terrell qui posa sa tasse vide avant de s'emparer d'un gâteau à la cerise.

Barrett hocha la tête pour signifier qu'il était d'accord, et se servit une pleine cuillère de confiture de fraises.

— J'en conclus donc que ces sombres pensées sont dues au fait de devoir endurer les privilèges d'un pair du royaume jusqu'à ce que ton frère revienne de Dieu sait où ?

— Arthur est à Belize. Et les privilèges dont bénéficie un pair sont loin de compenser l'ennui lié à la fonction, rétorqua Carden sèchement.

Il avala son thé d'un trait et reposa sa tasse d'un geste vif, la faisant tinter contre la soucoupe de porcelaine.

— Nous sommes bien obligés de te croire sur parole, fit Barrett avec un sourire narquois. Puisque aucun de nous deux n'accédera jamais à ce rang. Ce qui d'ailleurs nous oblige à nous demander pourquoi tu consens tout de même à nous honorer de ton amitié.

— La raison en est fort simple : vous avez le vin gai et vous ne savez pas tricher aux cartes.

Aiden éclata de rire et se resservit du thé.

— Sans compter que nous avons l'amabilité de te débarrasser des femmes qui t'encombrent !

Carden tressaillit et haussa les sourcils. Allons, bon ! Il avait complètement oublié... Loin des yeux, loin du cœur !

Comme il fallait s'y attendre, Barrett cessa un instant de beurrer son toast et parcourut ostensiblement le salon du regard.

— En parlant de femme, mon vieux… Où est donc l'adorable créature avec laquelle tu as quitté Covent Garden, hier soir ? L'aurais-tu cachée sous la table ?

Cette suggestion fit surgir dans l'esprit de Carden une image particulièrement érotique. Il la chassa en hâte, légèrement mal à l'aise, et ramena sur lui les pans de sa robe de chambre en soie.

— Selon toute vraisemblance, elle devrait se trouver dans mon lit. Mais j'avoue que je n'ai pas vérifié récemment.

— La matinée est bien avancée, fit observer Barrett en mordant à belles dents dans sa tartine.

— Mais la nuit a été longue, répliqua Carden en souriant, conscient qu'on attendait de lui qu'il fasse ce genre de remarque.

Il fallait bien distraire ses amis. Et ces derniers étant de vrais gentlemen, ils ne le presseraient pas de questions pour avoir des détails sur la façon dont il avait passé la nuit avec cette femme.

Versant un peu de crème dans sa deuxième tasse de thé, Aiden demanda :

— Faut-il interpréter cela comme un signe que celle-ci risque de s'attarder ici plus longtemps que les précédentes ?

La question, peu subtile et pour le moins prévisible, arracha un sourire à Carden.

— Non. Et non. Si la demoiselle vous intéresse, vous pouvez tirer à la courte paille pour décider qui l'aura !

— Aiden t'a débarrassé de la dernière, lui rappela Barrett. C'est mon tour. Comment s'appelle-t-elle ?

— Jenine. À moins que ça ne soit Joan, répondit Carden avec désinvolture. Enfin, quelque chose comme ça. Nous n'avons pas eu de vraie conversation.

Barrett hocha la tête d'un air entendu. Puis, étrécissant les yeux, il jeta un coup d'œil vers la double porte qui ouvrait sur le grand hall.

— Tu n'as pas encore engagé de nouvelle femme de charge ?

Désarçonné par ce brusque changement de sujet, Carden lança à Aiden un regard interrogateur. Celui-ci se contenta de hausser les épaules.

— Barrett, fit Carden en soupirant, explique-moi ce que la femme de charge a à voir avec la jeune personne qui se trouve probablement encore dans mon lit ?

Barrett reposa sa tranche de pain grillé et s'essuya les doigts.

— Je pensais qu'elle attendait peut-être qu'on lui monte son petit-déjeuner. Il me semble qu'elle serait reconnaissante que quelqu'un pense à elle. Et puisqu'il n'y a pas de gouvernante pour se charger de cette corvée…

Il croisa le regard de son hôte et lui adressa un clin d'œil de connivence.

Comprenant où son ami voulait en venir, Carden s'adossa à sa chaise. C'était le petit jeu habituel.

— Il n'y a pas de femme de charge dans cette maison. L'annonce que j'ai envoyée au *Times* pour en recruter une doit paraître aujourd'hui même. Je suppose que d'ici une heure, ces dames feront la queue devant ma porte.

— Tu devrais peut-être t'habiller pour les recevoir, non ? fit remarquer Aiden.

Il observa son ami de la tête aux pieds, haussa les sourcils et ajouta, narquois :

— À moins que tu ne décides d'engager la candidate qui sera le moins troublée par ton manque total d'inhibition ?

— C'est une idée ! s'exclama Barrett qui se leva et entreprit de préparer un plateau.

— Et même une idée géniale, renchérit Aiden en lui tendant la théière. S'il parvenait à engager la femme adéquate, cela lui épargnerait la corvée de chercher chaque soir une compagne pour la nuit. Il ne faut pas négliger le côté pratique, n'est-ce pas ?

Carden ricana en passant à Barrett le pot de confiture.

— Et que fais-tu de l'attrait de la nouveauté ? Du plaisir de la séduction ?

— En effet. Ce qu'il y a de mortel dans la vie, c'est l'ennui, approuva Barrett en soulevant le plateau bien garni. Laisse-moi un quart d'heure pour charmer ta dernière conquête, avant de monter revêtir une tenue plus décente.

— Un quart d'heure ? Pas plus ?

— En fait, je pense que dix minutes suffiront amplement, rétorqua son ami en se dirigeant vers la porte. Mais il vaut toujours mieux pécher par excès de prudence. Cette jeune femme risque d'être un peu gênée si tu fais irruption au moment où elle vient d'accepter de s'éclipser avec moi par l'escalier de service.

Aiden tira une montre en or de sa poche et souleva le couvercle orné d'initiales entrelacées.

— Combien de temps lui accordes-tu ?

— Au moins une demi-heure.

— C'est beaucoup trop, assura Aiden en posant la montre entre eux, sur la table. Quand il le veut, Barrett peut déployer des trésors de charme.

Carden eut un large sourire.

— Il est presque aussi doué que moi. Et étant donné les dispositions de la jeune femme en question, je pense qu'il ne lui faudra pas plus de cinq minutes pour la convaincre de succomber. Donnons encore dix minutes à la belle pour lui prouver sa flamme. Ensuite, laissons-leur un quart d'heure pour s'habiller et s'esquiver discrètement par la porte de derrière. Tu vois ce que je veux dire ?

Aiden acquiesça d'un sourire.

— Sois franc, Carden. Peux-tu jurer qu'elle ne te manquera pas au moins un tout petit peu ?

Carden considéra un instant la table chargée des reliefs de leur copieux petit-déjeuner. Aiden était encore jeune. Vingt-trois ans, à peine... Bien que fort doué lorsqu'il s'agissait d'attirer les femmes dans ses bras, il conservait encore quelques vestiges de romantisme à ce sujet. Ce qui avait été aussi son cas, au même âge. Mais il avait sept ans de plus que son ami, et il avait perdu pas mal d'illusions en cours de chemin. Aiden en ferait l'expérience à son tour. Cependant, Carden ne voyait pas la nécessité de lui révéler ce dur côté de l'existence. La vie et les femmes s'en chargeraient bien assez tôt.

— Je choisis délibérément des femmes qui sont...

Il marqua une pause, cherchant parmi les innombrables qualités qu'une maîtresse se devait absolument de posséder, celle qui lui paraissait indispensable.

— Oubliables ? suggéra Aiden.

Carden secoua la tête.

— Facilement remplaçables, précisa-t-il.

Le regard rivé sur la nappe brodée, Aiden pinça les lèvres. Après un moment de réflexion, il leva les yeux sur Carden.

— Tu n'as jamais songé qu'un jour il se pourrait que tu fasses le mauvais choix, et que tu te retrouves piégé et obligé de te marier ?

Il y avait songé, bien sûr. C'était même pour cela qu'il était si prudent lorsqu'il s'agissait de choisir ses maîtresses. Mais peut-être était-il de son devoir de délivrer quelques paroles de sagesse à ce jeune homme, décida-t-il après réflexion.

— Seules les filles des pairs du royaume ont ce pouvoir, Aiden. C'est pourquoi je fais en sorte de les éviter soigneusement. Je dois dire qu'elles évitent tout aussi soigneusement d'approcher un homme qui n'est que le troisième dans l'ordre de succession à un titre.

— En résumé, ta réponse à ma question est « non ».

— Je n'ai nullement l'intention de me marier. Que ce soit de gré ou de force.

Aiden sourit et se détendit visiblement.

— Le mariage serait certainement un obstacle à ta vie sociale.

— Pas le moins du monde, rétorqua Carden, alors que résonnait la sonnette de l'entrée. Ce qui signifie qu'il serait extrêmement hypocrite de ma part de prononcer des vœux de fidélité. Or, j'estime qu'il y a déjà suffisamment d'hypocrites de par le monde, et je refuse d'aller grossir leurs rangs.

— C'est très honorable de ta part.

— Merci. Je le pense aussi.

La sonnette tinta de nouveau, et ils tournèrent tous deux les yeux vers la porte ouverte.

Aiden se pencha pour scruter le hall.

— Pourquoi Sawyer ne va-t-il pas ouvrir ?

— Je l'ai envoyé faire quelques courses, répondit Carden en se levant. De toute évidence, il n'est pas encore revenu.

— Tu ne vas quand même pas ouvrir la porte toi-même ? Dans cette tenue ?

Carden baissa les yeux sur sa robe de chambre qui dissimulait à peine sa nudité. Pas vraiment décent. La sonnette résonna de nouveau, avec insistance. Perplexe, il considéra le vaste hall, comme pour mesurer la distance qui le séparait de la porte d'entrée.

— Tu préfères entendre sonner sans arrêt ?

— Non, pas vraiment.

— Moi non plus.

Croisant étroitement les pans de sa robe de chambre, il serra la ceinture autour de sa taille.

— En dehors du fait que cette sonnerie risque de nous rendre fous, l'annonce spécifiait bien que l'on devait se présenter à partir de 14 heures. Or, il est à peine midi. Puisque cette femme a le toupet de venir sonner à ma porte avec deux heures d'avance, elle mérite bien que je heurte un peu sa sensibilité.

Il s'apprêtait à franchir le seuil lorsque Aiden proposa :

— Puisque je suis habillé, je pourrais répondre à ta place.

— Cette maison est la mienne, rétorqua Carden.

Il posait à peine la main sur la poignée de la porte qu'on sonna pour la quatrième fois. Les mâchoires serrées, il tira vivement à lui le lourd panneau d'acajou, bien décidé à dire le fond de sa pensée à sa visiteuse.

Mais en la voyant, il eut le souffle coupé. C'était sans conteste une vraie beauté, au charme exotique, aux courbes sensuelles. Qu'elle portât des vêtements usés, démodés et beaucoup trop légers pour un printemps londonien, n'entamait en rien l'impression d'extrême séduction qui se dégageait de sa personne. Grande, les yeux bleus, et brune, à en juger par les boucles qui s'échappaient de son méchant petit bonnet délavé, elle était l'image même de la jeune femme de bonne famille malmenée par la vie. Mais alors que la plupart des personnes de qualité d'origine anglaise avaient un teint de porcelaine, celle-ci échappait complètement à la norme. Ses traits fins, délicatement sculptés, tranchaient avec son teint hâlé, qui ne faisait qu'ajouter à son ensorcelante beauté. Ses mains fines étaient tout aussi dorées. Et elle ne portait pas d'alliance.

Quant à son allure… elle était aussi étrange que son physique. Elle avait tressailli lorsqu'il avait ouvert la porte avec tant de brusquerie, mais elle s'était aussitôt ressaisie, le dévisageant de la tête aux pieds sans paraître le moins du monde surprise par sa tenue plus que légère. À présent, le regard fixé sur ses épaules, elle semblait chercher ses mots pour expliquer sa présence. Carden décida aussitôt qu'il n'avait pas besoin d'explication. Elle se tenait là, sur le pas de sa porte, et c'était largement suffisant. Il se savait plein de ressources ; si elle lui laissait ne serait-ce qu'une demi-chance, il pouvait commencer sur-le-champ leur relation, sans s'embarrasser de préliminaires ennuyeux.

— Bonjour, madame, fit-il d'une voix enjôleuse.

Elle tressaillit et ses joues s'empourprèrent. Il comprit alors qu'elle n'était pas en train de chercher ses mots, mais qu'elle était absorbée dans la contemplation de sa personne. Et à en juger par son expression coupable, elle s'était laissé entraîner en pensée vers des régions fort peu convenables ! Il parvint toutefois à ne pas sourire trop largement lorsqu'il ajouta :

— Que puis-je faire pour vous ?

La jeune femme se racla la gorge, et le regarda droit dans les yeux.

— On m'a dit que ceci était la résidence de M. Carden Reeves ?

— En effet.

Seigneur ! Sa voix était aussi exotique que son apparence. Définitivement britannique, certes, mais avec une pointe d'accent qu'il ne parvenait pas à situer. Il sut dans l'instant qu'il allait l'engager, quelles que soient ses références. L'aspect pratique mentionné par Aiden, et qu'il avait négligé jusqu'à présent, n'était peut-être pas si secondaire, après tout. En tout cas, cela valait le coup d'essayer, non ?

Il sourit en s'appuyant nonchalamment au chambranle.

— Les entretiens sont prévus à partir de 14 heures. Vous pouvez attendre sur le perron jusque-là. Ce serait injuste pour les autres que nous commencions avant l'heure fixée dans l'annonce, n'est-ce pas ?

Elle battit des paupières et ses yeux bleus, déjà immenses, parurent s'agrandir de stupéfaction.

— Les entretiens ? répéta-t-elle, l'air sincèrement perplexe.

En général, les actrices étaient mieux habillées, mais il fallait reconnaître qu'elle avait du talent. Il ne demandait pas mieux que d'entrer dans son jeu, et c'est avec un grand sourire qu'il précisa :

— Je parle du poste de gouvernante pour lequel j'ai fait passer une annonce dans le *Times* de ce matin.

L'espace d'une seconde, un éclair de fureur brilla dans les prunelles bleues. Il disparut presque immédiatement, remplacé par une sorte de résignation empreinte de lassitude. Il éprouva soudain l'envie de l'attirer à lui, de prendre son visage entre ses mains et de lui demander avec douceur par quel étrange hasard elle avait échoué sur le pas de sa porte. Elle se mettrait à pleurer, il l'embrasserait pour sécher ses larmes et la ferait entrer en lui assurant que tout irait...

— Je ne suis pas venue postuler pour un emploi de gouvernante, annonça-t-elle, le ramenant brutalement sur terre. Je dois discuter d'une affaire personnelle avec M. Reeves. Reçoit-il à cette heure ? Il s'agit d'une question très importante.

Pour qui le prenait-elle donc ? Pour le majordome ? Dans quel coin reculé de l'Empire britannique trouvait-on des majordomes qui allaient ouvrir la porte simplement vêtus d'une robe de chambre en soie ? se demanda-t-il, amusé.

— De quelle affaire, au juste ? s'enquit-il en souriant.

— Je suis désolée, monsieur, mais le terme *personnel* implique que je ne peux en parler à quiconque en dehors de M. Reeves lui-même.

En dépit de son ton doux et poli, il décela dans sa voix une note de blâme. Bien. Il n'était pas inutile qu'une femme de charge connaisse les limites à ne pas dépasser. Du moins, en public.

— Je suis Carden Reeves, déclara-t-il. Et si je vous avais déjà rencontrée, madame, je suis certain que je ne l'aurais pas oublié. De quelle affaire personnelle sommes-nous censés discuter ?

Elle eut un mouvement de recul, visiblement sous le choc. Était-ce parce qu'elle venait seulement de se rendre compte qu'elle ne parlait pas à un majordome, mais au maître de maison en personne ? Ou bien parce que dans le coin reculé de l'Empire d'où elle arrivait, les maîtres de maison ne venaient pas ouvrir eux-mêmes la porte à leurs visiteurs, surtout lorsqu'ils n'étaient vêtus que d'une robe de chambre ? Il n'aurait su le dire... Mais comme elle l'observait de la tête aux pieds, il supposa que la deuxième hypothèse était la bonne. En fait elle semblait plus curieuse qu'embarrassée. Tant mieux. Il avait toujours eu un faible pour les femmes curieuses.

— Madame ?

— Pardonnez-moi, dit-elle en croisant son regard. Mais vous ressemblez si peu à Arthur...

Si son intention était de lui rendre la monnaie de sa pièce, c'était réussi !

— Vous connaissez mon frère aîné ?

Elle hocha la tête.

— Votre frère était un homme merveilleux. Bon et de prévenant.

Carden eut l'impression que le sol se dérobait sous lui. Au prix d'un effort considérable, il redressa les épaules et parvint à garder l'équilibre.

— Était ? Vous avez bien dit *était* ?

Elle se balança d'un pied sur l'autre, et leva le menton.

— Je regrette d'être porteuse de si mauvaises nouvelles. Votre frère et son épouse ont quitté Belize il y a environ neuf mois, pour une courte expédition à l'intérieur du pays. Comme ils ne sont pas revenus et n'ont jamais donné de nouvelles, ils sont présumés morts.

— Présumés ? répéta-t-il, conscient de se raccrocher à des riens. Dans ce cas, il est possible qu'ils soient encore en vie.

Elle eut un petit sourire contraint, et l'ombre d'une irritation traversa son regard.

— Vous ne connaissez pas la jungle, n'est-ce pas, monsieur Reeves ?

— Il ne peut pas être mort. C'est... c'est impossible.

— Je crains, hélas, que cette hypothèse ne soit la plus vraisemblable.

Dieu du ciel ! C'était la dernière chose au monde qu'il désirait entendre ! D'abord Perceval, et maintenant Arthur. Il était donc maudit. Si le bruit de son changement de statut se répandait, sa vie deviendrait un enfer. Il ne méritait pas cela. Il n'avait pourtant rien fait pour attirer sur sa tête les foudres divines !

— Monsieur Reeves ?

Il se passa rapidement les mains sur le visage, puis les laissa retomber le long de son corps, tandis qu'il essayait de concentrer son attention sur la femme qui se tenait devant lui. La superbe messagère, porteuse de terribles nouvelles. La preuve que Dieu avait un sens de l'humour tordu. Et une certaine dose de sadisme, avec ça !

— Croyez bien que je compatis à votre chagrin, monsieur Reeves, l'entendit-il dire d'une voix douce mais ferme. Néanmoins, certaines questions demandent à être traitées de toute urgence.

Il aurait dû l'inviter à entrer. On ne discutait pas d'affaires personnelles sur le pas de la porte. C'était contraire à toutes les convenances. Mais il parvint tout juste à bredouiller :

— Quelles questions ?

— Je suis Mme Gerald Treadwell, commença-t-elle avec un faible sourire. Votre frère et votre belle-sœur m'ont confié la tâche de gérer leurs affaires. Cet arrangement aurait dû être temporaire mais, malheureusement, la situation a changé. J'ai pensé qu'il valait mieux que je m'adresse à vous pour prendre la suite. Votre belle-sœur était orpheline et n'avait ni frère ni sœur. Vous êtes à ma connaissance le seul parent qui leur reste.

Carden avait l'impression que son cerveau ne fonctionnait plus. Il entendait bien chacun des mots qu'elle prononçait, mais il ne parvenait pas à donner un sens à ses phrases. Il ne pouvait pourtant pas la prier de tout répéter. Du reste, il ne comprendrait pas davantage. Il s'attarda sur ce qu'il avait retenu de son petit discours. Elle avait dit s'appeler Treadwell. *Mme* Treadwell. Et elle lui amenait... quoi donc ? Une vague étincelle de compréhension s'alluma dans son esprit. Leurs effets personnels. Oui, ce devait être ça. Elle lui ramenait les effets personnels d'Arthur et de Mary.

Carden fit un signe de tête.

— Faites livrer leurs malles et tout le reste à mes frais.

— Je m'en suis déjà occupée, monsieur Reeves. Les bagages devraient arriver dans quelques heures.

Logiquement, leur conversation aurait dû se conclure sur ces mots. Il ne restait plus à la jeune femme qu'à exprimer une dernière fois ses condoléances, avant de le quitter. Mais elle n'en fit rien. Contre toute attente, elle demeura plantée là en fixant sur lui ses grands yeux bleus emplis d'une infinie patience.

— J'ai comme l'impression que vous ne m'avez pas tout dit.

— En effet, rétorqua-t-elle sans l'ombre d'une hésitation. J'ai aussi ramené les enfants de votre frère.

— Les *enfants* ? répéta-t-il d'une voix étranglée.

Dieu tout-puissant. Cette femme était redoutable. Avec son air convenable et ses manières réservées, elle avait réussi à l'assommer plus sûrement que le plus coriace des adversaires !

— Vous ignoriez que votre frère avait des enfants ?

— Arthur et moi ne...

Une vague de souvenirs le submergea, entraînant comme toujours dans son sillage une bouffée de colère. En une fraction de seconde, le brouillard qui avait envahi son esprit se dissipa.

— N'en parlons plus, reprit-il, laconique. Cela n'a pas d'importance. Combien d'enfants y a-t-il ? Et pour l'amour du ciel, dites-moi qu'il y a au moins un mâle dans la nichée ?

Ce qu'il vit cette fois dans les yeux de la jeune femme, ce ne fut ni de l'impatience ni une simple irritation. Ce fut ni plus ni moins que de la fureur. Elle ne fit pas l'ombre d'un effort pour la dissimuler ou la refouler. Lui tournant brusquement le dos, elle esquissa un bref signe de tête. Il se produisit alors dans la rue un mouvement qui retint l'attention de Reeves. Un fiacre était rangé le long du trottoir, remarqua-t-il. Tassé sur le siège, le cocher s'était endormi son fouet à la main. C'était la porte de la voiture qui, en s'ouvrant, avait attiré son regard.

Une très jeune fille vêtue d'une robe chiffonnée descendit du véhicule. Une deuxième, plus petite, la suivit. Sa jupe trop courte laissait voir une grande partie de ses mollets, ce qui était parfaitement indécent. Une troisième fillette, minuscule, sauta à pieds joints sur le sol et vint se placer à côté de ses sœurs.

Les yeux rivés sur la porte du fiacre, Carden pria de tout son cœur pour qu'un garçon, peu importa son âge ou sa taille, émerge à son tour des profondeurs de la voiture. Il n'avait pas encore renoncé à voir son vœu se réaliser lorsque l'aînée des fillettes se retourna pour fermer la porte d'un claquement sec, coupant court à son ultime espoir.

Sacré nom ! C'était à présent officiel. Lui, Carden Reeves, était sur le point de devenir le septième comte de Lansdown.

2

Si Carden avait été tenté d'émettre des doutes sur les liens de parenté qui unissaient ces fillettes à son frère, ceux-ci s'évaporèrent dès qu'elles eurent rejoint leur gouvernante sur le perron. Toutes les trois ressemblaient trait pour trait à Arthur. Elles avaient les mêmes yeux sombres frangés de longs cils noirs qui donnaient à son frère une expression si douce. La même bouche, le même port de tête. Et, bon sang, elles avaient *aussi* les manières d'Arthur ! Elles semblaient voir le monde comme une aventure, et les personnes qui le peuplaient comme des sujets d'étude, d'observation, d'analyse. De fait, il avait la fâcheuse impression d'être un insecte épinglé sous une loupe.

— Monsieur Reeves, fit la gouvernante tandis qu'elles l'examinaient avec insistance, je vous présente vos nièces, Amanda, Beatrice et Camille.

Dans l'ordre alphabétique. Il n'en attendait pas moins d'Arthur.

— Mes chères enfants, voici votre oncle Carden. Le frère cadet de votre père.

— Le demi-frère, corrigea-t-il machinalement.

La plus jeune des fillettes parut sur le point de pleurer. L'aînée, en revanche, n'eut aucune réaction. Son visage semblait sculpté dans le marbre. La troisième pencha la tête de côté en plissant les yeux. Leur gouvernante, Mme Treadwell s'il se souvenait bien, arqua ses sourcils bien dessinés et se racla discrètement la gorge, comme le faisait Sawyer quand il jugeait opportun de rappeler à son maître de respecter les convenances. Carden saisit l'allusion et, s'effaçant, désigna le hall d'un geste ample.

— Entrez, je vous prie.

Mme Treadwell acquiesça d'un hochement de tête et fit signe à ses nièces d'avancer. Les fillettes franchirent le seuil en ordre alphabétique et s'immobilisèrent au beau milieu du vestibule. Carden referma la porte, en proie à une légère agitation.

— Ah... par ici, s'il vous plaît. Voici le salon.

Il les fit pénétrer dans la petite pièce réservée aux invités. Celle-ci était rarement utilisée, car la plupart de ses amis étaient si familiers de la maison qu'ils entraient par la porte de service, tout simplement.

— Si vous voulez bien vous asseoir, mesdames, proposa-t-il.

Alors même qu'il prononçait ces paroles, il remarqua l'épaisse couche de poussière qui recouvrait les meubles. Quelqu'un – probablement Barrett – avait facétieusement écrit *Engage une bonne* sur le guéridon placé à côté d'un canapé. Cette tâche revenait tout naturellement à la gouvernante. Et il était bien décidé à en engager une dès aujourd'hui. Ce n'était plus qu'une question d'heures.

— Vous voudrez bien m'excuser un instant, dit-il tandis que les trois fillettes se laissaient tomber sur les sièges, soulevant des nuages de poussière. Il faut que j'aille revêtir une tenue plus présentable.

— Je vous en prie, monsieur Reeves, faites, dit la nurse qui était restée debout devant la cheminée où aucun feu ne brûlait. Nous apprécierons cette délicatesse, crut-il l'entendre ajouter à mi-voix.

Il fut tenté de lui faire observer que, jusqu'ici, elle n'avait pas paru le moins du monde offensée par sa quasi-nudité. Bien au contraire ! Toutefois, il décida de garder ses remarques pour lui. Les circonstances de leur rencontre n'étaient déjà pas faciles, inutile d'accroître son embarras.

— Désirez-vous des rafraîchissements ?

— Ce serait très aimable de votre part.

— Je vais m'en occuper. Mesdames.

Inclinant brièvement la tête, il sortit à reculons et referma la porte derrière lui.

Une fois seul dans le couloir, il s'immobilisa et se passa la main dans les cheveux. Doux Jésus ! Arthur. Arthur était mort. Et tout ce qu'il laissait en héritage, c'était une tribu de filles. Dans quel pétrin il était, à présent ! Pendant combien de temps parviendrait-il à temporiser ? À faire comme si de rien n'était et à maintenir le cours normal de sa vie ? Une vie simple, sans complications… Six mois ? Un an, peut-être ? Tout dépendait de ce qu'il ferait de ses nièces et de leur nurse au charme envoûtant. La chose la plus facile, et aussi la plus intelligente, serait de les éloigner. L'Inde était sens dessus dessous depuis la révolte des Cipayes, il ne fallait donc pas y songer. En revanche, il avait des amis en garnison dans le Transvaal. Peut-être que…

Carden fourragea une fois de plus dans ses cheveux, et se remit en marche en espérant qu'il trouverait une solution avant d'avoir terminé de s'habiller. En attendant, il avait un semblant de plan qui consistait à enrôler les personnes de son entourage et à leur déléguer quelques tâches ennuyeuses. Cela ne lui coûterait rien, si ce n'est quelques ordres à distribuer.

À peine eut-il franchi le seuil du salon qu'Aiden leva les yeux de son journal.

— Tu parais un peu agité, observa-t-il.

— Un problème vient de surgir inopinément. As-tu entendu Sawyer rentrer ?

— Non. À moins qu'il n'ait trouvé le moyen de supprimer cette toux perpétuelle qui signale sa présence, je ne crois pas qu'il soit dans la maison.

— Enfer et damnation !

Combien de temps fallait-il donc pour aller chercher une paire de caleçons chez le tailleur ?

— Très bien, Aiden, si tu es mon ami il faut que tu voles à mon secours. Il y a dans mon salon une femme d'une beauté renversante, accompagnée de trois petites filles vêtues de haillons.

Son ami replia le journal en riant de bon cœur.

— Ton passé a fini par te rattraper !

Carden n'aurait jamais eu la naïveté de se faire piéger de cette façon par une femme. Mais ce n'était pas le moment de se lancer dans un discours sur les précautions élémentaires que tout homme de bon sens devait savoir prendre.

— Les gamines sont mes nièces, et la femme qui les a traînées jusqu'ici, leur nurse. Pour l'amour du ciel, Aiden, sois coopératif. Prépare un plateau avec du thé et des gâteaux et va le leur apporter pendant que je monte m'habiller.

Aiden jeta un coup d'œil à la montre posée sur la table.

— Cela ne fait que treize minutes que Barrett est monté.

Ce qui signifiait qu'il ne s'était pas écoulé plus de dix minutes depuis l'instant où l'univers de Carden avait basculé.

— J'espère pour lui qu'il est un aussi grand séducteur qu'il le prétend, grommela-t-il en se ruant vers l'escalier.

— Il ne me plaît pas.

Seraphina esquissa une moue dubitative. Que répondre à cela ? La franchise était une qualité appréciable en certaines circonstances. Toutefois, l'avenir des fillettes était entre les mains de leur oncle, et elles avaient tout intérêt à lui faire bonne impression.

— Je crois que le mieux est de réserver notre jugement, déclara-t-elle avec diplomatie. Après tout, nous avons surgi chez lui sans prévenir. J'imagine qu'il a éprouvé un grand choc en apprenant que non seulement son frère ne rentrerait pas à la maison, mais qu'il se retrouvait du même coup responsable de trois petites filles dont il ignorait apparemment l'existence. Les gens ne sont jamais tout à fait eux-mêmes lorsqu'ils sont en état de choc. Avec le temps, il deviendra sans doute moins...

Seraphina laissa sa phrase en suspens, passant en revue les diverses observations qu'elle avait faites au cours de sa brève entrevue avec M. Carden Reeves. Cet homme méprisait visiblement les conventions. Venir ouvrir la porte lui-même... à midi... et seulement vêtu d'une robe de chambre en soie ! Vêtement qui ne laissait qu'une place infime à l'imagination. Surtout lorsqu'il s'était appuyé au chambranle en croisant les bras. Le peignoir s'était alors entrouvert, et Seraphina avait dû faire appel à toute sa volonté pour détourner les yeux de ces jambes puissamment musclées.

De toute évidence, il était coutumier de ce genre de situation. Il avait paru parfaitement à l'aise, indifférent à l'indécence de sa tenue. Il émanait de toute sa splendide personne un sentiment d'assurance qui confinait à l'arrogance.

Cet homme était un débauché. Un don Juan. Elle l'avait deviné à l'instant où leurs regards s'étaient croisés, lorsqu'il avait ouvert la porte. Elle avait senti une onde de chaleur lui traverser le corps, lui coupant le souffle et balayant de son esprit toute pensée cohérente. Par bonheur, son trouble n'avait duré que quelques secondes et elle s'était rapidement ressaisie. Mais l'homme n'avait pas manqué de s'en apercevoir. Cela avait semblé l'amuser. Ne sachant si elle devait se sentir offensée ou embarrassée, elle avait finalement opté pour une attitude froide et professionnelle. Après quoi, les choses étaient allées mieux. Jusqu'au moment où il avait fait cette remarque odieuse... exprimant son espoir qu'Arthur avait au moins un fils.

— Oncle Carden deviendra moins... *quoi,* mademoiselle Seraphina ? s'enquit Beatrice en plissant le front d'un air perplexe.

Il deviendra moins beau. Moins grand. Moins incroyablement séduisant. Moins délicieusement coquin. Moins... *tentateur*.

— Moins suffisant, déclara-t-elle sèchement.

C'était certainement là que se trouvait la racine du mal.

Comme de bien entendu, Camille demanda :

— Que signifie « suffisant » ?

— Plein de son importance, ma chérie. Votre oncle Carden a une très haute opinion de lui-même.

— Pourquoi ?

Elle aurait dû prévoir cette question-là, aussi. Mais elle avait manqué de présence d'esprit, et elle se retrouvait acculée par sa propre faute.

— Parce qu'il est beau, suggéra Amanda avec autant d'autorité que si elle avait eu trois fois son âge.

Mais Beatrice, qui mettait systématiquement en doute tout ce que disait sa sœur aînée, s'enquit aussitôt :

— C'est vrai, mademoiselle Seraphina ? Vous trouvez que notre oncle Carden est beau ?

Seraphina se remémora les traits bien dessinés, les yeux gris-bleu, les cheveux d'un noir de jais, à peine striés d'argent sur les tempes. Et surtout le sourire. Un sourire éblouissant, qui vous faisait battre le cœur et tourner la tête... Il était absolument inutile de nier l'évidence ou d'essayer de détourner la conversation.

— Oui, c'est un très bel homme. Mais certains n'en tirent aucune vanité, même s'ils sont d'une beauté exceptionnelle. Or, il apparaît au premier coup d'œil que votre oncle ne fait pas partie de ceux-là. Mais il se peut qu'il change avec le temps. Laissons-lui le bénéfice du doute.

— C'est un homme à femmes, laissa tomber Amanda.

Seraphina parvint à dissimuler le choc provoqué par cette déclaration et demanda d'un ton dégagé :

— Puis-je savoir comment il se fait, Amanda, que tu connaisses cette expression ?

Une ombre passa dans le regard de la fillette, indiquant qu'elle savait qu'elle avait dépassé les limites de la bienséance. Cependant, elle sourit bravement et expliqua :

— À Belize, tout le monde disait que M. Hopkins était un homme à femmes. Vous l'avez sûrement entendu, vous aussi.

— En effet. Mais j'ignorais que c'était parvenu jusqu'à tes oreilles, avoua Seraphina.

Puisqu'il était impossible d'effacer cette expression de la mémoire d'Amanda, Seraphina se résigna à donner quelques précisions nécessaires.

— Votre oncle a probablement de nombreux défauts, et il est indéniable que c'est un charmeur, mais... il n'est pas du tout comme M. Hopkins, Amanda.

— Et en quoi sont-ils différents ?

Amanda et son obstination. Un jour, cela lui jouerait des tours. Et peut-être même de vilains tours. Seraphina passa rapidement en revue les réponses possibles, en espérant trouver celle qui la mettrait au courant de certaines réalités de la vie, sans pour autant ternir l'innocence de ses petites sœurs.

— Je pense, dit-elle lentement, que ton oncle préfère avoir des compagnes plus âgées et plus mûres que les femmes auxquelles s'intéresse M. Hopkins. Nous ne nous attarderons pas davantage là-dessus. Ce n'est pas un sujet de conversation convenable pour de jeunes personnes.

— Alors, pourquoi en avez-vous parlé ? s'enquit instantanément Beatrice.

Un dicton prétendait que c'était la curiosité qui tuait le chat. Mais les chats n'avaient que neuf vies, alors que Beatrice semblait en avoir des milliers à sa disposition. Ce qui n'était pas plus mal, étant donné ses dispositions naturelles. Seraphina lui sourit avec douceur.

— Si ce n'est pas moi qui vous explique ce genre de choses, qui le fera ?

— Oncle Carden ? suggéra Camille.

Le sourire de Seraphina se figea. Confier l'éducation des filles d'Arthur à Carden Reeves ? C'était une idée qu'elle aurait préféré ne pas envisager. Et pourtant, elle l'avait fait naguère. À de nombreuses reprises. De fait, cela avait été au centre de ses préoccupations dès que leur bateau avait fait voile vers l'Angleterre. Naturellement, elle partait du principe que Carden Reeves serait le même genre d'homme que son frère et qu'elle pourrait lui faire confiance. Qu'il endosserait ses responsabilités comme quelqu'un qui... a le sens du devoir. Mais maintenant qu'elle l'avait rencontré, elle savait qu'elle s'était fait des illusions sur son compte. Carden Reeves n'était pas homme à apprécier les femmes convenables et bien élevées. En fait, il ne devait sans doute pas en connaître ! Elle le soupçonnait même de faire beaucoup d'efforts pour éviter que l'une d'entre elles ne croise sa route par inadvertance...

Cette éventualité l'avait parfois effleurée au cours des longues journées et des interminables nuits qu'elles avaient passées sur le navire qui les ramenait en Grande-Bretagne. Mais elle avait rejeté cette possibilité aux conséquences trop déplaisantes. Elle espérait pouvoir rester avec les fillettes, mais se préparait naturellement à être poliment remerciée et renvoyée. Oh, ça ne l'inquiétait guère, car elle saurait faire face aux événements, et avait déjà quelques projets, au cas où cela se produirait. Mais s'il fallait absolument qu'elle reste auprès des filles pour les protéger de certaines influences, elle risquait fort de se retrouver contrainte de quémander un emploi de gouvernante. Or, les circonstances de la vie l'avaient déjà obligée à mendier une fois et...

— Mademoiselle Seraphina ?

Reconnaissante de cette interruption, elle chassa de son esprit ce souvenir par trop désagréable.

— Oui, Beatrice ?

— Qu'allons-nous devenir si oncle Carden ne nous invite pas à demeurer chez lui ?

— Il le fera, ma chérie, répondit-elle d'une voix rassurante. Vous n'avez pas à vous tourmenter à ce sujet.

— Il nous demandera peut-être de rester, rétorqua Amanda, mais seulement pour être poli. Je ne crois pas que ça lui fasse plaisir de nous avoir ici. Ça se voyait dans son regard quand nous avons remonté l'allée.

C'était vrai, songea Seraphina. Son expression aurait été entièrement différente si l'une d'elles avait été un garçon.

— Je vous ai déjà expliqué que votre oncle n'était pas dans son état normal à ce moment-là. Il faut lui laisser le temps de surmonter le choc.

— Et s'il ne le surmonte jamais ? s'exclama Beatrice.

Elle marqua une pause et ajouta, l'air accablé :

— S'il ne veut vraiment pas que nous restions ici, où irons-nous ?

Les gens tels que Carden Reeves, qui occupaient un rang élevé dans la société, ne jetaient pas leurs nièces orphelines à la rue. Cela aurait fait jaser. La présence des trois fillettes n'était sans doute ni désirée ni appréciée, mais il était certain qu'on leur offrirait l'hospitalité. Sous quelle forme, dans quelles conditions ? Ce ne serait sans doute pas ce que Seraphina avait rêvé pour elles, mais, quoi qu'il en soit, elles auraient un toit au-dessus de leur tête, de la nourriture dans leur assiette et des vêtements. Des millions de gens de par le monde ne pouvaient en espérer autant, et Seraphina en avait parfaitement conscience. Ce qu'elle savait aussi avec certitude, c'était que d'autres paroles rassurantes ne suffiraient pas à convaincre les fillettes. Les petites voulaient être certaines qu'il existait une issue de secours. Elle décida donc de mentir pour la bonne cause.

— Mon père a des parents éloignés dans le Devonshire. Si nous découvrons que votre oncle est un ogre, nous partirons à leur recherche et nous verrons ce que nous donnons comme fermières.

Camille fronça les sourcils un bref instant et déclara :

— Je ne connais rien aux travaux de la ferme.

— Moi non plus, confessa Seraphina. Mais j'aime tenter de nouvelles expériences.

L'idée de l'aventure sembla enthousiasmer Beatrice, qui lança joyeusement :

— Ce sera comme pour la navigation. Aucune d'entre nous, à part Mlle Seraphina, n'était jamais montée sur un bateau avant de quitter Belize. Mais au bout de quelque temps, on se débrouillait très bien. Le capitaine a même dit que nous étions d'excellents matelots, vous vous rappelez ?

Camille fronça le nez.

— Sauf qu'on vomissait tout le temps.

— Je n'aimerais pas être marin, renchérit Amanda. Ils n'ont pas de dents.

— Et ils sentent mauvais, ajouta Camille en grimaçant de plus belle.

Beatrice pencha la tête de côté et contempla les portes fermées du salon.

— Oncle Carden sent très bon.

Amanda eut un ricanement de mépris.

— Je suis sûre qu'il se parfume.

Les yeux fixés sur un tableau à l'autre bout du salon, Seraphina feignit de ne pas entendre. Elle n'avait pas envie d'expliquer pourquoi Carden Reeves traînait dans son sillage les effluves d'un parfum de femme, au beau milieu de la journée. Elle préférait même ne pas y penser.

Tout à coup, ce fut comme si elle avait été frappée par la foudre. Une pensée fulgurante lui traversa l'esprit. Elle avait cru spontanément qu'il était célibataire ! La façon dont il l'avait regardée, et même carrément dévorée des yeux, suggérait qu'il avait l'habitude de séduire les femmes, de se lancer à leur conquête. Un réflexe que certains hommes perdaient après le mariage… et d'autres non. Elle le savait, hélas, d'expérience. Carden Reeves pouvait fort bien être marié *et* débauché. Dans ce cas, le parfum qui imprégnait sa peau était celui de sa femme.

Elle poussa un soupir de soulagement. Pendant tout le temps qu'avait duré le voyage, parmi tous les doutes qui l'avaient assaillie alors qu'il était trop tard pour revenir en arrière, elle s'était imaginée poussant les trois fillettes dans les bras d'un oncle et d'une tante affectueux. Leur faisant découvrir la chaleur d'un foyer, d'une maison emplie par les cris et les rires d'une ribambelle de cousins.

Mais quand elle s'était retrouvée sur le perron, expliquant péniblement la raison de sa présence à Carden Reeves, ce rêve avait fondu comme neige au soleil. Et maintenant... Elle se redressa et tendit l'oreille, animée par l'espoir d'entendre, quelque part dans la maison, des bruits de pas ou des voix d'enfants. Mais tout ce qu'elle perçut, ce fut le cliquetis d'un chariot qui roulait sur le sol de marbre. Il y eut un moment de silence total, puis les lourdes poignées de cuivre de la porte du salon tournèrent en grinçant un peu.

Les battants s'écartèrent pour laisser passer le chariot. L'homme qui se trouvait derrière celui-ci n'était pas un domestique. Il n'en avait ni l'allure ni la contenance. Il était aussi trop bien habillé pour exercer ce genre de fonctions. Grand, bien bâti, il enveloppa Seraphina d'un lumineux regard vert, avant de se tourner vers les fillettes.

— Bonjour, mesdames, lança-t-il avec désinvolture avant de pousser le chariot vers le canapé. Carden m'a bien dit qu'il y avait quatre *jolies* personnes dans son salon, mais je vois qu'il était en dessous de la vérité, comme d'habitude.

Il laissa le chariot face aux trois petites filles, tout près du canapé damassé, et se redressa de toute sa hauteur – qui était considérable. Son regard rencontra celui de la jeune femme.

— Je sais que c'est contraire aux convenances, mais les circonstances étant ce qu'elles sont, permettez-moi de me présenter. John Aiden Terrell. C'est le nom que m'ont donné mes parents, mais mes amis m'appellent Aiden, tout simplement. Je suis originaire de Saint-Kitts, mais je vis à Londres, et je suis un ami de Carden. Sawyer, le majordome, est allé faire des courses.

Aussi, plutôt que de vous abandonner dans ce triste salon, j'ai décidé de jouer son rôle en son absence. Mes chères, le thé est servi.

Se rappelant les principes d'éducation qu'on lui avait inculqués dans son enfance, Seraphina alla prendre place dans un fauteuil. Balayant le plateau du regard, elle compta les tasses. Il y en avait six. M. Terrell pensait donc prendre le thé avec elles, et s'attendait que Carden en fasse autant à son retour.

— Merci, monsieur Terrell. Nous sommes ravies de faire votre connaissance. J'espère que vous vous joindrez à nous, ajouta-t-elle en désignant d'un geste le canapé placé à sa droite. Puis-je servir le thé ?

— Je vous en prie.

Soulevant les pans de sa redingote, il s'assit à côté de Camille.

— Je pense toutefois qu'il faudra le laisser infuser encore une minute.

Camille se pencha légèrement pour observer le contenu du plateau.

— Ces gâteaux ont l'air délicieux.

John Aiden Terrell, ou plutôt, *Aiden,* adressa à Seraphina un sourire éblouissant et s'empara du plat de porcelaine. Seraphina se détendit aussitôt. De toute évidence, il avait l'habitude des enfants. En tout cas, il les connaissait assez pour reconnaître une demande, même quand elle était formulée indirectement.

— Ils sont réellement succulents, déclara-t-il en présentant le plateau à Camille. Aimeriez-vous en goûter un, mademoiselle… ?

— Je m'appelle Camille, répondit la fillette avec un grand sourire. Merci beaucoup, monsieur Terrell.

— Je pense que vous devez avoir cinq ans ? J'ai une petite sœur du même âge, figurez-vous.

Sans attendre la réponse de l'enfant, il se leva légèrement pour présenter le plat à Beatrice, assise en face de sa sœur.

— Et vous, mademoiselle… ?

— Beatrice.

Elle prit un biscuit et le remercia.

— D'après moi, vous devez avoir sept ou huit ans. Est-ce exact ?

— J'ai sept ans.

— Et moi, je suis Mlle Amanda Elizabeth Reeves. J'ai neuf ans.

Réprimant un sourire, Aiden présenta le plat à Amanda.

— Je vous croyais plus âgée, mademoiselle Reeves, déclara-t-il en haussant légèrement les sourcils. Vous paraissez très mûre pour votre âge.

— On me le dit sans cesse, répliqua Amanda en choisissant un gâteau.

— Je le crois volontiers, fit-il en ayant de plus en plus de mal à ne pas sourire.

La conversation entre John Aiden Terrell et les fillettes se poursuivit sur le même ton, mais Seraphina n'y prêta qu'une attention distraite. Carden Reeves, vêtu d'un élégant costume gris, venait d'apparaître dans l'encadrement de la porte. Dieu qu'il était beau ! D'une beauté diabolique. Il aurait fallu qu'il soit un saint pour ne pas essayer d'en tirer avantage. Même les religieuses devaient le remarquer et l'admirer quand elles le croisaient dans la rue ! Le regard appuyé qu'il posa sur elle confirma ses soupçons : cet homme n'était *pas* un saint. La douce chaleur qui se répandit à cet instant dans son corps lui prouva qu'elle n'avait pas non plus l'étoffe d'une nonne. Elle n'était qu'une idiote !

Furieuse contre elle-même, Seraphina détacha son regard de celui de Carden et s'efforça de s'intéresser à l'échange entre Aiden et les fillettes.

Mais à peine s'était-elle tournée vers eux, que John Aiden s'aperçut de la présence de son ami.

— Ah, Carden ! s'exclama-t-il. Enfin, tu es décent. Veux-tu prendre le thé avec nous ? J'ai ajouté une tasse pour toi.

Comme dans un brouillard, elle l'entendit répondre :

— Je vais te laisser poursuivre cette conversation avec mes nièces. Il faut que je parle en privé avec Mme Treadwell.

M. Terrell ne pouvait guère s'opposer à cette décision, de même qu'elle n'avait pas le pouvoir de se soustraire à cette entrevue. Il ne lui restait plus qu'à faire de son mieux pour garder son sang-froid et rassembler ses idées.

— Je ne serai pas longue, mes chéries, dit-elle en se levant.

M. Terrell bondit aussitôt sur ses pieds et lui tendit galamment la main pour la guider vers la porte du salon. Seraphina sourit bravement aux petites et ajouta :

— Soyez sages et tenez-vous bien.

Elles acquiescèrent d'un même mouvement. Aiden Terrell sourit. Et Carden Reeves la parcourut lentement de la tête aux pieds tandis qu'elle traversait la pièce pour le rejoindre. Ce qui la troubla le plus, ce ne fut pas tant son regard appréciateur que les battements désordonnés de son propre cœur follement gonflé d'espoir.

3

Tout en se traitant intérieurement de folle, elle maîtrisa du mieux qu'elle put ses émotions et suivit son hôte dans le vaste corridor, le remerciant d'un bref signe de tête lorsqu'il s'effaça pour la laisser entrer dans une pièce qui était de toute évidence son bureau.

Les murs étaient lambrissés de bois sombre et les fenêtres à petits carreaux encadrées de tentures vert foncé. Un épais tapis oriental absorba le bruit de ses pas tandis qu'elle se dirigeait vers le fauteuil qui faisait face à un imposant bureau d'acajou. Le mur derrière celui-ci était couvert d'étagères chargées de curieuses structures miniatures : des ponts et de petites constructions semblables à des maisons de poupée. D'abord intriguée, elle comprit la signification de ces assemblages quand elle vit, dans l'angle opposé, un chevalet sur lequel se trouvait le plan d'une maison. Des notes avaient été écrites dans la marge et de longues flèches traversant hardiment le croquis indiquaient à quoi elles se rapportaient.

Ainsi, Caerden Reeves était architecte. Seraphina reporta son attention sur les modèles miniatures. Bien que les lignes en soient nettes et épurées, il se dégageait de l'ensemble une impression de majesté. Ces maisons étaient de toute évidence destinées à une clientèle argentée.

— Asseyez-vous, je vous en prie.

Seraphina s'installa dans le fauteuil et attendit, les mains sagement croisées devant elle, qu'il prenne place derrière son bureau.

Mais au lieu de cela, il s'y appuya négligemment et esquissa un sourire sans joie.

— Je me trouve dans une situation délicate, madame Treadwell.

La remarque était prévisible.

— Je comprends tout à fait, s'empressa-t-elle d'assurer. Je vous aurais écrit pour vous prévenir s'il y avait eu la moindre chance que ma lettre arrive avant nous. Mais nous n'avions malheureusement pas la possibilité de reporter notre départ de Belize et c'est pourquoi je n'ai pas engagé cette correspondance.

Elle marqua une pause afin de donner plus de poids aux paroles qui allaient suivre :

— Je vous demande sincèrement pardon de vous avoir causé une telle surprise. J'espère que celle-ci n'est pas trop déplaisante.

— Pour tout dire, elle l'est, répliqua-t-il ave flegme.

Seraphina avait passé sa vie dans des territoires situés aux confins de l'Empire britannique. Des régions où les bonnes manières, quoique souvent réduites à leur plus simple expression, n'étaient toutefois jamais totalement négligées. Or, se retrouvant à Londres, au cœur de la Grande-Bretagne... Elle s'était attendue à tout autre chose. Aussi répondit-elle avec la plus grande franchise :

— J'ignore vraiment ce qu'on est censé dire dans une telle situation, monsieur Reeves.

Il eut un ricanement amer et ses lèvres se plissèrent en un rictus de dégoût mêlé de résignation.

— Ne dites rien. Je crois que c'est encore mieux.

Croyait-il qu'elle allait demeurer là, muette et passive ? Attendant en silence qu'il déverse sa mauvaise humeur sur elle, sous prétexte qu'elle avait fait la seule chose raisonnable en son pouvoir ? Cet homme était indiscutablement beau, mais son arrogance dépassait les limites du supportable ! Et il n'était pas dans la nature de Seraphina de plier devant un homme. Elle avait décidé qu'elle ne le ferait plus jamais. Au diable les conséquences. Sa fierté était tout ce qu'elle possédait, la seule chose qu'elle pût opposer à Reeves pour l'empêcher de l'humilier davantage.

— Je suppose que, comme mon défunt mari, vous préférez les femmes qui se taisent, dit-elle d'un ton glacial.

— Votre mari est mort ?

Le regard de Carden Reeves effleura sa main gauche.

— Probablement. Il servait de guide à Arthur et à Mary quand ils se sont lancés dans cette malheureuse expédition.

Reeves hocha la tête en fronçant les sourcils. Son regard se fixa sur les motifs du tapis pendant quelques secondes, puis il demanda :

— L'un ou l'autre d'entre eux a-t-il été déclaré mort officiellement ?

Seraphina laissa échapper un léger soupir, et sa colère s'envola. Son interlocuteur était plus calme que lorsqu'elle lui avait annoncé la terrible nouvelle, mais, visiblement, il espérait encore une issue heureuse.

— Il n'y a pas d'autorité officielle à Belize, monsieur Reeves, expliqua-t-elle doucement. C'est un endroit sauvage, qui échappe à toute législation et qu'aucun empire jusqu'ici n'a jugé bon d'annexer. Les gens s'aventurent rarement dans la jungle. Ceux qui le font n'en reviennent presque jamais. C'est un fait reconnu à Belize. C'est la vie, ou, dans le cas présent, la mort, qui le veut ainsi.

Il se passa la main dans ses cheveux, et se mit à arpenter le bureau en grommelant :

— Et c'est le destin qui veut qu'un homme de soixante ans, apparemment en pleine santé, pique du nez un beau matin dans son porridge et nous laisse tous patauger allégrement dans un pareil pétrin !

Il était évident pour Seraphina qu'elle ignorait trop de choses sur la situation présente. Plus elle obtiendrait d'explications, plus elle serait à même de préparer ses propres réponses. Elle se leva afin de croiser le regard de Reeves et demanda :

— Si je ne me trompe, vous faisiez allusion à ce regrettable accident dans la lettre que vous avez envoyée à Arthur.

Il s'immobilisa et la considéra avec stupéfaction.

— Vous avez lu ma lettre ?

— En son absence, je n'avais pas le choix.

Elle décida en son for intérieur qu'elle n'avait pas à expliquer les raisons qui l'avaient poussée à agir ainsi. Ni d'avouer qu'elle s'était approprié les deux cents livres qui accompagnaient la missive.

— Il me semble me rappeler que l'homme dont il était question s'appelait Perceval.

Un long moment passa avant qu'il ne hochât la tête et reprît ses allées et venues, les mains croisées derrière le dos, le regard rivé au sol.

— Nous étions trois, finit-il par dire d'un ton monocorde. Il y avait d'abord Perceval et Arthur, les deux fils aînés de mon père, feu lord Gavin Reeves, cinquième comte de Lansdown, et de sa première épouse. Je suis son troisième fils, le seul enfant qu'il ait eu avec sa deuxième femme.

Il s'immobilisa devant une des fenêtres, lui offrant son dos, et continua :

— Perceval et sa femme, Honoria, n'ont pas eu d'enfant. Il apparaît qu'Arthur n'a eu que trois filles avant de quitter ce monde.

Il soupira lourdement, et poursuivit d'une voix cette fois chargée de colère :

— Ce qui signifie que s'il est réellement mort, je serai le nouveau comte de Lansdown.

— Et je suppose que je suis censée avoir pitié de vous, ne put s'empêcher de rétorquer Seraphina.

— Je ne veux pas être comte.

La colère de Reeves était retombée. Sa voix était à présent aussi morne et triste que celle du condamné prononçant le rituel : « Je ne veux pas être pendu. » Une petite partie d'elle-même plaignit Carden Reeves, auquel le destin venait de jouer un mauvais tour en l'entraînant dans une voie qu'il n'avait aucune envie d'emprunter. Mais très vite, son côté pragmatique lui suggéra qu'il y avait quand même pire sort que d'être élevé au rang de pair du royaume !

— La vie est un jeu de hasard, elle nous distribue rarement les cartes que nous souhaitons, observa-t-elle. À chacun de nous de faire au mieux avec ce qu'il a. Pardonnez-moi d'être aussi directe, mais je ne vois pas en quoi devenir pair du royaume peut être considéré comme une catastrophe. J'avais toujours cru, au contraire, que cette situation comportait d'incroyables avantages.

Il secoua lentement la tête et émit un curieux bruit de gorge, qui oscillait entre le rire nerveux et les sanglots réprimés.

— Eh bien, nous serons au moins d'accord sur un point, c'est que nos avis divergent en ce domaine, lâcha-t-il finalement en se détournant de la fenêtre pour la regarder. Il y a cependant un sujet sur lequel nous devons absolument arriver à un accord. Il s'agit de mes nièces.

Il avait prononcé ces paroles avec une froideur toute professionnelle ; il montrait probablement plus de passion pour choisir ses costumes.

— Seriez-vous disposé à les accueillir chez vous ? demanda-t-elle, déterminée à quitter cette maison sur-le-champ avec les trois fillettes s'il marquait la moindre hésitation.

— Seul un homme complètement dénué de cœur renverrait des enfants dans le besoin – des enfants de sa propre famille, qui plus est.

C'était certes une déclaration importante. Mais ce n'était pas la réponse enthousiaste qu'elle aurait aimé entendre.

— Avez-vous du cœur, monsieur ?

Sous le regard médusé de Seraphina, il prit son temps pour répondre, comme si la question méritait une profonde réflexion.

— Dans une certaine mesure, oui, finit-il par dire, presque à regret. Toutefois, ajouta-t-il avec plus d'énergie, je suis un célibataire dans l'âme, madame Treadwell. Un célibataire heureux, et qui n'est pas prêt à renoncer à ses habitudes. Ma maison n'est pas un endroit convenable pour des enfants impressionnables. Surtout des petites filles.

En effet, approuva Seraphina en silence. Elle en était arrivée un peu plus tôt à la même conclusion. L'espoir de trouver ici une tante affectueuse et des petits cousins joyeux n'avait été que passager. Une rêverie qui s'était vite heurtée à la réalité. À moins, naturellement, que Carden Reeves ne souhaite faire évoluer la situation, dans l'intérêt de ses nièces.

— Plus important encore, ajouta-t-il, interrompant le fil de ses pensées, c'est que je n'ai pas le moindre désir de changer mon style de vie. Je ne connais rien aux enfants et n'ai nullement l'intention d'apprendre quoi que ce soit à leur sujet.

Beau. Arrogant. Et incroyablement égoïste de surcroît.

— Si je comprends bien, vous comptez subvenir aux besoins de vos nièces financièrement, mais vous souhaitez les voir résider ailleurs ? résuma-t-elle.

— Oui. C'est la meilleure solution.

Il comprit, à la façon dont elle leva le menton, qu'elle n'était pas de cet avis. S'il avait eu le moindre bon sens, il aurait déclaré que l'affaire était entendue et aurait rapidement réglé les détails matériels. Mais au cours des quelques minutes qu'il venait de passer en tête à tête avec elle, il avait fait une découverte étonnante. Le bon sens était à l'opposé des sentiments que cette femme provoquait chez lui. Elle ne cherchait pas à éviter l'affrontement, comme la plupart des femmes de sa connaissance. Et cela lui plaisait. Cela lui plaisait même énormément. Presque autant que son accent délicieusement exotique, qui avait tendance à devenir un peu plus prononcé dès qu'elle était agacée.

Non, décidément, aucun homme doué de bon sens ne se serait aventuré à demander, comme il le fit :

— Vous n'êtes pas d'accord avec moi, madame Treadwell ?

— Monsieur, vos nièces ont perdu tous leurs repères en ce monde, articula-t-elle, s'efforçant visiblement de garder son sang-froid.

Ses *o* et ses *a* avaient une intonation de moins en moins britannique. C'était tout à fait fascinant. Quant à ses yeux… ils lançaient des flammes.

— Leurs parents sont morts. Elles ont dû vivre pendant des semaines dans un extrême dénuement, puis quitter du jour au lendemain le seul foyer qu'elles aient jamais connu. Il me semble essentiel qu'on leur donne l'occasion de retrouver une certaine stabilité. Vous êtes leur seule famille. Si vous décidiez de les renvoyer, elles ne manqueraient pas d'en conclure qu'elles ne sont pas désirées. Ce sont des petites filles très intelligentes.

Si elles étaient ne serait-ce que moitié aussi intelligentes que leur nurse…

— Je suis un étranger pour elles, contra Carden, réaliste. Je doute même qu'Arthur ait jamais prononcé mon nom devant elles. En toute honnêteté, je ne pense pas que leur petit cœur soit définitivement brisé si je les envoie vivre dans ma maison de campagne.

— Pour que vos domestiques s'occupent d'elles ? protesta Seraphina. C'est votre conception d'une vie de famille et d'une enfance heureuse ?

Non. C'était ainsi qu'il avait vécu sa propre enfance, et il avait terriblement souffert de la solitude. Il ne souhaiterait à personne de connaître le même sort, sauf peut-être à son pire ennemi. Néanmoins, quels que soient les regrets et le chagrin qu'il éprouvât en évoquant cette période, il n'en demeurait pas moins que son passé avait forgé son présent et dessiné son futur. Il n'avait pas le sens de la famille et il ne l'aurait jamais. C'était pour lui une certitude. Ses nièces seraient cent fois plus heureuses s'il n'apparaissait pas quotidiennement dans leur vie.

— Elles vous auraient, *vous,* madame Treadwell. Ne saurez-vous pas leur procurer la stabilité dont elles ont besoin et leur offrir une enfance heureuse dont elles se souviendront avec délice ?

— Vous voulez que je reste avec elles ?

— Vous êtes bien leur nurse, non ? répondit-il, intrigué par le cours que prenait la conversation.

Avait-elle espéré être libérée de sa charge ?

— Je suis une amie de la famille, monsieur. J'ai seulement accepté de m'occuper des enfants pendant ce qui ne devait être qu'une brève absence de leurs parents.

Ah, c'était donc cela. Mme Treadwell n'était pas une employée, et elle entendait qu'il soit conscient de son statut social. Et maintenant qu'il songeait, il s'apercevait qu'il avait tiré des conclusions un peu hâtives. Cette femme n'avait ni l'allure ni le langage d'une domestique. Elle appartenait sans aucun doute à la même classe sociale que lui. Ou, du moins, à la classe sociale qui était la sienne encore une heure auparavant. Car depuis son arrivée, tout avait changé.

Il se retrouvait notamment responsable de l'éducation de trois fillettes, tâche pour laquelle il n'était absolument pas qualifié. Et si cette Mme Treadwell croyait pouvoir les abandonner devant sa porte telle une portée de chatons, avant de disparaître dans la nature... eh bien, elle se trompait ! Tant qu'il aurait un souffle de vie et de l'argent dans sa poche, il n'en serait pas question.

— Avez-vous des projets ou des engagements autres qui vous empêchent de rester auprès d'elles ? s'enquit-il en feignant la nonchalance.

— Non, répondit-elle calmement. Absolument rien.

S'il lisait correctement entre les lignes, cela signifiait qu'il n'y avait pas d'homme dans sa vie. Carden sourit, regagnant en assurance.

— Existe-t-il un obstacle particulier qui ferait que vous ne pourrez continuer à vous occuper de l'éducation de mes nièces ?

— Non, il n'y en a pas.

— Parfait. Dans ce cas, l'affaire est entendue, déclara-t-il avec bonne humeur. Je peux vous assurer que vous serez généreusement récompensée pour vos services.

Elle eut un sourire contraint, fragile. Un flot de couleur envahit ses joues, leur donnant un ton de rose profond qui exalta sa sensualité. Au diable les faiseurs de mode, qui avaient décrété que le cou des femmes devait demeurer caché pendant la journée ! Que n'aurait-il donné en cet instant pour voir son décolleté se colorer de rose ! Mais cela viendrait, et bientôt. Il y veillerait... Il s'arrangerait aussi pour que cette créature exotique ait une robe digne de sa beauté.

— Désirez-vous que nous partions sur l'heure pour votre maison de campagne ?

Carden crut déceler une pointe de sarcasme dans la question, mais il balaya aussitôt ce doute. Ce devait être un effet de son imagination.

— Je suppose qu'après le long voyage que vous venez d'accomplir, vous apprécierez un peu de repos ?

— Ce voyage pénible a développé notre résistance à la fatigue et nous sommes parfaitement capables de repartir sans attendre. Je ne voudrais surtout pas vous causer de désagrément.

Cette fois, impossible de se tromper. Le ton était sec, les propos ironiques. Mais qu'est-ce qui avait bien pu la contrarier ? Certes, la discussion avait été tendue par moments, mais jusqu'ici cela ne s'était pas trop mal passé. Espérant obtenir un éclaircissement sur la raison de son irritation, il fit remarquer :

— Vous avez la langue acerbe, madame Treadwell.

Le sourire de la jeune femme garda toute sa douceur, mais ses yeux prirent la couleur froide de l'acier. La transformation était saisissante

— Je m'en excuse, fit-elle.

— Vous ne le pensez pas vraiment.

— Bien sûr que non. Mais c'est ce qu'on est censée répondre quand on se fait tancer pour son impolitesse. De votre côté, vous devriez accepter mes excuses sans faire de commentaire et changer de sujet.

— Je n'aime pas me plier aux règles.

« Et moi, je n'aime pas qu'on me dévore des yeux comme si j'étais un pudding ! » faillit rétorquer Seraphina. Mais, répugnant à critiquer l'homme sur lequel reposait le sort de ses trois protégées, elle se maîtrisa et répliqua avec indifférence :

— Dans ce cas, il est sans nul doute préférable que les filles ne subissent pas votre influence en vous côtoyant quotidiennement.

— Vous trouvez qu'il vaut mieux qu'elles subissent la vôtre ?

La regardant d'un air de défi, il sourit et inclina la tête de côté, comme le faisait Beatrice quand elle était intriguée par quelque nouvelle découverte.

Ce geste, si insignifiant qu'il fût, sembla à Seraphina très révélateur. Tout d'abord, derrière la façade du séducteur et du libertin se cachait un homme simple, doté d'une curiosité sans limites et d'un évident sens de l'humour. Cet aperçu de sa véritable personnalité amena une deuxième découverte : elle le trouvait excessivement séduisant. Plus que tous les hommes qu'elle avait connus jusque-là. En outre, il était impossible d'être très longtemps en colère contre lui. Cette découverte-là la troubla profondément. Et l'effraya. Avec ses airs de petit garçon, Carden Reeves mettait en danger non seulement son bon sens, mais aussi le peu de fierté et de vertu qui lui restaient.

— Si vous avez le sentiment que mon influence sur vos nièces risque d'être néfaste, monsieur, déclara-t-elle, le cœur battant, n'hésitez pas à engager une personne plus qualifiée. Naturellement, je resterai auprès des enfants le temps que vous trouviez une autre gouvernante.

— Ma maison de campagne est en cours de rénovation, annonça-t-il, ignorant totalement les propos de Seraphina.

D'un geste, il indiqua le dessin posé sur un chevalet, dans un angle de la pièce.

— Les travaux sont assez considérables, je le crains. Perceval les avait entrepris quelques semaines avant sa mort. La maison demeurera inhabitable jusqu'à la fin de la saison.

Seraphina trouvait d'énormes avantages à demeurer à bonne distance de l'oncle des fillettes. Il était plus facile de résister à la tentation dès lors qu'on ne l'avait pas sous les yeux…

— Où irons-nous en attendant la fin des travaux ? Vous possédez une autre maison où nous pourrions loger provisoirement ?

— Non, désolé, dit-il en secouant la tête. Dans l'immédiat, il vous faudra habiter ici. Je ferai les arrangements nécessaires afin que la fraîcheur et la naïveté de mes nièces demeurent intactes.

— Merci, répliqua-t-elle d'un ton crispé.

Restait à savoir combien de temps durait la saison londonienne, et surtout jusqu'à quel point Carden Reeves était capable de se discipliner.

Il eut un sourire de biais et une étincelle malicieuse apparut dans ses yeux gris-bleu.

— Ce merci-là était tout à fait gracieux.

— Je fais de mon mieux.

— En effet, admit-il en riant.

Le cœur de Seraphina cognait à grands coups. Elle n'avait qu'une seule pensée : s'éloigner avant de dire ou de faire quelque chose qu'elle regretterait toute sa vie.

— Cette conversation est-elle terminée, monsieur ?

— Pas tout à fait.

Il alla se percher sur un coin du bureau et reprit :

— Il y a encore plusieurs questions que je désire aborder avec vous.

Seigneur ! L'arrogance de Carden Reeves était inouïe. Mais par une sorte de miracle, le fait d'avoir eu un aperçu de sa vraie personnalité rendait ce trait de caractère plus supportable.

— Et quelles sont ces questions ? demanda-t-elle en se retranchant derrière une apparente indifférence.

— Tout d'abord, mes nièces sont vêtues de haillons. J'aimerais que vous veilliez à ce qu'elles soient correctement vêtues d'ici la fin de la semaine. Ne regardez pas à la dépense. Je peux me le permettre.

Seraphina acquiesça d'un hochement de tête.

— Ensuite ?

— Je ne plaisantais pas quand j'ai dit que je ne voulais pas devenir comte, poursuivit-il, sincère. Ce titre s'accompagne d'incroyables restrictions et de réalités déplaisantes, et j'ai l'intention de les éviter à tout prix. Si qui que ce soit vous questionne à propos d'Arthur, laissez entendre que son retour est imminent.

— Mais c'est un mensonge ! protesta Seraphina.

— Pas forcément, rétorqua Carden, qui croisa les bras et arqua un sourcil. Mais en admettant que ça en soit un, j'attends néanmoins que vous vous en teniez à cette réponse. Je ne suis que le troisième fils, et je veux le rester le plus longtemps possible. Vous ne devez *pas* m'appeler « monsieur le comte ». Ni en privé ni en public. C'est clair ?

— Tout à fait clair, fit-elle du bout des lèvres, bien qu'il la mît dans une position infiniment déplaisante.

— Parfait.

— Y a-t-il un troisième point que vous souhaitez mettre au clair, monsieur ?

Reeves fit la moue et jeta un coup d'œil vers la porte du bureau.

— Je ne veux pas trébucher sur des jouets à chaque pas, dit-il au bout d'un moment. Veillez à ce que les filles n'éparpillent pas leurs affaires dans toute la maison.

Une demande impérieuse qui révélait toute l'étendue de son égoïsme.

— Dois-je aussi les consigner dans leur chambre, ou dans la salle d'étude ?

Carden s'esclaffa.

— De nouveau cette langue acérée, madame Treadwell !

— Je m'en excuse, monsieur Reeves.

Ces excuses-là n'étaient pas plus sincères que les précédentes. Mme Treadwell était décidément une femme très intéressante. En surface, elle respectait les conventions, mais au fond, elle ne jouait pas plus que lui selon les règles. Enfin, une femme comme il les aimait. Il allait apprécier de l'avoir dans la maison, ne serait-ce que pour respirer cette fraîcheur toute féminine qui émanait d'elle.

— J'attends de mes nièces qu'elles se comportent comme n'importe quelles jeunes filles de la bonne société, dit-il, évitant délibérément de répondre à sa question. Je laisse à Sawyer le soin de vous mettre au courant des habitudes de la maison. Je m'efforcerai de dîner régulièrement ici pendant la durée de votre séjour. Et afin de créer une sorte d'ambiance familiale, les enfants me tiendront compagnie. Veillez à ce qu'elles soient habillées correctement pour le repas du soir.

— Naturellement.

— Je désire que vous vous joigniez à nous, poursuivit-il, contenant à grand-peine un sourire. Aussi, procurez-vous des vêtements appropriés. À mes frais, bien entendu.

Il la vit hésiter et crut entendre cliqueter les rouages de son cerveau.

— Merci, dit-elle avec raideur.

Carden pencha la tête de côté en souriant.

— Un mot difficile à prononcer, n'est-ce pas ?

Si son cœur n'avait pas battu la chamade, elle n'aurait peut-être pas résisté à la tentation de le gifler. Mais elle parvint à se contenir, carra les épaules, leva le menton et fixa le regard juste au-dessus des larges épaules de son interlocuteur.

— Je n'ai jamais été employée par qui que ce soit, monsieur Reeves. Ceci explique que je me sente mal à l'aise.

— Avec le temps, vous vous habituerez.

— J'en doute, répliqua-t-elle, glaciale.

Carden haussa les épaules avec désinvolture.

— Si cela vous déplaît tant, peut-être pourrions-nous négocier une sorte d'échange. Un service contre un autre.

— Peut-être, répéta-t-elle, dubitative.

Elle imaginait sans peine quel genre de service il avait en tête. Si humiliante qu'elle lui parût, la condition d'employée était bien plus honorable que celle de maîtresse temporaire.

— Avons-nous terminé ? s'enquit-elle en se levant.

— Je le pense.

— Dans ce cas, je vais retrouver vos nièces et l'aimable M. Terrell, déclara-t-elle en se dirigeant vers la porte.

Elle avait la main sur la poignée quand il la rappela :

— Oh, une chose encore !

Elle marqua une pause et attendit, immobile. Comme il demeurait silencieux, elle prit une profonde inspiration et se retourna.

— De quoi s'agit-il ?

Il lui adressa un sourire espiègle.

— Les présentations sont nécessaires, parfois. Avez-vous un prénom ?

— Oui.

Carden éclata de rire. Elle ne se laissait pas démonter facilement !

— Et quel est-il ?

— Seraphina.

— Comme les anges ? Les séraphins ? demanda-t-il avec un large sourire.

De nouveau, elle s'empourpra. Elle ouvrit la porte et sortit en répondant simplement :

— Mes parents avaient des illusions.

— Pas moi, murmura-t-il alors qu'elle refermait la porte derrière elle. Seraphina Treadwell...

Ce nom avait une consonance qui lui plaisait. Il aimait aussi la femme qui le portait. Elle était si délicieusement différente de toutes celles qu'il connaissait. Pas de battements de cils faussement timides, pas d'airs de sainte-nitouche. Aucune servilité. Elle n'essayait pas non plus de prétendre qu'il lui était physiquement indifférent.

Seraphina Treadwell était le genre de femme qui lui enflammait le corps et l'esprit. Oui... il allait apprécier de l'avoir sous son toit quelque temps.

Il s'approcha de la desserte pour se servir un cognac. Levant son verre en direction de la porte, il dit à mi-voix :

— Au charme des anges exotiques.

4

Debout devant la fenêtre de sa chambre, Seraphina tendit l'oreille. Les fillettes avaient vivement protesté lorsqu'elle leur avait suggéré de faire la sieste. Elles avaient cependant fini par gagner la chambre qu'on leur avait attribuée et avaient réussi à résister au moins deux minutes, avant de sombrer dans le sommeil.

À présent, le silence régnait dans la maison. Seraphina observa les contours gris et sinistres des maisons londoniennes, et tenta de se rassurer : elle avait pris la bonne décision. La seule possible. Peu importait que Londres soit une ville lugubre, humide et glaciale. Voir le ciel bleu et le soleil était bien le dernier de ses soucis en ce moment. L'important ce n'était pas d'avoir chaud, mais d'assurer l'avenir des trois fillettes. Et si elle avait vraiment froid, elle pouvait toujours allumer un feu dans la cheminée.

Elle pouvait également quitter Londres. En dernier ressort. Elle secoua lentement la tête. Dire que comme tous les Britanniques en exil, elle avait tant souhaité connaître son pays d'origine... Faire un pèlerinage au cœur de l'Empire. Maintenant qu'elle avait enfin touché au but, elle ne pouvait s'empêcher de penser que le rêve avait été mille fois plus beau que la réalité. L'Angleterre était certainement un pays très intéressant à visiter. Mais à en juger par ce qu'elle en avait vu jusqu'ici, elle doutait de s'y sentir chez elle un jour.

Non qu'elle ait jamais eu de réel foyer, dut-elle admettre. La maison de ses parents, à la Jamaïque, avait été saisie pour rembourser leurs dettes. La tente qui leur servait d'abri à Belize était depuis longtemps réduite en poussière. La masure que Gerald avait ensuite considérée comme un habitat convenable, mais qui n'était en fait qu'un taudis insalubre, s'était sans nul doute effondrée lors des fortes pluies de l'hiver dernier. La maisonnette n'avait tenu debout que par miracle pendant les deux années précédentes. Un peu à l'image de leur mariage.

Seraphina soupira et esquissa un vague sourire. L'avantage de se trouver à Londres, c'était que la capitale était bien le dernier endroit au monde où Gerald songerait à la chercher. Son sourire s'effaça, et elle croisa les bras pour réprimer le frémissement qui lui parcourut le corps. Gerald était mort. Elle était libre. La Providence l'avait libérée de lui, de la pauvreté et des humiliations. Dieu avait eu pitié d'elle, et l'avait récompensée pour toutes les épreuves endurées en silence. Son lamentable mariage arrangé était désormais du passé. Plus jamais elle ne commettrait pareille erreur.

Ce que Carden Reeves avait senti d'instinct, elle en était sûre. Sa mère lui avait toujours affirmé que les hommes possédaient un sixième sens lorsqu'il s'agissait de jauger une future conquête. Ils devinaient au premier coup d'œil quelles étaient les femmes qui exigeaient le mariage, et quelles étaient celles pour qui cela ne représentait qu'un vulgaire contrat dont on pouvait se passer. D'un point de vue strictement masculin, ces dernières étaient les moins dangereuses en terme de liaison.

D'un point de vue féminin, en revanche, Carden Reeves faisait partie des hommes que sa mère lui avait recommandé d'éviter à tout prix.

Seraphina sourit. Sa mère ne lui avait jamais dit à quel point il était flatteur d'être l'objet de l'attention d'un tel homme. Flatteur et excitant. Elle avait sans doute pensé que son sens moral l'aiderait à garder la tête sur les épaules. Ce qui était non seulement optimiste, mais aussi terriblement naïf. Dieu merci, elle avait un jugement sûr et une solide dose de bon sens, qui constituaient sa meilleure défense contre la faiblesse et la tentation.

Elle avait déjà succombé une fois. Un homme avait prétendu lui offrir un avenir sûr, et elle l'avait cru. La leçon avait été plus que dure…

Mais sa vie avait pris un tour nouveau le jour où elle avait embarqué avec les fillettes en direction de l'Angleterre. Désormais, l'avenir lui appartenait. Elle voulait réussir sa vie, s'épanouir pleinement.

Elle se frotta les bras et se détourna de la fenêtre en murmurant :

— Plutôt mourir que renoncer.

Les flammes crépitaient joyeusement dans l'âtre, diffusant une agréable chaleur. Quelqu'un frappa à la porte. Seraphina considéra le battant de chêne d'un air soucieux et quitta à regret son fauteuil. Elle avait à peine parcouru la moitié de la distance la séparant de la porte qu'elle se sentit de nouveau transpercée par le froid.

Elle ouvrit, et se retrouva devant un homme de haute taille, aux cheveux blancs et à l'allure guindée. Le regard fixé au loin, dans une attitude déférente, il s'éclaircit la voix et dit :

— Bonjour, madame Treadwell. Je suis Sawyer.

Ah, oui ! La personne censée l'informer du fonctionnement de la maison.

— Bonjour, monsieur.

— M. Reeves vous prie de bien vouloir le rejoindre au salon afin de faire la connaissance de la nouvelle femme de charge.

Il n'y avait jamais eu de domestiques chez ses parents, aussi ignorait-elle comment il convenait de s'adresser à un majordome. Espérant ne pas commettre d'erreur impardonnable, elle répondit :

— Merci, Sawyer. Dites à M. Reeves que j'arrive.

— Très bien.

Il baissa les yeux brièvement, mais elle eut le temps de noter qu'ils étaient aussi bruns et vifs que ceux d'un oiseau. Il se racla de nouveau la gorge.

— Puis-je me permettre, madame, de vous souhaiter la bienvenue à Haven House ? Si je peux vous rendre quelque service que ce soit, n'hésitez pas à me le faire savoir.

Haven House ? La maison du paradis ? Jamais demeure n'avait mieux porté son nom…

— Je vous remercie.

— Le dîner est servi à 19 heures précises. Dînerez-vous en bas, les nièces de M. Reeves et vous-même ? Ou préférez-vous que le repas soit servi dans la salle d'étude ?

Carden Reeves lui avait donné des instructions et sa position ne lui laissait pas la liberté de désobéir.

— Nous dînerons en bas, Sawyer.

— Je vais prévenir le cuisinier.

Il s'inclina légèrement, croisa son regard un instant pour la saluer, et tourna les talons.

Seraphina referma doucement la porte et tendit l'oreille, guettant du bruit dans la chambre des filles. Mais elle n'entendit que le craquement des flammes dans le foyer. Avec un soupir, elle se résigna à emboîter le pas au digne majordome.

Carden Reeves se trouvait bien dans le salon. Il se tenait devant la cheminée vide, le bras nonchalamment appuyé au manteau de marbre. Toute sa personne respirait la richesse et l'élégance.

Il se redressa et sourit en la voyant sur le seuil.

— Ah, Seraphina ! Entrez, je vous prie.

Seraphina ? Mais elle eut à peine le temps de prendre mentalement note de cette familiarité qu'une large silhouette noire se leva du canapé et se tourna vers elle. La femme était de taille moyenne, mais plutôt corpulente, et sa forte poitrine semblait emplir tout le devant de sa robe de gabardine. Son sourire était agréable, et son regard brun d'une grande douceur. Des mèches grises apparaissaient sous son chapeau de paille noir. De toute évidence, cette femme portait le deuil d'un être cher, mais elle ne se laissait pas abattre par le chagrin. Seraphina lui rendit son sourire.

— Permettez-moi de vous présenter la nouvelle intendante, dit Carden. Mme Blaylock. Ses références sont irréprochables et son expérience considérable. Mme Blaylock, je vous présente Mme Seraphina Treadwell, de Belize. La compagne de mes jeunes nièces.

Mme Blaylock esquissa une brève révérence.

— Enchantée de faire votre connaissance, madame.

Une fois de plus, Seraphina regretta son manque d'habitude avec les domestiques. Toutefois, Mme Blaylock paraissait moins collet monté que Sawyer, et elle serait sans doute moins à cheval sur les conventions.

— Tout le plaisir est pour moi, madame Blaylock. Je vous souhaite la bienvenue.

Ne leur laissant pas la moindre chance de poursuivre cette conversation, Carden intervint pour expliquer :

— Mme Blaylock est accompagnée de sa fille, Anne, qui sera femme de chambre. Je lui ai demandé de trouver dès cette semaine une deuxième personne pour la seconder. Avez-vous des consignes particulières à lui donner concernant le genre de jeune femme à engager ?

Comme si elle avait la moindre expérience dans ce domaine! ironisa Seraphina intérieurement. Mais elle ne tenait pas à faire l'aveu de son ignorance. C'était précisément dans ce genre de situation que les bonnes manières se révélaient le plus utiles. Soutenant tranquillement le regard de Carden, elle répondit avec assurance :

— Je pense que Mme Blaylock est très compétente et parfaitement capable d'engager quelqu'un qui donnera toute satisfaction.

Il sourit, révélant par là qu'il n'était pas dupe : sa réponse était habile, mais ça n'en était pas moins une dérobade. Il la félicita d'un clin d'œil presque imperceptible.

— Madame Blaylock, continua-t-il en se dirigeant vers la porte, je vous attends donc, votre fille et vous, dès demain matin, avec toutes vos affaires.

La nouvelle femme de charge le salua d'une courte révérence.

— Très bien, monsieur. Je vous remercie infiniment.

La femme n'avait fait que deux pas en direction de la porte lorsque Sawyer apparut comme par magie dans le vestibule, pour lui présenter son manteau.

Seraphina les regarda se diriger vers la porte d'entrée.

— Elle ne vous plaît pas, Seraphina ?

— Elle me paraît très bien, répliqua froidement la jeune femme en se tournant lentement vers lui. Si vous dites que ses références sont excellentes, je vous crois sur parole.

— Alors pourquoi cette mine boudeuse ?

Elle prit une longue inspiration avant de répondre :

— Je n'ai nul souvenir de vous avoir autorisé à m'appeler par mon prénom.

— En effet... Seraphina.

— Monsieur Reeves...

— Carden.

Seraphina soupira et s'efforça de sourire. Mais elle reprit avec plus de fermeté encore :

— Monsieur Reeves...

— Car-den, martela-t-il.

Elle décida d'abandonner temporairement la partie, tout en se promettant de revenir à la charge plus tard.

— Je ne suis pas la « compagne » de vos nièces, déclara-t-elle, attaquant sur un autre front. Je suis leur gouvernante. Il me semble que nous avons conclu un accord à ce propos, il y a moins de trois heures.

Il acquiesça d'un hochement de tête et se rapprocha d'elle.

— Je m'en souviens, mais comme le fait de devenir mon employée semblait vous déplaire, j'ai réfléchi. Je désire que vous vous sentiez bien dans votre rôle et je me suis dit que le terme « compagne » conviendrait mieux à la situation que celui de gouvernante. Vous n'êtes pas de mon avis ?

— Pourquoi mes sentiments à ce sujet auraient-ils une quelconque importance ? rétorqua-t-elle, brusquement sur ses gardes.

— Je préférerais que vous soyez heureuse et à votre aise dans cette maison.

Il sembla à la jeune femme que la température avait soudain augmenté de plusieurs degrés. Résistant au désir de tirer sur son col, elle recula d'un pas et demanda :

— Pourquoi vous inquiétez-vous de cela ?

Il appuya la hanche contre la table placée derrière le canapé et, croisant les bras, la gratifia d'un sourire où perçait une pointe de malice.

— Êtes-vous toujours aussi ingrate ?

— Je ne suis pas ingrate, corrigea-t-elle, le cœur battant à tout rompre. Je suis soupçonneuse.

— Comme vous voudrez, fit-il en riant. Êtes-vous toujours aussi soupçonneuse ?

— En fait, oui.

« Surtout lorsqu'un homme particulièrement séduisant se met en quatre pour me complaire », ajouta-t-elle à part soi.

Carden pencha la tête de côté, ce qui lui donna aussitôt cette irrésistible allure de petit garçon.

— Pourquoi ?

Une question aussi directe méritait une réponse sans détour.

— L'expérience m'a appris que les hommes ne font pas plaisir aux femmes par simple bonté d'âme, déclara-t-elle avec franchise. Ils sont généralement motivés par l'espoir d'être récompensés d'une façon ou d'une autre.

— Vous n'avez pas rencontré beaucoup de vrais gentlemen, n'est-ce pas ?

Seraphina le considéra un instant, interloquée, puis se mit à rire.

— J'ai constaté que les gentlemen étaient les pires de tous. Leurs bonnes manières ne servent qu'à dissimuler leurs desseins et à donner le change.

— Des loups déguisés en agneaux, c'est cela ?

— Je trouve la comparaison excellente, monsieur Reeves.

— Carden, rectifia-t-il immédiatement.

Ses yeux pétillèrent et son sourire se fit encore plus enchanteur.

— Et quelle récompense croyez-vous que je pourrais espérer obtenir de votre part ?

— Je ne saurais le dire.

Ou plutôt, elle *ne voulait pas* le dire. Les dames n'abordaient pas ce genre de sujet avec les messieurs. Jamais.

— Vous ne me connaissez pas assez ? s'enquit-il avec une fausse candeur.

— Voilà qui est vrai, concéda-t-elle, soulagée qu'il ait été assez fin pour lui offrir lui-même une porte de sortie.

Il hocha la tête, s'absorba un long moment dans la contemplation du tapis, puis leva les yeux. Toujours souriant, il redressa les épaules et déclara :

— Puisque nous allons vivre sous le même toit pendant quelque temps, nous aurions sans doute intérêt à faire plus ample connaissance, vous ne pensez pas ?

Son cœur s'emballa, en même temps que son esprit. Plus ample connaissance ? Son instinct lui soufflait qu'avec Carden Reeves, la moindre familiarité pouvait se révéler dangereuse. L'homme n'était pas du genre à avoir des *amies*. En fait, si on la pressait de donner son opinion, elle répondrait qu'à première vue les femmes de sa vie pouvaient se classer en deux catégories : celles qui avaient été ses maîtresses, et celles qui le seraient un jour. Mme Blaylock elle-même avait lieu de se faire du souci... pour sa fille, Anne.

— Nous devons songer aux petites, continua-t-il. Nous allons être obligés de travailler ensemble afin de pourvoir à leurs besoins et de poursuivre leur éducation. Selon moi, une bonne communication et une compréhension mutuelle devraient nous permettre d'atteindre notre but. N'êtes-vous pas de mon avis ?

Le stratagème était transparent ! Se servir de son dévouement pour les enfants à des fins personnelles, c'était bien une attitude à laquelle elle aurait dû s'attendre de la part d'un tel libertin !

— Je sais reconnaître un manipulateur quand j'en vois un, monsieur Reeves. Et je trouve que...

— Carden, rectifia-t-il une fois de plus, sans cesser de sourire. Et puisque vous lisez si clairement en moi, je vous fais confiance pour vous protéger comme il convient. Aimeriez-vous faire le tour de la maison ? Je suis sûr que certaines des pièces vous sembleront intéressantes et que vous voudrez les utiliser avec les enfants.

Cet homme n'arrêtait donc jamais ? Il continuait sa course tel un ouragan, sans se laisser arrêter par les efforts qu'elle déployait pour le décourager. Lui tenir tête à propos de tout et de rien se révélait non seulement épuisant, mais inutile. Il valait mieux qu'elle conserve ses forces pour les batailles réellement importantes.

— Après dîner, peut-être ? suggéra-t-elle.

— Pourquoi remettre à plus tard ? fit-il en lui offrant le bras. Il faut savoir profiter de l'instant présent.

Le savoir-vivre imposait à Seraphina d'accepter son invitation et de marcher à ses côtés. Mais le bon sens lui conseillait d'ignorer son geste et de le suivre à distance respectable, autrement dit hors de sa portée.

Quelle attitude sa mère lui aurait-elle conseillé ? Ni l'une ni l'autre. Maria Magdalena Miller aurait simplement rappelé à sa fille qu'elle se trouvait dans cette situation embarrassante pour la seule raison qu'elle n'était pas restée à Belize, à attendre stoïquement le retour de son mari. Une bonne épouse demeurait à sa place. Si elle se trouvait maintenant en difficulté, c'était uniquement sa faute et elle l'avait bien mérité.

Carden vit les émotions se succéder sur le visage de la jeune femme. Surprise, méfiance, confusion. Et enfin… colère, à en juger par sa mâchoire crispée et son regard flamboyant. Il se prépara à l'explosion, conscient que s'il n'avait pas franchi les limites de la bienséance, il en était dangereusement près. Seraphina Treadwell serait parfaitement dans son droit si elle lui passait un savon.

Mais contre toute attente, elle vint glisser son bras sous le sien, sa main reposant légèrement sur son avant-bras. Ses joues déjà enflammées lorsqu'elle était entrée dans le salon semblèrent s'empourprer davantage. Craignant qu'elle ne revienne sur sa décision et ne retire son bras s'il lui en laissait l'occasion, il l'entraîna hors de la pièce sans attendre.

Ils avaient à peine gagné le vestibule, qu'elle risqua :

— Puis-je vous poser une question ?

— Certainement.

— Faites-vous faire le tour du propriétaire à toutes les femmes qui vous rendent visite ?

— Seulement à celles qui doivent demeurer quelque temps chez moi, répondit-il avec un sourire narquois. Vous faites partie d'un groupe très restreint. À vrai dire, vous êtes même le seul membre du club.

— Dieu que j'ai de la chance !

Il savait qu'elle n'en pensait pas un mot. Il percevait la tension qui l'habitait à la raideur de ses mouvements, à la crispation de son bras sur le sien. Mais, heureusement pour elle, il était particulièrement doué pour dissiper la tension et faire oublier leurs angoisses aux femmes.

— Ce n'est pas tous les jours qu'un homme reçoit une belle invitée de Belize.

— Je suis née à la Jamaïque, précisa-t-elle, ignorant délibérément le compliment. Lorsque mon père a entrepris ses recherches à Belize, il a souhaité que ma mère et moi le rejoignions là-bas.

Il avait deviné qu'elle s'éloignait à dessein de sujets trop personnels, mais comme il était aussi curieux de connaître son passé, il demanda :

— Quel genre de recherches effectuait-il ?

— Il était botaniste, répondit-elle en se détendant imperceptiblement. Ma mère ne s'intéressait pas du tout à son travail, et comme j'étais moi-même trop jeune pour regimber, il m'a poussée à devenir son assistante.

Ils franchirent une double porte et Carden annonça :

— Voici mon bureau, comme vous le savez déjà. Et votre mari... il était aussi botaniste ?

— Non.

Elle hésita avant de continuer, semblant chercher ses mots avec circonspection.

— C'était une espèce d'aventurier... qui se dissimulait sous un costume d'homme d'affaires.

« Ah, pas le grand amour, donc », songea-t-il.

Mais, histoire de s'en assurer, il ajouta d'un air détaché :

— À votre ton, j'ai l'impression que votre mariage n'était pas des plus heureux.

— Les mariages arrangés le sont rarement, d'après ce que j'ai pu constater, répliqua-t-elle évasivement, alors qu'ils pénétraient dans la bibliothèque.

Ou plutôt dans une pièce qui ressemblait à une bibliothèque.

Lâchant le bras de Carden, Seraphina alla examiner les quelques volumes qui occupaient les étagères d'acajou.

— Vous avez là une collection intéressante, monsieur Reeves, observa-t-elle.

— Carden.

Elle tourna la tête et rencontra son regard.

— J'ai bien compris que tel était votre prénom. J'ai simplement décidé de l'ignorer.

Si elle décidait de faire fi de ses paroles, il pouvait se permettre d'en faire autant.

— Ma bibliothèque se réduit au minimum. Comme dirait mon ami Barrett, elle est mieux pourvue en mobilier qu'en livres. Vous ferez la connaissance de Barrett ce soir, au dîner.

Elle lui décocha un regard qui signifiait qu'elle avait vu clair dans son jeu. Il entendait lui rendre la monnaie de sa pièce ? Fort bien. De son côté, elle n'abandonnerait ni sa raideur ni son respect des conventions.

Carden la regarda passer l'index sur les volumes reliés de cuir. Elle avait de très belles mains, gracieuses et délicates. Il aurait donné cher pour qu'elle glisse ainsi le doigt le long de son torse. L'espace d'un instant, il caressa l'idée d'aller se placer derrière elle, d'enrouler les bras autour de sa taille et d'embrasser sa nuque adorable jusqu'à ce qu'elle se laisse entraîner vers le canapé... Le dossier était suffisamment haut pour les cacher et, s'ils étaient discrets, nul ne devinerait leur présence. Un jour, peut-être...

Quand ? Combien de temps lui faudrait-il pour abattre le rempart de froideur derrière lequel elle s'abritait ? Non que le temps fût très important, en fait. Il avait suffisamment d'expérience pour savoir qu'une femme comme Seraphina Treadwell valait la peine qu'on attende.

Cependant, il avait toujours été un grand amateur de paris. Sa tentative de séduction serait bien plus excitante s'il se fixait une date limite. Une semaine. Oui, il s'accordait une semaine pour atteindre son but. Jeudi prochain, la belle serait dans son lit. Comblée, nue, ses boucles brunes déployées sur l'oreiller...

— Apparemment, commença-t-elle, faisant voler sa rêverie en éclats, la plupart de vos livres ont trait aux mathématiques et à la technique.

— En effet.

Il déglutit et fourra les mains dans ses poches, ramenant sans en avoir l'air les pans de sa veste devant lui. Anxieux de détourner son attention de sa personne, il ajouta en hâte :

— Ce sont mes principaux domaines d'intérêt sur le plan professionnel. Je suis architecte.

— J'avais cru le deviner, dit-elle avec un sourire timide. J'ai vu le plan sur le chevalet dans votre bureau, et les modèles miniatures sur les étagères. J'ai aussi remarqué quelques ponts parmi les maisons.

— J'ai été pendant quelque temps ingénieur dans l'armée de Sa Majesté, expliqua-t-il avec un haussement d'épaules désinvolte. Je présume que vous avez rapporté avec vous les livres d'Arthur ?

— Oui. Ainsi que ceux de mon père.

Elle esquissa un autre sourire hésitant. Il dut faire un violent effort pour ne pas la prendre dans ses bras, tandis qu'elle poursuivait :

— Ils ne sont pas particulièrement nombreux, bien sûr. Les livres de qualité sont une rareté dans ces coins reculés de l'Empire. La bibliothèque d'Arthur reflète bien ses centres d'intérêt. Presque tous les volumes se rapportent à l'histoire ancienne. J'espère que vous accepterez de leur faire une place parmi les vôtres ?

— Naturellement.

Il décida qu'il valait mieux continuer la visite avant de ne plus avoir la force de résister à la tentation. Il lui présenta de nouveau son bras et ajouta :

— Il y aura aussi de la place pour les livres de votre père. Comme je suppose qu'ils traitent de botanique, ils compléteront à merveille la bibliothèque familiale, n'est-ce pas ?

Le rejoignant, elle remarqua :

— Le choix devrait être suffisant pour que les filles n'en fassent pas trop vite le tour.

Il constata avec satisfaction qu'elle n'hésitait plus à passer son bras sous le sien. C'était un infime progrès, mais il était prometteur.

— Mes nièces ont-elles commencé à manifester certaines dispositions intellectuelles ? s'enquit-il en sortant de la bibliothèque.

— Beatrice semble marcher sur les traces de son père. Elle peut déjà soutenir une conversation sur les civilisations égyptienne et sumérienne, expliqua Seraphina d'une voix animée qu'il ne lui avait jamais entendue. Pour l'instant, Camille ne s'intéresse qu'aux insectes et aux petits animaux à fourrure. Mais Amanda a déjà une passion pour les mathématiques et les sciences physiques, comme vous.

— Eh bien, voilà qui promet des conversations fort intéressantes au dîner, commenta-t-il en riant.

Ils traversèrent la salle du petit-déjeuner et il demanda :

— Quels sont vos centres d'intérêt, Seraphina ?

— Je dessine et je peins un peu.

Terriblement banal. Toutes les jeunes filles de plus de douze ans se croyaient autorisées à barbouiller des toiles qu'elles baptisaient ensuite « paysages ». Il s'attendait sincèrement que Seraphina ait des distractions moins conventionnelles.

— J'espère que vous me montrerez vos œuvres, dit-il par souci de galanterie.

Les femmes adoraient qu'on les complimente et qu'on loue leurs talents. Qu'on soit sincère était pour elles très secondaire.

— Si vous voulez.

Elle avait le don de prononcer la réponse polie la plus prévisible, tout en laissant très finement transparaître ses véritables sentiments. Il ne doutait pas un instant que Seraphina ne lui ferait admirer ses œuvres qu'au cas très improbable où il se mettrait à geler en enfer... Ce qui l'intriguait, c'était la raison de cette attitude. Au contraire de la plupart des femmes, était-elle consciente de son absence de talent ? La question le tarabustait encore lorsqu'il ouvrit une nouvelle porte.

Tout en s'effaçant pour la laisser passer, il envisagea une autre explication à ce mystère. Les tableaux de

Seraphina Treadwell n'étaient peut-être pas de ceux qu'une dame peut admirer en compagnie d'un gentleman. La mère d'Aiden était une artiste, et sa peinture d'un érotisme subtil avait créé une sorte de scandale mineur. Il se pouvait fort bien que les tableaux de Seraphina ne soient pas aussi banals ni aussi maladroits qu'il l'avait imaginé.

— Mon Dieu !

Pour la deuxième fois en moins de dix minutes, Carden fut tiré brusquement d'une rêverie agréable. Il battit des paupières et redescendit péniblement sur terre. L'air consterné, Seraphina s'avançait à pas lents dans la serre, frôlant du bout des doigts les feuilles brunes et desséchées qui bordaient l'allée centrale. Toutes ces plantes étaient beaucoup plus vertes la dernière fois qu'il était entré ici. Ce qui, se rendit-il compte, remontait au jour où il avait pris possession de la maison.

Examinant un spécimen particulièrement malingre, Seraphina laissa échapper un gémissement.

— Le jardinier a suivi ses maîtres quand ils sont partis d'ici, se hâta-t-il d'expliquer. Je crains que ces plantes n'aient été quelque peu négligées ces derniers mois.

Elle soupira, pivota lentement sur elle-même pour mesurer l'étendue des dégâts.

— Vous êtes en dessous de la vérité, monsieur Reeves. Cet endroit est à l'abandon.

— Carden. Je m'apprêtais justement à engager un nouveau jardinier, assura-t-il. Vous semblez vous y connaître en plantes de serre. Dois-je exiger des qualifications particulières ?

— Eh bien, une personne capable d'accomplir des miracles serait la bienvenue, railla-t-elle en arrachant une feuille morte d'un pot qui en semblait rempli.

Elle la tint à hauteur des yeux de Carden et précisa :

— Cette plante était un spécimen très rare, vous savez.

De fait, il n'en savait rien. Ce qu'il comprenait clairement, en revanche, c'était qu'elle trouvait que la serre était dans un état inadmissible. Et que lui, le responsable de tout ça, était à ses yeux une sorte de criminel. Un tueur de plantes froid et indifférent.

— Un peu d'eau les ramènera sans doute à la vie, non ? risqua-t-il dans l'espoir de se faire pardonner.

— De l'eau, ainsi que de la chaleur, du soleil, une bonne dose de terre riche en humus et de nouvelles semences.

Secouant la tête, elle jeta la feuille sur le sol et balaya encore une fois la serre du regard.

— En d'autres termes, il faut repartir de zéro.

— Oui, acquiesça-t-elle en soulevant légèrement sa jupe pour traverser la vaste pièce vitrée. Mais vous avez de la chance, lança-t-elle par-dessus son épaule. Il se trouve que j'ai emporté un grand nombre de ces graines rares.

Il lui emboîta le pas, intrigué par le brusque changement qui venait de se produire en elle. S'il ne l'avait vu de ses propres yeux, il n'aurait pas cru cela possible. Cette femme froide, réservée, venait de se transformer en... en une sorte de nymphe de la forêt.

Quand il la rattrapa, elle était déjà penchée au-dessus de l'établi de jardinier, occupée à trier une vieille collection de pots et d'outils. L'air concentré et... heureux.

— J'imagine que votre père, en tant que botaniste, avait une réserve de graines rares, hasarda-t-il.

— Une réserve considérable, admit-elle sans lever les yeux. Si je le souhaitais, je pourrais gagner ma vie confortablement en approvisionnant toutes les serres privées d'Angleterre.

— C'est un projet que vous avez envisagé ? s'énquit-il, incrédule.

Elle s'interrompit et le regarda droit dans les yeux.

— Oui. Je m'attendais à être poliment congédiée après vous avoir confié les enfants. Or, il se trouve qu'au fil des ans j'ai été habituée à me nourrir à intervalles réguliers, et que j'y ai pris goût. Je préfère être indépendante, dans la mesure du possible, pour subvenir à mes besoins. Le fait d'être à la merci de l'humeur ou des caprices d'un tiers n'est ni plaisant ni sécurisant.

Cette remarque piqua la curiosité de Carden.

— Et pourtant, vous avez accepté de rester avec mes nièces et d'être mon employée. Pourquoi ?

Avec un haussement d'épaules, Seraphina reprit son inventaire.

— Je pourrai mener mon projet à bien plus tard. Pour l'instant, il me semble plus important de m'occuper des petites. Je serais égoïste si je les abandonnais maintenant, alors qu'elles ont désespérément besoin d'être rassurées par une présence familière.

— Et quand elles n'auront plus besoin de cette présence, vous partirez ?

— Je serai toujours là quand elles auront besoin de moi, monsieur Reeves. Nous avons traversé un certain nombre d'épreuves ensemble. Nos liens ont été forgés dans l'adversité. Le jour viendra où ma présence constante ne sera plus nécessaire. Mais même alors, je tiens à ce qu'elles sachent qu'elles peuvent compter sur moi.

— Vous avez les pieds sur terre.

Seraphina acquiesça d'un signe de tête.

— Par nécessité, monsieur Reeves.

— Mon prénom est Carden, lui rappela-t-il en détachant chaque syllabe.

Avec un soupir, elle posa de côté une petite pelle rouillée et lui fit face.

— Non seulement j'ai les pieds sur terre, monsieur Reeves, mais je ne mâche pas mes mots. En termes clairs, si je ne vous appelle pas par votre prénom, c'est parce que vous me semblez appartenir à cette catégorie d'hommes qui, une fois la porte entrouverte, n'hésitent pas à franchir le seuil.

S'appuyant contre le bord de l'établi, il croisa les bras en souriant.

— C'est ce qui s'appelle être franche.

Les mains sur ses hanches, Seraphina le défia du regard, les joues en feu.

— Je préfère que certaines barrières restent en place.

— Pourquoi ?

— Parce que je suis une femme mariée.

— J'avais cru comprendre que vous étiez veuve.

— C'est peut-être le cas, mais...

— Les veuves ne sont pas soumises aux mêmes conventions sociales que les femmes mariées.

— *Peut-être.* Néanmoins, je n'ai pas l'habitude d'entretenir des liaisons temporaires.

Le regard de Carden se perdit au loin comme s'il envisageait de se faire moine. Au bout d'un assez long moment, il demanda d'une voix veloutée :

— Qu'entendez-vous par *temporaire* ?

— Tout ce qui se situe en deçà de l'éternité.

Perplexe, il arqua les sourcils. Il était sur le point de lui faire remarquer que c'était sans doute une bonne chose que son mariage ne se soit pas prolongé outre mesure, quand il entendit derrière lui le toussotement poli qui signalait la présence de Sawyer. Le regard de Seraphina passa par-dessus son épaule, ce qui signifiait que le majordome se trouvait là, quelque part entre les feuilles desséchées. Il soupira.

— Oui, Sawyer ? demanda-t-il sans même jeter un coup d'œil derrière lui.

— La voiture transportant les affaires des jeunes demoiselles et de Mme Treadwell vient d'arriver, monsieur.

— Merci, Sawyer, fit Seraphina en s'essuyant les mains. Je m'en occupe immédiatement.

Elle marqua une très légère pause, avant d'ajouter :

— Merci pour la visite, monsieur Reeves. Ce fut très instructif.

Puis, soulevant sa jupe, elle s'éloigna promptement.

— N'est-ce pas ? lança-t-il, les yeux rivés sur ses hanches.

Vêtue d'une robe à la mode, elle ferait tourner la tête de tous les hommes. Il allait s'efforcer de la confiner à la maison pendant quelques semaines…

— Monsieur ?

— Oui, Sawyer ? fit-il, l'esprit ailleurs.

— Lady Lansdown vient d'arriver.

Le moral de Carden s'effondra brusquement.

— Honoria ? Honoria est ici ?

— Oui, monsieur. C'est bien ce que j'ai dit.

Marmonnant une série de jurons, il se passa la main dans les cheveux, tandis qu'une nuée de pensées déplaisantes tourbillonnait dans son esprit.

— Vous ne lui avez pas parlé d'Arthur, j'espère ?

— Bien sûr que non, monsieur, répondit Sawyer, imperturbable. Vos instructions étaient très claires.

Si Honoria découvrait la vérité, il était perdu. Cette créature était incapable de garder un secret, fût-ce au prix de sa propre vie ! Quand elle apprenait quelque chose, le pays entier était au courant dans l'heure qui suivait.

— Faut-il demander au cuisinier de prévoir un couvert supplémentaire, monsieur ?

Seigneur ! Un repas en compagnie d'Honoria. De Seraphina. Et de ses nièces. Toutes ensemble. Carden avala sa salive et décida d'accepter son sort avec résignation et dignité.

— Je ne vois pas comment je pourrais éviter de l'inviter à dîner poliment, n'est-ce pas, Sawyer ?

— Très bien, monsieur. J'avertis le cuisinier sur-le-champ.

Carden le remercia d'un signe de tête. Pourquoi diable Honoria était-elle revenue à Londres ? Et pourquoi avoir choisi ce jour-là entre tous pour lui rendre visite ? Ce repas promettait d'être un cauchemar. Si l'une des fillettes prononçait par mégarde un mot malheureux...

Il lâcha un juron, et crut entendre Sawyer marmonner :

— Ce n'est rien de le dire, monsieur.

5

Lorsque les transporteurs, soufflant et suant, eurent fini de hisser les malles dans la salle d'étude, celle-ci fut aussi encombrée qu'un salon le lendemain de Noël. Les fillettes étaient à la fête. C'était une sorte de célébration, comme si, en récupérant enfin leurs affaires personnelles, elles prenaient réellement possession des lieux.

Pour Seraphina, c'était une autre paire de manches. Rien ne se trouvait là où elle croyait l'avoir mis. Il lui fallut donc ouvrir tous les paquets, trier leur contenu et le ranger. Quand la pendule sonna 18 heures, elle sut qu'elle avait commis une erreur en acceptant de dîner avec Carden Reeves. Mais il était trop tard pour revenir en arrière. Elle n'avait plus qu'à se frayer un chemin dans le labyrinthe formé par les bagages, tenter de mettre un peu d'ordre dans ce chaos et s'arranger pour que les filles soient prêtes à temps.

Cela n'allait pas être facile, comprit-elle, tandis que Camille tournait la tête pour la troisième fois, afin de surveiller les faits et gestes de ses sœurs à l'autre bout de la pièce. Les fines boucles auburn glissèrent souplement entre les doigts de Seraphina.

— Camille, pour l'amour du ciel, supplia-t-elle, tiens-toi tranquille le temps que je noue ce ruban.

La fillette se retourna vivement et croisa son regard dans le miroir. Son sourire radieux ne contenait pas une once de culpabilité.

— Je ne trouve pas ma crinoline ! s'exclama Amanda.

Camille se tourna aussitôt dans sa direction, arrachant encore une fois ses boucles aux mains de Seraphina.

Cette dernière poussa un soupir d'exaspération et s'exhorta au calme.

— As-tu regardé dans ta malle ?

— Oui, j'ai cherché partout. Elle a disparu !

— Cherche encore, rétorqua Seraphina. Elle est forcément quelque part. As-tu fouillé jusqu'au *fond* de la malle ?

— Non.

— Eh bien, qu'attends-tu ?

Amanda grogna, mais suivit le conseil de Seraphina. Camille reporta son regard sur le miroir juste au moment où Beatrice, bondissant par-dessus un carton éventré, se précipita vers elle.

— Il y a un trou dans le talon ! annonça-t-elle en brandissant un bas de laine d'où sortaient deux de ses doigts.

— Ne l'élargis pas davantage, je t'en prie ! s'exclama Seraphina.

— C'était ma plus jolie paire.

— C'était même la seule, précisa Seraphina en essayant de rassembler les boucles rebelles de Camille. Apporte-moi mon panier à ouvrage. Je les raccommoderai dès que j'aurai fini de coiffer ta sœur.

— Et dès que vous aurez trouvé ma crinoline.

— Continue de chercher, Amanda. Camille, tiens-toi donc tranquille !

— Je pourrais peut-être me passer de bas pour ce soir, suggéra Beatrice en examinant le trou de plus près.

— Pas question. Cesse de tirer sur les fils et rapporte-moi ce panier à ouvrage.

La fillette pivota sur ses talons en penchant bizarrement de côté.

— Ou alors, je pourrais n'en mettre qu'un et marcher ainsi, pour que personne ne le remarque.

Elle s'avança vers Seraphina en demeurant de profil. Camille fronça les sourcils.

— Les gens croiront que tu es idiote, ou que tu as une grave déformation, déclara Amanda, les mains sur les hanches. Je t'interdis de faire ça.

— Tu n'as toujours pas trouvé ta crinoline ? s'enquit Seraphina.

Abandonnant toute idée de perfection, elle noua le ruban tant bien que mal.

— Non, répondit Amanda.

— Dans ce cas, je te suggère de cesser d'insulter ta sœur et d'employer ton temps de façon plus utile.

Le nœud n'était pas parfaitement centré, mais l'ensemble était correct. De toute façon, elle ne pouvait faire mieux. Il ne restait plus qu'à espérer que la salle à manger ne serait pas brillamment éclairée...

Elle redressait la dentelle usée du col de Camille lorsqu'on frappa à la porte. Elle jeta un rapide coup d'œil à la pendule et en déduisit que celle de Sawyer était en avance sur la sienne. Allons, bon ! Elles allaient être en retard pour dîner dès le premier soir. Ce n'était pas l'idéal.

— Prends la boîte à ouvrage et enfile une aiguille, ordonna-t-elle à Beatrice en lissant du plat de la main sa jupe froissée qui sortait de sa malle.

Tout en allant ouvrir la porte, elle lança par-dessus son épaule :

— Amanda, je te donne deux minutes pour trouver ta crinoline. Camille, je t'interdis de toucher à ce ruban. Assieds-toi sagement et ne bouge plus.

Elle tira le battant à elle avec plus de force qu'elle n'en avait l'intention. Quelle ne fut pas sa surprise de découvrir sur le seuil non pas Sawyer mais Carden Reeves, qui la contemplait d'un air interrogateur. Il portait un superbe costume sombre et, dans la lumière douce du corridor, il était d'une élégance à couper le souffle.

Alors qu'elle tressaillait intérieurement en songeant à la piètre allure qu'elle devait avoir dans sa vieille jupe, il sourit.

— Bonsoir, Seraphina, dit-il.

— Bonsoir, monsieur Reeves.

Son sourire s'évanouit aussitôt, et il émit un léger soupir.

— Je laisserai de côté pour le moment la question des prénoms. Je suis venu pour deux raisons. L'une étant que je tiens à vous escorter toutes les quatre jusqu'à la salle à manger.

— Merci. Et quelle est l'autre ?

— Je suis venu vous supplier. À genoux, s'il le faut.

Comme elle haussait les sourcils, il ajouta vivement :

— C'est un peu compliqué.

— Je m'efforcerai de suivre attentivement vos explications, rétorqua Seraphina qui sortit dans le couloir et referma la porte derrière elle.

Il acquiesça, croisa les mains dans le dos et fixa un point au-dessus de sa tête.

— Honoria, la veuve de mon frère Perceval, dîne avec nous ce soir.

— C'est merveilleux, dit-elle, soupçonnant qu'il n'avait pas terminé.

Luttant contre l'envie de lui ajuster sa cravate de soie blanche, elle poursuivit :

— Cela fait des mois que je n'ai pas eu de conversation avec une autre femme. Je vous promets de me tenir convenablement.

— Ce n'est pas vous qui m'inquiétez.

— Honoria manquerait-elle d'éducation ?

Il baissa les yeux et croisa le regard de Seraphina.

— Eh bien…

— J'ai du mal à croire que la veuve d'un pair d'Angleterre puisse faire fi des bonnes manières.

— Ce n'est pas cela du tout. Honoria est adorable, s'empressa-t-il de préciser. Le seul problème, c'est… qu'elle ne voit pas l'utilité de garder un secret.

— Ah, vous faites allusion à la disparition d'Arthur, répliqua-t-elle en sentant la moutarde lui monter au nez. Vos nièces ont eu énormément de mal à accepter la mort de leurs parents, et j'estime que leur redonner un semblant d'espoir serait excessivement cruel. Je ne leur ferai pas cela.

— J'ai décidé que…

Seraphina ne le laissa pas continuer.

— Je ne vous autorise pas à le faire non plus. Il vous faudra vous accommoder de votre sort, et j'espère que vous le ferez avec toute la dignité possible.

Durant quelques instants, Carden Reeves l'observa en silence. Puis il demanda de but en blanc :

— Avez-vous la moindre idée de ce qui est en jeu ?

— Un siège à la Chambre des lords ?

— Savez-vous ce que ce siège représente ?

La patience de Seraphina était à bout. Elle avait vécu des semaines dans l'incertitude, parvenant tout juste à nourrir les trois fillettes. Puis elle avait accompli un long voyage en mer. Enfin, elle avait passé la journée à se débattre au milieu d'une montagne de bagages que les livreurs avaient déposés au petit bonheur la chance. Elle devait en outre préparer les trois enfants pour dîner avec un oncle inconnu et une tante qu'elles n'avaient encore jamais vue. Et Carden Reeves avait le toupet de venir se plaindre parce qu'il ne voulait pas devenir pair du royaume ?

En un éclair, elle décida que la meilleure chose qui pouvait lui arriver, c'était peut-être que ce monsieur la renvoie sur-le-champ. En tout cas cela lui épargnerait, à lui, d'être assommé par le premier objet qui lui tomberait sous sa main.

— Nous avons déjà eu cette conversation, riposta-t-elle d'un ton vif. Pour autant que je sache, cette transformation dans votre statut s'accompagnera de l'attribution d'un titre, de terres, de richesse, de pouvoir, ce que la plupart des gens considéreraient comme une bénédiction.

Le ton qu'il employa en retour fut aussi acerbe que le sien :

— Je crois me rappeler vous avoir dit que je ne voulais pas de ce titre et de ce qui allait avec.

— En effet. Mais vous ne m'avez pas expliqué pourquoi.

— Vous avez la vie devant vous pour m'écouter ?

Elle perçut la frustration sous la raillerie. Quelque chose lui dit qu'elle devrait sans doute faire un effort, penser un peu moins et écouter davantage. Levant le menton, elle prit une longue inspiration et déclara avec toute la douceur dont elle était capable :

— Je suppose que le dîner ne sera pas servi tant que vous ne serez pas descendu. Après tout, vous êtes le maître de maison, et s'il vous plaît de dîner à minuit, on vous attendra. Prenez donc tout votre temps. Je promets de vous écouter avec toute l'ouverture d'esprit nécessaire.

Il la considéra longuement. Et pour la première fois depuis qu'ils avaient fait connaissance, elle eut l'impression qu'il évaluait l'ensemble de sa personne et non pas seulement ses attributs physiques. C'était un progrès. Un progrès inattendu qui lui réchauffa le cœur.

— Avez-vous déjà connu des gentlemen de l'aristocratie, Seraphina ?

Sa voix était douce comme une caresse, et elle sentit sa résolution fléchir et s'émousser.

— Pas personnellement, avoua-t-elle avec un sourire. Parfois, certains d'entre eux rendaient visite à des amis ou à leur famille, à la Jamaïque. Quand cela arrivait, tout le monde était au courant.

— Et comment ces gentlemen occupaient-ils leurs journées ?

— Ils déjeunaient, montaient à cheval, se promenaient.

— Et que faisaient-ils de leurs soirées ?

— Ils jouaient aux cartes, dînaient, buvaient, fumaient. J'ignore ce qu'ils faisaient en privé, et je n'ai jamais essayé de le savoir.

Un sourire canaille flotta sur les lèvres de Carden Reeves, mais il parvint à le réprimer et se contenta de hocher la tête en demandant :

— Que pensez-vous qu'ils font de leurs journées et de leurs soirées quand ils ne sont pas à la Jamaïque ? Quand ils sont à Londres, par exemple ?

— Je n'en ai aucune idée. Ils gèrent leurs affaires, je suppose ?

Il secoua lentement la tête, sans la quitter des yeux.

— Ils vont dîner, montent à cheval, jouent aux cartes, boivent, se promènent et fument beaucoup. Car les gentlemen de l'aristocratie, et tout particulièrement les pairs du royaume, n'ont pas d'affaires à gérer. Seuls les gens des classes inférieures font du commerce. Seuls les gens de peu, comme on dit, occupent leurs journées de façon dégradante afin de gagner l'argent nécessaire à leur survie.

— Et que font les aristocrates ? Ils envoient leurs domestiques cueillir l'argent sur les arbres de leurs vergers ? rétorqua-t-elle, sceptique. Dommage que mon père n'ait pas trouvé de spécimen de ce genre. Ce serait merveilleux de posséder tout un champ de ces arbres-là.

— Je le suppose, en effet.

Il haussa les épaules et ajouta d'une voix empreinte de tristesse :

— Peut-être.

— Je suis désolée, mais je n'entends rien à ces choses-là, dit Seraphina avec sincérité. La plupart des amis de mon père étaient des hommes d'affaires et n'avaient pas honte de gagner de l'argent grâce à leur travail. Mon père, lui, ne se préoccupait pas des questions matérielles. Il se concentrait sur ses recherches et rien d'autre n'avait d'importance à ses yeux.

Reeves esquissa un sourire contraint.

— Pour l'aristocratie, tout ce qui compte c'est de donner l'illusion qu'on a tellement d'argent qu'on ne se soucie pas d'en gagner et qu'on peut le dépenser à tort et à travers.

— Comment est-ce possible ? murmura-t-elle, à la fois dégoûtée et fascinée par un tel univers. Je veux dire... la réalité étant ce qu'elle est. Comment font-ils pour avoir une table toujours garnie et un toit en bon état au-dessus de leur tête ? Il faut vraiment qu'ils aient une fortune inépuisable.

— Pas nécessairement.

— Ils vivent de la générosité des autres ?

— La seule façon acceptable pour un pair d'encaisser de l'argent, c'est de toucher les loyers versés par ses fermiers. Naturellement, il n'opérera jamais la transaction lui-même. Il est hors de question qu'il se souille les mains en allant frapper à la porte d'une ferme. Son intendant se charge de cette basse besogne.

— Certains des amis de mon père étaient des propriétaires terriens, dit-elle, perplexe. Il n'y avait aucune honte à cela. Le fait de posséder des terres qui rapportaient était plutôt le signe d'un certain génie des affaires. Pourquoi faudrait-il éviter de gagner de l'argent de cette façon ?

— Les revenus sont maigres, fit-il observer. À cause du mauvais temps, des mauvaises récoltes. Et à mesure que l'industrie se développe, de plus en plus de jeunes gens abandonnent les fermes pour aller travailler en ville, où ils ont des salaires réguliers. La plupart des nobles passent des nuits blanches à compter les fermes qui leur restent pour alimenter leurs revenus. Et d'autre part, je gagne très bien ma vie en qualité d'architecte.

— Serez-vous obligé de cesser de travailler lorsque vous deviendrez pair du royaume ?

— Absolument pas. J'ai du talent. On s'attendra que je contribue à des œuvres charitables.

— Mais vous ne pourrez être rétribué pour votre travail, c'est cela ?

— Je le pourrais, mais on m'en ferait reproche. Dans l'esprit de l'aristocratie, mieux vaut être oisif, s'ennuyer et secrètement pauvre, plutôt que productif, heureux et authentiquement riche.

— Je vois, murmura Seraphina, éberluée.

La logique de ce raisonnement lui échappait totalement. Vivre toute sa vie en maintenant à tout prix une illusion qui vous rendait intensément malheureux... Quelle triste perte de temps ! Dans ces conditions, qu'est-ce qui pouvait bien vous pousser à vous lever chaque matin pour affronter une nouvelle journée ?

— Vouloir être productif, heureux et riche fait de moi un être superficiel, continua-t-il à mi-voix. Je le sais, mais c'est ainsi, je suis terriblement égoïste.

Non, ce n'était pas de l'égoïsme. Elle comprenait ce qu'il ressentait et trouvait normal de demander plus à la vie que de simples illusions. D'ailleurs, ne désirait-elle pas les mêmes choses ? Ce n'était pas juste de refuser à une personne le droit de mener une vie intéressante, sous prétexte qu'elle appartenait à une classe sociale qui, par ses préjugés ridicules, rendait cela impossible.

— Et puis il y a les mères.

Seraphina battit des paupières, émergeant de la profonde réflexion dans laquelle les propos de Carden Reeves l'avaient plongée.

— Je vous demande pardon ?

Il fourra les mains dans ses poches et hocha la tête.

— Ces femmes de la haute société qui sont déterminées à ce que leurs filles chéries épousent un pair, quels que soient les obstacles qui se dressent sur leur route.

— Même si le pair en question est sans fortune ?

— La richesse ne compte pas en regard du prestige que cela apporte à leur famille.

— Le prestige ne nourrit pas son homme, observa Seraphina.

— Certes. Mais un pair a une vie sociale trépidante et il est souvent invité à dîner. La dame pourra toujours remplir discrètement son réticule lors de ces soirées.

— Vous n'êtes pas sérieux.

— Vous seriez choquée d'apprendre ce qui se passe dans ce milieu, répliqua-t-il avec un sourire.

Recouvrant sa gravité, il dit posément :

— J'ai toujours été le troisième fils, Seraphina. Tant que je ne me faisais pas jeter en prison ou que je ne me salissais pas les mains, personne ne s'est jamais soucié de savoir comment je vivais. Personne n'a jamais fait semblant de tomber sur moi par hasard dans la rue, afin de me présenter sa fille désespérément en quête d'un mari.

— Mais à présent, vous êtes fils unique.

— Et soudain, on se permet de discuter en public de la façon dont je gagne ma vie. De la femme que je devrais épouser…

Il soupira en secouant la tête et conclut :

— Les animaux que l'on expose à la foire aux bestiaux ont droit à plus de dignité et donnent lieu à moins de bavardages.

C'était une chose d'accepter dignement sa situation, mais c'en était une tout autre que de subir son sort sans réagir. Si elle s'était comportée ainsi, elle serait encore à Belize, attendant de mourir de faim.

— Et ne pouvez-vous être un pair qui décide de prendre son destin en main et de vivre à sa guise ? suggéra-t-elle.

S'il y avait en ce monde un homme capable de créer ses propres règles de vie, c'était bien Carden Reeves !

— Les pairs ne vivent pas comme ça leur chante, Seraphina, expliqua-t-il avec une infinie patience. Ils vivent, respirent, procréent et meurent selon les lois rigides qui leur sont imposées par leur milieu social.

— L'Empire s'effondrerait-il s'ils dérogeaient à la règle ?

— L'Empire non, mais leur existence assurément. Un homme qui agirait ainsi serait calomnié, mis à l'index. Obligé de mener une vie solitaire, dans des conditions extrêmement difficiles. Aucune femme saine d'esprit n'accepterait de l'épouser.

— Étant donné votre penchant pour le célibat, ce dernier point serait une conséquence plutôt positive, non ? remarqua-t-elle d'un ton ironique.

Il lui offrit instantanément un large sourire qui fit pétiller ses yeux gris. Pour une raison étrange, et incompréhensible, elle se sentit soudain le cœur plus léger.

— Les pairs sont censés produire des héritiers légitimes. C'est ainsi qu'ils prouvent leur patriotisme. Je suis donc dans l'obligation de faire mon possible pour la Reine et pour mon pays.

Elle rit doucement, enchantée par la légèreté de leur bavardage, charmée par son humour irrévérencieux et par la façon dont il lui faisait battre le cœur. Elle était bien plus à l'aise avec ce Carden Reeves-là, qu'avec le séducteur au regard de prédateur qu'elle avait affronté un peu plus tôt dans le salon.

— Comprenez-vous maintenant pourquoi je tiens tant à ce que tout le monde croie au retour d'Arthur ?

— Oui, je comprends, admit-elle.

Non sans regret, elle ajouta :

— Malheureusement, Arthur ne reviendra pas. Tout ce que vous pouvez faire, c'est repousser une échéance inévitable. Et je n'en vois pas l'intérêt.

— Je ne suis pas sûr de le voir non plus, avoua-t-il. Mais ce que je sais, c'est que je ressens le besoin irrésistible d'agir ainsi. Tout ce que je demande, c'est du temps. Le temps de trouver une solution qui me permette de vivre ma vie comme je l'entends.

— À en juger par tout ce que vous m'avez dit, observa-t-elle avec douceur, vous pourriez tout aussi bien demander la lune.

— Peut-être. Mais acceptez-vous de me laisser le temps de l'attraper ? s'enquit-il avec une étincelle d'espoir dans les yeux. Je suis sûr que je finirai par redescendre sur terre.

De toute façon, il n'aurait pas le choix. Mais elle, elle pouvait choisir de comprendre les rêves d'un autre être humain, si irréalistes et si fragiles soient-ils.

— Je ne peux pas demander aux filles d'inventer une histoire sur la disparition de leurs parents, la prévint-elle. Mais je ferai mon possible pour détourner la conversation si quelqu'un vient à aborder le sujet en leur présence. En toute bonne conscience, je ne peux aller plus loin.

— C'est un compromis idéal, dit-il en s'inclinant brièvement pour la remercier. J'apprécie votre volonté de coopérer, vous n'étiez pas obligée d'accepter.

Seraphina n'était pas tout à fait d'accord sur ce dernier point, mais elle ne le lui fit pas savoir. Les hommes n'aimaient pas s'entendre dire par une femme que celle-ci avait eu pitié d'eux.

— Êtes-vous prête à aller dîner ?

Dîner. Seraphina jeta un coup d'œil désolé à sa jupe et se résigna à descendre ainsi vêtue. Elle demanderait qu'on excuse sa tenue, si nécessaire.

— Je suis prête. Mais je ne suis pas sûre qu'il en aille de même pour les filles, ajouta-t-elle en se tournant vers la porte. Mesdemoiselles ? lança-t-elle en passant la tête dans l'embrasure. Votre oncle Carden propose de nous escorter jusqu'à la salle à manger. Avez-vous terminé de vous préparer ?

Elle les vit toutes les trois au garde-à-vous à côté de la table de toilette. À en croire leur posture figée, leur expression coupable et les brefs signes de tête par lesquels elles acquiescèrent, elle venait encore d'interrompre une de leurs disputes. Quelle en était la cause ? Seraphina ne le saurait sans doute jamais. Grâce au ciel, elles avaient réussi à s'habiller avant de succomber à leurs tendances querelleuses ! La jeune femme ouvrit le battant en grand et leur fit signe de les rejoindre.

— Seigneur ! souffla Carden Reeves en les regardant se pousser du coude et se bousculer avant de se mettre en rang, Amanda devant et Camille fermant la marche.

Seraphina lui lança un coup d'œil par-dessus son épaule et s'aperçut qu'il inspectait leur tenue, l'air consterné.

— Elles ont grandi, expliqua-t-elle. Et je n'avais pas d'argent pour acheter de nouveaux vêtements. Nous avons dû nous débrouiller en rallongeant les ourlets et en défaisant les coutures. Ce sont les chaussures qui m'ont posé le plus de problèmes. Je ne suis pas parvenue à en fabriquer de nouvelles.

— Vous avez vraiment essayé ?

Son amusement était évident. Néanmoins, elle crut percevoir un brin de respect mêlé d'admiration dans sa question. Elle lui sourit, tout en s'effaçant pour laisser sortir les fillettes.

— Bien sûr. Si j'avais réussi, j'aurais pu m'en vanter jusqu'à la fin de mes jours. Savez-vous comment on fait les chaussures ?

— Je n'en ai pas la moindre idée ! admit-il en riant.

C'est alors qu'elle fut prise d'une impulsion tout à fait inattendue. Un instant plus tôt, elle ne pensait qu'à justifier la tenue surprenante des enfants, et soudain, l'idée la traversa qu'il aurait été parfaitement normal et merveilleux de faire un pas en avant et d'embrasser Carden Reeves. Mon Dieu, que lui arrivait-il ? Et pourquoi ce désir ne s'évanouissait-il pas aussi vite qu'il avait surgi ?

Son cœur battait la chamade, elle respirait avec difficulté et ses joues étaient brûlantes. Enveloppée d'une sorte de brume cotonneuse, elle eut vaguement conscience que les trois enfants passaient entre elle et...

Leur oncle *savait*. Il avait deviné ce qu'elle éprouvait. Ses yeux gris étaient brillants, son sourire doux contenait une invitation. *Allez-y, Seraphina, embrassez-moi. Je vous embrasserai aussi et vous verrez comme cela vous plaira...*

Bien sûr que cela lui plairait. Et à lui aussi.

Il haussa les sourcils, et Seraphina crut que son cœur s'arrêtait de battre. Elle eut du mal à reprendre son souffle.

— Mademoiselle Seraphina ?

Détachant les yeux de Carden Reeves, elle sourit faiblement et se pencha vers Beatrice.

— Oui, ma chérie ?

— J'ai tiré sur mon bas pour que le trou ne se voie pas.

Son cœur battait de nouveau à un rythme normal, et elle parvint à inspirer une longue bouffée d'air.

— Bonne idée, Beatrice. Je le raccommoderai après dîner.

— Vous vous rendrez chez une couturière demain à la première heure. Toutes les quatre.

Le ton était impérieux. C'était là Carden Reeves, seigneur et maître en sa demeure.

— Comme il vous plaira, monsieur Reeves, répliqua Seraphina, soulagée de se retrouver en terrain sûr.

— Carden, corrigea-t-il machinalement. Je vous y emmènerai moi-même.

— Est-il dans vos habitudes de choisir des robes pour les dames ? dit-elle, entrant à dessein dans son jeu.

Une lueur diabolique passa dans les yeux gris.

— Pour tout dire, je suis un expert en la matière.

— J'aurais dû m'en douter.

Elle prit sans réfléchir le bras qu'il lui offrait. Elle se rendit compte alors que le fait de le toucher lui semblait déjà non seulement naturel, mais aussi très agréable. Et elle n'avait passé qu'une demi-journée dans cette maison... Si elle était fascinée par la rapidité avec laquelle elle avait laissé une certaine intimité se créer entre eux, elle était aussi un peu honteuse de ce que cela révélait sur la faiblesse de son propre sens moral.

Cependant, elle avait du mal à savoir précisément ce qu'elle voulait faire à ce sujet. Tandis qu'ils longeaient le corridor pour se diriger vers l'escalier, elle perçut la chaleur de son corps frôlant le sien à chaque pas, le parfum boisé de son eau de Cologne… Sa proximité lui donnait l'impression d'être protégée. Il y avait longtemps qu'elle n'avait pas été physiquement proche d'un homme. Et même alors, cela n'avait jamais été aussi agréable qu'à présent. Oui, Carden Reeves n'avait rien de commun avec Gerald Treadwell.

Sur le plan physique, impossible de nier qu'il était follement attirant.

Sur le plan émotionnel… Elle lui coula un regard de côté et se mordilla la lèvre. La spécialité de Carden Reeves, c'était de briser le cœur des femmes et de réduire leurs illusions en poussière. En cela, il n'était guère différent de Gerald Treadwell.

Une femme avertie en vaut deux.

Elle médita ce dicton tout en descendant l'escalier à son bras, les fillettes dans leur sillage, telle une rangée de canetons.

6

Il y avait quelque chose d'ambigu chez Honoria... Debout près de la cheminée, Seraphina tentait de se réchauffer tout en observant la petite femme qui trônait sur le canapé. Elle ne se rappelait pas en quels termes Carden Reeves avait décrit sa belle-sœur, mais il lui avait donné l'impression qu'Honoria Reeves était du genre accommodante et douce.

En surface, la description semblait assez juste. Honoria avait des cheveux argentés et elle était si frêle et minuscule que d'ici un an ou deux Amanda la dépasserait d'une tête. Pour l'instant elle était lancée dans une conversation pleine d'entrain avec ses nièces, les questionnant sur leurs dons et leurs centres d'intérêt, promettant de leur faire découvrir toutes les merveilles des îles Britanniques. Assises à ses pieds, les fillettes la contemplaient, muettes d'admiration. De toute évidence, Honoria était enchantée. Ses nièces également.

Et pourtant... Seraphina éprouvait un sentiment étrange. Elle aurait juré qu'Honoria n'était ni aussi douce ni aussi insignifiante que son apparence le laissait supposer. D'où lui venait cette impression ? Elle aurait été bien incapable de le dire. De même qu'elle n'aurait pas su expliquer pourquoi elle se sentait vaguement menacée par sa présence.

Carden les avait escortées jusqu'à la salle à manger, puis il avait procédé aux présentations, respectant strictement le protocole. Honoria avait souri poliment quand il le fallait, et Seraphina en avait fait autant. Elles avaient toutes deux échangé les paroles convenues, sans aucune fausse note. Puis Honoria avait reporté son attention sur ses nièces, se coulant à la perfection dans le rôle de la tante âgée qui raffolait des enfants.

Elle n'avait absolument rien fait pour justifier le sentiment de méfiance que ressentait Seraphina. Absolument rien. Et pourtant ce sentiment était bien présent, lui nouant l'estomac. De l'autre côté de la cheminée, les mains nonchalamment fourrées dans les poches de son pantalon, Carden observait le tableau que formaient Honoria et les fillettes. Il paraissait un peu tendu et son sourire n'était pas naturel. Sans doute parce qu'il craignait qu'une de ses nièces n'annonce à Honoria qu'elles étaient orphelines.

Elle avait beau chercher, Seraphina ne parvenait pas à s'expliquer pourquoi la présence de la vieille dame la mettait aussi mal à l'aise. C'était tout à fait curieux. Déconcertant, même. Elle continua d'observer à distance le petit groupe, dans l'espoir de comprendre enfin, même vaguement, les raisons de sa réaction.

La sonnette de l'entrée résonna. Son tintement se répercutait encore dans le hall quand Sawyer alla ouvrir.

— Les derniers invités arrivent, annonça Carden à voix basse en passant à sa hauteur. Ils vont mettre un peu d'ambiance.

Il s'éloigna sans lui laisser le temps de répondre. Seraphina le vit accueillir deux hommes dans le hall, tandis que Sawyer les débarrassait de leur canne, de leur chapeau et de leur manteau. Elle reconnut immédiatement Aiden Terrell. L'autre visiteur était certainement l'ami dont Carden lui avait parlé, et qui affichait un si grand mépris pour sa bibliothèque.

Si sa mémoire était bonne, l'homme s'appelait Barrett. Il était un peu plus grand qu'Aiden, et plus proche en âge de Carden. À eux trois, ils formaient un groupe fort viril. De larges épaules, de longues jambes, des physiques d'athlètes. Et des traits classiques, d'une beauté à couper le souffle.

Carden et Barrett étaient tous deux bruns. Malheureusement pour lui, Barrett n'avait pas, comme Carden, les tempes argentées. Mais en dehors de cela, on aurait pu les prendre pour des frères.

Quant à Aiden... Seraphina eut un sourire attendri. Il avait quelque chose de coquin, qui faisait songer au petit cousin dissipé qu'on avait envoyé en Angleterre pour parfaire son éducation. Son côté indiscipliné tenait probablement à sa jeunesse. Mais ce trait de caractère plaisait à Seraphina, et elle était contente qu'il soit venu dîner. Il avait une conversation agréable et savait si bien charmer les fillettes !

Ce qui expliquait sans doute pourquoi, malgré sa jeunesse, il était l'ami de Carden et de Barrett. Un charmeur demeurait un charmeur, quel que soit son âge. Les trois hommes qui entraient à présent dans le salon étaient taillés dans la même étoffe. Aiden prenait des leçons auprès de Carden Reeves...

Et auprès de son ami Barrett, dut-elle admettre en croisant le regard de ce dernier, qui la contemplait d'un air appréciateur, mais sans insolence. Il était clair que cet homme avait une grande expérience des femmes. Le sourire qu'il lui adressa était fort éloquent. Il lui faisait comprendre qu'il obéissait à des règles bien définies. Pour l'instant, elle était l'invitée de Carden Reeves, et il acceptait volontiers de passer au second plan. Mais si Carden choisissait de se retirer de la compétition...

Bien que directes, ses manières étaient loin d'être agressives. Quelque chose dans son attitude suggérait qu'il ferait un merveilleux chevalier servant si l'occasion s'en présentait. Un peu le genre de grand frère qu'elle avait tant rêvé d'avoir quand elle était enfant.

— Honoria, fit Carden, permettez-moi de vous présenter mes amis, M. Barrett Stanbridge et M. John Aiden Terrell. Messieurs, voici l'épouse de mon frère Perceval, Honoria Reeves, comtesse de Lansdown.

— C'est un grand honneur, madame, dit Barrett en se penchant sur la main que lui tendait Honoria.

Celle-ci hocha la tête en silence.

Aiden s'inclina à son tour devant elle.

— Très honoré de faire votre connaissance, lady Lansdown.

Honoria hocha imperceptiblement la tête, aussi raide et digne que si elle avait été la reine en personne.

Puis les trois hommes se tournèrent vers elle.

— Seraphina, reprit Carden d'un ton beaucoup plus détendu que lorsqu'il s'était adressé à sa belle-sœur, vous avez déjà fait la connaissance d'Aiden ce matin.

— En effet, et ce fut l'un des meilleurs moments de la journée. Je suis heureuse que vous ayez pu vous joindre à nous ce soir, monsieur Terrell.

— Je n'aurais manqué ce dîner pour rien au monde, assura-t-il galamment. Mais je vous en prie, appelez-moi Aiden.

Elle acquiesça d'un signe de tête et vit du coin de l'œil Carden froncer les sourcils avant de poursuivre les présentations :

— Voici M. Barrett Stanbridge, qui fut naguère ingénieur au service de Sa Majesté et qui aspire maintenant à devenir détective privé. Barrett, je te présente Seraphina Treadwell, la compagne de voyage de mes nièces.

Barrett adressa à la jeune femme un sourire franc et amical.

— C'est un grand plaisir de faire votre connaissance, madame.

— Tout le plaisir est pour moi, monsieur, répondit Seraphina.

Elle aurait voulu le remercier également d'être venu, mais elle n'en eut pas le temps.

Carden prit son ami par le bras et l'entraîna vers ses nièces.

— Aiden a déjà fait la connaissance des filles. Laisse-moi te présenter.

La séance continua, tout aussi protocolaire, et tout le monde attendit poliment que la fastidieuse cérémonie soit terminée. Entre-temps, Sawyer apporta un plateau chargé de boissons. Les présentations faites, les fillettes se regroupèrent aux pieds d'Honoria, tandis que les autres demeuraient debout, leur verre à la main, attendant désespérément que quelqu'un brise la glace. Ce fut Honoria qui se chargea de cette tâche délicate, sans toutefois se départir de sa majesté.

— Il m'a semblé déceler un très léger accent étranger dans votre voix, monsieur Terrell ?

— En effet, je suis de Saint-Kitts. Dans les Caraïbes.

— Oh, vraiment ? Et quel bon vent vous amène à Londres ?

— Ma famille est propriétaire d'une compagnie maritime. Je suis venu réceptionner un navire aux chantiers navals de Bristol. Mais il y a eu du retard, et comme je n'ai rien d'autre à faire, j'attends en me tournant les pouces.

— Et comment avez-vous fait la connaissance de Carden ?

Seraphina trouva que le ton d'Honoria ainsi que le rythme de ses questions avaient quelque chose d'un peu inquisiteur. Mais Aiden ne sembla pas s'en formaliser et répondit avec la même affabilité :

— Nous nous sommes rencontrés à son club, où il m'a battu aux cartes chaque soir pendant deux semaines. M'étant proprement fait dépouiller de tout ce que je possédais, je n'avais plus que mon amitié à lui offrir.

Carden eut un rire amusé.

— C'est de loin le meilleur gain que j'aie fait au jeu cette année.

Honoria darda sur lui un regard hautement désapprobateur. Était-ce parce qu'il avait avoué jouer aux cartes, ou bien parce qu'il avait interrompu son interrogatoire ? Seraphina n'aurait su le dire.

— Et vous, monsieur Stanbridge, poursuivit Honoria en plaquant sur ses lèvres un sourire artificiel, comment êtes-vous devenu l'ami de mon beau-frère ?

— Nous avons tous deux passé trois ans en garnison dans le Transvaal.

Le regard d'Honoria s'assombrit un court instant, puis s'éclaira de nouveau.

— Il me semble avoir entendu dire que le troisième fils de lord Wickerly était aussi en garnison là-bas.

— Il s'agit en fait de son quatrième fils, Harry, rectifia Carden avec détachement.

Barrett acquiesça.

— Ce pauvre Harry est une véritable plaie.

— Rien d'étonnant, commenta Honoria. Sa mère est une sainte. Elle supporte son mari sans jamais dire un mot. Je me demande comment elle fait.

— Dommage qu'elle n'ait pas élevé la voix ne serait-ce qu'une fois, railla Barrett. Cela nous aurait au moins épargné d'avoir à supporter Harry.

Honoria battit des paupières. Sa réserve de sourires semblait inépuisable.

— Et que faisiez-vous, au service de Sa Majesté, dans le Transvaal, monsieur Stanbridge ?

— À l'origine, nous construisions des voies ferrées. Carden est un crack en matière de construction de ponts, vous savez.

— Vraiment ?

Seraphina n'en montra rien, mais la remarque la hérissa. Elle n'était pas ingénieur et n'y connaissait rien dans ce domaine. Toutefois, si un spécialiste proclamait qu'un de ses collègues était brillant, elle le croyait sur parole. Le fait qu'Honoria se soit permis de mettre en doute la parole de Barrett l'irrita et ne fit qu'accroître sa méfiance à son égard. Carden parut aussi contrarié par la réaction de sa belle-sœur. Son sourire se crispa et il garda les yeux fixés sur un point indéterminé, derrière Honoria.

— Aucune difficulté ne semblait insurmontable au capitaine Carden Reeves, expliqua Barrett. Les gouffres n'étaient jamais trop larges, le terrain jamais trop accidenté.

— Aucune rivière ne le rebutait, les courants ne lui faisaient pas peur et les indigènes non plus ! renchérit Aiden avec enthousiasme.

Honoria arqua ses sourcils gris.

— Étiez-vous également dans le Transvaal, monsieur Terrell ?

— Non, avoua le jeune homme avec un large sourire. Mais j'ai entendu ces histoires un millier de fois, si bien que j'ai parfois l'impression d'avoir été là-bas avec eux.

Barrett émit une sorte de ricanement.

— Chaque jour apportait un nouveau défi. Mais nous avons érigé ces ponts envers et contre tout. Et nous avons fait du bon travail. Je parie qu'ils dureront bien au-delà d'un siècle.

— Apparemment, ce travail vous plaisait. Pourquoi avez-vous décidé d'arrêter ?

Haussant un sourcil, Barrett rétorqua :

— Ne vous ai-je pas dit qu'Harry était une plaie ?

Carden se racla la gorge et déclara en soutenant le regard de sa belle-sœur :

— Disons qu'un conflit d'intérêts est apparu entre nous, et restons-en là, d'accord ?

— Ce conflit a dû être d'une certaine importance, insista Honoria.

Barrett ricana de nouveau.

— Vous n'imaginez pas à quel point.

— Du reste, c'est inutile, lâcha Carden d'un ton sec.

Il but son verre d'un trait, le reposa sur une table puis, après avoir jeté un coup d'œil vers le seuil, s'approcha du canapé. Toute trace d'irritation avait disparu de son regard lorsqu'il s'inclina en souriant vers sa belle-sœur pour lui offrir son bras.

— Le dîner est servi. Honoria, si vous voulez bien me faire l'honneur...

La seconde d'après, Barrett se matérialisa au côté de Seraphina.

— Vous permettez ?

— Merci, monsieur Stanbridge, fit-elle en glissant son bras sous le sien.

— Je suis d'avis qu'un respect trop strict des conventions ne favorise pas le développement de l'amitié. Je préférerais que vous m'appeliez Barrett. Et Seraphina est un prénom si charmant qu'il serait dommage de ne pas avoir le droit de le prononcer.

Elle approuva d'un hochement de tête. Mais le regard furtif que leur lança Carden ne lui échappa pas. Elle sut qu'il reviendrait sur le sujet dès qu'ils se retrouveraient en tête à tête.

Comment réagirait-elle à ce moment-là ? Impossible de le dire à l'avance. Il y avait quelque chose de rassurant dans le fait de maintenir entre eux une relation d'employeur à employée. C'était sans conteste la voie de la sécurité. Toutefois, elle ne pouvait nier qu'un changement s'était produit entre eux au cours des quelques minutes qu'ils avaient passées ensemble dans le couloir du premier étage. D'ailleurs, si les filles n'avaient pas été là, la question serait d'ores et déjà réglée. Que cela soit convenable ou pas, raisonnable ou pas, le seul fait d'avoir envie d'embrasser un homme apportait un grand changement dans la relation qu'on avait avec lui. Et l'usage du prénom devenait naturel…

— Si vous ne voyez pas d'inconvénients à me partager avec une autre, Seraphina, entendit-elle Barrett lui dire d'un ton badin.

Elle se tourna vers lui et sourit tandis qu'il offrait le bras à l'aînée des fillettes.

— Mademoiselle Amanda, m'accorderez-vous l'honneur de vous escorter jusqu'à la salle à manger ?

— Merci, monsieur.

— Ah, les idiots ! s'exclama Aiden en se penchant vers Beatrice et Camille. Ils ont laissé les deux plus jolies sans chevalier servant ! Vous permettez, mesdemoiselles ?

Seraphina se dirigea vers la salle à manger au bras de Barrett, tout en écoutant le bavardage et les rires des filles derrière elle. À cet instant, elle eut la certitude d'avoir fait le bon choix en les ramenant en Angleterre.

Si Carden avait jusqu'ici négligé d'engager une femme de charge, en revanche, il n'avait pas lésiné sur le personnel de cuisine. Il y avait très, très, longtemps que Seraphina n'avait pas fait un repas aussi grandiose et aussi succulent. Quant aux fillettes, elles n'avaient encore jamais connu pareil festin. Leurs yeux s'arrondissaient comme des soucoupes à chaque nouveau plat. À Belize, elles mangeaient à peine à leur faim. Sur le bateau, la nourriture était infecte. À présent, Seraphina avait le cœur serré en les voyant sacrifier aux bonnes manières et tenter de prendre un air blasé devant une telle abondance…

La voix de Carden la tira de ses pensées moroses.

— Beatrice, je suis certain qu'un peu plus de pommes de terre et de rôti vous ferait plaisir. Monroe, s'il vous plaît.

Le valet de pied sourit et s'avança pour présenter un plat à la fillette.

— Prenez-en davantage, l'encouragea Carden. Chez moi, personne ne doit avoir faim en sortant de table. La nourriture est là pour être dégustée. Monroe, veillez à ce que Mlle Amanda et Mlle Camille se resservent également. Seraphina ?

— Merci, j'ai mangé suffisamment. Vous ferez mes compliments au cuisinier, monsieur Reeves. Tout était absolument délicieux.

Barrett leva son verre.

— Tu mérites aussi un compliment, Carden, pour avoir eu la bonne idée de ramener le cuisinier et Monroe du Transvaal. Un véritable trait de génie !

— Je ne l'ai fait que par pur égoïsme, et tu le sais parfaitement.

Le regard d'Honoria passa de l'un à l'autre, et elle cligna des yeux, l'air horrifié.

— Vous avez débauché des soldats au service de Sa Majesté ?

— Je ne les ai pas enlevés, Honoria, rétorqua Carden en riant. Leur engagement se terminait. Je leur ai seulement offert le voyage de retour, un emploi stable, et mon éternelle gratitude, ainsi que celle de mes amis !

— Et de votre famille, ajouta joyeusement Amanda en reprenant une tranche de rôti.

— Et de celle de ma famille, admit Carden en levant son verre.

— Amanda, ma chère, intervint Honoria d'un ton crispé, je tiens à souligner un point de détail qui a cependant son importance. Lorsque les enfants sont admis à dîner avec les adultes, ils ne doivent pas prendre la parole à moins d'y être invités.

Accablée par la réprimande, Amanda fit cependant un vaillant effort pour dissimuler son humiliation. Elle hocha la tête en signe d'acquiescement et, avec un sourire contraint, reposa les couverts sur le plateau que lui tendait Monroe. Honoria sourit à son tour et continua de chipoter distraitement dans son assiette. L'appétit visiblement coupé, Amanda contempla la sienne d'un air maussade. Beatrice se tortilla sur sa chaise et Camille lança un coup d'œil à Seraphina, essayant visiblement de comprendre ce qui se passait. Seraphina compta jusqu'à cinq, le temps de maîtriser sa colère.

Tous les regards convergèrent vers elle quand elle déclara d'un ton jovial :

— Ce n'est pas grave, Amanda. Cela arrive à tout le monde d'oublier les règles du savoir-vivre. Personne n'en mourra. Il nous faudra quelque temps pour nous adapter à notre nouveau milieu, et nous commettrons d'autres erreurs. L'important est que nous en tirions profit.

Honoria battit des paupières, l'air consterné.

— Voulez-vous dire qu'à Belize les enfants sont autorisés à parler à table ?

Le ton était clairement incrédule, et cependant… la question contenait aussi une note de défi. Seraphina en était consciente, bien qu'elle eût été incapable de dire d'où lui venait cette impression. Ce qu'elle savait avec une absolue certitude, en revanche, c'était que cela ne lui plaisait pas. Et qu'elle ne pouvait sous aucun prétexte feindre d'ignorer le sous-entendu d'Honoria. Les fillettes étaient encore si vulnérables, elle avait le devoir de prendre leur défense.

— En effet, lady Lansdown. Chez les Reeves, les enfants sont autorisés à s'exprimer librement. Mais chez eux, tout est différent. Leur maison est une des rares à Belize où on trouve une table.

Le regard d'Honoria se durcit fugitivement. Quelles que fussent les émotions qui agitèrent lady Lansdown, celle-ci les masqua habilement sous des battements de paupières répétés.

— J'en étais déjà arrivée à la conclusion que les règles communément admises devaient être différentes là-bas, riposta-t-elle sur le ton de la conversation. Sinon, comment expliquer qu'Arthur ait renvoyé ses filles à Londres avec une telle garde-robe ? De ma vie, je n'ai vu d'enfants aussi mal vêtues !

Seraphina sentit ses joues s'empourprer. Elle serra les dents, consciente que laisser éclater sa colère ne ferait qu'envenimer la situation. En dépit des apparences et de ses manières onctueuses, Honoria était loin d'être inoffensive.

— Je présume que vous ne vous êtes pas aventurée hors de Mayfair ces derniers temps, n'est-ce pas, Honoria ? s'enquit Carden d'un ton froid.

Il y eut un silence, dont Seraphina profita pour fournir quelques explications.

— La situation était très particulière. Je ne veux pas vous ennuyer avec ces détails, lady Lansdown. Mais rassurez-vous, M. Reeves a prévu de nous conduire chez une couturière demain. Il tient à ce que les filles renouvellent leur garde-robe sans tarder.

— Oh, franchement, Carden ! protesta Honoria en agitant la main. Comment sauriez-vous choisir des vêtements convenables pour des jeunes filles ?

— Je ne vois pas pourquoi vous en sauriez plus que moi dans ce domaine, rétorqua-t-il

— J'ai moi-même été une petite fille autrefois, lui rappela-t-elle. Et, bien que certains détails aient tendance à m'échapper ces derniers temps, mes souvenirs d'enfance, eux, sont intacts. Je suis certaine que vous avez plus important à faire. J'accompagnerai donc moi-même Seraphina et les enfants chez la couturière.

Seraphina sentit son cœur chavirer. Une journée entière avec Honoria, à essuyer ses critiques, à se tenir sur ses gardes, à surveiller ses manières...

— Je pense que Mlle Camille serait ravissante en rose, n'est-ce pas, Seraphina ?

Il devait y avoir un moyen d'éviter ça. Mais en attendant, Seraphina n'avait d'autre choix que de se montrer polie et conciliante.

— Le rose lui va bien. Surtout dans les nuances les plus soutenues.

— Je suis d'accord avec vous. Pour Mlle Beatrice, je verrais plutôt du bleu ciel. Quant à Mlle Amanda... tous les tons de vert lui iront à ravir.

« Surtout ne vous souciez pas des goûts des filles », ajouta Seraphina en elle-même.

— Et que verriez-vous pour Seraphina ? lança Carden, à l'autre bout de la table.

— Des tons riches et profonds, répondit Honoria en observant la jeune femme. Des couleurs de pierres précieuses. Elle serait magnifique dans du vert jade ou du bleu saphir.

Carden secoua la tête et murmura en souriant :

— Les rubis lui iraient bien.

Barrett Stanbridge se pencha en avant, cherchant le regard de Seraphina, et déclara :

— Moi, je la trouve ravissante telle qu'elle est ce soir.

— Certainement pas, protesta Seraphina. Mais merci tout de même, Barrett. C'est très galant de votre part.

Sur quoi elle se tourna vers Honoria, bien décidée à faire preuve d'indépendance.

— En ce qui concerne ma garde-robe, je ne pense pas qu'il soit nécessaire de la renouveler. Ce que je possède est...

— Ne dites pas de sottises, ma chère, coupa Honoria en balayant ses objections d'un geste de la main. Carden a les moyens de vous offrir cela. Et toute femme devrait avoir au moins une fois dans sa vie des toilettes qui mettent sa beauté en valeur.

— C'est exact, renchérit Carden. Et j'insiste pour que vous ayez une garde-robe complète.

Seraphina ouvrit la bouche pour protester, mais Camille choisit ce moment pour attirer l'attention de son oncle en tirant sur sa manche.

— Oui, Camille ? s'enquit-il en souriant. Qu'y a-t-il ?

— Oncle Carden, est-ce que Mme Miller pourra aussi avoir une nouvelle robe ?

— Et qui est donc Mme Miller ?

— Sa poupée, expliqua Amanda en lançant un bref regard de défi à Honoria. Mme Miller, la maman de Mlle Seraphina, me l'avait offerte il y a très longtemps. Quand j'ai été trop grande pour jouer avec, je l'ai donnée à Beatrice.

— Et moi, je l'ai donnée à Camille, ajouta Beatrice. Son visage et ses mains sont en porcelaine.

— Et elle a les cheveux noirs, comme la maman de Mlle Seraphina. C'est pour cela que je lui ai donné son nom.

Camille approuva d'un vigoureux hochement de tête et chuchota, avec une admiration enfantine :

— Elle est très belle, oncle Carden.

Seraphina se sentit fondre de tendresse tandis que Carden Reeves pinçait le menton de sa nièce et déclarait :

— En effet, elle doit être superbe, Camille. Mme Miller aura une nouvelle garde-robe, naturellement. La même que toi, peut-être. Cela te plairait ?

— Oh, ce serait merveilleux ! Merci, oncle Carden.

— N'oublie pas de l'emmener demain. Il faut que la couturière prenne ses mesures.

Camille acquiesça. Ses yeux sombres brillaient d'adoration. Seraphina vit Carden y plonger le regard et s'y noyer ; désormais, son cœur était prisonnier ! Souriante, elle s'adossa à sa chaise. Elle ne se souvenait pas d'avoir jamais été aussi heureuse. Tout se passerait bien. Carden était en passe de devenir un oncle parfait et un héros pour ses nièces. Qu'aurait-elle pu demander de plus ?

— Nous ne sommes jamais allées chez une couturière, déclara Beatrice tout de go.

— *Jamais ?* répéta Honoria, médusée.

— Non, répondit Amanda. C'était maman qui nous faisait...

— Ô mon Dieu ! s'exclama tout à coup Seraphina.

Elle venait de prendre conscience que la conversation s'orientait vers un terrain dangereux. Si les filles parlaient de leurs parents au passé, Honoria ne tarderait pas à les bombarder de questions insidieuses.

— Je ne m'étais pas rendu compte qu'il était si tard, ajouta-t-elle d'un ton précipité en glissant sa serviette sous le bord de son assiette. Mes chéries, je pense qu'il est temps d'aller se coucher. Si nous ne nous retirons pas tout de suite, nous serons trop fatiguées demain pour profiter de notre première journée à Londres et de notre visite chez la couturière.

Elle sourit à la ronde et se leva.

— Nous vous remercions de cet excellent repas et vous souhaitons à tous une bonne soirée.

Les trois hommes se levèrent aussitôt en murmurant des paroles polies et Barrett vint lui tirer sa chaise. John Aiden fit de même pour Beatrice et Carden pour Amanda. Camille, débordante d'énergie, avait déjà bondi sur ses pieds.

— Je regrette, mais c'est impossible, annonça alors Honoria d'un ton placide, mais ferme.

Carden se figea de stupeur.

— Je vous demande pardon ?

— Avec qui vais-je bavarder et boire mon sherry si Seraphina se retire en même temps que nos délicieuses nièces ? Suis-je censée rester avec vous trois pour fumer un cigare et boire du porto ?

Seraphina eut l'impression qu'une chape de plomb s'abattait sur ses épaules. Impossible de se dérober. En outre, elle devait présenter des excuses pour le faux pas qu'elle venait de commettre sans le vouloir.

— Je vous demande pardon de ne pas y avoir songé, lady Lansdown, dit-elle dans un souffle en se rasseyant. Je vous tiendrai compagnie, naturellement. Mais je tiens à ce que les enfants montent dans leur chambre. Amanda est assez grande pour aider ses sœurs à se préparer pour la nuit.

Le soulagement qu'éprouva Amanda fut presque palpable. Mais la fillette se ressaisit très vite et redressa dignement les épaules.

— Et mon bas ? chuchota Beatrice. J'en aurai besoin demain.

— Je le raccommoderai avant de me coucher, promit Seraphina.

— Je peux le faire moi-même, proposa Amanda en prenant la main de Camille. Je couds très bien, vous savez.

— C'est vrai. Merci, Amanda.

Le visage de la filette s'illumina, et Carden Reeves hocha la tête d'un air approbateur. Les petites souhaitèrent une bonne nuit à tout le monde puis se retirèrent. Lorsqu'elles furent sorties, Seraphina s'empara de son verre de vin et en avala le contenu d'une traite. Il lui fallait bien ça pour affronter le feu roulant de questions qui n'allait pas manquer de suivre.

7

Seraphina eut à peine conscience de mettre un pied devant l'autre et de suivre Honoria dans le salon. Elle était si lasse qu'elle avait l'impression d'évoluer dans le brouillard. Au lieu de lui donner des forces, le vin l'avait au contraire amollie. Elle avait envie de s'asseoir, de fermer les yeux et de sombrer dans un sommeil sans rêve. Sans rêve et sans secousses, car cela faisait des semaines qu'elle n'avait pas dormi sur la terre ferme !

Honoria s'installa dans un fauteuil et croisa les mains, l'air d'attendre quelque chose. Seraphina s'immobilisa au milieu du salon, l'esprit confus, essayant sans succès de deviner ce que voulait lady Lansdown.

— Je prendrai du sherry, ma chère.

Seraphina hocha la tête, et se dirigea vers la desserte pour leur servir à chacune un verre de sherry.

Honoria prit celui qu'elle lui tendait et déclara d'un ton enjoué :

— Ne prenez pas l'habitude de complimenter ces enfants à tout propos, Seraphina. Il n'est pas souhaitable qu'elles aient une trop haute opinion d'elles-mêmes. Cela les rendrait trop difficiles à diriger.

Seraphina était trop épuisée pour chercher une réponse subtile ou essayer d'éviter un conflit.

— Je ne suis pas de votre avis, lady Lansdown, répliqua-t-elle tranquillement en prenant place dans le fauteuil opposé. Selon moi, les enfants méritent des éloges quand ils font quelque chose de bien. J'ai la conviction que la reconnaissance de leurs talents et le respect qu'on leur manifeste les poussent non seulement à s'améliorer, mais aussi à devenir des personnes meilleures.

— Ah, oui ? Arthur et Mary partagent-ils votre point de vue sur l'éducation des enfants ?

Naturellement. C'étaient même eux qui lui avaient ouvert l'esprit à ce sujet.

— Pensez-vous qu'ils m'auraient confié leurs filles si ce n'était pas le cas ?

— Eh bien...

Honoria fit une pause et sirota pensivement une gorgée de sherry, avant de reprendre :

— Ce que je pense, c'est que, en dépit des efforts pathétiques que déploie Carden pour faire croire le contraire, Arthur et Mary sont morts.

Seraphina faillit lâcher son verre. Le cœur battant, la gorge nouée, elle s'efforça de prendre un air nonchalant pour demander :

— Je vous demande pardon ?

Examinant la couleur de son sherry à la lueur des flammes, Honoria répondit :

— Malgré l'incroyable largeur d'esprit dont vous faites preuve, je suis certaine que vous êtes parfaitement capable de veiller sur mes nièces, Seraphina. Vous l'avez prouvé en lcs ramenant sans encombre de l'autre bout du monde. Mais à moins qu'Arthur n'ait considérablement changé depuis la dernière fois que je l'ai vu – il y a douze ans –, il n'est pas dans sa nature de se décharger de ses responsabilités s'il a la possibilité de faire autrement. S'il n'a pas ramené lui-même ses enfants en Angleterre, j'en conclus donc qu'il ne le pouvait pas. Et la seule et unique raison qui ait pu l'en empêcher... c'est qu'il est mort.

Seraphina soutint en silence le regard pénétrant d'Honoria.

— Leur mère doit être morte également, continua la vieille lady. Je ne l'ai pas connue, car Arthur l'a épousée après son départ d'Angleterre. Mais connaissant mon beau-frère, je suis certaine que son épouse possédait les mêmes qualités morales que lui. Donc, mon raisonnement s'applique aussi à elle. Si elle n'a pas accompagné elle-même ses filles en Angleterre, c'est qu'elle est morte également.

La logique de lady Lansdown était sans faille. La vieille dame ne manquait pas de perspicacité et son raisonnement était inattaquable. Mais il n'était pas possible de laisser cette hypothèse sans réponse, ou d'admettre ouvertement qu'elle était juste.

— M. Reeves m'a demandé expressément de ne pas aborder ce sujet, déclara prudemment Seraphina.

— Oh, je devine pourquoi ! s'exclama Honoria d'un ton cassant. Carden ne veut pas que la mort d'Arthur soit connue, car il redoute d'avoir à supporter le fardeau écrasant que représente l'accession au rang de pair du royaume.

C'était une analyse en tout point exacte. Carden Reeves avait sans doute de très bonnes raisons pour justifier sa position, mais en fin de compte…

— J'ai connu Carden quand il n'était encore qu'un enfant, enchaîna Honoria sans attendre que Seraphina confirme ses soupçons. Il refuse de grandir ; il ne l'a jamais voulu. Tout ce qui l'intéresse, c'est d'éluder ses responsabilités et de se consacrer à ses passions du moment. Il y a quatre ans, ce qui l'amusait, c'était d'être officier dans le corps des ingénieurs de Sa Majesté. Apparemment, cela ne s'est pas passé comme il le souhaitait. J'ignore les circonstances exactes dans lesquelles il a donné sa démission, mais j'imagine que, comme d'habitude, on attendait de lui plus qu'il n'était prêt à donner. Durant l'année qui vient de s'écouler – c'est-à-dire depuis son retour du Transvaal –, il a joué à l'architecte. Quand il n'était pas occupé à courir les jupons ! En fait, cette dernière activité semble être la seule qu'il poursuive avec assiduité depuis des années.

Seraphina demeura muette, pensant qu'Honoria ne s'interrompait que pour reprendre sa respiration. Comme le silence s'éternisait au point de devenir embarrassant, elle se hasarda à remarquer :

— Le portrait que vous venez de brosser de votre beau-frère n'est guère à son avantage.

— Carden est un homme intelligent et généreux, Seraphina. Étant donné le genre de femme qu'était sa mère et l'épouvantable éducation qu'il a reçue, on aurait pu s'attendre à pire de sa part. Il a beaucoup mieux évolué que je ne le craignais. Cela dit, je ferais preuve de négligence si je ne vous mettais pas en garde contre lui. Ce n'est pas un homme en qui on peut avoir confiance. Il est sûr de son charme et peut séduire n'importe quelle femme sur laquelle il décide de jeter son dévolu. Ne vous laissez pas aveugler.

Seraphina n'ignorait rien des tendances de Carden Reeves. De fait, elle l'avait catalogué à l'instant où il lui avait ouvert la porte, ce matin même. C'était de toute évidence un don Juan. Qu'Honoria ne la crût pas suffisamment fine pour en arriver d'elle-même à cette conclusion la piqua au vif.

— J'apprécie votre sollicitude à mon égard, lady Lansdown, répliqua-t-elle poliment. Mais je ne pense pas que M. Reeves ait l'intention de me séduire.

— Je suis persuadée du contraire, rétorqua Honoria avec assurance. Ses intentions sont fort claires.

Elle rit et ajouta vivement :

— N'ayez pas l'air aussi choquée, Seraphina. Je suis assez âgée pour me permettre de dire ouvertement ce que je pense. J'ai aussi une longue expérience de la vie et j'estime qu'il serait extrêmement égoïste de ma part de tenir ma langue, alors que je peux aider les autres à y voir plus clair.

« Carden aime les femmes, ce qui ne l'empêche pas d'avoir du goût et du discernement. J'ai vu le regard appréciateur qu'il posait sur vous. Il n'a jamais su cacher ses pensées, vous savez. Il est aussi transparent que le cristal. Il vous trouve visiblement très attirante et a décidé que vous seriez sa prochaine conquête.

Seraphina en était arrivée à la même conclusion, mais le fait de discuter de questions si personnelles avec quelqu'un qu'elle connaissait à peine la mettait excessivement mal à l'aise. Lady Lansdown avait l'esprit vif et ses propos étaient trempés dans l'acide. La jeune femme avala une gorgée de sherry tout en se demandant comment mettre un terme à cette conversation.

— Je vous assure que je n'ai nullement l'intention d'être séduite, lady Lansdown. Je suis une femme mariée.

Honoria eut un léger sursaut d'étonnement.

— Oh ! Carden n'y a fait aucune allusion quand il vous a présentée, ce soir. Puis-je vous demander où se trouve M. Treadwell ?

— J'ai noté en effet que M. Reeves m'avait présentée comme *Mlle* Treadwell, mais je n'ai pas cru opportun de rectifier cette erreur sur le moment. Je vous demande pardon de vous avoir laissée sur cette fausse impression.

« Non que mon statut marital vous concerne de quelque façon que ce soit », mourut-elle d'envie d'ajouter.

— M. Treadwell servait de guide à Arthur et à Mary lors de leur dernière expédition dans la jungle. Il n'est pas revenu.

— Donc, Arthur et Mary sont bien morts, n'est-ce pas ? Ainsi que votre mari.

— Je préfère ne pas aborder ce sujet, si vous n'y voyez pas d'inconvénient, répliqua Seraphina d'un ton définitif.

Elle se leva et se dirigea vers la desserte en demandant poliment :

— Aimeriez-vous encore un peu de sherry ?

— Non, merci. À vrai dire, je n'apprécie pas vraiment le sherry. Avez-vous déjà eu une liaison, Seraphina ?

— Quoi ? Bien sûr que non !

— Puisque vous n'avez aucune expérience dans ce domaine, laissez-moi vous faire profiter de la mienne. Les hommes sont irrésistiblement attirés par les femmes mariées, solitaires ou délaissées. Il y a d'abord l'attrait du péché – l'infidélité est généralement perçue comme l'une des pires transgressions qui soient. Puis vient le risque d'être découvert. Le danger exacerbe le désir, c'est bien connu. Enfin, le dernier avantage mais non le moindre, c'est qu'on ne peut obliger un homme à épouser une femme qui est déjà mariée. Voilà pourquoi les femmes mariées ont autant de succès auprès des coureurs de jupons. Le danger, le désir, le risque... un cocktail explosif. Et tout cela, sans encourir la conséquence la plus redoutée, qui est, bien sûr, le mariage.

Que répondre à cela ? C'était l'exposé le plus clair et le plus juste que Seraphina ait jamais entendu. Bien qu'un peu choquée, elle fut obligée d'admettre qu'une fois de plus, l'analyse d'Honoria se révélait d'une logique imparable.

— Non seulement vous êtes une femme mariée et solitaire, Seraphina, mais de plus vous êtes belle et à portée de main. Carden ne pourra jamais résister à cet ensemble d'avantages. D'ailleurs, il n'y songera même pas. À ses yeux, la tentation est faite pour y céder !

Seraphina était réellement trop exténuée pour poursuivre cette discussion.

— Je suis tout à fait capable de repousser ses avances, affirma-t-elle simplement. Vos inquiétudes sont sans fondement.

— Carden est l'homme le plus déterminé et le plus persévérant que je connaisse.

— Je pense posséder également ces traits de caractère.

— Je n'en doute pas, ma chère. Mais, naturellement, on peut aussi se demander s'il est très sage de se montrer aussi forte et vertueuse. En dépit de tous les efforts que Carden déploie pour échapper à ses responsabilités, viendra le jour où il n'aura d'autre choix que de les accepter. Ce jour-là – et croyez-moi il arrivera plus vite qu'il ne le pense –, Carden Reeves deviendra le septième comte de Lansdown. Or un comte est un parti à ne pas négliger. Les jeunes filles à marier feront la queue devant sa porte. Selon moi, toute femme intelligente essaierait de se placer en tête.

Seraphina fronça les sourcils, déconcertée par le tour inattendu qu'avait pris le raisonnement de lady Lansdown. Avait-elle bien compris ? Ne s'agissait-il pas, l'instant d'avant, de *repousser* les avances de Carden ?

— Êtes-vous en train de suggérer que je devrais me laisser séduire, dans l'espoir que Carden me demandera un jour en mariage ? demanda-t-elle, sans parvenir à dissimuler son incrédulité.

— Votre mari est présumé mort, fit observer Honoria avec un haussement d'épaules. Je suis certaine que les tribunaux balaieront en un rien de temps cet obstacle insignifiant.

Ignorant la migraine qui la menaçait, Seraphina s'exhorta à la patience.

— Je ne suis pas le genre de femme qu'un pair du royaume envisagerait d'épouser. Mon père était un scientifique sans le sou, ma mère la fille d'un commandant de navire espagnol. Je suis née dans une famille sans fortune ni titre de noblesse.

— Je vous assure que beaucoup de femmes ne se laisseraient pas arrêter par ce genre de détail, rétorqua Honoria avec détermination. Vous n'imaginez pas le nombre de personnes de ma connaissance dont l'arbre généalogique est d'une authenticité douteuse.

— Mais je n'ai nullement l'intention de me remarier, lady Lansdown. Une seule expérience m'a amplement suffi.

— Mariée, seule, et malheureuse en ménage. Votre capacité de séduction s'en trouve augmentée de dix points au moins, assura Honoria avec autorité. Si vous tenez vraiment à résister aux avances de Carden, je vous conseille de ne pas révéler ce dernier point. Cela dit, il y a de fortes chances pour qu'il le découvre par lui-même. Le seul moment où les hommes parviennent à lire clairement dans l'esprit d'une femme, c'est lorsqu'ils désirent faire leur conquête. Une fois cet exploit accompli, ils redeviennent aussi obtus qu'un morceau de bois. J'ai toujours pensé qu'il y aura là matière à une étude scientifique. Qu'en pensez-vous ?

— Les résultats de cette étude seraient probablement intéressants.

De même que la prochaine conversation qu'elle aurait avec Carden Reeves. Si ce dernier prenait vraiment sa belle-sœur pour une *adorable* bavarde, une inoffensive colporteuse de ragots, il était temps de lui ouvrir les yeux. Et elle se ferait un plaisir de s'en charger.

— Parlez-moi de vous et de votre famille, Seraphina. Vous disiez que votre père était scientifique ?

Allons, bon, sa vie allait être découpée en tranches. Elle respira profondément, puis répondit :

— Il était botaniste, et spécialisé dans l'étude des espèces tropicales. Il espérait publier un jour ses travaux, mais il est mort avant.

— Et votre mère ?

— Contrairement à lady Wickerly, elle ne supportait pas son mari en silence. Mon père prétendait qu'elle devait sa langue acérée et son caractère emporté à ses origines espagnoles.

— Leur mariage n'était donc pas heureux ?

Il aurait été plus facile pour Seraphina d'acquiescer et d'en rester là. Mais en toute bonne conscience, elle ne le pouvait pas. Bien qu'ils aient eu une relation complexe, ses parents s'entendaient plutôt bien.

— Ma mère voulait échapper à la vie en mer. Mon père avait besoin de quelqu'un pour gérer les détails matériels de sa vie. Leur union était fondée sur la raison plus que sur les sentiments. Et comme tous deux s'étaient engagés dans ce mariage sans se faire d'illusions, ils étaient assez contents de leur sort.

Honoria ne marqua pas la moindre pause pour absorber ces renseignements et ne fit aucun commentaire.

— Et votre époux... comment avez-vous fait sa connaissance ?

— Officiellement, il se prétendait l'associé de mon père, expliqua-t-elle. En réalité, il échangeait des promesses creuses contre le gite et le couvert.

— Et contre vous ?

Elle n'avait jamais envisagé les choses sous cet angle, mais il y avait une part de vérité dans la remarque d'Honoria.

— En fin de compte, c'est bien ce qui s'est passé, admit-elle à contrecœur.

Elle n'aimait pas trop ce que cela impliquait quant à sa propre capacité de jugement.

Honoria ajouta quelque chose, mais Seraphina n'y prêta pas attention. Carden et ses amis venaient d'apparaître dans le hall et se dirigeaient vers le salon, leur verre de porto à la main. Elle allait enfin être secourue. Avec un peu de chance, cette interminable journée allait toucher à sa fin.

Si Seraphina n'avait pas paru aussi malheureuse la seconde d'avant, Carden aurait souri de voir l'intense soulagement qui se peignit sur son joli visage lorsqu'il apparut dans l'encadrement de la porte. Un homme avait besoin de savoir que sa présence était souhaitée et appréciée. Cela seul rendait tolérable le fait de s'engager dans une conversation de salon.

— Carden ! s'exclama Honoria. Ne me dites pas que vos amis et vous avez déjà bu votre content de porto et fumé tous vos cigares ?

Si elle parvint à s'exprimer d'un ton posé, son regard en revanche trahit sa contrariété. Carden fit mine de ne pas comprendre.

— Ces distractions nous ont paru mortellement ennuyeuses tant votre conversation nous manquait, ma chère.

— Nous espérons que vous avez résolu tous les problèmes de l'Empire en notre absence, ajouta Barrett.

— Nous étions en bonne voie, répliqua Honoria avec un sourire faux. Dommage que vous n'ayez pas eu un peu plus de patience. Nous discutions de la visite prévue pour demain chez la couturière, ou plutôt le couturier.

Seraphina tressaillit. Sa réaction fut presque imperceptible et elle se ressaisit en un clin d'œil, mais ce fut suffisant pour que Carden sache que sa belle-sœur le menait en bateau. Certes, il finissait toujours par s'en apercevoir. Mais pour une fois, il serait sur ses gardes dès le début, ce qui n'était pas plus mal. Grâce en soit rendue à Seraphina et à sa spontanéité !

— Étant donné la commande considérable que vous allez faire, Carden, je pense qu'il ne serait pas extravagant de demander à M. Gauthier de se déplacer. Pourquoi obliger Seraphina et les enfants à prendre une voiture et à traverser la ville, alors qu'il retirera un profit conséquent de cette visite ?

— Gauthier ? répéta Carden en guettant Seraphina du coin de l'œil.

Il aurait juré que la jeune femme entendait ce nom pour la première fois.

— Gauthier est mon coururier, Carden. Il arrive tout droit de Paris, et tout Londres se l'arrache déjà. J'espère que vous n'avez pas l'intention de faire habiller vos nièces et Seraphina par une obscure couturière de seconde zone ?

— Bien sûr que non.

Les trois quarts du temps, Honoria ne se rendait pas compte que ses propos étaient insultants. Il décida donc de ne pas se formaliser de son manque de tact.

— Si vous voulez envoyer chercher le grand Gauthier, faites, Honoria.

— Je vous remercie, mon cher.

Sa belle-sœur se tourna alors vers Seraphina, qui carra visiblement les épaules.

— Est-ce qu'après-demain vous conviendrait, Seraphina ? Je sais que les filles ont un besoin urgent de nouveaux vêtements, mais le premier rendez-vous avec un couturier est toujours une épreuve, et je crains que cette entrevue avec M. Gauthier le jour même de leur déménagement ne soit un peu trop fatigante.

Seraphina fronça les sourcils et se mordilla la lèvre. Il n'en fallut pas davantage à Carden pour comprendre qu'Honoria la prenait de court. De toute évidence, c'était la première fois qu'elles abordaient le sujet.

— Un déménagement ? fit-il d'un air innocent. Qui déménage ?

Les épaules d'Honoria s'affaissèrent tandis qu'elle affichait une expression sidérée. Elle ajouta quelque peu à sa performance d'actrice en levant les yeux au ciel et en soupirant de façon exagérée.

— Voyons, Carden ! Seraphina et les enfants, naturellement ! Il est impossible qu'elles demeurent ici avec vous. Un célibataire, invitant une jeune femme à vivre sous son toit ? Vous n'y pensez pas ! Vous savez très bien à quel genre de ragots une telle situation donnerait lieu.

Le regard que Seraphina lui lança était à la limite de la panique. Il aurait pu croire qu'elle s'inquiétait effectivement du scandale, si elle n'avait à ce moment-là jeté un coup d'œil en direction d'Honoria et réprimé un frémissement. Dieu savait qu'il comprenait ce qu'elle ressentait.

— Seraphina est la compagne de nos nièces, expliqua-t-il d'une voix douce et ferme à la fois. Son statut se situe bien au-dessus de celui d'une employée, mais pas au point d'être une maîtresse. La distinction est claire, et je suis sûr que tout le monde la fera sans problème. Je ne vois absolument pas la nécessité de déraciner encore une fois Seraphina et les enfants pour les emmener vivre chez vous, de l'autre côté de la ville.

— Seraphina, ma chère, commença Honoria, après notre conversation...

— Je comprends votre inquiétude, lady Lansdown, fit Seraphina, dont le sourire crispé faisait peine à voir. Et j'apprécie grandement votre sollicitude. Mais pour dire la vérité, les filles et moi venons d'effectuer un long et épuisant voyage. Nous avons à peine déballé nos affaires pour nous installer. De fait, l'idée de les empaqueter de nouveau et de repartir…

Elle s'interrompit, secoua doucement la tête, puis reprit :

— Ce n'est pas une question de distance. Votre maison se trouverait au bout de la rue que je n'aurais pas la force de fournir cet effort supplémentaire.

— Ma chère, je vous en prie, songez à votre réputation.

— Quoi qu'en dise M. Reeves, je suis avant tout son employée. Il n'y a aucune différence entre moi et Mme Blaylock, la nouvelle femme de charge, ou sa fille Anne. Si la bonne société n'a rien d'autre à faire que de spéculer sur ce qui se passe dans cette maison, je trouve cela fort regrettable et je pense que ces gens pourraient utiliser leur temps autrement. Mais je refuse d'infliger une nouvelle épreuve aux enfants sous prétexte que des gens mènent une vie si ennuyeuse qu'ils cherchent une distraction dans celle des autres.

— Bravo, Seraphina ! s'exclama Aiden en applaudissant. Bravo !

Barrett leva son verre en signe de félicitations.

— Fort bien dit, ma chère.

Carden ne pouvait que se ranger à cet avis. Seraphina Treadwell était une femme vraiment merveilleuse. Honoria avait enfin trouvé son égale en termes de volonté. Et il venait juste d'en être témoin. Il se promit d'offrir un cadeau somptueux à la jeune femme pour la remercier du plaisir qu'elle venait de lui donner.

— À présent, je vais vous demander de m'excuser, reprit Seraphina. J'ai passé une excellente soirée, mais elle venait en conclusion d'une journée extrêmement fatigante.

— Bien sûr, Seraphina, s'empressa de déclarer Carden, détectant dans la voix de la jeune femme une note de fragilité. Je vous demande sincèrement pardon de vous avoir retenue si tard. Je vous souhaite une excellente nuit.

— Merci, répondit-elle avec un sourire de soulagement. Je pense que je n'aurai aucun mal à trouver le sommeil.

Honoria, qui ne pouvait admettre qu'un autre qu'elle ait le dernier mot, ajouta avec un hochement de tête :

— Ne vous inquiétez pas au sujet de M. Gauthier, Seraphina. Je m'occuperai de tout et je vous aiderai de toutes les façons possibles.

Écrasée de fatigue, Seraphina eut le triomphe modeste et répondit gracieusement :

— Merci, lady Lansdown, c'est très aimable à vous. Je ne doute pas que votre assistance me sera précieuse. Vos nièces et moi-même nous tiendrons à votre disposition.

Le regard de Seraphina croisa un instant celui de Carden. Il aurait juré que ses yeux bleus contenaient tous les remerciements et toute la reconnaissance du monde. Mais cela fut si bref qu'il crut avoir rêvé. Elle se tourna vers Barrett et John Aiden, et dit doucement :

— Bonsoir, messieurs.

Carden vit ses amis suivre Seraphina du regard tandis qu'elle se dirigeait ves la porte. Rien d'irrespectueux dans leur attitude. En fait, ils avaient l'air de deux imbéciles tombés sous le charme d'une fée. Cette approbation implicite de ses amis aurait dû l'emplir de fierté... Pourtant, ce n'était pas du tout ce sentiment-là qu'il éprouvait. Il s'agissait plutôt d'une sensation vaguement angoissante... et irritante.

— Carden, voudriez-vous demander à Sawyer d'informer mon cocher que je vais rentrer, je vous prie.

— Bien sûr, Honoria.

Carden s'inclina brièvement devant sa belle-sœur, reconnaissant de la distraction qu'elle lui offrait.

— Je laisse Aiden et Barrett pour vous tenir compagnie. Soyez gentille, ne profitez pas de mon absence pour leur trouver des épouses. Ce sont mes seuls amis.

Barrett et Aiden éclatèrent de rire. Ils riaient encore lorsqu'il quitta le salon. Mais Carden avait surpris le regard acéré d'Honoria, et il savait qu'ils ne riraient pas longtemps.

Il eut un sourire sardonique. Voilà qui allait les empêcher de trop penser à Seraphina Treadwell.

8

Seraphina offrit son visage aux rayons du soleil qui filtraient à travers le toit de la serre. Impossible de dire combien de temps ce dernier brillerait, aussi entendait-elle profiter pleinement de sa présence. La vie prenait parfois un tour inattendu qui se révélait en fin de compte fort avantageux. Si elle bénéficiait d'une matinée de liberté à consacrer à la peinture, c'était parce que rien n'avait fonctionné selon ses plans.

Sawyer leur avait servi le petit-déjeuner dans la salle d'étude, les informant que Carden avait dû s'absenter d'urgence pour des raisons professionnelles. Nul ne savait à quelle heure il rentrerait, et elle comprit à l'attitude de Sawyer qu'il valait mieux que ce soit le plus tard possible. Son absence était un grain de sable dans les projets de Seraphina, d'un autre côté, elle n'était pas mécontente de repousser la conversation au cours de laquelle elle devrait lui expliquer qu'Honoria Reeves avait vu clair dans son jeu.

Mme Blaylock et Anne étaient arrivées dans la matinée. À peine eurent-elles déposé leurs affaires dans leur chambre, qu'elles se mirent au travail avec ardeur et détermination. Il était évident que rien n'empêcherait Mme Blaylock d'imposer son sens de l'ordre et de la propreté dans cette maison. Avant le coucher du soleil, la demeure aurait changé d'allure. Aucune pièce n'échapperait à son appétit de nettoyage, aucune surface ne serait négligée. Aussi, ce fut plus par souci de tranquillité que par courtoisie que Seraphina alla se réfugier dans la serre avec les fillettes.

Elle était en train de préparer cette retraite hâtive lorsque la sonnerie de l'entrée résonna pour la première fois. C'était un messager dépêché par M. Gauthier. Ce dernier ayant été informé du besoin désespéré dans lequel on était de ses services, il leur faisait savoir qu'il était très honoré d'être considéré comme le seul homme de tout l'Empire capable de leur venir en aide. Il se présenterait dès que cela serait humainement possible. En attendant, Seraphina devait être courageuse. Éclatant de rire, la jeune femme avait annoncé à Mme Blaylock l'arrivée imminente du couturier, puis s'était éclipsée en se faufilant entre les seaux et les balais.

Deuxième coup de sonnette. Le valet d'Honoria remit au majordome un pli griffonné à la hâte par sa maîtresse. Celle-ci s'excusait de ne pouvoir venir comme prévu. Seraphina en était encore à remercier le ciel pour ce sursis inespéré quand on sonna pour la troisième fois. Sawyer ouvrit à un Barrett Stanbridge très souriant.

La sonnette continua de résonner et Sawyer de répondre. Barrett proposa à Seraphina de transporter les chevalets et les boîtes de peinture dans la serre. Elle accepta avec reconnaissance et se chargea elle-même de son carton à dessins. Les filles étaient aussi heureuses que si elle les avait conviées à un pique-nique. Cette idée lui plut et, alors qu'elles passaient devant le cellier, elle s'arrêta pour demander à Monroe de mettre quelques provisions dans un panier et de les apporter dans la serre afin qu'elles déjeunent sur place. Cela fait, elle s'éloigna en hâte, abandonnant derrière elle le chaos que Mme Blaylock et sa fille avaient répandu dans la maison.

En dépit de sa bonne volonté, Barrett n'était pas parvenu à installer les chevalets convenablement par rapport à la lumière. Seraphina l'envoya donc surveiller les filles qui exploraient la serre avec des cris d'enthousiasme, pendant qu'elle s'en chargeait elle-même. Jetant un coup d'œil autour d'elle, elle dut se faire une raison : pas une seule plante n'était digne de servir de modèle.

Comment Carden Reeves avait-il pu laisser cet endroit se dégrader à ce point ? C'était ahurissant. L'emploi d'un jardinier ne lui avait pas paru aussi essentiel que celui d'un majordome, d'un cuisinier ou d'un valet de pied. Celui d'une gouvernante non plus, d'ailleurs. Ses priorités étaient bien celles d'un homme !

Pour être juste, elle devait reconnaître qu'elle ne considérait pas les plantes de la même façon que la plupart des gens. Elles étaient le centre autour duquel sa vie s'était toujours articulée.

N'étant cette fois pas gênée par la présence de Carden, Seraphina prit le temps d'examiner la serre avec plus d'attention. La construction était solide, divisée en plusieurs espaces destinés à la culture d'espèces différentes. Avec un peu de temps et quelques efforts, elle pourrait la transformer en un lieu magique, dans lequel les enfants et elle passeraient leurs matinées. En hiver, la pièce leur procurerait un refuge idéal. À condition, bien entendu, que Carden ne les aient pas déjà expédiées à la campagne.

Mais il avait eu ce projet la veille, alors qu'il croyait encore possible de garder le secret sur la mort d'Arthur. À présent…

Avec un petit rire, Seraphina rassembla les meubles en rotin éparpillés sous un groupe de palmiers plutôt mal en point. Il y avait une jolie petite table basse qui serait parfaite pour servir le repas. Elle disposa les quatre fauteuils tout autour et approcha les repose-pieds sur lesquels elle comptait poser les boissons.

La chaise longue était une véritable œuvre d'art en osier et semblait particulièrement confortable. Toutefois, comme elle n'était pas assortie au reste du mobilier, Seraphina la tira un peu à l'écart et prit quelques minutes pour créer autour d'elle un monde exotique en miniature, fait de pots en céramique aux couleurs vives qui contenaient encore quelques maigres feuillages. L'ensemble avait quelque chose d'intime qui faisait oublier le manque criant de plantes luxuriantes. Seraphina contempla le résultat avec satisfaction, puis approcha son chevalet et le reste du matériel de cet îlot de verdure. Elle rassembla ensuite quelques pots vides et y disposa des feuilles séchées, créant pour les fillettes une nature morte intéressante à reproduire.

Aujourd'hui, elles étudieraient l'aquarelle, décida-t-elle. Elle marqua une pause. L'aquarelle évoquait l'eau. Or, toutes ces plantes avaient désespérément besoin d'être arrosées. La veille, elle avait aperçu un joli petit arrosoir aux bords dentelés par l'usure sur l'établi. Si ses souvenirs étaient bons, il y avait aussi quelques seaux empilés. Elle trouverait bien une pompe à eau, cachée derrière une rangée de plantes mortes... Une pompe et aussi, probablement, un poêle à charbon. Elle pourrait sans doute persuader Barrett d'allumer un feu...

Ce n'était pas du tout ainsi qu'elle avait prévu de passer sa journée lorsqu'elle s'était levée ce matin. Mais elle savait que rien ne lui procurerait autant de satisfaction que de redonner un peu de vie à ce lieu abandonné. Et puis, il y avait tellement longtemps qu'elle n'avait ressenti un tel enthousiasme.

— Les enfants ! appela-t-elle en partant à leur recherche. J'ai une idée !

Lady Caruthers était une dame, certes, mais elle n'avait pas plus de jugeote qu'une oie.

— Vous n'avez qu'à aller voir la serre de lady Godwin ! marmonna Carden en entrant comme une tornade.

Son majordome se tenait debout dans le hall, comme s'il attendait son retour avec impatience.

— Bonjour, monsieur.

— J'ai passé la matinée à examiner sous tous les angles la serre de lady Godwin, Sawyer ! tonna-t-il. J'en conclus que ce que veut lady Caruthers, c'est une serre de dimensions ridicules, constituée de filaments de fer-blanc et de vieilles brindilles sèches ! Qu'elle ne compte pas sur moi pour la construire ! Je ne le ferais pas, même si on m'offrait toute la récolte de thé des Indes, ou même tous les diamants du Transvaal. Lady Caruthers n'a qu'à se trouver un autre architecte.

— Naturellement, monsieur.

Sawyer souleva un plateau d'argent sur lequel se trouvait une pile d'enveloppes en équilibre instable. Il le tendit à son maître tout en lui demandant :

— Monsieur déjeunera-t-il dans la serre, avec ses invités ?

— Qu'est-ce que cela ? s'enquit Carden en s'emparant des lettres avant qu'elles ne tombent à ses pieds.

— Elles sont arrivées tout au long de la matinée, monsieur. Si vous voulez bien attendre un instant, vous en aurez deux autres. Je vois deux voitures qui viennent de s'arrêter devant la porte.

Carden lança un coup d'œil par-dessus son épaule et vit par la fenêtre de côté que Sawyer avait raison… comme toujours. Deux voitures venaient de s'immobiliser le long du trottoir. Il étudia les enveloppes, nota le papier luxueux, les écritures élégantes. Et en un éclair il *comprit*. Dans une tentative désespérée pour se prouver qu'il se trompait, il ouvrit l'une des enveloppes et lut la carte qu'elle contenait. Hélas, il avait vu juste !

— Où est Seraphina ?

— Dans la serre, monsieur. Avec vos nièces et M. Stanbridge. Monroe leur a apporté un panier de pique-nique il y a quelques minutes.

Les battements de son cœur s'accélérèrent.

— Barrett ? Que fait-il ici ?

— Je n'en ai aucune idée, monsieur, répliqua Sawyer en soutenant son regard. Aurais-je dû lui demander la raison de sa visite avant de le laisser entrer ?

— Non, répliqua Carden d'une voix rageuse.

Crispant les doigts sur le paquet d'enveloppes, il se dirigea à grands pas vers la serre, en proie à un mélange d'émotions troublantes, parmi lesquelles la colère était incontestablement celle qui dominait. Il la cultivait depuis le début de la matinée, ressassant une série de griefs. Tout d'abord, contre l'imbécile anonyme qui avait eu le premier l'idée saugrenue de construire une serre. Ensuite, contre lady Caruthers, qui s'imaginait qu'il devait mettre de côté la logique et les compétences en échange d'espèces sonnantes et trébuchantes. Et maintenant, Seraphina Treadwell, Honoria et Barrett jouaient des coudes pour être les premiers sur la liste de ses cibles ! Eh bien, ils partageraient tous les trois la première place ! décida-t-il. Impossible de dire auquel des trois il en voulait le plus.

Il ouvrit la porte de la serre à la volée, fit deux pas à l'intérieur, repoussa violemment le battant derrière lui et demeura cloué sur place.

Là, juste en face de lui, à demi allongée dans une chaise longue baignée de lumière se trouvait Seraphina. Elle lui lança un coup d'œil par-dessus son épaule et sourit. Et cet infime mouvement si féminin le bouleversa. Les rayons du soleil qui pénétraient par la verrière semblaient caresser ses boucles brunes, sa peau fine et lisse, et donnaient à ses yeux bleus un éclat incomparable.

Eve. Dans le jardin d'Eden. Un chevalet. Une aquarelle pas tout à fait terminée sur un chevalet. Une petite assiette de porcelaine contenant une tranche de pain, posée sur un coussin coloré. Et Seraphina, tout à la fois sereine et vibrante de vie et de sensualité. Si les anges existaient, elle en était un… Il eut l'impression de vaciller, de sentir ses jambes se dérober.

— Ah, vous voilà ! fit-elle. Juste à temps pour le déjeuner.

Elle était si délectable. Pour déjeuner, pour dîner…

— Carden ?

Son rêve vola en éclats, pulvérisé. La réalité venait de reprendre ses droits. Carden tressaillit, s'apercevant trop tard que Seraphina et lui n'étaient pas seuls. Assis sur le côté, sur un trône de rotin, Barrett venait d'être témoin de son trouble momentané. Blessé dans son amour-propre, il sentit sa colère resurgir avec plus de force encore. Grâce au ciel, à en juger par les cris aigus qui lui parvenaient, les filles jouaient au fond de la serre et ne l'avaient donc pas vu se conduire comme un imbécile.

Il fondit sur Seraphina en agitant le paquet d'enveloppes.

— Savez-vous ce que c'est ?

Elle haussa ses sourcils délicats et lui prit la pile des mains, tout en fixant sur lui un regard méfiant.

Il écarta les jambes, croisa les bras et soutint son regard, la sommant en silence de lui fournir une explication. Avec un soupir, elle lut la carte qu'il avait sortie de son enveloppe, puis feuilleta le reste des missives.

— Ce sont des invitations, dit-elle d'une voix posée en lui rendant les cartes. Vous êtes censé y répondre avec une dose raisonnable d'amabilité.

Pas d'explication. Pas de plates excuses ! Les choses ne se déroulaient pas vraiment comme il l'avait prévu.

— Pourriez-vous m'expliquer pourquoi la console dans l'entrée disparaît sous ce genre de missives ?

— Eh bien, ce n'est certainement pas parce que tous ces gens ont envie de partager votre bonne humeur, répondit-elle gaiement.

Le sang lui battait aux tempes. Mais pas assez fort pour arrêter le rire de Barrett. Carden foudroya son ami du regard. Celui-ci eut assez de bon sens pour dissimuler son sourire derrière sa main.

Carden se mit à faire les cent pas dans l'allée centrale de la serre.

— Ces cartes arrivent par wagons entiers parce que la nouvelle s'est répandue ! grommela-t-il. Carden Reeves est le nouveau comte de Lansdown ! Préparez vos filles !

— J'ai tenu parole, je n'ai pas dit un mot à Honoria, déclara Seraphina sans se troubler. Elle en est arrivée elle-même à la conclusion qu'Arthur était mort. Et de toute évidence, elle avait découvert le pot aux roses bien avant que je ne descende au salon hier soir. Mais si vous avez envie de grimper sur le toit pour clamer qu'Arthur est vivant et en bonne santé à Belize, faites-le. Pendant quelque temps, ce sera votre parole contre celle d'Honoria.

Un instant, Carden s'imagina sur le toit. À son club. Dans la rue. Il s'immobilisa.

— Ce serait pathétique.

— Sans aucun doute.

Il se serait volontiers passé de cette dernière remarque. Elle réduisait définitivement à néant son espoir de mener une vie relativement normale. Il était particulièrement agaçant de constater qu'on ne lui avait même pas laissé le temps de s'organiser pour mener sa vie comme il l'entendait.

Non que Seraphina fût le moins du monde responsable de cet état de choses. Il savait qu'elle n'y était strictement pour rien. Il aurait voulu laisser éclater sa fureur, crier, tempêter, hurler de rage. Mais il lui était impossible de rassembler ne serait-ce qu'un brin de passion pour faire une telle scène. En revanche, l'idée de s'allonger dans la chaise longue avec Seraphina le séduisait. Oui, pour *cela*, il aurait pu trouver l'enthousiasme nécessaire.

Il prit soudain conscience de la présence de Barrett à son côté. Son ami lui tendit une enveloppe.

— Qu'est-ce que c'est ?

— Devine, murmura Barrett.

Carden glissa l'index sous le rabat, déchira le papier et en sortit une carte d'invitation imprimée. Une petite note avait été griffonnée à la main.

— Quoi ? Ta mère aussi ? s'exclama-t-il en levant les yeux sur son ami.

Celui-ci eut un sourire attristé.

— Tout le monde est au courant, Carden. Mère a reçu deux messages avant même le petit-déjeuner, pour la prévenir de ton accession au titre. Je t'en prie, dis-moi que tu répondras à son invitation. Je ne voudrais pas qu'elle soit déçue. Elle pense donner la plus grande réception de la saison, grâce à toi.

La mère de Barrett était une femme merveilleuse, douce, généreuse. Une hôtesse irréprochable. Il avait été invité plus d'une fois à sa table, à l'époque où elle n'avait rien à gagner socialement à le convier sous son toit. S'il y avait à Londres une seule personne qui méritait de créer l'événement grâce à lui, c'était Mélanie Stanbridge.

— D'accord, dit-il. J'irai. Mais ce sera la seule invitation que j'accepterai. *La seule.*

— Mère sera aux anges, affirma Barrett, visiblement soulagé. Merci, Carden.

— Je lui répondrai de façon plus formelle, bien entendu. Mais lorsque tu la préviendras que j'ai accepté, recommande-lui aussi de ne pas essayer à tout prix de me dénicher une voisine de table. Je viendrai accompagné.

— Ah, oui ? fit Barrett dont le regard glissa vers la chaise longue.

Carden décida d'ignorer la question muette qu'il lisait dans ses yeux. Il se tourna vers Seraphina en souriant, réconforté par les projets qu'il formait déjà pour les débuts dans le monde de la jeune femme. Le moment était idéal, il suffisait de s'arranger pour que tout se mette en place comme il le désirait.

— Avez-vous eu des nouvelles du grand Gauthier ? demanda-t-il d'une voix tendue.

— Il nous a envoyé un message pour nous avertir qu'il viendrait aujourd'hui même, à 14 heures.

— Honoria ne lui avait-elle pas donné rendez-vous demain ?

— Apparemment, il est impatient de s'occuper des nièces du nouveau comte de Lansdown.

— Et Honoria ?

Seraphina ne fit pas le plus léger effort pour dissimuler son soulagement. À moins que celui-ci n'ait été trop grand pour qu'elle parvienne à le contenir. Carden n'aurait su dire…

— Elle vient d'envoyer un mot pour s'excuser. Elle a retrouvé par hasard un poème d'amour que Perceval lui avait adressé, et elle est trop accablée de chagrin pour sortir de chez elle.

— Perceval n'a pas écrit un seul poème de sa vie, répliqua Carden avec un ricanement sarcastique. Il parvenait tout juste à gribouiller des comptines. Horriblement triviales, du reste. Mais un poème ? Jamais. Non, Honoria cherche seulement à m'éviter.

Seraphina darda sur lui un regard dans lequel brillait une lueur d'amusement.

— À vrai dire, je ne peux pas l'en blâmer.

Un point pour elle, concéda-t-il en son for intérieur. Quand il était arrivé, il avait tout d'un ours mal léché. Mais à présent... Il aurait été d'humeur absolument charmante si Barrett avait eu la bonne idée d'aller annoncer sur-le-champ la bonne nouvelle à sa mère. Irrité par l'attitude de son ami, qui semblait faire exprès de se montrer particulièrement peu clairvoyant, Carden crispa les mâchoires et tenta d'orienter ses pensées dans une autre direction.

— Tout bien réfléchi, je ne crois pas qu'Honoria essaye de m'éviter. Je suis sûr qu'en ce moment même, elle est dans sa voiture, cramponnée aux poignées, tandis que son cocher pousse ses chevaux afin qu'elle puisse répandre aussi vite que possible la nouvelle dans toute la ville. Je vous avais mise en garde contre elle, Seraphina.

— Oh, oui, je m'en souviens, répliqua-t-elle. Vous me l'avez dépeinte comme personne charmante, mais incapable de garder un secret. À vous entendre, ce n'est qu'une vieille petite commère inoffensive et pétrie de bonnes intentions. Certes, Honoria est peut-être âgée et petite, mais ne vous y trompez pas, Carden Reeves, votre belle-sœur est aussi redoutable qu'un requin !

— Un requin ? répéta-t-il, déconcerté par la véhémence de la jeune femme. Vous ne croyez pas que c'est un peu exagéré ?

Seraphina arqua les sourcils.

— Non. En matière de manipulation, elle est de la force de Machiavel.

— Euh... c'est exact, concéda-t-il.

De fait, il aimait voir Seraphina se hérisser ainsi. Toutes les passions avaient la même origine et l'une menait souvent tout naturellement à une autre… Restait à découvrir si le caractère passionné de Seraphina se révélerait dans tous les domaines.

— Mais en définitive, Honoria est inoffensive et inefficace, dit-il en guettant attentivement sa réaction. N'est-ce pas le cas de toutes les femmes ?

Apparemment, ce n'était pas le cas de Seraphina Treadwell, et il s'en rendit compte dans l'instant. Personne ne l'attaquait impunément !

— Insinuez-vous que toutes les femmes sont des manipulatrices ? demanda-t-elle calmement, en se déplaçant légèrement afin de mieux l'observer. Ou êtes-vous en train de dire qu'elles sont inefficaces dans ce domaine, et donc inoffensives ?

— Fais bien attention à ce que tu vas répondre, Carden ! lança Barrett en battant en retraite vers son siège, sous un groupe de palmiers déplumés.

— N'es-tu pas censé enquêter sur un meurtre, en ce moment ? rétorqua Carden, priant pour que son ami saisisse l'allusion et se retire illico.

— Non, pas en ce moment.

Bon sang, ce qu'il pouvait être obtus, parfois !

— Tu devrais peut-être chercher à en résoudre un, non ?

Barrett se laissa tomber sans façon dans l'un des fauteuils d'osier, posa les pieds sur la petite table en face de lui et sourit béatement.

— Je pense qu'il y a de grandes chances pour qu'un meurtre soit commis ici même. La stupidité masculine n'est pas un crime, naturellement. C'est juste affreusement commun… Si cela pousse Seraphina à te tuer, je considérerai cet homicide comme tout à fait justifié. Et je n'aurai pas plus besoin d'enquêter. En revanche, je passerai un moment très distrayant. Continue, mon vieux. Je te rappelle que tu étais en train d'insulter l'intelligence féminine.

C'était exact. On pouvait même préciser à sa charge qu'il l'avait fait délibérément. Auprès de Seraphina, ses capacités de jugement s'affaiblissaient et il avait tendance à perdre le contrôle de lui-même.

Il se disposait à lui adresser des excuses, mais avant qu'il en ait eu le temps, il la vit passer devant lui de sa démarche souple.

— Voulez-vous manger quelque chose ? s'enquit-elle. Cela vous mettra peut-être dans de meilleures dispositions.

Tandis qu'elle parlait, Barrett avait rabattu pour elle le torchon qui couvrait le panier, et elle entreprit d'emplir une assiette de mets appétissants. Barrett se renversa dans son fauteuil.

— Par simple curiosité morbide, mon vieux, qu'as-tu fait ce matin pour être d'aussi mauvaise humeur ?

Quelque chose de trop intime s'était créé autour de cette petite table, entre Barrett et Seraphina. Cela déplaisait à Carden, qui répondit en s'asseyant à côté de son ami :

— Je suis allé jeter un coup d'œil à la serre de lady Godwin. C'était l'idée de lady Caruthers, qui pensait que cela m'aiderait à mieux comprendre ce qu'elle souhaitait avant de refaire les plans...

Il serra les dents et ajouta d'un ton furieux :

— Des plans *corrects*, comme elle dit.

— Et alors ? fit doucement Seraphina sans le regarder.

— Alors, la serre de lady Godwin a été construite de bric et de broc il y a au moins cinquante ans. Je suis étonné qu'elle tienne encore debout.

Il marqua une pause, réfléchit et ajouta :

— Quoique... vu la violence avec laquelle j'ai claqué la porte en partant, il se peut fort bien qu'elle se soit effondrée dans l'intervalle.

Seraphina lui tendit une serviette de table damassée et une assiette contenant du rôti froid, du fromage et des fruits.

— Merci, fit-il en remarquant le sourire qui flottait sur ses lèvres. Vous n'avez pas mis de poison dedans, j'espère ?

La jeune femme prit place sur un siège, en face de lui.

— Non. Les plantes vénéneuses ont été parmi les premières à souffrir de votre négligence. Elles sont toutes mortes.

Il en était à se demander si elle avait sérieusement envisagé cette possibilité lorsqu'elle enchaîna :

— N'y avait-il vraiment rien dont vous auriez pu vous inspirer dans la serre de lady Godwin ? Une ventilation adéquate, une bonne lumière, une chaleur bien répartie ?

— Je ne saurais le dire, l'atmosphère m'a surtout paru étouffante. L'endroit était si encombré qu'on pouvait à peine se déplacer ; j'ai dû sortir à reculons. Ce que je sais de la structure, je l'ai vu en la contournant par l'extérieur qui est en ruine.

— Ah, c'est donc cela ! murmura-t-elle comme pour elle-même.

— C'est donc quoi ?

Elle l'étudia longuement, et il comprit qu'elle cherchait non seulement ses mots, mais aussi la façon d'aborder un certain sujet.

— Ce qui intéresse lady Caruthers au premier chef, ce n'est pas la structure de la serre, avança-t-elle. Ce qu'elle veut, c'est une jungle.

— Pour posséder une jungle à Londres, il faut la faire pousser dans une espèce d'immense boîte de verre.

— Je suis d'accord. Mais là où vous vous préoccupez de l'aspect extérieur de cette boîte, lady Caruthers ne se soucie que de son contenu.

Il allait lui faire remarquer que le contenu dépendrait dans une large mesure de la façon dont la boîte serait construite, mais elle poursuivit sans lui en laisser le temps :

— Vous disiez qu'elle espérait que les nouveaux plans seraient « corrects ». À quoi ressemblaient les premiers ? Dans les grandes lignes.

— Eh bien, c'étaient des plans, répondit-il simplement.

Seraphina haussa les sourcils, comme pour lui faire entendre que les choses n'étaient pas aussi simples qu'il le croyait.

— Il s'agissait de dessins d'architecte, précisa-t-il. À partir de ça, n'importe quel imbécile sachant lire et prendre des mesures serait capable de construire la structure que j'ai proposée.

— Avez-vous présenté à votre cliente un dessin montrant à quoi la serre ressemblerait lorsqu'elle serait garnie de plantes exotiques et luxuriantes ?

— Je suis architecte, pas jardinier. La façon dont elle garnira la serre ne me concerne en rien.

— Là, Carden marque un point, intervint Barrett en s'emparant d'une pomme et d'un couteau.

Mais Seraphina le contredit aussitôt :

— Il faudrait être borné pour se cantonner à cette attitude et accepter de voir ses plans refusés.

— Je peux très bien vivre sans construire la serre de lady Caruthers, fit remarquer Carden, trahissant malgré lui son irritation. Son refus ne m'empêchera pas de dormir ni ne me contraindra à mendier dans la rue.

— Certes. Mais si vous lui présentiez un joli dessin avec beaucoup de vert et de couleurs vives, elle serait folle de joie et vous laisserait construire la serre comme vous l'entendez. Vous épargneriez du même coup votre amour-propre et votre réputation.

La pensée que Seraphina lisait en lui comme dans un livre ouvert traversa l'esprit de Carden. Cela aurait dû l'ennuyer, mais ce n'était pas le cas. De fait, il était trop intéressé par son raisonnement pour s'inquiéter d'autre chose.

— Vous êtes très sûre de vous, n'est-ce pas ?

— Oui.

— Pourquoi ?

— Durant les derniers mois que nous avons passés à Belize, je gagnais ma vie en vendant mes peintures aux habitants, ou aux voyageurs qui passaient de temps à autre. J'ai constaté que les hommes préféraient les sujets peints avec réalisme, dans les moindres détails. Les femmes quant à elles me demandaient de traduire leurs rêves, de les rendre réels. J'étais bien obligée d'établir cette distinction, car notre sort dépendait étroitement de la satisfaction de mes clients.

Carden avait du mal à concevoir une telle façon de vivre. Au jour le jour, en dépendant du bon vouloir de complets inconnus pour assurer sa subsistance. Pourtant, à entendre Seraphina, cela n'avait rien d'extraordinaire. C'était un travail comme un autre.

Il trouvait cela stupéfiant.

— Donc, d'après vous, lady Caruthers attend que Carden lui dessine la serre de ses rêves.

— Oui. Et ce qu'elle imagine, ce sont les trésors exotiques dont elle remplira cette boîte. Pas la boîte elle-même.

— Mais je ne suis pas artiste peintre ! se crut obligé de rappeler Carden. Je suis architecte. Spécialisé dans la construction de boîtes.

— Eh bien, remarqua Barrett tout en coupant sa pomme, tu as de la chance, mon vieux. Il se trouve que tu as une artiste sous la main.

Tenait-il tant que ça à faire plaisir à lady Caruthers en donnant corps à son rêve floral ? Pas vraiment. Mais il y avait la question de l'amour-propre. Jusqu'à présent, jamais aucun de ses projets n'avait été refusé. Et puis, cela lui permettrait de se rapprocher de Seraphina d'un point de vue strictement professionnel… ce qui déboucherait peut-être un jour sur un autre type de relation.

— Je vous rémunérerai pour ce service, naturellement, articula-t-il, le cœur battant. À supposer que vous soyez disposée à exécuter ce dessin.

Elle eut un sourire très doux, qui contrastait avec la lueur de malice qui brillait dans ses yeux.

— Je n'aurais pas abordé le sujet si je n'avais pas été décidée dès le début à vous proposer ma contribution. Je ne demande aucune rétribution pour cela. En revanche, vous devrez me fournir du matériel, car le mien se réduit à peu de chose.

Il fut envahi par un sentiment très vague, qu'il ne parvenait pas à définir…

— C'est curieux, Carden, mais j'ai la nette impression que tu t'es fait manipuler fort habilement. Et par une femme, qui plus est ! Ahurissant, non ?

C'était exactement cela. Il s'était laissé prendre par la main et on l'avait amené là où on le voulait. Et à aucun moment, il n'avait eu conscience de ce qui lui arrivait. Barrett lui-même, ce gredin, avait compris avant lui ! Ce n'était pas du tout ainsi que les choses se passaient d'habitude. Sacrebleu, que lui arrivait-il ? Et pourquoi diable n'en voulait-il même pas à Seraphina de l'avoir mené par le bout du nez ?

Peut-être parce qu'il l'avait bien mérité ? lui souffla une petite voix.

— Quand devez-vous présenter un nouveau projet à lady Caruthers ? s'enquit Seraphina, le tirant gracieusement d'embarras.

— Mardi prochain. Il faudra que je vous montre les plans que j'ai dessinés afin que vous puissiez les intégrer dans votre dessin, n'est-ce pas ?

— Oui. Mais j'aurai sans doute besoin d'explications. Je suis artiste, pas architecte.

Elle avait le triomphe modeste. Cela faisait d'elle une personne meilleure que la plupart des gens de sa connaissance. Lui compris. Elle avait aussi de l'intuition, une élégance naturelle et une beauté... envoûtante. Décidément, Seraphina Treadwell frôlait la perfection. C'était indéniable. La seule chose qui l'empêchait d'être *tout à fait* parfaite, c'était la distance qu'elle s'obstinait à mettre entre eux en se conduisant de manière très formelle. Alors qu'il aurait tellement aimé la sentir fondre à son contact... Comment avait-il pu croire qu'il saurait être patient, prendre son temps pour la séduire ? Bon sang, mais où avait-il donc la tête quand il avait pensé cela ?

Le bruit de gorge de Sawyer l'empêcha de répondre à ces questions.

— M. Gauthier est arrivé.

— Étrange, je n'ai pas entendu les trompettes, persifla Carden.

— J'en suis étonné, monsieur.

— Merci, Sawyer, fit Seraphina en quittant sa chaise longue. Nous venons tout de suite

Barrett et Carden se levèrent d'un même mouvement, mais Carden fut le premier à lui offrir le bras, laissant Barrett ramasser le panier de pique-nique.

— Mesdemoiselles ! appela Seraphina en glissant son bras sous le sien. Il faut y aller. Remettez tout en place et suivez-nous.

Carden aperçut des pans de tissu clair entre les plantes. Il sourit à la jeune femme.

— J'aime beaucoup la façon dont vous avez transformé la serre, dit-il. Elle est très différente. Plus vivante.

Lui-même se sentait plus vivant, mais il aurait eu l'air idiot et sentimental s'il le lui avait avoué.

— Je suis contente que cela vous plaise, répondit-elle d'un ton enjoué. Je viendrai souvent ici avec les filles. Et j'espère que vous en ferez autant, afin d'observer les changements avec nous.

Il aurait préféré se retrouver seul ici avec elle. Cette chaise longue l'inspirait. Mais un peu de temps avec Seraphina c'était toujours cela de pris, où qu'ils se trouvent. Dire que vingt-quatre heures auparavant, il ignorait jusqu'à son existence ! Le destin avait été assez généreux pour lui transmettre de mauvaises nouvelles par l'intermédiaire d'une superbe messagère. Et de cela, il lui était infiniment reconnaissant.

Les trois fillettes les rattrapèrent dans l'allée principale, hors d'haleine et surexcitées.

— Tante Honoria est-elle venue, finalement ? s'enquit Beatrice en tirant sur ses bas.

— Non, ma chérie, dit Seraphina. Nous devrons faire sans elle.

Amanda, les yeux brillants, se rua vers Carden.

— Si tante Honoria n'est pas là, serai-je quand même obligée de ne choisir que du vert pâle pour mes robes ?

C'était à lui qu'elle s'adressait ? Pourquoi diable ?

— Tu n'aimes pas le vert ? s'enquit-il, curieux de savoir où elle voulait en venir.

— Je préférerais du rouge vif.

— Non, répondit-il, catégorique.

Il était peut-être célibataire, mais il ne laisserait pas ses nièces ressembler, même de loin, aux femmes qu'il rencontrait dans les théâtres à la mode.

— Les jeunes filles ne portent pas de rouge. Au printemps et en été, elles choisissent des couleurs pastel. À l'automne et en hiver, des tons sourds. Tu ne pourras avoir une robe rouge que le jour où ton mari décidera de t'en offrir une.

Dépitée, Amanda tourna les talons. Carden la regarda s'éloigner, pensif. Dans quelques années, elle leur donnerait du fil à retordre. Il ne faudrait pas la quitter des yeux plus de dix secondes… peut-être même pas plus de deux.

— Finalement, vous vous y connaissez en toilettes féminines, remarqua Seraphina, l'arrachant à ses réflexions. Vous m'impressionnez, Carden.

Bêtement, il sentit sa gorge se nouer.

— Je suis un homme, articula-t-il. Je suis attentif aux détails…

Il fit une pause, déglutit et ajouta :

— Seraphina.

— Je vous remercie d'avoir donné une réponse si paternelle à Amanda. C'était parfait.

— Je ne me débrouille pas trop mal, parfois, admit-il avec un haussement d'épaules.

— En effet.

Elle lui lâcha le bras et s'écarta de lui, sans toutefois se départir de son sourire.

— Mais si vous voulez bien m'excuser, je ne vous laisserai pas faire la moindre tentative pour choisir *mes* toilettes.

— Vous ne me faites pas confiance ? interrogea-t-il, dans l'espoir de poursuivre la conversation.

Refusant de se laisser prendre au jeu, elle se détourna en riant.

— Pas vraiment. Je doute que vous ayez suffisamment d'expérience pour choisir les robes convenant à une gouvernante.

Elle ne se trompait pas. Mais il n'était pas question qu'elle lui mette des bâtons dans les roues. Il attendrait son heure, un peu à l'écart. Et, le moment venu, il irait dire deux mots en tête à tête au fameux M. Gauthier. Ce dernier savait sûrement apprécier la beauté féminine, et il ne doutait pas qu'il serait de son avis quant aux vêtements qui convenaient à Seraphina.

Fourrant nonchalamment les mains dans ses poches, il s'approcha du chevalet. Il était clair qu'elle ne s'était pas inspirée de la réalité pour peindre. Rien dans cette serre ne paraissait aussi vivant et vigoureux que les plantes qui figuraient sur sa toile. En fait... Oui, Seraphina tentait d'imiter le style de gravures qui faisaient fureur en ce moment. Toutes les femmes qui donnaient le ton accrochaient chez elles des tableaux représentant des fleurs. La mère de Barrett en raffolait tellement qu'il lui en avait offert trois pour Noël.

Carden secoua la tête. Seraphina était un bon peintre. Sur le plan technique, il n'y avait rien à lui reprocher. Les proportions et la perspective étaient excellentes, et son travail agréable à contempler. Elle n'aurait aucun mal à exécuter le genre de tableau qui plairait à lady Caruthers. Mais au fond de lui, il avait espéré qu'elle serait plus audacieuse.

Peut-être qu'avec du temps et des encouragements elle apprendrait à prendre plus de risques, songea-t-il en quittant la serre pour aller faire la connaissance de M. Gauthier.

9

Carden les entendit descendre l'escalier. Les filles signalaient toujours leur présence par leurs bavardages. Il jeta un rapide coup d'œil aux cartons entassés dans la bibliothèque et espéra que, pour une fois, il se trouvait au bon endroit au bon moment. Car ces deux derniers jours, il avait plus souvent croisé Mme Blaylock dans les couloirs que Seraphina.

Priant pour que la chance tourne, il déplia les plans qui se trouvaient sur la table et fit mine de les étudier. Du coin de l'œil, il aperçut la dentelle d'un jupon s'insinuer dans l'embrasure. Dieu existait, conclut-il, et Il était infiniment bon.

— Bonjour, oncle Carden, le salua Beatrice tandis que la petite troupe pénétrait dans la pièce.

Telle une bergère veillant sur son troupeau, Seraphina fermait la marche.

— Nous venons chercher les livres.

— Bonjour, mesdemoiselles. Comment allez-vous ce matin ?

— Très bien, merci, répondit Amanda. Et vous-même, oncle Carden ?

— Je ne me suis jamais senti aussi bien.

Seraphina s'immobilisa sur le seuil et son regard s'arrêta sur la table de travail.

— Nous vous dérangeons ? Nous pouvons revenir plus tard si vous le souhaitez.

Carden s'empressa de la rassurer.

— Pas du tout. J'étais simplement en train d'examiner les plans destinés à lady Caruthers.

Sa ruse eut l'effet escompté. Seraphina fit quelques pas puis s'arrêta.

— Le moment conviendrait-il pour me les montrer ? Les filles n'ont pas besoin de moi pour ranger les livres sur les étagères.

— Si vous voulez, répondit-il avec une feinte nonchalance.

Camille bondit alors devant lui pour annoncer :

— M. Gauthier doit apporter nos nouveaux vêtements aujourd'hui, oncle Carden !

Il était au courant et avait déjà une idée pour fêter l'événement.

— Vraiment ? Je vais te dire quelque chose, ajouta-t-il en se penchant pour rencontrer le regard de sa nièce. Après qu'il les aura déposées, pourquoi ne pas enfiler l'une de vos nouvelles robes et aller faire une promenade au parc ?

Camille arrondit les yeux.

— Avec nos ombrelles ! s'écria-t-elle, débordante de joie.

Puis elle rejoignit ses sœurs en sautillant. Celles-ci étaient aussi ravies qu'elle, mais faisaient de louables efforts pour ne pas trop le montrer.

— Avant tout, il faut ranger la bibliothèque, mesdemoiselles, leur rappela Seraphina. Le désordre règne depuis trop longtemps. Mme Blaylock s'est montrée patiente jusqu'ici, mais je ne pense pas qu'il soit très sage ni très gentil de la pousser à bout. Je vous recommande aussi de faire attention aux insectes que nous avons peut-être malencontreusement ramenés dans nos malles. Ils survivent aussi bien dans le papier que sur les arbres morts. Ils se cachent dans le bois des caisses. Regardez où vous mettez les doigts.

Les trois fillettes acquiescèrent d'un même hochement de tête et se mirent au travail sur-le-champ, allant, venant et tourbillonnant dans la pièce. Seraphina leur sourit d'un air approbateur, et Carden dut faire un effort surhumain pour résister au désir de caresser sa joue veloutée qui se creusait d'une légère fossette.

La gorge nouée, Seraphina s'obligea à respirer lentement. Jamais de toute sa vie, elle n'avait perçu de manière aussi aiguë le regard d'un homme. Elle croyait le sentir glisser sur sa peau, caressant, et l'envelopper d'une chaleur incroyable. Elle ne pouvait nier que cette sensation lui plaisait infiniment. Certes, les attentions d'un bel homme étaient toujours très flatteuses. Et Carden Reeves ne l'ignorait pas. Mais il ne fallait surtout pas qu'il devine à quel point cela la troublait.

Et il fallait encore moins lui laisser deviner que sa compagnie lui avait manqué ces derniers jours. Plus d'une fois, elle s'était surprise à regarder par-dessus son épaule dans l'espoir de le voir. Elle mourrait de honte s'il l'apprenait.

— Êtes-vous à peu près installées, à présent ?

— Oui, répondit-elle d'un ton égal. Je n'arrive pas à croire qu'il nous ait fallu tant de temps pour défaire nos bagages et tout ranger. Il m'avait suffi d'une journée à Belize pour tout emballer.

— Certaines de vos affaires ont-elles été endommagées au cours du voyage ? Y en a-t-il qui nécessitent d'être remplacées ?

Seigneur, même sa voix était caressante ! Priant pour qu'il n'entende pas les battements précipités de son cœur, elle répondit vivement :

— Rien n'est à jeter, hormis certains vêtements devenus trop petits pour les enfants. Je vous remercie, Carden, d'avoir si généreusement réglé ce problème. Les filles sont surexcitées à l'idée d'essayer leurs nouvelles robes.

Ses yeux gris pétillèrent lorsqu'elle l'appela par son prénom, et elle eut l'impression d'avoir regagné un peu d'emprise sur elle-même. Mais alors il haussa les sourcils et la gratifia d'un de ses sourires de biais... Dieu du Ciel ! Quand il lui lançait ce genre de regard, elle ne pensait plus qu'à s'abandonner entre ses bras.

— Pas de bouderies au sujet de la robe rouge vif ?

Faisant appel à toute sa volonté, Seraphina chassa les images impudiques qui avaient surgi dans son esprit et répliqua d'un ton amusé :

— Si M. Gauthier n'avait pas été couturier, il aurait pu devenir diplomate. Il est rapidement venu à bout des caprices d'Amanda en lui proposant une robe de faille rose.

— En parlant de caprices, fit Carden en désignant d'un geste large les plans étalés sur le bureau, voici la future serre de lady Caruthers.

Seraphina saisit ce prétexte pour s'avancer vers la table et s'écarter de lui. Mais elle n'eut qu'une seconde de répit. Carden la rejoignit, posa les mains sur la table et se pencha pour observer un détail qui venait apparemment de capter son attention. De même qu'une minute auparavant elle avait été consciente de son regard, elle était maintenant consciente de sa présence physique. Son eau de toilette un peu poivrée était délicieusement exotique. Ses larges épaules si proches d'elle qu'elle percevait la chaleur qui s'en dégageait... Ses bras étaient musclés. Eût-elle été assez audacieuse pour le toucher, elle ne serait pas parvenue à lui entourer le haut du bras de ses deux mains... Ses mains à lui étaient grandes, et cependant harmonieuses. Elles semblaient dotées d'autant de force et de sensibilité que celles d'un sculpteur.

Du plus profond de son esprit surgit une pensée. Quoi que Carden Reeves touchât de ses mains, il en prenait totalement possession. Et elle voulait être possédée de cette façon. Complètement...

« Mais pas temporairement », précisa une petite voix qui dominait les battements affolés de son cœur. Horrifiée par la direction que prenaient ses pensées, elle inspira profondément, se concentra sur le plan posé devant elle, et referma la porte sur le chaos de ses émotions.

— C'est une remarquable structure, déclara-t-elle au bout d'un moment, sincèrement impressionnée. Lady Caruthers doit être aveugle pour ne pas s'en être rendu compte.

— Merci.

Comment ce simple mot, prononcé d'une voix douce, pouvait-il faire naître en elle l'envie de tendre la main, de le toucher...

— J'aime particulièrement les arches sur les cloisons de côté, ajouta-t-elle, tentant de se ressaisir. Cela accroît l'impression de hauteur et d'espace tout en conférant une grande élégance à l'ensemble. La structure est légère et gracieuse. Ainsi que doit l'être une serre.

Elle se redressa et fit un pas en arrière, gardant sagement les mains le long du corps.

— Vous êtes un excellent architecte, Carden Reeves.

Il haussa les épaules et baissa les yeux sur ses plans.

— Ce n'est pas plus difficile que de construire des ponts. Il faut juste des matériaux plus légers.

— Lady Caruthers ne mérite pas que vous travailliez pour elle.

Il pencha la tête de côté et croisa son regard. Son sourire, ses yeux pétillants de malice avaient quelque chose de diabolique.

— Vous avez sans doute raison. Je me ferai donc un plaisir de lui réclamer une somme astronomique.

Cet homme était le gredin le plus séduisant qu'elle ait jamais rencontré. Elle admirait sa vivacité d'esprit, adorait son côté irrévérencieux. Il l'attirait follement.

Que faire ? se demanda-t-elle en le regardant. Feindre l'indifférence ? Il n'en était pas question. Carden Reeves saurait reconnaître tous les signes de la fascination qu'elle éprouvait. Ses efforts pour prétendre le contraire seraient risibles.

Mais fallait-il pour autant succomber à la tentation ? Non. Sa fierté, son amour-propre, son bon sens s'y opposaient. Car elle redoutait par-dessus tout l'humiliation d'être un jour rejetée. Certes, Carden ne se conduirait pas en mufle. Il ne manquait pas de cœur. Simplement, il ne croyait pas aux histoires d'amour éternelles. Et que ce sentiment soit rationnel ou non, Seraphina savait qu'elle serait mortifiée si elle ne parvenait pas à le faire changer.

Il vit dans ses yeux qu'elle serait un jour à lui, et il éprouva le frisson habituel qui précédait la victoire. Mais ce dernier était comme enveloppé dans une sorte d'émotion qu'il n'arrivait pas à identifier. Quelque chose de solennel… mais qui ne contenait aucune tristesse. Quoi qu'il en soit, son désir s'en trouva décuplé. Si ses nièces n'avaient pas été là, il l'aurait prise dans ses bras et l'aurait embrassée jusqu'au vertige. Elle l'aurait laissé faire. Elle était aussi consciente que lui de la force qui les poussait irrésistiblement l'un vers l'autre.

Le toussotement annonçant l'arrivée de Sawyer lui parvint du seuil.

— Laissez-moi deviner, Sawyer, dit-il sans lâcher Seraphina des yeux. Je parie que M. Gauthier est là avec une montagne de cartons.

Poussant des cris aigus, les fillettes se précipitèrent vers la porte dans un tourbillon de jupons, de rubans et de boucles auburn. Seraphina battit des paupières. Le charme sous lequel Carden l'avait tenue se dissipa brusquement et elle tournoya sur elle-même, élevant la voix pour dominer les exclamations des filles :

— Doucement, mesdemoiselles ! Ne courez pas !

Elles ne ralentirent même pas l'allure et Sawyer eut tout juste le temps de se jeter de côté pour éviter d'être piétiné. Carden éclata de rire, tandis que Seraphina, soulevant sa jupe, se précipitait à leur suite. Il adorait cette façon qu'elle avait d'être si sage et convenable un instant, pour redevenir elle-même l'instant d'après.

— Vous n'êtes pas blessé, Sawyer ? À part dans votre dignité, bien sûr ?

— Par bonheur, non, monsieur.

— Bien. Seriez-vous assez aimable pour faire préparer la voiture ? Nous irons au parc, pour nos débuts dans le monde. Les filles descendront dès qu'elles se seront changées.

— Merci de me prévenir, monsieur.

Carden sourit et se dirigea vers la desserte pour se servir un cognac. Il avait tout au plus dix minutes devant lui, calcula-t-il en consultant la pendule. Dès que Seraphina aurait découvert ce qu'il avait fait…

Avec un sourire en coin, il emplit son verre.

Une fois que les filles eurent été réprimandées pour avoir failli tuer Sawyer, Seraphina les confia aux assistantes de M. Gauthier. Après quoi, elle se rendit dans sa chambre pour voir ce que le couturier avait eu le temps de confectionner pour compléter sa garde-robe. La plupart ses commandes, probablement, puisqu'elle n'avait choisi que des modèles simples taillés dans des tissus solides.

Mais à peine eut-elle franchi le seuil de la chambre, qu'elle se figea. M. Gauthier se tenait entre le lit et l'armoire. Des cartons ouverts et des flots de tissu jonchaient la courtepointe. Elle remarqua du coin de l'œil qu'il avait posé au bord du lit les trois robes qu'elle lui avait commandées. Mais ce qui retint son attention, et lui coupa le souffle, ce fut celle qu'il était en train d'accrocher à un cintre recouvert de satin blanc. La soie était couleur d'améthyste et les épaules garnies de rubans du même ton, noués en forme de fleurs et incrustés de bijoux de cristal. Pas de manches, mais un profond décolleté. La merveille n'était suspendue au cintre que par deux rubans presque invisibles, censés tenir lieu d'épaulettes.

— Monsieur Gauthier ?

Le couturier leva les yeux, l'air rayonnant.

— Oui, madame ?

Elle inspira à fond et plaqua un sourire sur son visage.

— Cette robe est magnifique, mais elle ne m'est pas destinée.

— Oh, si, madame ! déclara-t-il en se tournant promptement pour la suspendre dans l'armoire.

— Non, monsieur Gauthier. Si je vous avais commandé une robe aussi extravagante, je m'en souviendrais. Elle n'est pas pour moi.

— Lord Lansdown l'a commandée pour vous, madame, répliqua le petit homme en soulevant le couvercle d'un autre carton.

Une cascade de tissu vaporeux en sortit, comme par magie.

— Je pense qu'il voulait vous faire une surprise.

— Eh bien, pour une surprise, c'en est une.

Sa main vola spontanément jusqu'à son estomac où un nœud s'était formé. Pourquoi Carden avait-il...

— J'espère que les autres vous plairont autant que celle-ci.

— Les autres ? répéta-t-elle d'une voix étranglée. Parce qu'il y en a d'autres ?

— Oh, oui, madame. Je n'en ai apporté que cinq aujourd'hui. Les trois autres ne sont pas encore terminées.

Huit ? *Huit* robes ?

— Sont-elles toutes aussi... aussi...

— Exquises ?

Sans attendre sa réponse, il sortit du carton un morceau de satin ivoire qu'il déplia d'un mouvement sec du poignet afin de l'inspecter avec attention. Cette robe-ci n'avait pour tout corsage qu'un ensemble de fleurs ivoire et dorées. Une guirlande de rubans du même ton constituait les manches. Une autre guirlande bordait la jupe de tulle, rebrodée de perles et de petites boules d'or.

— Naturellement, madame, elles sont toutes exquises. Lord Lansdown a un goût très sûr, et il aime ce qui est beau.

Seraphina eut brusquement envie de pleurer. Elle parvint cependant à réprimer ses larmes et acquiesça d'un signe de tête, avant de demander :

— Puis-je voir les autres, monsieur Gauthier ?

Ce dernier posa de côté le flot de soie ivoire et alla ouvrir une nouvelle boîte. Il en sortit un nuage de soie vert lagon. Encore une fois, le décolleté était particulièrement audacieux. Le corsage était souligné de cristal scintillant. De même que les manches. Le tout rappelait étrangement les eaux calmes et transparentes le long des rivages exotiques qu'elle avait connus.

— Les perles de cristal viennent d'Autriche, précisa le couturier. Ne sont-elles pas magnifiques ?

— Je n'ai jamais rien vu d'aussi beau, avoua Seraphina en pressant davantage la main contre son estomac.

— Merci, madame. La troisième...

Un autre carton, un autre tissu somptueux. Une soie damassée d'un bleu sombre, qui évoquait la nuit, un ciel étoilé, des jardins mystérieux. Du champagne, de longs baisers sensuels... Pas d'ornements, cette fois. Juste une ganse de satin plus clair, et une broche de diamants fixée au centre du décolleté.

— Mon Dieu, murmura-t-elle en vacillant sur ses jambes.

Pourquoi Carden faisait-il cela ?

— Et la dernière ? s'enquit-elle.

Elle était pressée que cela se termine, afin de pouvoir respirer de nouveau normalement et réfléchir de façon cohérente.

— Lord Lansdown m'a donné des instructions très précises pour celle-ci, madame, déclara le couturier, le visage fendu d'un large sourire. C'est la première qu'il a choisie.

Il dégagea le tissu du carton en se plaçant devant elle pour dérober la robe à sa vue tant qu'elle n'était pas complètement déployée. Seraphina réprima le tremblement de ses mains. Enfin, le couturier pivota sur lui-même dans un tourbillon d'étoffe.

C'était...

— Écarlate ? souffla-t-elle.

Une cascade de minuscules perles de cristal écarlate, sur fond de satin de même couleur.

— N'est-elle pas somptueuse ?

Encore un décolleté profond, incrusté de perles de cristal.

— Je suis... sans voix.

— Merci, madame. Je suis flatté.

Il fallait qu'elle le félicite. Il était évident que le couturier était extrêmement fier de son travail, ce qui était tout à fait justifié. Ce n'était pas la faute du pauvre homme si elle ne voyait absolument pas la nécessité de posséder de pareilles robes. Carden savait parfaitement qu'elle n'en aurait pas l'usage.

Et elle savait elle, précisément, ce qu'il espérait retirer de tout ça. Une gratitude et une admiration sans bornes de sa part. Ah, le gredin ! Le débauché !

Elle reprit sa respiration, sourit et déclara d'une voix posée :

— Monsieur Gauthier, vous vous êtes surpassé. J'imagine que les modèles suivants seront tout aussi somptueux.

— Je crains fort que vous ne deviez vous contenter de votre imagination pour l'instant, répondit-il d'un air désolé. Lord Lansdown m'a ordonné de ne rien divulguer.

L'une d'entre elles était sûrement faite de tulle transparent, songea-t-elle, rageuse. Elle parvint cependant à esquisser un sourire poli, tout en déclarant :

— Si vous voulez bien m'excuser, monsieur Gauthier. Je tiens à aller sur-le-champ remercier lord Lansdown pour sa générosité.

— Naturellement, madame. J'en profiterai pour ranger moi-même ces vêtements dans votre armoire.

Elle le remercia, quitta la chambre et se rua dans l'escalier. Carden Reeves était allé trop loin. S'il croyait qu'elle allait lui tomber dans les bras…

Un seul regard lui suffit lorsqu'elle franchit la porte de la bibliothèque. Oh, elle était déterminée. Animée d'une colère folle qui la rendait encore plus désirable. Il avala une autre gorgée de cognac, s'appuya contre la desserte et la regarda venir vers lui.

Elle fondit sur lui sans le lâcher du regard.

— Carden, j'aimerais vous dire un mot, s'il vous plaît.

— Un seul ?

— Plusieurs, en fait, rétorqua-t-elle en s'immobilisant devant lui.

— Dois-je compter ? s'enquit-il en haussant les sourcils.

— Non.

Elle posa les mains sur sa taille fine. Ses yeux assombris par la colère lançaient des éclairs. Carden sentit son pouls s'accélérer.

— Ces robes sont très belles. Ce sont les toilettes les plus extravagantes et les plus somptueuses que j'aie jamais vues.

— Je suis heureux qu'elles vous plaisent.

— Je ne peux les accepter, Carden, déclara-t-elle en levant le menton.

— Pourquoi ?

— Parce que je n'en ai absolument pas l'usage. Je ne pourrai aller nulle part ainsi vêtue. Or, il serait criminel de laisser de telles merveilles moisir dans une armoire. En toute bonne conscience, je ne peux les accepter.

— La réception de Mélanie Stanbridge doit avoir lieu samedi soir. J'espérais que vous porteriez la robe rouge.

Seraphina crut que son cœur s'arrêtait de battre. Dieu du ciel, elle ne voulait pas se faire d'illusions... ni mal interpréter ses paroles, mais... Ne venait-il pas de lui demander – plus ou moins – d'assister à une soirée mondaine avec lui ? Un flot de souvenirs la submergea. Les palais de la Jamaïque, les fenêtres illuminées, la musique qui s'en échappait et se répandait dans les jardins où une toute petite fille cachée dans l'ombre observait en rêvant... À l'époque, cela lui avait paru si merveilleux. La plus belle façon de passer une soirée. Aujourd'hui encore, la petite fille qui sommeillait toujours en elle était transportée de joie à l'idée de dîner et de danser au milieu de toute cette splendeur.

Toutefois, la Seraphina adulte imaginait aisément le désastre potentiel sur le plan social. Elle préférait garder ses rêves intacts plutôt que de les voir se dissoudre au contact de la réalité.

Elle se ressaisit, bien décidée à préserver sa dignité.

— Vous ne m'aviez pas dit un mot à ce sujet.

— Je sais, admit-il avec un petit sourire d'excuse. Je ne voulais pas gâcher l'effet de surprise.

— Je n'aime pas les surprises.

— C'est l'impression que j'ai, en effet, fit-il en penchant la tête de côté avec son air de petit garçon déconcerté. Pourquoi ?

Seraphina sentit vaciller ses résolutions.

— Parce que leur effet est déstabilisant, et qu'on ne sait pas toujours comment réagir pour éviter une catastrophe.

— Mélanie Stanbridge est une hôtesse accomplie. Vous n'aurez pas à vous inquiéter. Elle saura vous éviter le moindre faux pas et faire en sorte que tout se passe bien.

Il savait fort bien que ce n'était pas cela qui l'inquiétait. Seraphina Treadwell possédait la grâce et l'élégance d'un félin.

— Je... je ne peux pas, s'entêta-t-elle en redressant les épaules. Je suis désolée.

Si elle croyait qu'un simple refus suffirait... elle se trompait.

— Il est trop tard pour se décommander. Cela obligerait Mme Stanbridge à refaire son plan de table. Je crains que vous ne soyez obligée de m'accompagner, Seraphina... dans votre nouvelle robe rouge.

Elle prit une profonde inspiration avant de lâcher :

— Les pairs du royaume n'assistent pas à des réceptions mondaines en compagnie de leur gouvernante. J'ai peut-être grandi à l'autre bout du monde, mais je sais que ces choses-là ne se font pas, Carden.

Ah, c'était donc cela le problème !

— Il ne s'agit que d'un dîner entre amis, Seraphina. Ce n'est pas un événement mondain.

— Je ne suis pas votre amie, rétorqua-t-elle. Seulement votre employée.

Le moment était venu de clarifier la situation. Carden posa son verre et, soutenant le regard de la jeune femme, déclara calmement :

— Vous êtes la plus belle femme de Londres. Je veux qu'on vous voie à mon bras.

Il vit sa poitrine se soulever à un rythme rapide, et l'incrédulité se peindre dans ses yeux. Un long moment s'écoula, puis elle esquissa un pas en arrière.

— Vous voulez vous servir de moi. M'utiliser comme un bouclier pour tenir en respect les mères de filles à marier.

— Ce n'est pas vrai, Seraphina, dit-il sans chercher à réduire la distance qu'elle venait de mettre entre eux. Il en faudrait plus que cela pour décourager ces matrones. Elles inciteront leur fille à imiter votre accent, ou à s'exposer au soleil pour obtenir un teint aussi doré que le vôtre. Hélas, elles deviendront écarlates et n'auront jamais votre voix mélodieuse. Malgré tous leurs efforts, elles ne vous arriveront jamais à la cheville.

Elle était visiblement perdue, ne sachant que dire ni que penser. Pourquoi donc ignorait-elle comment réagir à un compliment sincère ? Personne ne l'avait donc jamais traitée comme la perle rare qu'elle était ? Il allait remédier à cela !

— J'ai décidé de suivre votre conseil, Seraphina, poursuivit-il en s'asseyant sur le coin de la table. Si je dois devenir pair du royaume – notez bien que je n'ai pas encore fait allusion à cette éventualité en public –, je serai un pair qui vit comme il l'entend. Et si j'ai envie de sortir un soir avec la gouvernante de mes nièces, je le ferai.

— Et que diront les gens ?

— Que vous êtes d'une beauté renversante, que vous avez une grâce naturelle et que vous êtes incroyablement intelligente, répondit-il, esquivant sa vraie question.

Elle leva crânement le menton et rétorqua :

— Non. Ils diront que je suis la maîtresse de Carden Reeves.

Il n'avait jamais entretenu de maîtresse. Mais il savait que le lui confier ne la rassurerait pas le moins du monde.

— Ce n'est pas un simple dîner chez des amis qui va salir votre réputation, Seraphina. Je vous assure.

— Un dîner ? répéta-t-elle, les poings sur les hanches. S'il ne s'agit que d'*un* dîner, pourquoi y a-t-il cinq robes de bal dans ma chambre, sans compter les trois qui ne sont pas encore terminées et que M. Gauthier doit livrer sous peu ?

— Barrett et Aiden reçoivent aussi des invitations dans le monde, vous savez. Vous ne pourrez pas porter toujours la même robe. Pour le coup, cela ferait jaser.

Seraphina le fixa, incrédule. Et terriblement déçue, dut-elle admettre en son for intérieur. Fallait-il qu'elle soit idiote pour avoir cru, ne serait-ce que quelques secondes, que Carden Reeves voulait la garder pour lui seul ! C'était là tout le pouvoir de la flatterie... s'ajoutant aux espoirs puérils d'une femme qui avait toujours désiré vivre au-dessus de sa condition. Une bouffée de colère l'envahit et elle s'en servit comme d'une armure.

— Vous avez commandé des robes pour moi en pensant qu'ils... qu'ils...

Seigneur... Elle avait si peu d'expérience de ce genre de situation, qu'elle ne savait même pas quels termes utiliser.

— Oui. Ils ne sont pas aveugles, et ils ne vivent pas comme des moines.

— Et vous avez *présumé* que j'accepterais leurs invitations ?

Carden sentit une contraction bizarre dans l'estomac à cette idée.

— J'espère que vous n'en ferez rien, mais si c'est le cas, j'essayerai de me montrer bienveillant.

— Je suis la gouvernante de vos nièces, articula-t-elle, la fureur accentuant les intonations exotiques de sa voix. Je ne suis pas venue à Londres pour dîner, danser et vivre comme une princesse.

— Désolé, Seraphina, dit-il en croisant les bras, mais vous n'êtes pas au bout de vos surprises. Une jolie femme ne passe jamais inaperçue, surtout à Londres alors que la saison bat son plein. Vous serez invitée. Et avant que les gens ne décident de plier bagage pour gagner leurs résidences campagnardes, je parie qu'une bonne demi-douzaine d'hommes seront tombés à vos pieds en vous suppliant de les épouser.

La colère de Seraphina retomba d'un coup, remplacée par une confusion qui le bouleversa.

— C'est la vérité, reprit-il. Vous n'aurez que l'embarras du choix.

Le rose lui monta aux joues et une étincelle réapparut dans ses prunelles bleues.

— C'est ridicule, martela-t-elle avant de tourner les talons.

Carden se leva et la retint par le bras.

— Seraphina, dit-il avec douceur, il n'y a pas de mal à être traitée comme une princesse. Mettez vos jolies robes et profitez de la vie. Ça vous fera du bien.

— Et vous, qu'est-ce que ça vous fera, Carden ?

Cela me débarrassera d'un sentiment de culpabilité. Troublé, et un peu abasourdi par l'intrusion inattendue de la voix de sa conscience, Carden lâcha le bras de la jeune femme et la gratifia d'un sourire espiègle.

— Je crains qu'une dame ne puisse entendre ma réponse sans rougir.

Une autre qu'elle aurait poussé une exclamation horrifiée et se serait enfuie. Ce n'était pas le genre de Seraphina Treadwell. Pivotant lentement sur elle-même, elle leva les yeux pour soutenir son regard. Ils étaient si proches qu'il sentit le bas de sa jupe lui effleurer les pieds.

— Je veux l'entendre quand même. Que gagnerez-vous à me voir jouer les princesses, Carden Reeves? Pourquoi dépensez-vous des sommes folles pour m'offrir des toilettes extravagantes?

La question était remarquablement directe. La réponse aurait dû être claire et simple. Pourtant, il n'en était rien. Certes, il avait envie de la mettre dans son lit. Il en avait eu envie dès qu'il avait posé les yeux sur elle. Il avait choisi ses robes avec l'idée de la séduire, en pensant que, si elle se sentait belle, cela exacerberait son désir, et qu'il n'aurait plus qu'à récolter ce qu'il avait semé. Il avait joué à ce jeu-là des centaines de fois. Rien de compliqué là-dedans.

Et cependant, il ne pouvait nier qu'il éprouvait pour elle quelque chose de plus que du désir. Un sentiment indéfinissable s'insinuait en lui, de plus en plus profondément. Il se sentait nerveux, tourmenté, mais ne savait comment faire taire ce besoin indéfinissable et impérieux.

Ce qu'il savait, songea-t-il, furieux contre lui-même, c'est que cela compliquait tout. C'était ridicule. Seraphina n'était pas une jeune vierge ignorante. Elle était veuve et savait tout du désir naturel qui rapproche un homme d'une femme. Il n'avait aucune raison de se sentir coupable, alors qu'il ne faisait qu'encourager des instincts vieux comme le monde. Elle lui avait posé une question directe, les plaçant volontairement au pied du mur. Et s'il n'avait pas envie de reculer, il était cependant assez galant pour lui permettre de le faire. Seul un malotru pouvait prendre plaisir à séduire une femme contre son gré.

— Mes motivations ne sont pas terriblement complexes, Seraphina. La question, c'est de savoir à quel point vous souhaitez que je sois franc.

Il venait de lui donner la boîte de Pandore et la mettait au défi d'en soulever le couvercle. Elle savait ce qui arriverait, qu'elle cède à la tentation, ou qu'elle s'accroche à la bienséance. La peur de l'inconnu la poussait à choisir le confort et la sécurité qu'offraient les convenances. Tout ce qu'elle avait à faire, c'était de déclarer que les intentions de Carden étaient claires. Après quoi elle se retirerait, hautaine et dédaigneuse, dans la salle d'étude. Et elle passerait le reste de sa vie à se demander quels trésors elle aurait découverts si elle avait été assez courageuse pour relever le défi.

Dominant les battements affolés de son cœur, elle répondit :

— Je pense qu'il vaudrait mieux que vous soyez complètement, et même brutalement, sincère.

Il eut l'impression d'être transpercé d'une décharge électrique. L'air lui manqua.

— Je ne serai jamais brutal, Seraphina, souffla-t-il en posant doucement les mains sur ses épaules. Jamais.

Il se pencha pour effleurer ses lèvres des siennes. Elle tremblait, mais ne fit pas mine de se dérober. Aussi, il l'enlaça et l'attira plus étroitement contre lui.

Jamais on ne l'avait embrassée ainsi. Avec une délicatesse pleine de respect qui la fit vibrer de désir. Elle glissa les mains sur les hanches de Carden, et quand il lui caressa les lèvres de la langue, elle les entrouvrit avec un gémissement de plaisir, le laissant prendre pleinement possession de sa bouche. Alors, elle s'appuya contre lui et, cédant à la tentation, répondit à son baiser.

Il gémit, resserra son étreinte, tout en interrompant leur baiser.

— Seraphina, chuchota-t-il, la bouche contre la sienne. J'ai envie de vous, Seraphina.

Il lui mordilla légèrement la lèvre inférieure, l'effleura du bout de la langue.

Elle avait aussi envie de lui. Elle le désirait de tout son être, plus qu'elle ne pensait pouvoir désirer un homme. Sa respiration était haletante, son cœur battait à tout rompre, empêchant toute pensée cohérente de prendre corps dans son esprit.

— Seigneur ! murmura-t-il, le souffle court, en se redressant.

Seraphina ouvrit les yeux et chercha son regard, le suppliant en silence de l'embrasser encore.

Avec un soupir de regret, il s'écarta et sourit tristement.

— Les filles ne vont pas tarder à descendre. Vous devriez aller vous habiller pour sortir. Il ne faut pas les faire attendre.

La réalité reprit lentement ses droits, obligeant Seraphina à émerger de la douce léthargie à laquelle elle s'était abandonnée. Carden l'enveloppa d'un regard tendre dans lequel elle aurait aimé se perdre. Sa voix profonde et chaude était comme une caresse. Les filles...

Elle tressaillit, se rappelant tout à coup où elle se trouvait, ce qu'elle avait fait. Si elle ne bougeait pas très vite, elle risquait d'être surprise dans une situation très compromettante. Les fillettes étaient beaucoup trop jeunes pour comprendre.

Elle fit un pas en arrière, vérifiant instinctivement les épingles qui retenaient son chignon.

— Je vous les enlèverai une autre fois, Seraphina.

À ces mots, une vision d'un érotisme fulgurant surgit instantanément devant ses yeux. La respiration encore laborieuse, elle entendit les filles dévaler l'escalier, et fit alors la seule chose possible : empoignant ses jupes, elle pivota et s'enfuit.

Carden laissa échapper un long soupir et, s'emparant de son verre de cognac, le vida d'un trait. L'alcool lui brûla la gorge, et il dut faire un terrible effort de volonté pour dominer le désir qui lui enflammait les reins. Il ne fallait pas que ses nièces s'aperçoivent de quoi que ce soit. Amanda était déjà assez grande pour percevoir certaines tensions qui échappaient à ses sœurs. Mais elle était encore trop jeune pour s'abstenir de poser des questions embarrassantes.

Cependant, quand ses nièces firent irruption dans le salon, il n'avait pas recouvré toute sa maîtrise, et la preuve de son désir subsistait. Dépité, il fourra négligemment les mains dans les poches de son pantalon et fit mine de s'absorber dans la lecture des titres des livres disposés sur les étagères tout en se demandant à quelle heure les fillettes se retiraient pour la nuit.

Seraphina lissa de la main les plis de sa nouvelle robe d'après-midi et considéra son reflet dans le miroir en soupirant. Elle avait toujours su qu'elle était jolie. Il aurait fallu être aveugle pour ne pas voir les regards que les hommes lui lançaient dans la rue. Mais ses parents estimaient que son apparence n'avait aucune importance. Le talent et l'intelligence, lui répétaient-ils, lui seraient bien plus utiles dans l'existence qu'un joli nez et un teint de lys. La beauté ne suffisait pas pour réussir sa vie et elle ne contribuait en rien aux progrès matériels ou intellectuels de l'humanité.

Forts de cette pensée, ils avaient veillé à ce qu'elle soit toujours trop occupée pour être courtisée par des hommes superficiels qui ne recherchaient qu'une conquête passagère ou un ornement social. Ils l'avaient protégée du mieux qu'ils pouvaient. Et en fin de compte, ils avaient accordé sa main à Gerald Treadwell pour la seule raison qu'il pensait que son travail artistique avait de la valeur.

Elle eut un sourire triste. Gerald ne lui avait jamais fait le moindre compliment. Ni sur son apparence physique ni sur son esprit. Tout ce qui le préoccupait, c'était l'argent qu'ils retireraient peut-être un jour de la vente de sa peinture. Si elle travaillait suffisamment, si elle améliorait sa technique. Tout comme ses parents, il ne voyait en elle qu'un instrument susceptible de l'aider à atteindre ses buts et à concrétiser ses projets.

Carden, lui... Seraphina mit de côté les sentiments qu'il lui inspirait et s'efforça de regarder la vérité en face. Carden Reeves ne voyait que sa beauté et ne voulait posséder que son corps. Il n'aurait pas plu du tout à ses parents. Pour la première fois de sa vie, elle comprit pourquoi ils l'avaient élevée ainsi. Sous la fascination qu'exerçait son désir, sous le frisson d'excitation que provoquaient ses caresses, il n'y avait rien. Rien d'autre qu'un vide qu'il était incapable de combler. En un sens, il était aussi aveugle que l'avait été Gerald.

Mais il embrassait tellement mieux... Il était délicieusement, follement, sensuel. Et, le ciel lui pardonne, elle adorait se blottir dans ses bras.

Pouvait-elle coucher avec un homme en sachant qu'elle ne le faisait que pour le plaisir ? Pouvait-on une fois dans sa vie – une seule fois – se conduire en libertine ? Ou bien était-ce un péché impardonnable ?

Si seulement elle pouvait être sûre que personne n'en saurait rien...

10

Des cerceaux. Et des bâtons pour les faire avancer. Il n'aurait jamais cru Sawyer capable de lui jouer un aussi mauvais tour. Et pourtant, ce dernier avait fourré ces satanés jouets dans la voiture en suggérant que ces demoiselles se feraient probablement un plaisir de piétiner les promeneurs dans le parc. Où diable avait-il déniché ces cerceaux ? Mystère. Mais entre les cerceaux, les crinolines et les robes à volants, l'intérieur de la voiture commençait à ressembler à celui d'une boîte de sardines. La situation aurait été largement plus supportable si les trois plus petites sardines n'avaient pas été aussi agitées. Il grimaça et serra bravement les dents lorsque Camille lui assena un cinquième coup de pied dans le tibia.

L'achat d'une deuxième voiture, réservée exclusivement aux fillettes, n'allait pas tarder à devenir nécessaire. Au fur et à mesure qu'elles grandiraient, leurs jupes et leurs crinolines prendraient de plus en plus de place. S'il ne leur achetait pas une voiture, son cocher finirait par le retrouver écrasé au milieu des coussins, piétiné et étouffé.

Non qu'il rechigne toujours à partager sa voiture, bien entendu. Il sourit à Seraphina, assise en face de lui. Voyager seul en compagnie de Seraphina serait une merveilleuse façon de passer le temps. Plus le voyage durerait, mieux cela vaudrait. Surtout s'ils se trouvaient sur des routes désertes, le soir. Et, naturellement, sans enfants se pressant autour d'eux. Oui, c'était décidé. Avant la fin de la semaine, les filles auraient leur voiture privée, se dit-il alors qu'ils s'arrêtaient près d'une des fontaines de Hyde Park. Ses nièces seraient flattées d'être traitées comme des grandes, et il apparaîtrait comme un oncle gâteau. Seraphina protesterait bien sûr, mais il la ferait taire sous une pluie de baisers passionnés.

C'était un plan formidable, décréta-t-il en coinçant sa canne sous son bras pour ouvrir la portière. Il sauta souplement à terre et tendit la main à Seraphina. Elle lui sourit, l'air virginal dans sa jolie robe d'après-midi bleue et son bonnet bordé de dentelle. Il se rappela le goût de ses lèvres, le contact de son corps sensuel pressé contre le sien, ses bras qui le serraient, ses gémissements... Le contraste entre son apparence et la réalité de ses souvenirs était un pur délice.

Tout en se tournant pour aider ses nièces à descendre à leur tour, il songea que tout homme rêvait de rencontrer une Seraphina Treadwell au moins une fois dans sa vie. Pour la grande majorité, cela ne se produisait jamais, et ils devaient se contenter de leurs rêves. Très peu avaient la chance de faire cette expérience. Mais celui qui parvenait à faire tomber la façade des convenances et à mettre dans son lit la lionne qui se cachait sous des dehors modestes... Celui-là pouvait mourir tranquille. C'était l'homme le plus enviable du monde.

Il ne pouvait que bénir la Providence qui l'avait choisi, lui. Avec un sourire de satisfaction, il referma la porte de la voiture. Les fillettes, leur cerceau et leur bâton à la main, étaient sagement alignées devant Seraphina.

— Vous ferez très attention aux autres promeneurs. Il faut contrôler vos cerceaux, recommanda-t-elle en les regardant l'une après l'autre. Restez à proximité afin que nous puissions garder un œil sur vous. C'est compris ?

Elles hochèrent la tête avec un bel ensemble.

— Alors, vous pouvez y aller, conclut Seraphina en réprimant un sourire.

Les fillettes s'égaillèrent comme une volée de moineaux, et elle ne put retenir un rire.

Il aurait donné n'importe quoi pour être de nouveau seul avec elle dans la bibliothèque. Ou n'importe où, du reste ; il n'était pas difficile. Il avait peut-être été choisi par la Providence, mais Seraphina n'aurait aucun remords à mettre sa patience à l'épreuve. Il en aurait… quels que soient les efforts à consentir.

Avec un sourire, il lui offrit son bras.

— Non, merci, répondit-elle en suivant les fillettes des yeux.

— Pourquoi ? s'exclama-t-il, abasourdi.

— Parce que je suis la gouvernante des enfants et que vous êtes mon employeur, répliqua-t-elle en s'engageant dans l'allée qui longeait la rivière.

— Nous en sommes donc revenus à ce point-là ? fit-il en lui emboîtant le pas. Je croyais pourtant que cette question était réglée.

— Le comportement en public ne peut être le même qu'en privé. Aimeriez-vous voir vos nièces donner le bras au premier homme qui le leur offre ? Ne vous inquiéteriez-vous pas des conséquences ? Nous devons leur montrer l'exemple.

— Servir d'exemple est surévalué, contra-t-il, irrité par la distance physique qu'elle venait de lui imposer. Dans la mesure du possible, je préfère laisser les autres s'en charger.

— Dans ce cas, c'est une bonne chose que vous nous envoyiez vivre à la campagne. Quand pensez-vous que les travaux seront terminés ?

Il avait complètement oublié lui avoir dit cela. L'imbécile ! Comment avait-il pu être assez borné pour brandir une menace pareille ?

— À la fin de la saison, marmonna-t-il. Si tout se passe bien. Je me souviens parfaitement que vous étiez opposée à cette solution sous prétexte que cela priverait les fillettes d'une vie familiale. Mais à présent, à en juger par votre ton... Auriez-vous changé d'avis ?

— Je vois certains avantages à vivre loin de Londres.

Lui n'en voyait pas. Pas du tout, même. Son estomac se contracta lorsqu'il envisagea cette possibilité.

— Des avantages pour les filles ou pour vous ?

— Pour nous tous. Vous compris.

— Ah, oui ? fit-il en espérant qu'elle n'entendait pas les battements sourds de son cœur. Et quel avantage pourrais-je trouver dans votre absence ?

— Vous seriez libre de vivre de nouveau en célibataire insouciant, répliqua-t-elle en lui coulant un regard de biais.

Un petit sourire flottant au coin de ses lèvres, elle poursuivit :

— Si nous n'étions pas là, vous pourriez vous promener chez vous à n'importe quelle heure, uniquement vêtu de votre robe de chambre. Et embrasser des femmes dans votre salon sans craindre d'être dérangé.

Il se pencha vers elle et riposta, de manière à n'être entendu que d'elle :

— Pour éviter les interruptions, il suffit de savoir s'organiser. Si vous acceptez de venir me retrouver à minuit dans la bibliothèque, je vous le prouverai.

Elle inclina la tête et croisa son regard.

— Pas ce soir. Une autre fois, peut-être.

Il n'était pas encore revenu de sa surprise, quand elle ajouta en haussant les sourcils :

— Si l'invitation tient toujours, bien sûr.

Ses jambes menaçaient de le trahir. Il chancela, mais parvint à articuler, au prix d'un terrible effort sur lui-même :

— C'est sérieux ? Vous seriez tentée d'accepter ?

Elle hocha la tête sans le regarder.

— Je me débats avec l'idée désagréable que le fait de succomber à la curiosité ferait de moi une femme perdue. Or, je préfère éviter cette réputation, si possible.

— Cela se comprend.

Pourquoi diable n'avaient-ils pas cette conversation à Haven House ? Là, au moins, il aurait pu la persuader... Tandis qu'il était difficile de l'embrasser à perdre haleine dans un parc public...

— Seriez-vous rassurée si je vous disais que je sais me montrer extrêmement discret ?

Elle eut un rire bref.

— Pas le moins du monde. Tous les débauchés en disent autant, Carden.

— Combien de débauchés avez-vous connus ?

— À part vous, un seul. Par bonheur, notre mariage n'a pas duré longtemps, mais cela m'a suffi pour comprendre leur état d'esprit.

D'ordinaire, le seul fait qu'une femme prononce le mot « mariage » le rendait nerveux. Il connaissait trop d'hommes qui, après s'être engagés innocemment dans une conversation banale, se retrouvaient, terrassés, devant l'autel. Dans un pur réflexe de défense, il fit remarquer :

— Les débauchés font de très mauvais maris.

— Je suis entièrement d'accord.

— Mais ce sont des amants attentionnés.

— Que vous dites ! répliqua-t-elle en riant. Selon mon expérience, c'est faux.

— Eh bien, rétorqua-t-il en se penchant de nouveau vers elle, au nom de tous les débauchés du monde, je vous supplie de me laisser réparer notre réputation.

Renversant la tête en arrière, elle éclata de rire, et Carden oublia complètement son désir de discrétion. Dieu qu'il mourait d'envie de l'embrasser. L'embrasser encore et encore, jusqu'à ce qu'elle le supplie de la ramener chez lui pour lui faire l'amour.

Il valait donc mieux se montrer tout de suite très clair sur certains aspects de leur relation.

— J'ai comme l'impression que vous n'envisagez pas de vous remarier de sitôt.

Il marqua une pause, touchant le bord de son chapeau pour saluer un couple qui passait. L'homme était membre de son club et la femme, contre toute attente, était son épouse.

— Cela demande réflexion. Ma décision dépendrait essentiellement des qualités de l'homme qui me demanderait ma main. Il est hors de question que j'épouse un autre débauché, dit-elle d'un ton léger.

Elle vit du coin de l'œil que l'homme s'était retourné pour la suivre du regard. Carden lui lança un coup d'œil menaçant par-dessus son épaule.

— Et vous, Carden ? reprit-elle. Dans quelles conditions accepteriez-vous d'envisager le mariage ?

— Uniquement sous la torture, répondit-il en riant.

Il haussa les épaules et ajouta doucement :

— Je ne sais pas. Il faudrait que j'y réfléchisse plus longuement.

Elle n'avait aucun doute quant à sa décision finale. Carden Reeves était le genre d'homme qui faisait l'amour avec passion, puis mettait autant d'ardeur à prendre la fuite ensuite. Aucune femme au monde ne saurait le retenir plus d'une nuit. Espérer plus, plus longtemps…

Un nœud se forma dans sa gorge et une vague de mélancolie l'envahit. Elle se reprocha aussitôt d'être aussi sentimentale. Carden n'avait rien dit qu'elle ne sache déjà. S'imaginer qu'il changerait quoi que ce soit à sa façon de vivre pour pouvoir faire l'amour avec elle était ridicule. Il était exceptionnellement beau, charmant, audacieux. Bref, il n'avait rien pour faire un bon mari. Cela étant établi, la question était de savoir si elle possédait ou non les qualités nécessaires pour être une maîtresse de passage.

En dépit des doutes qui la harcelaient, elle devait admettre qu'il y avait quelque chose de fascinant dans le fait de pouvoir coucher avec un homme, sans pour autant s'engager pour la vie entière. Avoir la liberté de vivre une expérience d'une seule nuit… Si seulement elle avait pu exercer un tel choix quand elle avait fait la connaissance de Gerald. Il n'aurait jamais rien eu de plus qu'une nuit. Et encore… même pas une nuit entière !

En revanche, passer une nuit avec Carden Reeves lui semblait une perspective entièrement différente.

Elle lui lança un coup d'œil, observa son profil harmonieux, se rappela la ferveur de ses baisers, la chaleur de son corps, les sensations merveilleuses qu'elle avait éprouvées entre ses bras. Combien de temps une nuit pouvait-elle se prolonger ? Fallait-il le gaspiller à dormir ? Et au matin, comment cela se passait-il ? Est-ce que chacun repartait de son côté comme si de rien n'était ? Il y avait tant de choses qu'elle ignorait dans le monde où vivait Carden.

— Regardez, Seraphina. Voilà Honoria.

Elle tressaillit et dégringola brutalement de son petit nuage. Juste en face d'eux, un ouragan nommé lady Lansdown fondait sur eux avec détermination.

— Trop tard pour s'esquiver, elle nous a vus, marmonna Seraphina, l'air sombre. Nom de nom !

— Seraphina Treadwell ! la tança Carden avec un sourire amusé. Je suis choqué.

— Honoria vous fera vite oublier mon langage, rétorqua-t-elle. Je ne lui donne pas deux minutes.

— Oh, je suis sûr qu'il lui faudra moins que cela !

— Seraphina, vous êtes splendide ! s'exclama Honoria en les rejoignant. Tournez-vous, que je puisse vous admirer.

Seraphina s'exécuta, quoique à contrecœur, tandis qu'Honoria applaudissait.

— N'avais-je pas raison ? Ce M. Gauthier est un génie. Il fait des miracles avec un bout de tissu. Carden, vous avez l'air presque respectable, cet après-midi. Si j'osais, je dirais que vous avez une allure de père de famille.

Étourdie, Seraphina entendit Carden répliquer :

— Oui, absolument. Gauthier est un génie. Oui, elle est ravie. Merci. Je vous avertis, Honoria, je vais vous étrangler.

Seraphina retint un sourire en voyant Honoria plaquer la main sur son cœur en affichant une expression faussement innocente.

— Pourquoi, Carden ? Qu'ai-je donc fait ?

— Vous le savez parfaitement, Honoria, répondit-il entre ses dents, sans chercher à dissimuler sa colère. En quoi prétendre qu'Arthur était toujours vivant vous dérangeait-il tant ?

La vieille dame se redressa en reniflant d'un air offensé.

— Ce n'était pas crédible, lâcha-t-elle en lui tournant ostensiblement le dos.

Puis, comme si rien ne s'était passé, elle sourit et prit les mains de Seraphina dans les siennes.

— Je sortais juste de la papeterie quand j'ai rencontré ce cher M. Terrell. Nous avons eu une conversation délicieuse. Il m'a confié qu'il s'était senti obligé d'accepter, il y a quelque temps et je ne sais plus pourquoi, une invitation à dîner chez les Martin-Holloway, cette semaine.

Honoria marqua une pause assez longue, et Seraphina comprit qu'elle était censée faire un commentaire.

— Je suis certaine qu'il passera une soirée très agréable, dit-elle poliment.

S'illuminant littéralement, Honoria lui serra les mains avec une force surprenante chez une créature aussi frêle.

— Il n'en était pas certain. Aussi lui ai-je suggéré de vous proposer de l'accompagner. Cette idée a dû lui plaire, car son humeur s'est alors considérablement améliorée. J'espère que vous avez commandé quelques robes de soirée à M. Gauthier, ma chère ?

— Elle l'a fait, confirma Carden avant que Seraphina ait pu reprendre ses esprits.

Honoria organisait sa vie sociale ? La poussait à sortir avec l'un des amis de Carden ? Seigneur !

— Merveilleux ! déclara la vieille dame en lui serrant les mains de plus belle. Je présume que M. Terrell passera aujourd'hui même pour vous demander de lui accorder cette faveur. Il était un peu gêné à l'idée de vous avertir si tard, mais je lui ai assuré que vous lui pardonneriez pour cette fois.

Relâchant brusquement les mains de Seraphina, elle fit quelques pas de côté et regarda ostensiblement derrière la jeune femme avant de s'exclamer :

— Où sont mes chères petites nièces ? Vous n'êtes pas sortis sans elles. Même Carden n'oserait se comporter de manière aussi scandaleuse !

Un grognement de mauvais augure s'échappa de la gorge de Carden et Seraphina s'empressa de désigner l'allée.

— Elles sont...

Mais les fillettes n'étaient pas là où elle le croyait. Elle les chercha du regard. En vain... Une vague de panique la saisit, enflant de seconde en seconde.

— Carden, où sont-elles ? s'écria-t-elle dans un souffle en scrutant les bords de la rivière. Vous les voyez ?

— Vous avez perdu les enfants ? s'enquit Honoria, incrédule.

— Elles faisaient rouler leurs cerceaux dans cette direction quand vous êtes arrivée, expliqua Carden, prenant instinctivement la défense de Seraphina. Elles n'ont pas pu aller bien loin.

Mais il fallait croire qu'elles s'étaient considérablement éloignées, puisqu'elles demeuraient invisibles.

— Oh, Carden ! Comment ai-je pu être aussi négligente ? Imaginez qu'elles soient tombées dans la rivière !

— Toutes les trois en même temps, sans même un cri pour alerter les passants ?

Il fit une pause, scrutant la rive et les allées alentour.

— Non, elles n'ont pas pu tomber à l'eau. Si c'était le cas, quelqu'un les aurait vues et aurait appelé au secours. Ne vous inquiétez pas, Seraphina, nous allons les retrouver.

Il lui prit le bras et s'inclina brièvement devant sa belle-sœur.

— Veuillez nous excuser, Honoria.

Ils s'éloignaient déjà quand lady Lansdown déclara avec fermeté :

— Je vais demander à mon cocher de faire le tour de la Serpentine. Je vous retrouverai ensuite.

Les doigts serrés autour du bras de Seraphina, Carden s'aperçut qu'elle tremblait.

— Et si quelqu'un les avait enlevées ? risqua-t-elle d'une voix blanche.

— Pourquoi ferait-on une chose pareille ? répondit-il en espérant que son calme et sa logique auraient un effet apaisant.

— Je ne sais pas. Pour obtenir une rançon. Pour leur faire subir des tortures inimaginables. Le monde est peuplé de fous, Carden. Vous n'aviez pas remarqué ?

Hélas, si ! Mais il valait mieux ne pas l'admettre pour le moment. Il l'entraîna dans l'allée, cherchant du regard les fillettes parmi les promeneurs.

— En général, les déments ne vont pas plus loin que le Speakers Corner, à l'autre extrémité du parc, assura-t-il. Quant aux plus dangereux, ils sont enfermés à Bedlam. Personne n'a pu enlever les filles, Seraphina.

En tout cas, quand ils les auraient retrouvées, c'étaient *elles* qu'il enfermerait. À double tour, dans leur chambre. Et il ne les en laisserait sortir que le jour de leur mariage.

Seraphina s'immobilisa abruptement et se retourna pour regarder en arrière. L'angoisse qu'il lut alors dans ses jolis yeux bleus lui serra le cœur. Il avait souvent entendu des pères de famille qui fréquentaient son club menacer de tuer leurs enfants, et avait toujours considéré que c'était là la preuve navrante d'un manque total de sang-froid.

Mais à présent, il les comprenait. Les enfants avaient vraiment le don de vous pousser à bout.

Sans lâcher le bras de Seraphina, il se hissa sur la pointe des pieds et se tordit le cou dans toutes les directions. Il y avait des promeneurs sur le pont, d'autres dans les allées, de part et d'autre de la rivière. Quelques-uns, munis de grands paniers, pique-niquaient sur les rives et...

Poussant un soupir de soulagement, il fit pivoter Seraphina sur elle-même.

— Regardez ! lui dit-il. Là-bas. Juste à côté du pont, un peu en dehors de l'allée. Vous les voyez ? Elles ont l'air d'aller tout à fait bien.

— Merci, mon Dieu ! murmura-t-elle en se laissant aller contre lui.

Se rappelant soudain où ils étaient, elle s'écarta vivement et rassembla ses jupes pour gagner le pont d'un pas rapide.

— Elles n'iront pas bien très longtemps, c'est moi qui vous le dis, grommela-t-il, les yeux fixés sur les trois fugueuses. J'ignore ce qui a pu les absorber au point de s'éloigner, mais cela ne justifie pas la peur qu'elles vous ont faite. Vous les aviez pourtant averties de rester à portée de vue.

— Je pensais qu'Amanda était plus raisonnable et qu'elle… Carden ? Que fait cet homme, penché pardessus la rambarde du pont ?

Carden leva les yeux et vit un homme en haillons soulever un gros sac de toile brune et le tenir un instant au-dessus de l'eau. À côté de lui, un chien au pelage fauve aboyait follement, les yeux rivés sur le sac. L'homme le repoussa d'un coup de pied, puis lâcha le sac. Seraphina eut un cri étranglé.

— Seigneur Jésus !

Le sac tomba à l'eau avec un grand bruit. Relevant le bas de sa jupe, Seraphina s'élança en direction des enfants en hurlant :

— Non ! Amanda, non ! Ne fais pas ça !

Carden eut tout juste le temps de voir Amanda sauter dans la rivière, sa jupe à crinoline formant une sorte d'énorme cloche autour d'elle. Dans quelques secondes, le tissu maintenu par des arceaux se rabattrait sur sa tête. Et alors… Il eut l'impression que le cœur lui remontait dans la gorge. L'instant d'après, il courait comme un fou, sachant que chaque seconde était précieuse.

Seraphina ravala ses larmes, luttant contre la panique qui l'oppressait. À chaque pas, sa jupe devenait plus lourde, son corset la serrait davantage. Elle ne parvenait plus à respirer, sa vision se brouillait. Elle ne percevait plus que des bribes de réalité : la surface plane de la rivière sous laquelle Amanda avait disparu, les cerceaux abandonnés dans l'herbe, les hurlements de terreur de Beatrice et de Camille, les aboiements frénétiques du chien, les graviers sur lesquels elle se tordait les pieds. Et Carden.

Il était là, devant elle, sur la rive. Il lâcha sa canne, se débarrassa de ses bottes et de sa redingote, puis son corps forma un arc de cercle au-dessus de la rivière, et il disparut dans l'eau. Seraphina atteignit la berge. Son cœur cognait à grands coups, le sang lui battait aux tempes. Elle s'arrêta pour reprendre haleine, avalant de longues goulées d'air. Sa vision s'éclaircit, ses pensées s'organisèrent. Il fallait d'abord retrouver Beatrice et Camille, puis aider Carden à hisser Amanda sur la rive.

— Mademoiselle Seraphina !

Elle se tourna en entendant la voix de Beatrice, aussi forte et confiante que d'habitude. Une bouffée de soulagement l'envahit tandis que la petite fille se dirigeait vers elle avec Camille, tenant à la main une corde au bout de laquelle ahanait un gros chien roux.

Les deux fillettes s'arrêtèrent pour scruter la rivière, et Seraphina les imita. Elle vacilla de joie lorsqu'elle aperçut deux têtes brunes émerger à la surface. Le bras levé pour maintenir le sac de toile hors de l'eau, Carden nagea souplement pour rejoindre le bord. Amanda, apparemment débarrassée de sa crinoline, le suivait avec l'assurance d'une enfant qui, ayant grandi au bord de la mer, avait appris à nager en même temps qu'à marcher.

Seraphina se laissa tomber à genoux et se pencha le plus loin possible pour attraper le sac. Elle le déposa doucement sur le sol et entreprit de dénouer la corde gonflée d'eau qui le fermait.

— Sortez les chiots du sac ! cria Amanda, tandis que Carden l'aidait à reprendre pied sur la berge. Vite ! Ils sont en train de se noyer !

De faibles jappements s'échappaient de l'intérieur du sac. Tirant sur sa laisse improvisée, le chien roux échappa à Beatrice et bondit en avant pour renifler la toile détrempée.

— Beatrice, retiens ce chien ! ordonna Seraphina en repoussant l'animal. Carden, vous allez bien ?

Le visage dégoulinant, il hocha brièvement la tête, ramassa sa canne, et vint s'agenouiller près d'elle.

— Laissez-moi faire, Seraphina, dit-il en tirant une espèce d'épée à lame courte de sa canne.

D'un coup de lame, il trancha le haut du sac.

Puis, tandis que Seraphina et Amanda délivraient les chiots, il se laissa tomber dans l'herbe en essayant de reprendre sa respiration. Quel coup de chance ! S'il n'était pas entré dans cette échoppe, un matin à Natal... S'il ne s'était pas intéressé à cette curieuse épée, au point de payer une fortune pour l'acquérir...

— Celui-ci respire ! s'écria Seraphina en déposant près d'elle une petite boule de fourrure rousse.

Amanda souleva un deuxième chiot et l'examina rapidement.

— Celui-là aussi.

Elle le posa près de son frère et plongea de nouveau les mains dans le sac.

— Avec celui-ci, ça fait trois, annonça joyeusement Seraphina.

Mais quand elle sortit le chiot suivant... Carden comprit immédiatement à son regard.

— Mon Dieu ! Il ne respire pas, murmura-t-elle en soulevant le petit corps inerte. Respire, poussin... fais-moi plaisir.

— Passez-le-moi, Seraphina.

Elle lui tendit le minuscule animal, tandis qu'Amanda en extirpait encore un autre de la toile brune.

— Celui-là ne respire pas non plus ! gémit-elle.

— Fais comme moi, Amanda, lui conseilla Carden en soulevant le chiot pour placer son museau contre sa bouche.

Il souffla un peu d'air dans la gueule du petit animal et expliqua :

— Il faut à peine souffler. Très légèrement. Leurs poumons sont minuscules. Laisse-lui le temps, entre deux respirations, de rejeter l'eau qu'il a avalée.

Amanda suivit ses instructions. Seraphina sortit un autre chiot du sac et les imita.

— Mademoiselle Seraphina, est-ce qu'ils vont vivre ?

— Nous faisons tout ce que nous pouvons, Camille.

Le chiot qu'Amanda tenait dans ses mains toussa, recracha un peu d'eau, toussa encore, puis agita les pattes.

— Il respire, oncle Carden !

— Le mien aussi, déclara-t-il, alors que l'animal se mettait à éternuer. Combien en reste-t-il, Seraphina ?

— Il n'y a plus que celui-ci, répondit-elle d'une voix crispée. Je n'arrive pas...

— Dieu tout-puissant, Carden ! Que faites-vous ?

Honoria. Bon sang ! Ne comprenait-elle donc pas ce qui se passait ? Les yeux brouillés de larmes, Seraphina tendit le chiot inerte à Carden.

Camille bondit vers sa tante afin de lui fournir les explications nécessaires.

— Un homme a voulu noyer les chiots, tante Honoria ! Il les a fourrés dans un sac et les a lancés dans la rivière. Nous l'avons vu !

— Et Amanda s'est jetée à l'eau pour les sauver ! poursuivit Beatrice d'un ton aussi passionné que sa sœur. Camille et moi nous avons couru pour frapper l'homme avec nos bâtons. Nous lui avons pris la maman chien et il s'est sauvé !

— Et oncle Carden a plongé dans la rivière pour m'aider à ramener les chiots, conclut Amanda.

— Certains ne respirent plus, mais oncle Carden les aide à ressusciter et après, ils vont bien.

Carden n'était pas sûr d'être capable d'opérer autant de miracles que les filles le souhaitaient. Le chiot qu'il tenait au creux de sa main, le plus petit de la portée, ne recrachait pas d'eau comme ses frères et sœurs. Il essaya encore d'insuffler un peu d'air dans ses poumons.

— Où est votre jupe, Amanda ? s'enquit Honoria.

— Dans la rivière, répondit distraitement la fillette sans quitter son oncle des yeux. Oncle Carden a été obligé de l'arracher, car elle m'empêchait de nager. Ce n'était déjà pas facile, à cause du sac.

Seraphina pâlit. Des larmes perlèrent au bout de ses cils, puis roulèrent sur ses joues. Sans émettre le moindre son, elle ferma les yeux et enfouit le visage entre ses mains. Carden la regarda du coin de l'œil se balancer d'avant en arrière, tandis qu'il essayait de sauver le chiot.

— Il respire, oncle Carden ?

Bon sang, il n'avait aucune envie d'avouer sa défaite ! Il ne connaissait rien de plus difficile au monde. Et c'était *lui* qui allait devoir apprendre aux filles qu'on ne gagnait pas à tous les coups dans la vie…

— Non, Beatrice. Je crains qu'il n'y ait plus rien à faire pour lui.

— Il est mort ? insista Camille d'une voix chevrotante.

Il perçut son désespoir. Il aurait souhaité de tout son cœur accomplir le miracle qu'elle attendait, car il n'y avait rien de plus dur que de voir ses espérances réduites à néant en quelques secondes.

— Oui, ma chérie, il est mort, dit-il avec douceur. Je suis désolé.

Amanda saisit le petit corps sans vie et le pressa dans ses bras.

— Pauvre petit chiot, murmura-t-elle en caressant le pelage trempé.

Des larmes roulèrent sur ses joues. Carden maudit le sale type qui était responsable de tout ce chagrin. L'homme méritait une bonne correction. Il regarda autour de lui, au cas où il traînerait peut-être encore dans les parages. Si c'était le cas, constata-t-il, il était bien caché parmi la foule qui s'était rassemblée autour de leur petit groupe. Maudits badauds, qui se repaissaient de la tragédie, mais s'étaient bien gardés d'intervenir. Ils avaient préféré déléguer cette responsabilité à une enfant !

— Beatrice, murmura Seraphina, tu peux lâcher la maman chien, à présent. Ses petits ont besoin d'elle.

Beatrice obéit, et la chienne se précipita pour renifler et lécher les chiots survivants. Camille et Beatrice s'agenouillèrent près de leur sœur, et caressèrent le petit corps sans vie. Leurs yeux brillaient de larmes et de colère. Camille laissa échapper un sanglot déchirant, et Seraphina se leva pour aller réconforter les fillettes.

C'était plus que Carden ne pouvait en supporter. La gorge serrée, il se leva à son tour, et alla récupérer sa veste. Tournant la tête, Seraphina croisa son regard. Elle avait l'air si jeune et si vulnérable, tout à coup, quand bien même elle s'efforçait d'être forte. Quelque chose en lui se noua, et il dut détourner les yeux.

L'émotion était toujours là lorsqu'il drapa sa veste sur les épaules d'Amanda.

— Il va falloir l'enterrer, chuchota Camille.

Carden tressaillit. Un enterrement ? Ô, Seigneur, non !

— Bien sûr, dit gentiment Seraphina. Je suis sûr que nous trouverons un endroit dans le jardin d'oncle Carden. À présent, nous allons ramener ces pauvres petites créatures à la maison pour les sécher et les réchauffer. Nous allons les mettre dans ma veste, ajouta-t-elle en se débarrassant de son vêtement. Oncle Carden les portera jusqu'à la voiture.

— Vous viendrez à l'enterrement, tante Honoria ? s'enquit Camille tandis que ses sœurs plaçaient délicatement les chiots dans la veste de satin.

Honoria se tamponna les yeux à l'aide d'un mouchoir de dentelle.

— Bien sûr, mon petit.

Dieu du ciel ! C'était une affaire de famille ? Le personnel serait-il invité également ? Il n'y avait qu'une chose à faire : expédier cette affaire-là au plus tôt. Plus vite ce serait fait, plus vite il se débarrasserait des démons qui le hantaient.

— Honoria, pourriez-vous ramener Camille et Beatrice dans votre voiture ? Il n'y a plus tellement de place dans la mienne, avec les chiots et leur mère.

— Merci de ne pas me demander de transporter la chienne.

— J'y avais songé.

— Ça ne m'étonne pas. Venez, mes chéries, dit-elle en tendant la main aux fillettes.

Les enfants la suivirent et elle se pencha en demandant :

— Voyons, laquelle est Beatrice et laquelle est Camille ?

Seraphina surprit une lueur espiègle dans les yeux de Beatrice et elle sut ce qui allait se passer. En d'autres circonstances, elle serait intervenue. Mais elle avait d'autres chats à fouetter pour le moment. Beatrice n'était pas accablée de chagrin, et Honoria allait apprendre à ses dépens que ses nièces n'étaient ni des anges ni des poupées de porcelaine.

Sortant de sa réflexion, elle s'aperçut que Carden et Amanda avaient déjà presque atteint les fontaines. La chienne trottait derrière eux, les yeux fixés sur les chiots.

— Ne vous occupez surtout pas de moi, murmura Seraphina avec flegme. Je vous rattraperai.

Comme s'il l'avait entendue, Carden s'arrêta pour l'attendre. Un sourire chagrin flottait sur ses lèvres.

Seraphina ramassa les cerceaux des fillettes, les bottes de Carden, puis jeta un coup d'œil autour d'elle pour s'assurer qu'elle n'oubliait rien. C'est seulement alors qu'elle vit la foule qui s'était rassemblée autour d'eux.

Comprenant que le spectacle improvisé était terminé, la plupart des gens se détournèrent pour partir. Seraphina s'apprêtait à faire de même lorsqu'un mouvement sur sa droite attira son attention.

Elle se figea, le cœur battant, et pivota lentement pour observer l'homme avec attention. Mais il s'éloignait déjà à grands pas, la tête penchée en avant comme pour dissimuler son visage.

Non, ce n'était pas possible, se dit-elle tandis qu'elle s'empressait de rejoindre Carden et Amanda. Son imagination lui jouait des tours. L'épreuve qu'elle venait de vivre avait fait remonter à la surface des terreurs anciennes tapies au fond d'elle-même. C'était stupide.

Gerald était mort et bien mort.

11

Sawyer l'avait averti en lui ouvrant la porte. Mais quand il vit John Aiden Terrell nonchalamment appuyé à son bureau, propre, sec, les bottes impeccables, un verre de cognac à la main... Et surtout, quand il se rappela la raison de sa visite... Il y avait des limites à ce qu'un homme pouvait supporter en l'espace d'une satanée journée.

— Juste ciel, Carden ! Que t'est-il arrivé ?

— On a sonné à la porte, rétorqua-t-il rageusement en se servant un grand verre de whisky. Et quand je suis allé ouvrir, j'ai trouvé Seraphina Treadwell sur le seuil.

— Je faisais allusion à tes vêtements trempés.

Carden avala la moitié de son verre d'un trait. L'alcool lui brûla l'œsophage, mais il ajouta, imperturbable :

— Il y avait trois petites filles avec elle.

Éberlué, Aiden le regarda avaler le reste du whisky. Sawyer arriva sur ces entrefaites, s'éclaircit la voix et annonça :

— La Bible, monsieur.

— Savez-vous où se trouve le passage à propos de la poussière qui retourne à la poussière ? s'enquit Carden en remplissant de nouveau son verre.

— Naturellement, monsieur.

Il remplit un autre verre.

— Tant mieux. Moi je l'ignore, c'est donc vous qui célébrerez le service funèbre.

Sawyer en demeura muet de stupeur. Carden lui mit le deuxième verre dans la main et continua :

— Buvez un coup, mon vieux. Vous allez en avoir besoin. Les larmes de crocodile et les reniflements stoïques d'Honoria vont vous briser le cœur.

Aiden se redressa, l'air brusquement inquiet.

— Quelqu'un est mort ?

— Un sale type a voulu noyer une portée de chiots dans la Serpentine, répliqua Carden à qui le whisky commençait de monter à la tête. Nous les avons sauvés, à l'exception d'un seul.

— Bravo, Carden !

— En effet, monsieur. Mes félicitations.

La deuxième dose de whisky s'ajoutant à la première, l'esprit de Carden se brouilla considérablement.

— Eh bien, dans un moment, le chiot que je n'ai pas réussi à ranimer occupera le premier rôle. Comment évolue le chaos, Sawyer ?

— Lady Lansdown est dans le salon avec un verre de sherry, un mouchoir propre et les yeux rouges, monsieur. Anne a descendu des draps et une vieille couverture, que Mme Blaylock et Mme Treadwell ont disposés près du feu pour la chienne et ses petits. Le cuisinier fait chauffer de l'eau pour le bain de ces demoiselles et pour celui de la chienne. Il a aussi préparé une mixture à sa façon qui, selon lui, devrait aider les chiots à se rétablir.

— Et les filles ? demanda Carden, en proie à un agréable engourdissement.

— Elles sont allées avec Anne chercher une boîte pour servir de cercueil, monsieur. Ensuite, je pense qu'elles choisiront un endroit dans le jardin pour creuser une tombe.

Avec un peu de chance, il serait alors suffisamment gris pour ne se rendre compte de rien.

— Je suppose qu'il faut que j'aille dans le jardin avec une pelle ?

Sawyer lui rendit le verre de whisky auquel il n'avait pas touché.

— Je vous appellerai dès que votre présence sera nécessaire, monsieur, lui assura-t-il avant de sortir à la hâte.

Carden termina son verre, le reposa et but la moitié de celui de Sawyer. Creuser une tombe était horrible. La remplir était encore pire. C'était tellement définitif. On songeait à toutes les paroles qu'on n'avait pas prononcées et qu'on ne prononcerait jamais. À toutes les choses qu'on aurait aimé savoir et qu'on avait apprises trop tard. À tout ce qu'on aurait aimé faire... Un joli cercueil, des phrases tirées de la Bible, des fleurs... Rien de tout cela ne pouvait effacer le chagrin et les regrets. Et puis il y avait les anges. Il ne fallait pas oublier les chérubins sculptés dans le marbre...

— Seigneur ! marmonna-t-il, le nez dans son verre. Tu crois qu'elles vont vouloir aussi une pierre tombale ?

Aiden se mit à rire.

— Pour quelqu'un qui n'a aucune expérience des enfants, je trouve que tu ne t'en sors pas trop mal. Seraphina et toi devriez en avoir toute une ribambelle.

Seraphina. Les paroles d'Aiden pénétrèrent lentement sa conscience embrumée. Il savait que ces mots avaient un sens... mais il ne parvenait pas à le saisir. Impossible. Il faudrait qu'il y réfléchisse plus tard. Beaucoup plus tard. En attendant, il devait mettre certaines choses au point avec Aiden.

— Tu es venu demander à Seraphina de t'accompagner chez les Martin Holloway ? C'est bien cela ?

Son ami parut aussitôt sur ses gardes.

— Oui, répondit-il. À moins que tu n'y voies une objection.

— Pas d'objection. Juste un avertissement.

Carden vida le verre qu'il tenait à la main et le posa. Puis, cherchant le regard d'Aiden, il sourit et annonça d'un ton placide :

— Si tu poses la main sur elle, Aiden, tu t'en repentiras.

— Tu comptes te fiancer officiellement avec elle ? interrogea son ami, incrédule.

Se fiancer ? Officiellement ? Il n'en savait diable rien. L'avantage de boire beaucoup en peu de temps, c'était justement de perdre très vite le sens des réalités. N'ayant plus l'esprit suffisamment clair pour progresser dans les eaux où Aiden lui demandait de naviguer, il décida de demeurer en terrain familier.

— Je t'autorise à inviter Seraphina à t'accompagner pour un soir. À condition que tu la traites comme ta propre sœur.

— Un jour viendra où tu te lasseras d'elle, tu sais.

Et Aiden se léchait déjà les babines à cette idée. Ah, le gredin !

— Cela n'arrivera ni demain ni après-demain.

— Peut-être dans trois jours ?

C'est-à-dire le jour où les Martin-Holloway donnaient leur réception. Eh bien, Aiden pouvait toujours rêver.

— Désolé de te décevoir, répliqua Carden d'un ton suffisant, mais j'en doute.

Il y avait quelque chose dans la façon dont son ami le regardait… quelque chose dans son sourire… qui était diablement irritant. Et déstabilisant.

— Quoi ? fit-il avec brusquerie.

Aiden haussa les épaules, sans toutefois changer d'expression.

— Je pensais aux tombes qu'il va falloir creuser. Si nous commencions par celle du chiot ?

C'était cela le problème, quand on avait trop bu. Vous aviez beau deviner les sous-entendus, votre esprit n'était ni assez aiguisé ni assez rapide pour les saisir. Carden se promit de se rappeler les paroles d'Aiden pour y réfléchir plus tard. Le lendemain, décida-t-il en gagnant la porte. Quand il serait plus sobre. Ou plutôt, le surlendemain. Lorsqu'il n'aurait plus cette maudite migraine.

Seraphina jeta un coup d'œil dans le hall d'entrée, mais Sawyer n'était nulle part visible. Elle décida donc de raccompagner Honoria elle-même.

— Je suis sûre que vous vous sentirez mieux quand vous serez chez vous, Honoria, dit-elle en tirant le lourd battant de chêne. C'était très gentil de votre part de rester pour faire plaisir aux enfants.

Honoria renifla et plaqua son mouchoir brodé sur son nez en disant :

— C'était une très belle cérémonie. Dommage que Carden n'ait pas fait preuve de recueillement, ajouta-t-elle d'un ton désapprobateur. Il boit beaucoup trop, vous savez.

— Mais beaucoup moins que certains, riposta Seraphina. Cela ne lui arrive pas souvent, et ça ne le met pas de mauvaise humeur. C'est un point pour lui.

— Tout de même, c'est une mauvaise habitude et…

Honoria s'interrompit pour réprimer un éternuement, mais sans succès.

— À vos souhaits, dit Seraphina.

— Merci. Cela finira par lui porter tort, ainsi qu'à la famille…

Un nouvel éternuement l'interrompit, et Seraphina en profita pour écourter les adieux.

— À vos souhaits, répéta-t-elle en ouvrant la porte en grand. Portez-vous bien. Et merci d'être restée, malgré ce rhume soudain.

Honoria hocha la tête, éternua encore deux fois, puis agita la main en signe d'adieu avant de descendre les marches du perron. Seraphina attendit que la porte de la voiture soit refermée, puis elle rentra. Son regard se posa sur la console où Carden avait abandonné sa canne à leur retour.

Poussée par la curiosité, elle s'en empara pour l'examiner de plus près. À première vue, c'était une canne ordinaire. Le fourreau était fait de bois sombre, presque noir, et incrusté d'argent. Elle nota que ses doigts se plaçaient spontanément dans les cannelures creusées dans le pommeau d'argent pour offrir une meilleure prise. Une main sur le fourreau, l'autre sur la poignée, elle tira dans des directions opposées. Il y eut un sifflement métallique et l'épée émergea du fourreau avec une merveilleuse facilité. Stupéfaite, elle secoua la tête, puis remit prudemment l'arme dans son fourreau et reposa le tout sur la table.

— Vous avez des gestes pleins d'adresse, Seraphina.

Regardant par-dessus son épaule, elle aperçut Barrett, appuyé au chambranle de la porte du salon.

— Je ne savais pas que vous étiez là ! s'exclama-t-elle. Carden est dans son bureau.

— Sawyer prétend que j'arrive toujours au bon moment, remarqua-t-il en souriant. J'ai déjà vu Carden, et j'ai constaté à quelle vitesse son état déclinait. Joli petit jouet, n'est-ce pas ? ajouta-t-il en désignant l'épée.

— Je croyais que c'était une canne ordinaire.

C'est le but. Vous bénéficiez de l'effet de surprise.

Seraphina eut un rire amusé.

— J'ignorais que Hyde Park était un endroit aussi dangereux.

— Il ne l'est pas, en général.

Son sourire s'effaça tandis qu'il la considérait de l'air de quelqu'un qui s'apprête à prendre une décision.

— Mais dès lors que vous êtes habitué à être armé, enchaîna-t-il, vous vous sentez vulnérable si vous n'avez pas une arme à portée de main. Carden a toujours eu un faible pour les armes blanches... Personnellement, je préfère prendre un peu de distance avec la violence. Mon arme de prédilection, c'est le pistolet.

— Je ne m'étais pas rendu compte qu'il existait différentes sortes de violence, commenta-t-elle, consciente que Barrett n'abordait pas ce sujet sans raison.

— Je me trouvais au Transvaal depuis déjà quelque temps, comme ingénieur au service de la reine, lorsque Carden a été envoyé dans notre régiment, commença-t-il. À l'époque, notre commandant était un bureaucrate qui s'imaginait avoir du talent et du savoir-faire. Les illusions qu'il entretenait sur lui-même rendaient notre travail extrêmement et inutilement dangereux.

« Nous devions jeter un pont par-dessus un défilé. Carden et lui avaient des opinions opposées quant à la technique à employer. Mais Carden n'était qu'un subordonné, il a donc perdu la bataille, non sans avoir prévenu le commandant que le pont s'effondrerait s'il ne suivait pas ses conseils. Lorsque cela s'est produit, en dépit des efforts de Carden pour éviter la catastrophe, cela a coûté la vie à dix-sept de nos hommes.

Le regard de Barrett se perdit au loin, et Seraphina retint son souffle. Le silence se prolongea un long moment, puis Barrett se ressaisit et secoua la tête.

— Carden était fou de rage, dit-il brusquement. Il s'est jeté sur lui. Il s'en est fallu d'un poil... oui, d'un poil pour qu'il le tue.

Le cœur de Seraphina battait à grands coups sourds.

— Il n'a pas été puni pour avoir attaqué un supérieur ?

Barrett darda sur elle un regard pénétrant.

— Il n'y avait pas de témoin, personne n'a pu confirmer les accusations du commandant.

Elle comprit d'instinct que ce n'était pas vrai, et que le secret que Barrett lui confiait en ce moment était infiniment précieux.

— Moi, j'aurais tué ce salaud d'un coup de feu, à vingt pas, poursuivit-il avec un haussement d'épaules. Mais Carden voulait que chacun de ses coups compte... pour venger les pauvres gars morts à cause de l'incompétence et de la prétention de ce sale type.

— Il en a fait une affaire personnelle.

Barrett opina.

— Carden a fait de la mort une affaire personnelle. Pas de la sienne, bien sûr. Les hommes qui ont travaillé avec lui vous diront, par exemple, qu'il ignore le vertige. Les plus observateurs auront remarqué qu'en fait les hauteurs l'attirent irrésistiblement. La vérité, c'est qu'il aime le danger.

— Il flirte avec la mort, murmura-t-elle.

Les paroles de Barrett la mettaient un peu mal à l'aise, mais ne la surprenaient pas vraiment.

— C'est tout à fait ça, reprit-il. Parfois même, il la nargue. Je l'ai vu faire des choses...

Il secoua la tête et se mit à rire.

— La première chose à faire, quand on veut jeter un pont au-dessus du vide, c'est de fixer un câble de part et d'autre du gouffre. Les ouvriers et le matériel font le va-et-vient d'un bord à l'autre dans une nacelle fixée au câble. Si par malheur la poulie lâche... la chute est impressionnante.

« J'étais à mi-chemin, dans la nacelle suspendue à environ cinquante mètres au-dessus du sol, quand le câble s'est coincé. Je n'avais pas de harnais de sécurité et j'étais trop loin du bord pour qu'on puisse m'en lancer un. Carden a disparu et est revenu un moment plus tard avec un rouleau à pâtisserie qu'il avait emprunté au cuisinier. J'étais là, ne sachant que faire, et un orage approchait. Pendant ce temps, assis sur un tronc d'arbre, Carden taillait tranquillement son rouleau à pâtisserie. L'orage venait tout juste de se déchaîner quand il a fini par jeter son couteau et s'est dirigé vers le câble. Il a attrapé un harnais pour moi au passage, coincé son rouleau sur le câble grâce à l'encoche qu'il avait creusée dans le bois et s'est lancé dans le vide, les mains cramponnées au rouleau. Il a atterri dans la nacelle en riant, pas plus ému que s'il venait de faire une promenade à cheval dans le parc.

— Il n'avait pas pris de harnais pour lui ?

— Il n'en porte jamais.

— Cela ôterait tout le plaisir du risque, je suppose, soupira-t-elle. Comment a-t-il regagné la terre ferme ?

— Comme mon poids faisait pencher le câble du bon côté, il est revenu avec son système de rouleau.

— En riant ?

— Il n'est pas inconscient à ce point, affirma Barrett d'un ton rassurant. Mais il ne perçoit pas le danger comme la plupart des gens. Pour lui, tout cela n'est qu'un grand jeu.

Pour autant qu'elle pouvait en juger, la vie de Carden était aujourd'hui à des années-lumière de ce que Barrett avait décrit.

— On ne court aucun risque à construire des maisons et des serres, observa-t-elle. Il doit s'ennuyer terriblement.

— Il en a l'habitude, rétorqua Barrett. Les trois quarts du temps, la vie militaire est plus ennuyeuse qu'excitante. Les hommes passent de longues heures à s'occuper comme ils le peuvent. Nous inventions des jeux pour passer le temps. D'ailleurs, je vais vous en montrer un. Attendez-moi ici.

Il entra dans le salon et en ressortit quelques secondes plus tard avec une pomme qu'il lui tendit.

— Vous allez lancer ceci, dit-il en allant se placer à côté d'elle. Dans n'importe quelle direction et au moment que vous choisirez.

Seraphina n'avait aucune idée de ce qu'il voulait faire. L'attraper dans sa bouche, peut-être ? Elle soupesa le fruit, le lança en l'air juste au-dessus de leur tête et recula d'un pas. Tout se passa si vite qu'elle ne comprit pas ce qu'il avait fait. Il y eut un éclair argenté juste avant que la pomme retombe sur le sol de marbre. Bouche bée, elle regarda Barrett ramasser le fruit et en retirer le couteau qui l'avait transpercé.

— Carden l'aurait coupée en deux proprement, déclara-t-il en essuyant la lame sur la manche de sa veste.

Le poignard disparut dans une poche, et il ajouta :

— Il est beaucoup plus habile que moi pour manier le couteau. S'il avait eu une épée, il l'aurait coupée en quatre.

Seraphina secoua la tête, sidérée.

— Je trouve rarement des fruits coupés en tranches dans le salon, dit-elle. Que fait Carden pour supporter l'ennui du quotidien ?

Les yeux de Barrett pétillèrent de malice.

— Quand il ne boit pas pour oublier, il se livre à une forme de chasse extrêmement civilisée, et d'un raffinement exquis.

— En d'autres termes, il recrée l'excitation du danger en se comportant en libertin.

— C'est un style de vie qui appelle le danger, en effet.

— Surtout si vous tombez sur une femme qui n'apprécie pas d'être traitée comme du gibier.

— C'est vrai, concéda-t-il. Il y a eu une…

Il s'interrompit brusquement et la gratifia d'un regard d'excuse.

— N'en parlons plus.

Seraphina jeta un coup d'œil sur la porte entrouverte du bureau de Carden. Combien de temps s'écoulerait-il avant qu'il ne supporte plus l'ennui du quotidien et retourne danser sur les hauteurs ? Bien qu'inquiète à l'idée qu'il prenne des risques, elle pensait que cela valait mieux que de boire pour oublier une vie sans relief.

— Barrett ? Si je ne suis pas trop indiscrète, ou si je ne vous demande pas de trahir un secret… pourriez-vous me dire pourquoi Carden a bu autant, aujourd'hui ?

— À cause des fantômes, je suppose, répondit-il doucement en contemplant la porte à son tour. Il ne m'a jamais dit pourquoi il agissait ainsi. Mais depuis que je le connais, je ne l'ai jamais vu sobre lors d'un enterrement. Nous avons assisté à trop de funérailles ensemble, lui et moi. Je pense qu'il voit la mort comme la conséquence d'un échec de sa part. Il doit penser que, s'il s'y était pris autrement, la mort aurait été évitée. Il déteste échouer en quoi que ce soit, et lorsque cela se produit, il le vit très mal. Non pas que nous en ayons jamais parlé. Carden est quelqu'un de très secret.

Que c'était triste, songea Seraphina, d'avoir des secrets qu'on ne pouvait partager avec personne. Pas même avec son meilleur ami. Il n'existait pas de solitude plus profonde. Elle posa la main sur le bras de Barrett et murmura :

— Il faut que vous soyez un ami très compréhensif pour accepter cela, Barrett.

— Il ne m'interroge pas sur mes propres secrets, donc nous sommes à égalité, rétorqua-t-il avec un haussement d'épaules. Mais nous partageons aussi un certain nombre de souvenirs.

— Comme l'attaque mystérieuse dont votre commandant a été victime, par exemple ?

— Par exemple. Encore que, tout bien réfléchi, ce secret-là soit relativement mineur.

Seigneur ! Elle préférait ne pas savoir ce qu'ils considéraient comme des secrets vraiment importants.

— Vous avez de la chance de ne jamais vous être retrouvés en prison.

— On n'en a jamais bâti d'assez solide pour nous contenir tous les deux ! répliqua-t-il dans un éclat de rire. Si vous voulez bien m'excuser, je vais aller voir si Carden tient encore debout.

Elle acquiesça d'un signe de tête. Décidément, les hommes étaient d'étranges créatures. Ils pouvaient risquer leur vie pour un ami, mentir pour lui, le suivre au bout du monde pour le protéger, et ne jamais se sentir déstabilisés par le fait que leur connaissance l'un de l'autre n'allait pas plus loin que les quelques expériences qu'ils avaient vécues ensemble. Tout portait à croire qu'ils appartenaient à une autre espèce que les femmes.

— Oh ! s'exclama Barrett en s'immobilisant. Je vous cherchais pour une raison précise... Lady Hatcher donne le premier bal de la saison dans quelques jours. En tant que fils d'un financier en vue, les gens ont tendance à m'inviter. Ma mère tient à ce que j'y assiste. Oserai-je vous demander d'illuminer ma soirée en m'accompagnant à cette réception ?

Sa réaction instinctive fut de refuser. Accompagner Barrett à cette soirée n'était pas raisonnable. Mais Honoria l'avait obligée à accepter l'invitation d'Aiden. Dans ces conditions, opposer un refus à Barrett aurait été gênant pour lui. Sacrifiant la sagesse à la générosité, elle lui sourit donc et déclara :

— Je vous accompagnerai avec plaisir, Barrett.

— J'apprécie votre geste, Seraphina, répondit-il en s'inclinant.

Puis il tourna les talons et disparut dans le salon. Le silence retomba dans le hall. En proie à des sentiments contradictoires, Seraphina posa les yeux sur la canne de Carden. L'inquiétude et une sorte d'allégresse se disputaient en elle. Et il y avait de quoi être inquiète. Non seulement elle envisageait d'avoir une liaison avec un coureur de jupons, qui avait en outre un penchant pour la vie aventureuse, mais elle venait aussi d'accepter les invitations de ses amis ! Des amis aussi débauchés et risque-tout que lui. Tout portait à croire qu'elle avait oublié d'emporter son bon sens dans ses bagages en quittant Belize.

Cela dit, elle ne pouvait s'empêcher d'éprouver de l'espoir et de la joie. Peut-être parce qu'elle avait le sentiment d'être enfin chez elle. Du moins supposait-elle que c'était ce qu'on ressentait dans ces circonstances. Quoi qu'il en soit, elle n'avait pas vraiment de raisons de réagir ainsi. Elle n'avait pas de maison à elle, ni de famille dans ce pays. Ses espoirs se limitaient à la certitude qu'elle aurait de quoi manger et un lit où dormir ce soir. Et pourquoi serait-elle joyeuse ?

Aucune femme s'apprêtant à jongler avec les sentiments de trois hommes n'avait de quoi être « joyeuse » ! Du moins, si elle était saine d'esprit.

Secouant la tête, elle décida qu'elle avait mieux à faire que de réfléchir à des problèmes aussi vagues. Cela faisait des semaines que les filles n'avaient pas étudié leur arithmétique. Quelques additions et soustractions seraient les bienvenues.

Dans les moments de trouble intérieur, on ne pouvait qu'apprécier la clarté et la prévisibilité des chiffres.

12

Sa lampe à la main, Seraphina se figea sur le seuil de la cuisine, hésitant sur la conduite à tenir. Elle était venue s'assurer que les chiots allaient bien et ne s'attendait pas à trouver Carden auprès d'eux à une heure aussi tardive. À vrai dire, elle ne l'aurait même pas cru capable de mettre un pied devant l'autre. Et encore moins de descendre l'escalier pour se rendre dans la cuisine. Pourtant il était là, assis à même le sol, à côté du lit des petits chiens. Le dos appuyé au manteau de la cheminée, un chiot posé sur les genoux, il dormait profondément.

Il avait pris un bain et revêtu des vêtements propres à leur retour du parc. Il s'était aussi rasé, à en juger par les coupures qui zébraient son menton. Étant donné l'état d'ébriété dans lequel il se trouvait lorsque Aiden et Barrett l'avaient aidé à regagner sa chambre, c'était un miracle qu'il ne se soit pas tranché la gorge.

Une gorge superbe, du reste. Aussi belle et virile que sa poitrine et ses épaules. Depuis qu'il lui avait ouvert la porte, vêtu de sa robe de chambre, le jour de son arrivée, il se cachait derrière des cols montants et des cravates de soie. Ce soir, cependant, il ne s'était pas soucié d'être convenable pour descendre, et Seraphina en profita pour l'admirer. Sa chemise à moitié ouverte dévoilait un torse musclé. Il avait roulé ses manches, découvrant ses puissants avant-bras. Ses jambes étendues sur le sol étaient longues et ses pieds, minces et bien proportionnés.

Il agita les orteils. Craignant d'être prise en flagrant délit de contemplation, Seraphina regarda en hâte son visage. Mais il avait les yeux fermés, et elle sourit. Ses cheveux étaient ébouriffés, comme s'il les avait simplement rejetés en arrière en sortant du bain, sans prendre la peine de les coiffer. Cela lui donnait un air enfantin, presque innocent, qui contrastait avec son corps si viril. Comment une femme aurait-elle pu résister à tant d'attrait ? Et surtout, pourquoi essayer ?

— Ce que vous voyez vous intéresse ?

Prise sur le fait ! Le cœur battant à toute allure, les joues en feu, elle fit mine de ne pas entendre la question.

— Je suis désolée de vous avoir réveillé.

Il garda les yeux fermés, mais un sourire se forma sur ses lèvres.

— Vous ne m'avez pas réveillé. J'essayais de réfléchir. C'est parfois plus facile quand on a les yeux fermés.

— À quoi pensiez-vous ?

Le sourire de Carden s'élargit.

— À mon mal de crâne.

— Je me suis toujours demandé pourquoi les gens buvaient puisqu'ils se sentent si mal, après.

Son sourire s'effaça, il ouvrit les yeux et la considéra longuement avant de répondre :

— Parce que c'est une douleur qu'on choisit de ressentir. Et qui vous fait oublier les autres.

Elle se demanda quelles douleurs il tentait d'oublier ainsi, mais il ne lui laissa pas le temps de poser la question.

— Les chiots semblent s'être bien remis de leur plongeon, dit-il en soulevant l'animal couché sur ses genoux pour le déposer près de sa mère.

On aurait pu en dire autant de lui, après son plongeon dans l'alcool. Elle ne l'avait jamais vu aussi... détendu ? Non, ce n'était pas le terme exact. Pas résigné non plus. Mais ce Carden Reeves un peu négligé et ébouriffé lui plaisait. Il lui plaisait même beaucoup.

— Le cuisinier prétend que c'est grâce au brouet spécial qu'il leur a préparé, dit-elle en posant sa lampe sur la table.

Elle resserra la ceinture de son peignoir et s'agenouilla près de la couche pour caresser la tête de la chienne.

— Il en a donné un bol à la mère et une cuillère à chaque petit. À l'en croire, c'est un remède universel, qui guérit aussi bien de la toux que de la lèpre !

— C'est probablement la vérité. Du moins je l'espère, ajouta-t-il en soulevant la tasse posée sur le sol pour la lui montrer.

Il but une gorgée du liquide qu'elle contenait et la reposa en expliquant :

— Ses préparations étaient presque toujours plus efficaces que celles du médecin du régiment. Quand il s'agit de recoudre une plaie, il est plus habile que M. Gauthier. Un vrai magicien.

— J'espère que vous n'avez jamais eu l'occasion de bénéficier de ses talents de chirurgien ?

— Il est d'avis que plus les points sont serrés, plus la cicatrice est jolie, expliqua-t-il en remontant davantage sa manche et en se penchant pour orienter son bras vers la lumière.

Du bout du doigt, il suivit une fine ligne blanche qui partait du poignet et remontait le long de son bras gauche.

— Il a fallu soixante-trois points pour recoudre celle-ci. Et seulement trente-cinq pour l'autre, précisa-t-il en lui montrant son bras droit.

Seraphina avait vu assez d'hommes balafrés à Belize pour reconnaître une blessure faite à l'arme blanche.

— Cela a dû être très douloureux.

Le regard de Carden se perdit dans l'obscurité, comme s'il se remémorait de lointains souvenirs. Puis, lentement, un sourire naquit sur ses lèvres. Il pencha la tête de côté et la gratifia d'un regard espiègle.

— Il m'a aussi recousu le haut de la cuisse gauche. Vous voulez voir la cicatrice ?

C'était la proposition la plus outrageusement incorrecte qu'on lui ait jamais faite. Bizarrement, au lieu de se sentir offensée, elle fut presque tentée d'accepter.

— Une autre fois peut-être, répliqua-t-elle, le cœur battant. Comment avez-vous été blessé ?

Le sourire de Carden s'évapora instantanément et son regard s'assombrit. Il secoua la tête, grimaça, et souleva sa tasse.

— Ce n'est pas une histoire pour les âmes sensibles, dit-il en plantant son regard dans le sien.

— Il y a longtemps que mon âme s'est endurcie. La vie sur la côte des Mosquitos n'est pas une sinécure, vous savez. Quoi que vous me racontiez, je doute que cela ait le pouvoir de me choquer.

Il la crut sur parole. Peut-être était-ce dû à l'engourdissement de ses sens, aux effets de l'alcool qui s'attardaient, mais le désir de Seraphina de partager son fardeau le toucha profondément. Il commença à parler sans même s'en rendre compte.

— Harry Dennison, le quatrième fils de lord Wickerly, huitième ou neuvième comte de Dennison, je ne sais plus, a une passion pour les petites filles. Il a réussi pendant des années à garder secret ce penchant pervers. Jusqu'au jour où la fille de notre blanchisseuse...

Le jour et le moment où cela s'était passé lui revinrent en mémoire avec une clarté qui lui noua les entrailles. Il croyait sentir encore la chaleur lourde et accablante, le bourdonnement entêtant des mouches, et surtout l'odeur… l'odeur cuivrée du sang.

Il secoua la tête, noyant ses souvenirs dans la douleur qui se répercuta sous son crâne.

— Ni le cuisinier ni le Dr Phinster ne purent faire quoi que ce soit pour elle. Elle se vida de son sang et mourut en quelques heures. Elle avait l'âge de Beatrice et le même regard innocent.

— Vous avez provoqué Dennison en duel, souffla-t-elle, les pupilles dilatées d'horreur.

— C'est une façon de dire les choses. Pour être franc, j'ai essayé de le tuer. Et malgré son habileté à l'épée j'y serais parvenu, quitte à y laisser ma vie, si Barrett n'était pas intervenu. Ou si la première arme qui m'était tombée sous la main avait été un pistolet au lieu d'une épée.

— Je suis contente que Barrett vous ait sauvé la vie, mais je regrette que Harry Dennison n'ait survécu.

Bon sang, l'esprit de cette femme lui plaisait. Elle était en parfaite harmonie avec lui.

— Les actes de violence entre officiers ne sont pas considérés d'un bon œil, comme vous vous en doutez. Et vu qu'Harry était fiancé à la fille du colonel, c'est à moi qu'on a demandé de démissionner.

— Quelle injustice! s'exclama-t-elle. Ainsi, cet homme n'a pas été puni?

— Oh, que si! fit Carden en souriant. Le cuisinier a dû lui recoudre le visage. Cinquante points, pas trop serrés. Depuis, Harry Dennison n'est pas beau à voir, croyez-moi. Je suis certain que les enfants s'enfuient à son approche.

— Bonne nouvelle. J'espère que la fille du colonel a eu le bon sens de rompre leurs fiançailles.

Il n'avait aucune idée de ce que la jeune fille avait décidé. Elle n'avait pas fait preuve d'une grande sagesse en acceptant d'accorder sa main à Dennison. La femme assise sur le sol en face de lui n'aurait même pas gratifié ce saligaud d'un regard. Seraphina ne se contentait pas d'être belle, elle était aussi intelligente, capable de compassion et de courage. C'était le genre de femme qui ferait une excellente...

Seigneur ! Il avait bu plus que de raison. Heureusement, il s'était ressaisi avant d'avoir pu dire ou faire quelque chose de stupide et d'irrévocable. Il sourit et, avec son regard le plus coquin, demanda :

— Vous êtes sûre que vous ne voulez pas voir ma cicatrice ?

Elle rougit, battit des paupières et inspira longuement. Une petite veine se mit à battre à la base de son cou tandis qu'elle murmurait :

— Avec toute cette agitation, je n'ai pas pensé à vous remercier. Si vous n'aviez pas été là pour sortir Amanda de la rivière, et pour ranimer les chiots... cette histoire aurait pu très mal se terminer. Je vous serai éternellement reconnaissante d'avoir pris les choses en main avec autant de sang-froid.

Éternellement reconnaissante ? Il n'était pas ivre au point de ne pas voir quel avantage il pouvait en retirer.

— Je ne vis que pour rendre service, fit-il en souriant.

— C'est faux, riposta-t-elle d'un air entendu. Mais quand les circonstances l'exigent, vous savez faire preuve d'une grande noblesse, Carden Reeves.

— C'est un défaut que, Dieu merci, j'arrive à dissimuler la plupart du temps, déclara-t-il d'un ton léger. J'apprécierais que vous ne répandiez pas ce bruit autour de vous. Ma réputation est en jeu, vous comprenez.

— Vous avez longuement peaufiné votre personnage de séducteur, n'est-ce pas ?

Jamais de sa vie, il n'avait eu avec une femme une conversation d'une telle franchise. Ce qui l'étonnait le plus, c'était le plaisir qu'il en retirait.

— Cela demande un peu de persévérance, reconnut-il. Mais c'est loin d'être déplaisant, et on est largement récompensé de ses efforts.

Elle sourit, pas dupe : elle savait à quel genre de récompense il faisait allusion. Ce sourire était aussi la preuve qu'elle n'avait pas peur de lui. Pas d'hypocrisie ni d'airs de sainte-nitouche effarouchée. Juste une curiosité authentique. Or, il n'y avait rien de plus tentant au monde qu'une femme qui jouait franc-jeu.

— Pourquoi avoir choisi le libertinage, Carden ? Il y a tant d'autres façons passionnantes de remplir ses journées. Pourquoi encourager les commérages ? Votre vie invite au scandale.

— C'est précisément ce que je veux, avoua-t-il avec détachement. Les gens parlent de toute façon. Autant contrôler leurs propos plutôt que de les laisser inventer des histoires.

— Le monde est-il vraiment aussi vicieux ?

Le cœur de Carden se serra. Oui, le monde était ainsi, et le fait que Seraphina l'ignore l'effraya. Il créait réellement le scandale autour de lui et, en l'invitant dans son lit, il lui demanderait d'en subir les conséquences. Un autre, meilleur que lui, préférerait renoncer plutôt que d'exposer la jeune femme aux ragots.

Mais c'était trop lui demander. Il l'avait désirée à la seconde où il l'avait vue. Et depuis, son désir était allé croissant, le taraudant sans relâche. Renoncer à Seraphina était impossible, il n'en aurait pas la force. Mais si c'était elle qui refusait, il aurait au moins la volonté de respecter sa décision.

Il fallait avant tout qu'elle sache ce qu'il lui en coûterait de devenir sa maîtresse. La moindre des choses, c'était de lui expliquer à quels risques elle s'exposait. Mais par Dieu, il était terrifié à l'idée de la perdre. Plus terrifié encore que par les souvenirs qu'il avait ruminés toute la journée. Le passé était le passé, et il ne pouvait rien y changer. Mais Seraphina était le présent.

Il s'assit en tailleur face à elle et lui tendit les mains. Elle lui offrit les siennes en cherchant son regard.

— Ma mère était actrice, commença-t-il. Elle avait quarante ans de moins que mon père. Ils étaient à peine mariés depuis six mois lorsque je suis né.

— Cela a dû faire jaser, j'imagine.

— Oh, oui ! Cela continue, du reste. Chaque fois que j'entre quelque part, les langues vont bon train. On s'interroge sur la vertu de ma mère, sur l'identité de mon géniteur. L'opinion la plus largement répandue est que mon père, devenu vieux et sénile, est tombé dans les filets d'une intrigante qui s'est arrangée pour qu'il donne son nom et son argent à un bâtard.

— Votre père, lui, ne le croyait pas, hasarda-t-elle.

— Au début, certainement pas, sans quoi il n'aurait pas épousé ma mère. Mais avec le temps, il a fini par se laisser influencer et les mensonges sont devenus sa vérité. Mes parents menaient des vies séparées et le peu de repas que nous prenions ensemble se déroulaient dans un silence éprouvant. Mon père était rarement à la maison, encore plus rarement sobre. Ma mère ne sortait jamais. Personne ne lui rendait visite.

Il baissa les yeux pour observer leurs mains. Celles de Seraphina étaient si petites. Aussi petites que lui avaient paru les siennes, autrefois, dans celles de sa mère.

— Nous étions très proches, poursuivit-il. Elle était ma seule amie.

Sa gorge se noua et il toussota, gêné par la vague d'émotion qui l'étranglait.

— Lorsque j'ai eu sept ans, il s'est produit une amélioration inattendue dans leurs relations. Ma mère est tombée de nouveau enceinte et, une nuit, mon père nous a expédiés tous les deux dans sa maison de campagne.

Il leva la tête, plongea son regard dans celui de la jeune femme.

— Tirez-en les conclusions que vous voulez. Pour ma part, j'ai toujours pensé que l'opinion de ses pairs comptait plus que tout aux yeux de mon père. Il a préféré nous envoyer au loin, plutôt que d'affronter dignement et courageusement les rumeurs et le scandale que cette deuxième grossesse ne manquerait pas de provoquer.

— Votre mère a dû souffrir de cet exil.

— D'après la sage-femme, c'est le choc d'avoir mis au monde un enfant mort-né qui l'a tuée. Moi, je pense qu'elle n'avait tout simplement plus la force de vivre.

— Je suis tellement désolée, Carden.

Seraphina était la première personne à prononcer des paroles de condoléances. Cela en disait long sur la vie qu'il avait menée. En vingt ans, avec une armée de domestiques, et ce que la plupart des gens appelaient une famille...

— Après sa mort, votre père a-t-il éprouvé des remords et vous a-t-il ramené à Londres ?

Elle aurait aimé que l'histoire ne se termine pas trop mal, mais au fond de son cœur, elle savait. C'était visible dans sa voix et dans son regard. Tout en lui caressant les mains, il reprit :

— Je n'ai plus jamais revu mon père après qu'il nous eut envoyés à la campagne. Les domestiques et moi fûmes les seuls à assister à l'enterrement de ma mère.

Le souvenir de ce jour lui revint à l'esprit avec une lugubre précision. Le vent, la pluie, la boue, la fosse dans le sol et les regards impatients de son entourage. Mais, Dieu merci, le whisky avait fait son œuvre, et il souffrait moins qu'il n'avait souffert un peu plus tôt dans la journée. Il serra les mains de Seraphina et s'enfonça délibérément dans la douleur.

— Le salaud ne lui a même pas payé une pierre tombale, Seraphina. J'ai vendu mon poney pour lui en offrir une. Et j'ai demandé au sculpteur d'y graver des chérubins.

Elle libéra doucement l'une de ses mains pour lui caresser la joue.

— Vous avez été un bon fils, Carden, souffla-t-elle, les yeux embués de larmes.

Les mots s'insinuèrent au plus profond de son âme, comblant un vide dont il n'avait pas eu conscience jusque-là. Seraphina faisait preuve d'une bonté et d'une compassion si réconfortantes qu'il fut submergé de reconnaissance. N'osant articuler la moindre parole de crainte de ne pouvoir retenir ses larmes, il porta ses mains à ses lèvres, et les embrassa tendrement.

— J'ai vécu dans cette maison, seul avec les domestiques, jusqu'à la mort de mon père, poursuivit-il d'une voix sourde. Quand Perceval a hérité du titre, Honoria et lui ont voulu profiter de cette résidence campagnarde. On m'a alors envoyé en pension. De temps à autre, j'étais autorisé à faire une apparition dans la demeure familiale. Surtout lorsqu'on devait me faire des remontrances sur mon comportement inadmissible qui risquait de salir le nom des Reeves plus encore que ma mère ne l'avait déjà fait. J'ai dû parler à Perceval une douzaine de fois dans ma vie. À Arthur, encore moins. Il était toujours par monts et par vaux.

Seraphina eut les larmes aux yeux en songeant à la solitude dans laquelle il avait vécu son enfance, à la cruauté de son entourage. Honoria avait raison : il était devenu un homme bien meilleur que ce à quoi on aurait pu s'attendre.

— J'ai vu ce qu'ils ont fait à ma mère, Seraphina. Son malheur m'a appris qu'il valait mieux exercer un contrôle sur ce qu'ils disaient plutôt que de les laisser se déchaîner. C'est la seule façon de limiter les dégâts.

Elle comprenait à présent pourquoi Carden Reeves répugnait à devenir pair du royaume. Il ne voulait pas siéger à la Chambre des lords et entendre les chuchotements autour de lui. Il ne voulait rien avoir affaire avec les gens qui avaient infligé tant de souffrances et de chagrin à sa mère, la poussant inexorablement vers la tombe.

— Le destin vous a joué un sale tour en vous faisant hériter du titre de votre père, Carden.

— À dire vrai, je ne suis pas mécontent à l'idée qu'il va se retourner dans sa tombe, confessa-t-il avec un petit sourire. Mais d'un autre côté… me retrouver l'égal de ces gens qui sont la cause de tant de souffrance et de rancœur… Je n'ai jamais désiré que cela arrive, Seraphina. Si je pouvais offrir mon titre au premier passant que je croise dans la rue, je le ferais.

— Vous pourriez peut-être demander à la reine de l'offrir à quelqu'un d'autre. Ce doit être possible, vous ne pensez pas ?

— C'est une idée, acquiesça-t-il en retrouvant le sourire.

Il attira les mains de la jeune femme vers sa poitrine, afin de la faire basculer dans sa direction.

— J'en ai une meilleure encore, murmura-t-il. Un libertin ne rate jamais une occasion d'embrasser une jolie femme.

— Et vous êtes bon dans ce rôle, observa-t-elle en posant les mains sur ses épaules.

— En effet. Mais je m'entraîne beaucoup.

S'il avait eu l'intention de la surprendre, il réussit au-delà de toute espérance. Il ne la prit pas par la taille, comme elle s'y attendait. Non, ses doigts volèrent jusqu'au col de sa chemise de nuit. Ils glissèrent sur les boutons de nacre, les défaisant l'un après l'autre sans difficulté. À aucun moment il ne lâcha ses yeux, et elle crut entendre sa voix grave murmurer : « Oserez-vous, Seraphina ? Jusqu'où irez-vous ? »

Elle ne l'avait pas encore décidé quand ses doigts atteignirent le renflement de ses seins. Lorsqu'il se pencha pour déposer un léger baiser sur sa peau nue, toute pensée cohérente la déserta. Il s'écarta pour chuchoter d'une voix rauque :

— Tu es belle, Seraphina.

Puis, se redressant, il continua de défaire la rangée de boutons. Il atteignit la ceinture de son peignoir et la dénoua. Ses mains s'insinuèrent dans l'ouverture de sa chemise de nuit, en écartèrent les pans.

« Jusqu'où me laisseras-tu aller, Seraphina ? » s'enquit-il muettement.

— Je crains d'avoir perdu l'habitude, confia-t-elle d'une voix étouffée.

Il prit ses seins au creux de ses mains, en taquina les pointes du pouce.

« Veux-tu que je t'embrasse encore, Seraphina ? l'interrogea-t-il du regard. Là ? »

Elle eut l'impression de s'enflammer comme une torche. Du temps. Elle avait besoin d'un peu de temps pour reprendre ses esprits. Se rappeler ce qu'elle devait faire pour ne pas paraître complètement idiote.

— Je n'ai jamais très bien su… embrasser, avoua-t-elle, inquiète à l'idée de le décevoir. Ni faire l'amour. Je n'ai jamais eu l'intention de séduire beaucoup d'hommes, vous comprenez. Les femmes ne peuvent être des libertines.

Oh, si, elles le pouvaient ! Mais alors, ce n'était pas ce nom-là qu'on leur donnait. On les traitait de *catins*.

Carden dut faire appel à toute sa volonté pour cesser ses caresses et demander avec gravité :

— Seraphina, êtes-vous prête à payer le prix qu'il vous en coûtera pour satisfaire votre curiosité ? Les gens *parleront*. De vous, de moi. De nous. Cela vous suivra toute votre vie.

Elle sourit et lui passa les doigts dans les cheveux.

— Encore faudrait-il qu'ils l'apprennent.

Bon sang, il aurait donné tout l'or du monde pour pouvoir encourager cet espoir naïf. Mais il était un homme d'honneur.

— Non, Seraphina, articula-t-il, la gorge serrée. Vous pouvez espérer qu'ils n'en sauront rien, nous pouvons nous montrer le plus discret possible... Mais il faut que vous sachiez que le pire peut arriver, et que vous en acceptiez les conséquences.

Non, elle ne pouvait consentir à cela. Il vit le doute assombrir son regard. Il ferma les yeux afin qu'elle ne devine pas l'ampleur de sa déception. Luttant désespérément contre la vague de frustration qui l'avait submergé, il ramena les pans du peignoir sur elle, dérobant à sa vue l'objet du plus grand désir qu'il ait jamais éprouvé.

Il sentit ses mains glisser sur ses cheveux, lui effleurer un instant les épaules puis les avant-bras, entendit le bruissement soyeux de la ceinture qu'elle renouait.

— Je crois que je ferais mieux de retourner dans ma chambre, dit-elle en se levant.

Sa voix était empreinte de la même tristesse que celle qu'il éprouvait.

Seigneur, quel pitoyable débauché il faisait ! Un vrai don Juan n'avait pas de scrupules. Peu lui importait que la femme qu'il désirait prenne sa décision en toute conscience. Puisque son corps était consentant, il n'avait qu'à la posséder.

Le problème, c'est qu'il avait passé beaucoup trop de temps à parler avec Seraphina. Il la connaissait, à présent. Donc, il la respectait. Elle n'était pas une inconnue qui ne servait qu'à réchauffer son lit et à lui donner du plaisir. Décidément, il n'avait rien d'un libertin. Il n'y avait jamais eu dans toute l'histoire de l'humanité d'homme aussi peu doué que lui pour jouer les don Juan.

— Si vous changez d'avis et que vous avez envie de voir la cicatrice sur ma cuisse, lança-t-il alors qu'elle s'éloignait, ma chambre est au bout du couloir. Inutile de frapper avant d'entrer.

Elle rit, et ce rire rendit son sacrifice moins pénible à supporter. Il ouvrit les yeux ; elle était près de la porte, sa lampe à la main. Le haut de son peignoir était entrouvert, juste assez pour lui rappeler à quel point il avait été proche du paradis.

— Bonne nuit, Carden, dit-elle avec un sourire mélancolique avant de se détourner.

— Seraphina ?

Elle le regarda par-dessus son épaule.

— Vos parents ont choisi un prénom qui vous convenait à la perfection. Dormez bien, mon ange. Rêvez de moi.

Elle acquiesça d'un signe de tête. La raison et la peur n'avaient pas cours au pays des songes. Elle savait que Carden viendrait à elle dans ses rêves et lui ferait l'amour. Elle s'éveillerait en sursaut, fiévreuse, regrettant de tout son cœur que le rêve ne puisse devenir réalité. Qu'importait après tout, que les gens apprennent qu'ils étaient amants. Elle aurait été si fière d'être la maîtresse de Carden qu'elle aurait voulu le clamer au monde entier.

Mais ce qu'elle n'aurait pas supporté de les entendre dire, aujourd'hui, demain ou n'importe quand, c'était qu'elle avait été folle et aveugle de tomber amoureuse d'un homme qui ne couchait avec une femme que pour la quitter le lendemain.

Les larmes roulèrent sur ses joues tandis que l'espoir qu'elle avait nourri fugitivement sombrait dans le néant.

13

Il avait suggéré à Seraphina de porter la robe rouge, tout en sachant qu'elle choisirait la bleue uniquement pour s'opposer à lui. Mais si elle comptait sur ce fourreau à la coupe relativement simple pour passer inaperçue chez les Stanbridge, elle en était pour ses frais. Elle était d'une beauté sans pareille… absolument renversante. Ses cheveux sombres étaient relevés en chignon, et seules quelques mèches retombaient souplement autour de son visage. Elle ne portait aucun bijou à l'exception de la broche en diamant qui ornait son décolleté.

Seraphina n'avait nul besoin d'artifices pour rehausser son éclat. Il n'y avait pas un seul homme ce soir-là qui ne l'ait contemplée d'un air appréciateur quand ils arrivèrent chez les Stanbridge. La tension perceptible parmi les femmes lorsqu'ils avaient franchi le seuil avait complètement disparu avant même que les présentations aient été terminées. Égale à elle-même, Seraphina se montra gracieuse, sincère et sans affectation. Tout le monde l'adora spontanément.

Mélanie Stanbridge, petite femme rondelette aux cheveux joliment bouclés, sembla l'apprécier tout particulièrement. Ils étaient dans le salon depuis à peine cinq minutes lorsque Carden l'avait vue du coin de l'œil se faufiler dans la salle à manger pour modifier le plan de table. Aussi n'avait-il pas été étonné en découvrant que leur hôtesse l'avait placé à sa gauche, face à Seraphina.

Ce qui l'ennuyait, en revanche, c'était que Mélanie ait fait asseoir son fils à la gauche de Seraphina. Il en devinait aisément la raison. Barrett également. Certes, son ami n'avait encore rien dit ni fait qui puisse être considéré comme une avance. Cependant, il le connaissait bien, et il savait ce qu'il avait en tête. Il suffirait d'une seule maladresse, d'un malencontreux moment d'inattention, pour que Barrett s'engouffre dans la brèche et essaye de lui enlever Seraphina.

Ils avaient joué à ce jeu des centaines de fois par le passé sans que leur amitié en souffre le moins du monde. C'était une compétition amusante, une sorte de concours dans lequel le prix revenait tour à tour à l'un, puis à l'autre. Cela ne se passerait pas ainsi cette fois, se promit Carden. Pas avec Seraphina.

— Racontez-moi votre vie à Belize, ma chère Seraphina, gazouilla leur hôtesse, tandis qu'autour de la table les conversations allaient bon train. Ce devait être absolument fascinant !

— Je crains que vous ne soyez déçue, répliqua Seraphina en haussant délicatement l'une de ses délicieuses épaules nues. Mon père pensait que nous n'y resterions que quelques mois. Aussi, nous vivions sous une tente en bordure de Belize City. Ma mère passait son temps à disputer son territoire aux insectes et autres créatures déplaisantes qui envahissaient la tente. Tandis qu'elle menait ce combat sans fin, mon père et moi partions chaque jour dans la jungle toute proche. Il recueillait des spécimens de plantes rares et écrivait des pages et des pages de notes. Mon travail consistait à faire des dessins en couleurs très détaillés des variétés qu'il ramassait.

— Combien de temps êtes-vous restés là-bas ? s'enquit Barrett.

— Les quelques mois sont devenus un an, puis deux. Comme vous l'imaginez nous avons réussi à constituer un catalogue de plantes très fourni. Mais la tente était un abri fragile, surtout pendant la saison des pluies. Et nous vivions sans cesse sous la menace de perdre des mois de travail.

— Est-ce arrivé ? demanda Carden, déterminé à détourner son attention de Barrett.

— Jamais, Dieu merci, répondit-elle avec un sourire qui lui parut plus éclatant que celui qu'elle avait adressé à Barrett. Arthur et Mary ont proposé gentiment de tout mettre en sécurité dans leur maison. C'est Arthur qui a finalement persuadé mon père de faire publier ses travaux, accompagnés de mes illustrations.

Elle eut un rire de gorge et ajouta :

— Je me suis souvent demandé si Arthur n'avait pas fait cette suggestion dans l'espoir de se débarrasser de ces monceaux de papiers ! Si un incendie s'était déclaré, il y aurait eu de quoi nourrir le feu pendant une semaine.

Barrett lança un coup d'œil à Carden par-dessus la table puis demanda :

— Les travaux de votre père ont-ils été publiés, finalement ?

— S'ils l'ont été, nous ne l'avons jamais su.

Mélanie Stanbridge fit innocemment intrusion dans le combat que se livraient son fils et Carden.

— Quel était le nom de votre père, ma chère ?

— Geoffrey Baines Miller.

Au temps pour Carden qui lui avait assuré que Mélanie Stanbridge lui éviterait le moindre faux pas. Leur hôtesse la fixait, les yeux écarquillés. Les conversations s'étaient tues brusquement quand elle avait prononcé ce nom, et un silence pesant régnait dans la salle.

— Baines Miller, répéta Barrett en riant doucement. Bien sûr.

— C'est incroyable ! chuchota quelqu'un.

Tout à coup, des murmures se répandirent tout autour de la table. On lui lançait des regards furtifs, on lui souriait timidement, il y eut des hochements de tête entendus. Et Carden... Carden ne lui fut d'aucun secours. Son superbe chevalier servant, d'ordinaire si à l'aise, semblait avoir du mal à avaler quelque chose resté coincé en travers de sa gorge.

— Oh, ma chère enfant, souffla leur hôtesse. Vous n'êtes donc pas au courant ?

— J'avoue que non, répondit Seraphina, perplexe.

Est-ce que quelqu'un, n'importe qui, aurait la délicatesse de lui apprendre ce qu'apparemment tout le monde, excepté elle, savait déjà ?

— Barrett, mon cher, cela se trouve...

— Je sais, mère. J'y vais, ajouta-t-il avant de se lever.

Éberluée, Seraphina croisa le regard de Carden. Il semblait remis de son trouble, mais son expression lui fit éprouver un frisson de frayeur. Visiblement, ce qui se passait ne lui plaisait pas. Elle avait l'impression qu'il aurait aimé que le sol s'entrouvre et engloutisse tous les gens qui les entouraient.

— Carden ?

— Non, je ne dirai pas un mot, affirma-t-il en esquissant un faible sourire. Personne ne dira quoi que ce soit, ajouta-t-il en lançant un coup d'œil d'avertissement à la ronde. Nous ne voudrions pas vous gâcher cette surprise.

— Je vous ai déjà dit que je n'aimais pas les surprises. Je préfère être prévenue. Je vous en prie...

— Trop tard ! claironna Barrett en pénétrant dans la pièce, un énorme recueil relié de cuir sous le bras.

Il le tendit à la jeune femme en souriant.

— Le livre de votre père, Seraphina.

Ébahie, elle prit le volume et déchiffra la page de couverture. Le nom de son père y était effectivement inscrit en grosses lettres dorées. Le sien figurait juste en dessous, en lettres plus petites.

Tout cela était bien réel, et pourtant, elle avait l'impression de vivre un rêve. Elle ouvrit le volume au hasard et reconnut immédiatement l'un de ses dessins. Elle se rappelait même avec précision le jour où elle avait peint cette illustration. Sur la page opposée se trouvait imprimé le texte de son père. Elle lut la première ligne et alors seulement fut convaincue qu'elle ne rêvait pas.

— Je crois entendre sa voix, murmura-t-elle. C'est comme s'il était là en personne...

Ses yeux étaient voilés de larmes, et Carden sut qu'elle serait affreusement embarrassée si elle ne parvenait pas à les retenir.

— Regardez la page de garde, Seraphina, dit-il, pour l'arracher à ses souvenirs. Lisez-la pour nous à haute voix.

Elle lui lança un regard de reconnaissance et ouvrit le livre.

— L'ouvrage a été publié le mois où mon père est mort.

Le même mois ? Carden fronça les sourcils, l'air soucieux. Cette découverte, suspectait-il, allait ouvrir la porte à une série d'autres surprises qui, il le craignait, n'auraient rien d'agréable.

— Et il y a déjà eu dix rééditions ? fit-elle en le regardant.

— Probablement davantage, déclara Mélanie Stanbridge. Il y a presque deux ans que j'ai acheté ce livre.

— J'imagine que chaque réimpression est importante, lança Cecil Stanbridge depuis l'autre extrémité de la table. C'est un texte qu'on étudie à l'université et dans les écoles secondaires. Tout étudiant en botanique est censé en posséder un exemplaire.

— Les personnes qui possèdent une serre se le procurent également, fit remarquer un invité.

— On l'achète souvent par deux, continua un autre. Un exemplaire à consulter, et un autre dont on détache les illustrations afin de décorer la maison. Il faut reconnaître qu'elles sont magnifiques. Toutes les personnes de goût en font encadrer au moins une ou deux pour les accrocher dans leur salon.

— Avez-vous remarqué les miennes, Seraphina ?

Seraphina leva les yeux. Deux de ses illustrations étaient fixées au-dessus de la desserte, dans des cadres dorés.

— Je suis désolée, madame Stanbridge, mais je crains que non. J'étais trop occupée à essayer de retenir les noms de vos invités.

— Vous êtes pardonnée, ma chère, assura gaiement Mélanie. C'était un tel plaisir de vous voir faire cette découverte ! Je n'oublierai jamais cette soirée. Seraphina Blaines Miller était assise à ma table quand elle a appris qu'elle était célèbre.

Seraphina baissa de nouveau les yeux sur le livre et secoua tristement la tête.

— J'aurais aimé que père vive assez longtemps pour voir cela. Que ses travaux soient reconnus et appréciés l'aurait rendu si heureux !

— J'imagine qu'il aurait été aussi heureux de savoir qu'il léguait à sa famille un compte en banque bien garni, commenta Cecil Stanbridge.

Seraphina fronça les sourcils, intriguée. Carden devina que les questions d'argent ne l'avaient pas effleurée un instant. Tout ce qui comptait, c'était que les rêves de son père se soient réalisés.

— Seraphina ? dit-il doucement. Vous êtes la seule héritière de votre père, et ces droits d'auteur vous reviennent.

— Cela doit représenter au bas mot vingt mille livres, enchaîna Cecil Stanbridge.

Seraphina referma le gros volume et ne put s'empêcher de rire.

— Vous exagérez, monsieur Stanbridge. C'est une somme colossale !

— Non, il n'exagère pas, Seraphina, assura Carden. Je dirais même qu'il s'agit d'une estimation modérée.

Il se tut pour lui laisser le temps de digérer cette information ahurissante.

— Je pense que vous devriez rendre visite à l'éditeur de votre père dès demain, toutes affaires cessantes, lui conseilla-t-il.

Oui, bien sûr, elle le ferait. Elle avait une foule de questions à lui poser, et un besoin pressant de connaître les réponses. Au-delà des questions personnelles, il y en aurait sans doute d'autres, mais elle ne savait pas encore lesquelles. Le monde de l'édition était un univers dont elle ignorait tout.

— Cela vous ennuierait de m'accompagner, Carden ?

— Pas du tout.

— Merci, murmura-t-elle, soulagée.

— N'oubliez pas de demander pourquoi vous n'avez pas été informée de la publication de cet ouvrage, intervint Barrett. Et pour quelle raison vous n'avez pas encore touché de droits d'auteur.

— Peut-être n'ont-ils pas réussi à retrouver Seraphina ? suggéra Mélanie.

Mais Carden réfuta cet argument.

— Elle vivait à l'adresse d'où les travaux de son père ont été expédiés à l'éditeur. Si celui-ci voulait la joindre, il le pouvait.

— Mon mari était l'agent de mon père. Peut-être...

Les mots moururent sur ses lèvres tandis que son cœur s'emballait. Diverses hypothèses se succédèrent dans son esprit, d'autant plus horribles et effrayantes, que surgissait le souvenir de l'homme qu'elle avait vu s'enfuir dans le parc.

— Votre mari, paix à son âme, vous aurait certainement avertie s'il avait été au courant d'une chose aussi extraordinaire, fit Mélanie.

La vieille terreur familière envahit Seraphina, lui glaçant les sangs. Elle s'efforça cependant de sourire à leur hôtesse.

— Oui, il me l'aurait sûrement dit.

Ils ne s'étaient pas attardés plus longtemps que ne l'exigeait la politesse. Le livre du père de Seraphina serré sous le bras, Carden avait ouvert la portière de la voiture à la jeune femme, puis s'était installé près d'elle en lui demandant simplement :

— Vous avez toujours froid ?

— Je suis glacée jusqu'aux os, avoua-t-elle, se demandant comment il avait deviné.

Elle qui pensait avoir parfaitement dissimulé ses sentiments !

Il enleva sa veste, la lui drapa autour des épaules, et l'entoura de son bras. Se lovant contre lui, Seraphina posa la joue sur son épaule. La chaleur et l'impression de solidité qui émanaient de son corps viril étaient si réconfortantes. La petite voix du bon sens lui souffla qu'elle tentait le diable, mais elle l'ignora. Ce soir, elle avait besoin par-dessus tout de la force que lui communiquait Carden. Et si le prix à payer était un baiser ou une caresse... *Le prix ?* Allons donc ! La présence physique de Carden, ses attentions, lui plaisaient à un point tel que cela devenait dangereux.

— Seraphina Baines Miller Treadwell, dit-il alors que l'attelage s'ébranlait. C'est long.

— Seraphina Maria Louisa Baines Miller Treadwell. Et ce n'est que la version anglaise. Si je devais vous donner la version espagnole, le trajet jusqu'à la maison n'y suffirait pas.

Il rit et resserra son étreinte.

— Votre voix a retrouvé sa vivacité habituelle. Vous vous sentez mieux ?

— Un peu. En tout cas, j'ai moins froid, admit-elle en se préparant à ce qui allait suivre.

Elle ne doutait pas que Carden avait compris bien avant elle toutes les implications de sa soudaine célébrité.

— Vous sentez-vous prête à répondre à quelques questions ?

— Je savais que vous m'en poseriez.

Avec un léger soupir, elle s'écarta de lui. Elle éprouva aussitôt une sensation de froid, mais elle se sentait plus forte, à présent.

— Allez-y, Carden. Posez-moi toutes les questions qu'il vous plaira.

— Très bien. Pour commencer, parlez-moi de votre mari. D'où venait-il ? Comment avez-vous fait sa connaissance ?

Elle se doutait qu'il commencerait par là.

— Gerald était un des agents financiers de William Walker. Ce nom vous dit quelque chose ?

— Je ne crois pas.

— C'est un Américain. Au cours des quatre dernières années, il a tenté par deux fois d'envahir le Nicaragua et de renverser le gouvernement. Son intention est de créer des états esclavagistes tout le long de la côte des Mosquitos.

— Et le gouvernement américain n'est pas d'accord, devina-t-il.

Seraphina opina et poursuivit :

— C'est pourquoi Walker a été contraint de chercher des financements privés. Le rôle de Gerald était de dénicher des individus suffisamment fortunés pour investir dans cette entreprise. C'est après le premier échec de Walker au Nicaragua que Gerald a débarqué à Belize, et qu'il a proposé à mon père de gérer ses affaires.

— Votre père a accepté ?

— Oh, Carden...

Elle regrettait qu'il n'ait pas connu son père. Il ne saurait jamais quel être désintéressé et généreux c'était.

— Mon père était quelqu'un de bien. Mais tout ce qui l'intéressait, c'était de poursuivre ses recherches. Le reste, il préférait le déléguer à d'autres. Et comme, selon lui, prendre contact avec un éditeur londonien et conclure un contrat n'était pas un travail de femme, il a refusé que je m'en occupe. Cette responsabilité a donc été confiée à Gerald.

— Votre père ignorait ses liens avec Walker, n'est-ce pas ?

— Bien sûr. Personne n'était au courant. C'est seulement après la mort de mes parents, lorsqu'un des anciens compatriotes de Gerald l'a rejoint à Belize pour l'entraîner dans une nouvelle tentative d'invasion du Nicaragua, que j'ai découvert le pot aux roses. Gerald était sorti lorsque l'homme s'est présenté chez nous. Il ignorait que mon mari avait gardé le secret sur son passé, et il m'a tout raconté devant une tasse de thé.

— Étant mariée avec Treadwell, il en avait déduit que vous approuviez Walker.

Seraphina acquiesça.

— Toutefois, je vivais avec Gerald depuis assez longtemps pour savoir que j'avais tout intérêt à garder mes opinions pour moi et à prétendre que j'avais de la sympathie pour les siennes. Il avait déjà accepté la proposition de Walker lorsque Arthur et Mary ont entendu parler d'un site archéologique intéressant et lui ont demandé de leur servir de guide.

— Est-ce que...

— Oui, ils savaient. Je n'avais pas de secrets pour eux, ils étaient mes amis. Je leur avais tout avoué.

— Et malgré cela, Arthur l'a choisi comme guide ? Il avait perdu l'esprit ?

— Arthur tenait à explorer ce site, et Gerald était la seule personne capable de l'aider à le trouver. Sa décision était purement pragmatique. J'ai essayé de l'en dissuader, mais il n'a rien voulu entendre. Votre frère était aussi têtu que mon père quand il s'agissait de son travail.

Carden marmonna quelques mots, mais Seraphina n'aurait su dire s'il pestait contre son frère, ou parce que la voiture venait de s'arrêter devant Haven House. Il ouvrit la portière, sauta à terre et se retourna pour l'aider à descendre. Ses traits étaient à peine éclairés par la lueur argentée de la lune, mais elle vit une flamme dure briller dans ses prunelles. Le livre de son père serré contre elle, elle prit la main qu'il lui tendait. Sans la lâcher, il se dirigea vers la porte et entra.

Le silence régnait dans la maison endormie. Carden aurait aimé l'attirer dans ses bras, l'embrasser passionnément, et prétendre que le monde au-delà des murs de Haven House n'existait plus, qu'ils étaient en sécurité.

Mais il ne le pouvait pas. Il aurait fallu être fou pour agir ainsi, alors que le danger rôdait dans l'ombre.

— Notre conversation n'est pas terminée, Seraphina, dit-il doucement en refermant la porte derrière eux.

Elle lui adressa un sourire tranquille, plein de courage.

— Je sais. Nous n'avons pas encore abordé le cœur du problème.

— Que diriez-vous d'un verre de cognac ?

— Je n'en ai jamais bu. Croyez-vous que ça me plaira ?

Oh, s'il avait vraiment voulu se conduire en prédateur…

— C'est un peu plus fort que le sherry, expliqua-t-il en pénétrant dans le bureau. Je ne vous en servirai qu'un petit verre.

Et il débattrait avec sa conscience plus tard, si elle en demandait davantage.

Il se félicitait intérieurement de se montrer si raisonnable lorsqu'il la vit du coin de l'œil ôter la veste qu'il avait posée sur ses épaules. Il se rappela la promesse qu'il s'était faite le jour de son arrivée : lui offrir des robes qui mettraient en valeur son exceptionnelle beauté. Ce but-là était atteint. Mais il s'en était fixé d'autres. L'attirer dans son lit. Avant la fin de la semaine. Pour cela, c'était trop tard. Les jours avaient passé sans qu'il s'en rendît compte. Mais il pouvait toujours la mettre dans son lit... Par Dieu, il la désirait plus encore que lorsqu'il l'avait vue pour la première fois. Plus qu'il n'avait jamais désiré une femme.

Elle leva les yeux, sourit, glissa plutôt qu'elle ne marcha jusqu'à lui. La lumière de la lampe se reflétait sur sa peau dorée, se perdait dans la vallée délicieuse entre ses seins. Carden sentit son sang bouillonner. Au prix d'un énorme effort de volonté, il ignora son désir et tendit le verre à Seraphina.

— Buvez lentement, à petites gorgées, lui recommanda-t-il. Sinon l'alcool risque de vous monter à la tête.

Suivant docilement ses conseils, elle trempa les lèvres dans le liquide ambré. Puis, comme pour mettre sa résistance à l'épreuve, elle se passa le bout de la langue sur les lèvres.

— C'est meilleur que le sherry, déclara-t-elle, interrompant sa rêverie.

Carden inspira longuement, et s'efforça de refouler le désir qui montait en lui telle une spirale de feu. Seraphina n'était pas prête à braver le scandale pour lui. Il lui avait laissé le choix, l'autre soir, dans la cuisine. Et elle avait pris sa décision. Elle n'éprouvait pas un désir aussi puissant et aussi désespéré que lui. Pour rien au monde, il ne l'aurait forcée.

Il laissa échapper un soupir et s'efforça de se concentrer sur la situation complexe qu'ils avaient découverte une heure auparavant. Après réflexion, il déclara :

— Seraphina, je ne sais comment vous dire cela...

— Sans détour, tout simplement, suggéra-t-elle en avalant une autre gorgée d'alcool.

— Je pense qu'il est très vraisemblable que Gerald ait abandonné mon frère et son épouse dans la jungle, ou même qu'il les ait assassinés, pour rallier le camp de Walker. Il est probablement vivant.

— Si horrible que soit cette hypothèse, je crois que nous pouvons aller encore plus loin, ajouta-t-elle avec un calme et une maîtrise d'elle-même qui le stupéfièrent. En tant qu'agent de mon père, Gerald savait probablement que son travail avait été accepté par l'éditeur... et si l'ouvrage a vraiment obtenu autant de succès qu'on le dit... les droits d'auteur auraient pu constituer une belle contribution à la cause de Walker, ne croyez-vous pas ?

— Ou une belle fortune personnelle pour Gerald Treadwell, suggéra-t-il en se mettant à arpenter le bureau. Vous êtes censée vous trouver à Belize, attendant patiemment qu'il revienne de son expédition dans la jungle. Quand il vous a quittée, il était quasiment certain que vous ne découvririez jamais qu'il vous avait dérobé votre héritage. Il ne pouvait prévoir qu'un certain Perceval Reeves décéderait un matin devant son assiette de porridge, et que cet événement vous conduirait en Angleterre quelques mois plus tard. Ni qu'une quinzaine de jours après votre arrivée, vous assisteriez à un dîner au cours duquel sa duplicité vous serait révélée.

Seraphina avala une nouvelle gorgée de cognac et attendit, répugnant à lui avouer ce qu'elle soupçonnait.

— Je sais que tout cela vous paraît tiré par les cheveux, Seraphina, mais...

— Non, c'est tout à fait plausible, coupa-t-elle. En fait, je pense avoir vu Gerald.

Il se retourna si brusquement qu'il renversa un peu de cognac sur le tapis.

— *Quoi ?*

— Dans le parc, le jour où nous avons sauvé les chiots de la noyade, répondit-elle, oppressée par ce souvenir. Je l'ai aperçu dans la foule qui s'était rassemblée autour de nous.

— Pour l'amour du ciel, pourquoi ne l'avez-vous pas dit tout de suite ?

La nouvelle semblait le bouleverser, *lui ?* Mais il ne connaissait même pas Gerald !

— Qu'étais-je censée dire, Carden ? « Au fait, je viens de voir passer mon défunt mari. »

Les épaules de Carden s'affaissèrent un peu.

— Bon sang, Seraphina, grommela-t-il, l'air à la fois furieux et dépité.

— Sur le moment, j'ai cru que c'était un effet de mon imagination. Mais à la lumière de ce que j'ai appris ce soir...

— Vous pensez qu'il vous a vue ?

À quoi bon le laisser entretenir de faux espoirs ?

— Comment aurait-il pu ne pas me voir ? Tout le monde avait les yeux braqués sur nous !

— Je vais engager Barrett afin qu'il retrouve ce salaud ! annonça-t-il en engloutissant d'une traite le cognac qui restait dans son verre.

Le cœur de Seraphina battait à grands coups sourds, mais son sang était glacé. Imitant Carden, elle finit son cognac et alla se resservir.

— Je préférerais de loin oublier l'existence de Gerald Treadwell, dit-elle, satisfaite de constater que sa voix ne tremblait pas. Je vous en prie, Carden, ne réveillez pas l'eau qui dort.

Il traversa la pièce pour déposer son verre sur le bureau, près de Seraphina. Puis, s'appuyant contre le plateau, il croisa les bras et demanda doucement :

— Je n'ai aucun droit de vous poser cette question et vous n'êtes certainement pas obligée d'y répondre. Mais, dites-moi, Seraphina... pourquoi l'avez-vous épousé ?

Elle décida d'emblée d'être franche, sans se soucier du jour sous lequel elle lui apparaîtrait. Il ne lui restait plus qu'à espérer qu'il comprendrait qu'elle avait fait de son mieux, étant donné les circonstances. Et quand elle aurait achevé sa confession, il saurait pourquoi elle ne voulait plus revenir sur le passé.

— Mes parents allaient mourir et ils le savaient. Ils ignoraient ce que je deviendrais après leur mort. Gerald avait une bonne éducation, un certain charme. Ils ont vu en lui la solution à leurs inquiétudes.

— Vous vous êtes mariée pour faire plaisir à vos parents ? s'exclama-t-il, incrédule.

— Oui. Je voulais qu'ils meurent en paix.

Elle sirota son cognac, comme pour se donner le courage de poursuivre.

— Je mentirais si je prétendais que je n'étais pas inquiète moi-même. Je savais qu'après la disparition de mes parents, je serais coincée à Belize sans un sou. Épouser Gerald Treadwell n'était pourtant pas l'idéal... Notre relation n'avait rien de sentimental. Mais quand il était sobre, il s'exprimait correctement et n'était pas franchement repoussant. Vous n'imaginez pas à quel point ce genre d'homme est rare sur la côte des Mosquitos.

— Si seulement vous aviez su... Le livre de votre père avait déjà été accepté par l'éditeur. Il était probablement en cours d'impression lorsque vous vous êtes mariée.

— Les solutions paraissent toujours plus évidentes avec le recul, fit-elle observer. J'aurais peut-être choisi la prostitution plutôt que le mariage si j'avais su ce qui m'attendait... Ce n'est que plus tard, que j'ai découvert le reste. Non seulement l'association de Gerald avec Walker, mais aussi le fait qu'il buvait et avait d'innombrables maîtresses. Il devenait agressif quand il était ivre, or je n'aimais pas être battue. Pas plus que je n'aimais que ses femmes viennent élire domicile devant ma porte avec leur bébé.

— Mon Dieu, Seraphina...

Elle n'osa pas lever les yeux. Si elle surprenait la moindre trace de pitié dans son regard, elle ne parviendrait pas à aller jusqu'au bout. Elle ingurgita en deux gorgées le reste de son cognac.

— Il n'y a pas à proprement parler de structure sociale à Belize. Mais ce que je vivais au quotidien était tout de même assez humiliant. Il ne me fallut pas longtemps pour regretter d'avoir lié ma vie à cet homme. Mais c'était déjà trop tard. Conscients que nous avions tous été roulés par cette crapule, Arthur et Mary tentèrent d'intervenir en ma faveur. Je ne saurais vous dire combien de fois ils m'ont cachée chez eux alors qu'il était ivre.

— Pourquoi Arthur ne vous a-t-il pas offert le voyage jusqu'en Angleterre ? s'enquit-il, furieux qu'elle ait été contrainte d'endurer une telle situation.

— Il me l'a proposé. Je vous l'ai dit, votre frère était généreux. Mais où serais-je allée en débarquant à Londres ? Et de quoi aurais-je vécu ?

— Vous auriez pu aller n'importe où et gagner votre vie grâce à vos talents de peintre.

Elle eut un rire amer.

— À l'époque, je n'étais pas aussi courageuse qu'aujourd'hui. Après la disparition d'Arthur et de Mary, je n'ai eu d'autre choix que de tenir le coup. Si je pouvais tout recommencer en sachant ce que j'ai appris sur moi-même au cours de l'année écoulée...

Les yeux brillants de larmes, elle leva crânement le menton et ajouta :

— Les choses se seraient passées différemment, Carden. Pour tout le monde. Surtout pour Arthur et Mary.

S'approchant d'elle, il prit son visage entre ses mains, l'obligeant à rencontrer son regard. Les yeux de la jeune femme étaient assombris par la tristesse.

— Vous n'êtes pas responsable de ce qui leur est arrivé, Seraphina. Arthur savait à qui il avait affaire, il a pris sa décision en connaissance de cause. Je vous promets que même si je dois y consacrer le reste de ma vie, je retrouverai Gerald Treadwell. Et il devra répondre de ses actes.

À ces mots, elle se crispa, et une lueur de terreur passa dans son regard.

— Je vous en supplie, ne le recherchez pas, dit-elle d'une voix tremblante. Je ne veux pas qu'il resurgisse dans ma vie.

— Je n'ai pas le choix, mon ange. Il vous a vue dans le parc. Il sait que vous êtes à Londres et que, tôt ou tard, vous découvrirez la vérité. L'édifice de mensonges qu'il a bâti s'effondrera à l'instant où vous entrerez dans le bureau de l'éditeur. Il le sait, il ne peut donc se permettre d'ignorer votre existence. Si je ne le trouve pas, c'est lui qui vous trouvera.

Les traits de la jeune femme se durcirent.

— Il affirmera qu'il est mon mari et qu'il a donc le droit de gérer la fortune de mon père afin de préserver mes intérêts.

— Non, Seraphina, déclara Carden en détachant chaque syllabe. Ce droit lui sera refusé si nous parvenons à prouver qu'il s'est approprié votre argent, et en a fait un usage répréhensible. La preuve en est que vous n'avez même pas reçu un shilling de droits d'auteur. Ces arguments seront même suffisants pour demander et obtenir le divorce.

Le divorce ? Était-ce possible ? Elle se moquait du scandale si elle pouvait échapper au piège dont elle était prisonnière depuis si longtemps. Se pouvait-il que Carden dise juste ? Ou bien lui donnait-il de faux espoirs ? Oh, comme elle voulait le croire !

Il sourit et, lui caressant la joue, chuchota :

— Faites-moi confiance, Seraphina. Je vous aiderai à traverser ces épreuves.

Il tiendrait promesse, elle en avait la conviction. Et tout irait bien. Une douce chaleur déferla en elle, balayant l'horrible tension qui lui crispait le corps. Ses jambes se mirent à trembler, et le monde commença à tournoyer autour d'elle.

— Je me sens… étourdie.

Il la prit par les épaules pour l'aider à recouvrer son équilibre et se mit à rire.

— C'est ma faute. Il y a des femmes à qui je fais cet effet-là.

— Je crois plutôt que c'est le cognac, riposta-t-elle en appuyant le front contre son torse. Je l'ai bu trop vite.

Le monde bascula encore une fois, elle se sentit soulevée de terre. Carden… Elle sourit et, la joue posée sur son épaule, noua les bras autour de son cou tandis qu'il l'emportait dans l'escalier. C'était une chance inouïe, et imméritée, qu'elle ait croisé le chemin de cet homme si merveilleusement attentionné. Elle voulut le lui dire, mais aucun mot ne réussit à franchir ses lèvres. Un nuage de chaleur l'enveloppa et elle s'abandonna en soupirant à la caresse de ses lèvres sur sa joue.

— Un jour, mon ange, j'espère que vous me laisserez vous porter jusqu'au lit qui se trouve au bout du couloir.

Elle aussi l'espérait.

14

Ce n'était pas vraiment une migraine. Juste un point douloureux au centre du front. Depuis qu'elle s'était levée, son corps lui paraissait beaucoup plus pesant qu'en temps normal. Carden s'était moqué d'elle au petit-déjeuner, déclarant qu'il ne fallait pas qu'elle prenne goût au cognac. Elle n'était pas sûre d'être d'accord avec lui sur ce point. Certains effets de l'alcool lui semblaient positifs : ainsi, il lui fallait beaucoup de concentration pour se mouvoir avec tant soit peu de grâce. Et encore plus pour soutenir une conversation. Résultat, elle avait l'esprit si occupé en pénétrant dans les locaux de Somers & Priest, qu'elle n'éprouva pas la moindre nervosité.

Ils s'approchèrent du bureau du secrétaire, qui leva distraitement les yeux de son travail.

— Nous voudrions voir M. Somers, s'il vous plaît, dit Carden, en glissant une main rassurante au creux des reins de Seraphina.

L'homme haussa lentement ses sourcils broussailleux et demanda d'un ton hautain :

— Vous avez rendez-vous ?

Seraphina comprit que les choses allaient mal se passer avant même que Carden ait répondu par la négative.

Avec un ricanement de mépris, le secrétaire se pencha de nouveau sur son dossier.

— M. Somers est occupé, lâcha-t-il pour les congédier.

Trois longues secondes s'écoulèrent avant que Carden ne ripostât d'une voix posée :

— Je suis certain qu'il trouvera un peu de temps à nous consacrer. Dites-lui que lord Lansdown et Mlle Seraphina Baines Miller aimeraient le voir, je vous prie.

L'homme releva la tête si brusquement que Seraphina crut qu'elle allait se détacher de son cou et rouler sur le sol. Les yeux écarquillés, il bredouilla :

— B... B... Baines Miller ?

— Mlle Baines Miller est l'artiste dont les œuvres illustrent le texte que vous avez publié sous le nom de son père, expliqua Carden avec un amusement contenu.

Le secrétaire bondit de sa chaise, et agita convulsivement les mains devant lui.

— Je vous en prie, je vous en prie... asseyez-vous, mademoiselle Baines Miller. Lord Lansdown... je vais avertir M. Somers.

Mais il demeura planté là, les yeux fixes, la bouche ouverte, contemplant Seraphina avec une admiration éperdue.

— Nous aimerions le voir aujourd'hui, lança sèchement Carden.

L'homme tressaillit, tournoya sur lui-même, se prit les pieds dans le tapis et heurta la porte vitrée derrière son bureau.

Après quoi il frappa à la porte, bien que ce fût désormais inutile, et essaya sans succès de tourner le bouton de cuivre.

— C'est la première fois que vous usez de votre titre pour vous faire annoncer quelque part, murmura Seraphina à Carden.

— J'espérais que cela nous ouvrirait des portes, répondit-il en regardant le secrétaire pénétrer en trébuchant dans le bureau de son patron. Mais j'ai l'impression que je me suis cruellement trompé.

— Je suis stupéfaite par la réaction des gens lorsqu'ils entendent le nom de mon père. Je ne m'attendais pas à cela.

— Seraphina, le travail de votre père intéresse les horticulteurs. Mais votre travail à vous enchante tout le monde. C'est vous que les gens admirent, c'est vous qui êtes responsable du succès de ce livre. Gardez cela en tête durant notre entretien avec M. Somers.

À cet instant, un homme sortit du bureau, lança un rapide coup d'œil à Seraphina avant de s'éloigner dans le corridor. Le secrétaire sortit à son tour, fit un pas de côté et s'aplatit contre un classeur de bois sombre. Alors seulement, un homme aux cheveux blancs et à l'allure imposante s'encadra dans la porte et sourit.

— Mademoiselle Baines Miller !

Seraphina se leva, son carton à dessins sous le bras, et serra la main qu'il lui tendait.

— Quel honneur ! Quel grand honneur ! Entrez, je vous en prie, ajouta-t-il sans lui lâcher la main. Lord Lansdown...

— Somers, répliqua Carden avec un bref hochement de tête.

— S'il vous plaît, asseyez-vous.

Il leur désigna deux fauteuils confortables, face à son bureau, et attendit que Seraphina soit assise avant de regagner son propre siège.

— Que puis-je faire pour vous, mademoiselle Baines Miller ? Vous n'avez qu'à parler.

Seraphina sourit. Elle ne s'était jamais sentie aussi sûre d'elle.

— Commençons par le commencement, dit-elle. Je suis arrivée à Londres il y a une quinzaine de jours, avec les nièces de lord Lansdown. C'est lors d'un dîner chez M. et Mme Cecil Stanbridge, hier soir, que j'ai découvert que vous étiez l'éditeur de l'ouvrage de mon père.

— *Découvert ?* articula-t-il, incrédule.

Seraphina opina.

— Jusqu'à hier, j'ignorais que son travail avait été publié. J'ai vu, en feuilletant l'exemplaire des Stanbridge, qu'il y avait eu une dizaine de rééditions depuis sa première publication.

Somers avala sa salive.

— Comment se fait-il que vous n'ayez rien su du succès considérable qu'a remporté cet ouvrage ?

— C'est justement pour vous poser cette question que je suis là aujourd'hui, répondit-elle d'un ton mesuré. Comment se fait-il que je n'en aie pas été informée ?

— Si je puis me permettre, intervint Carden, comment se fait-il que Mlle Baines Miller n'ait pas touché un shilling de droits d'auteur ?

Somers lui lança un regard noir, puis s'adressa de nouveau à Seraphina avec un sourire paternel.

— Votre père a peut-être décidé, pour une raison que j'ignore, de ne rien vous dire du succès que rencontrait son livre ?

Cette suggestion n'aurait rien eu d'invraisemblable si son père avait été un homme plus secret. Mais elle avait d'autres arguments à faire valoir.

— Mes parents sont morts il y a plus de deux ans. Plus précisément, le mois au cours duquel a paru la première édition de ce livre. On m'a expliqué que vous aviez dû accepter l'ouvrage plusieurs mois avant de le faire imprimer. Or, je peux vous affirmer, monsieur Somers, que mon père n'en savait rien lorsqu'il est mort.

Somers battit des paupières et inspira un grand coup avant de déclarer :

— La situation est des plus embarrassantes.

— N'est-ce pas ? fit Carden avec flegme, en se carrant dans son fauteuil.

Somers le gratifia d'un autre regard noir, puis se tourna vers Seraphina avec un sourire contraint.

— Je me vois dans l'obligation de poser une question dont les implications risquent de vous paraître fort déplaisantes.

— Oh ? fit Carden, visiblement irrité.

— Posez toutes les questions que vous voulez, monsieur Somers, dit Seraphina en hâte. Je vous répondrai volontiers, et de mon mieux, si cela peut vous aider à faire de même avec moi.

Somers hocha la tête et s'adossa à son siège.

— Très bien. Comment puis-je être certain que vous êtes bien la fille de Geoffrey Baines Miller, l'auteur des illustrations de cet ouvrage ? Qu'est-ce qui me prouve qu'il ne s'agit pas d'une imposture ?

Carden bondit en avant, mais Seraphina posa la main sur son bras tandis qu'elle répliquait :

— Je suppose que le manuscrit original et les dessins qui l'accompagnaient sont toujours en votre possession ?

— Naturellement. Nous conservons les originaux dans notre coffre.

— Auriez-vous, par hasard, examiné vous-même les illustrations originales ?

— Oui, je l'ai fait.

— Vous savez donc que des notes figurent au dos de chaque dessin ?

Il acquiesça, et Seraphina vit qu'il avait compris où elle voulait en venir.

— Si vous acceptez de sortir le manuscrit de votre coffre, vous pourrez m'interroger sur ces textes dont le contenu est d'ailleurs plus personnel que scientifique.

— Il ne sera pas nécessaire d'aller chercher le manuscrit, déclara Somers en se levant.

Il se dirigea vers le mur du fond et Seraphina ne put s'empêcher de sourire. Pendant qu'il décrochait le dessin fixé au-dessus d'un meuble, elle glissa un regard complice à Carden. Ce dernier ne semblait pas aussi confiant qu'elle, mais il était apparemment décidé à la laisser faire à sa guise.

— Celui-ci est mon préféré, expliqua Somers en calant le cadre sur son bureau, face à Seraphina. Je l'ai accroché dans mon bureau afin de pouvoir le contempler chaque jour. Vous rappelez-vous ce que vous avez écrit au dos, mademoiselle ?

— J'ai écrit que mon père pensait avoir découvert une espèce inconnue et qu'il voulait lui donner mon nom. Bien que j'aie trouvé très gentil de sa part qu'il veuille voir mon nom figurer dans les annales scientifiques pour les siècles à venir, j'ai précisé que j'aurais préféré qu'il le donne à une plante ne dégageant pas une odeur rappelant autant le poisson pourri.

Somers ne prit même pas la peine de consulter le texte au dos de la feuille.

— Je suis satisfait, mademoiselle Baines Miller. Un imposteur n'aurait pu savoir cela.

— Cette plante sent vraiment le poisson pourri ? s'enquit Carden, éberlué.

Seraphina ne put réprimer un rire.

— Je sais que c'est difficile à croire, mais oui. Cette si belle fleur empestait à des centaines de mètres à la ronde. La puanteur était telle que j'en avais des haut-le-cœur ; j'ai vraiment cru que j'allais me trouver mal avant d'avoir fini mon dessin.

— C'est aussi ce que vous avez écrit au dos du carton, précisa Somers, dont le sourire s'évapora.

— Maintenant que Mlle Baines Miller a passé l'examen avec succès, Somers, revenons à nos questions.

Pourquoi n'a-t-elle appris qu'hier soir, totalement par hasard, que cet ouvrage avait été publié ? Et que sont devenus les droits d'auteur qu'elle aurait dû toucher en tant qu'unique héritière de son père ?

Somers déglutit à deux reprises et fit un effort visible pour mettre de l'ordre dans ses idées.

— Tout d'abord, laissez-moi vous présenter mes sincères condoléances pour la disparition de vos parents, mademoiselle Baines Miller. Votre père était un scientifique exceptionnel, et je suis infiniment reconnaissant d'avoir eu l'honneur de publier son travail. Nous avons beaucoup de chance que vous soyez encore parmi nous pour nous faire bénéficier de votre talent de peintre.

Seraphina savait qu'il ne s'agissait que d'un prélude. L'homme était sincère, certes, mais il cherchait surtout à gagner du temps.

— Merci, monsieur Somers, dit-elle avec amabilité.

— Il est tragique que votre père n'ait rien su du succès de son ouvrage. Je trouve très étrange que M. Carter ne lui ait pas transmis cette information, et qu'il ne vous en ait rien dit par la suite.

— M. Carter ? répéta-t-elle, désarçonnée.

— Oui. M. Reginald Carter. Ce nom ne vous est pas familier ? À l'époque où nous avons accepté le manuscrit, il résidait à Belize.

— Je ne connais pas de Reginald Carter. Je n'en ai même jamais entendu parler. Belize n'a rien d'une grande ville, si cet homme avait vraiment vécu là-bas, je l'aurais su.

— Mon Dieu, murmura Somers, comme s'il se parlait à lui-même, nous voilà au centre d'une bien étrange énigme.

— Avez-vous régulièrement transmis les droits d'auteur à ce Reginald Carter ? s'enquit Carden d'un ton neutre.

Somers le considéra un moment, puis se détendit et répondit :

— Je l'ai fait à trois reprises. La première fois, j'ai envoyé directement l'argent à Belize. Les deux fois suivantes, je l'ai versé sur un compte qu'il avait ouvert ici, à Londres, pour plus de sécurité. Étant donné la distance et les inconvénients d'envoyer de l'argent par la poste, cela se comprend. À l'automne dernier, M. Carter s'est présenté personnellement, muni de papiers qui ne laissaient planer aucun doute sur son identité. Depuis, ma banque lui transmet régulièrement les sommes revenant aux auteurs de l'ouvrage.

Seraphina croyait entendre cliqueter les rouages dans le cerveau de Carden. Celui-ci se pencha en avant pour demander :

— Il a dû vous fournir des documents prouvant qu'il était le représentant légitime, tant sur le plan financier que littéraire, de M. Baines Miller et de ses héritiers ?

— Naturellement. Sans cela, je ne lui aurais pas confié d'argent. Je peux vous montrer ces documents, mademoiselle Baines Miller. Ils sont classés dans nos archives.

Seigneur ! Son père avait-il eu l'imprudence de signer un pareil contrat ?

— J'aimerais les consulter, monsieur Somers, répondit-elle avec un aplomb factice.

L'éditeur se leva de nouveau et s'inclina.

— Veuillez m'excuser un instant.

Elle fit un signe d'assentiment et attendit qu'il soit sorti avant de s'exclamer :

— C'est Gerald, n'est-ce pas ? Ce Reginald Carter n'est autre que Gerald !

— J'en mettrais ma main au feu, répliqua Carden, les yeux brillants et l'air satisfait.

— Pourquoi cela vous réjouit-il ?

— Je vous le dirai plus tard. Finissons-en d'abord avec ceci. Si le document paraît légitime, nous l'emporterons. En revanche, si vous pensez que c'est un faux, dites-le, mais sans révéler que vous connaissez l'identité de Reginald Carter. Il vaut mieux que Somers ne sache rien de précis, au cas où il aurait l'idée d'aller questionner Gerald. Ainsi, il ne pourra nous mettre involontairement des bâtons dans les roues.

— D'accord. Vous avez un plan ?

— Non, avoua-t-il avec un sourire. Mais j'en aurai un avant la fin de la journée.

Elle ouvrait la bouche pour lui faire remarquer qu'elle ne trouvait pas cela très réconfortant lorsque Somers revint. Il lui tendit la feuille qu'il tenait à la main et alla s'asseoir. La gorge nouée d'angoisse, Seraphina examina la signature, puis la date. Et son soulagement fut immédiat. Elle rendit le papier à Somers.

— Ceci n'est pas la signature de mon père, monsieur Somers. C'est un faux.

L'éditeur pâlit, et répliqua d'une voix tendue :

— Il me faut la preuve de ce que vous avancez. Sans quoi, je ne pourrai engager aucune démarche légale.

Seraphina réfléchit un instant. Comment faire ? Et brusquement, la solution lui apparut.

— Je n'avais pas l'intention d'utiliser les derniers travaux de mon père dans ce but, dit-elle en ouvrant son carton à dessins. Et ce n'est pas pour cette raison que je les ai apportés aujourd'hui. Mais…

Elle sortit une liasse de papiers, les feuilleta, puis, trouvant ceux qui l'intéressaient, les posa sur le bureau. Elle accorda un instant à Somers pour les examiner, puis reprit :

— Regardez la date à laquelle le document que vous possédez a été signé.

— Oui, fit Somers en jetant un coup d'œil au contrat.

— Sur la première feuille, vous trouverez les notes établies par mon père la semaine de sa mort. Comme vous pouvez le constater, il était très méticuleux et consignait scrupuleusement la date, et même l'heure à laquelle il écrivait.

Bien que cela n'eût pas paru possible, Somers blêmit encore davantage. Il consulta la pile de documents placée devant lui.

— Il était très malade, n'est-ce pas ?

— Oui. Je lui apportais les diverses variétés de plantes dans son lit pour qu'il puisse continuer de travailler. Il avait ainsi l'impression que sa vie avait encore un but, alors qu'en réalité ses jours étaient comptés.

Somers posa côte à côte le contrat et l'un des documents remis par Seraphina, et les compara attentivement. Une rougeur envahit lentement son cou.

— Votre père n'a pas pu signer ce contrat à l'époque où il a écrit ces dernières notes.

Seraphina laissa échapper un soupir de soulagement.

— Non, en effet. Ce qui figure sur le contrat est une excellente imitation de sa signature, à une époque où il était encore en bonne santé.

Les lèvres plissées, l'air grave, Somers croisa les mains et déclara :

— Mademoiselle Baines Miller, il semble évident que vous avez été victime d'une escroquerie.

— C'est la conclusion à laquelle nous sommes arrivés hier soir, remarqua Carden d'une voix posée. Reste à savoir ce qu'il faut faire, à présent ?

Soit qu'il ait envisagé cette éventualité au cours de leur conversation, soit qu'il ait déjà été confronté à ce genre de problèmes, l'éditeur n'eut pas une seconde d'hésitation.

— Les droits sur les ventes vous seront versés à la prochaine échéance. M. Reginald Carter ne sera plus reconnu comme l'agent légal de votre père.

Carden rétorqua avec la même vivacité :

— Et l'argent qu'il a dérobé jusqu'ici ?

Le cou de Somers s'empourpra. Il se redressa en bombant le torse.

— Je veillerai personnellement à ce qu'une plainte soit déposée contre lui. Nous userons de tous les moyens légaux pour le traîner en justice et ferons en sorte que l'argent en sa possession soit rendu au plus vite à Mlle Baines Miller.

— Supposez que M. Carter ait tout dépensé ?

Somers déglutit de nouveau, et la couleur qui avait commencé à envahir son visage disparut.

— Alors... alors...

Carden ne le laissa pas bredouiller plus longtemps.

— Selon moi, votre responsabilité est engagée, déclara-t-il non sans fermeté. C'est vous qui avez accepté les documents qu'il vous a soumis, vous encore qui lui avez versé ces sommes. Apparemment, à plusieurs reprises. Seraphina n'a pas à supporter une perte financière due à votre manque de discernement.

Les paroles de Carden parurent avoir sur M. Somers un impact considérable. Il parvint toutefois à esquisser un sourire, mais sans trop de conviction.

— Je suis sûr que nos avocats parviendront à trouver un terrain d'entente, balbutia-t-il. Nous tenons naturellement à prolonger et à consolider notre association professionnelle avec Mlle Baines Miller. Je ne souhaite pas que cette malheureuse affaire se mette en travers de nos projets.

Carden acquiesça, vraisemblablement satisfait. Mais un mot avait retenu l'attention de Seraphina.

— Vous parlez de *prolonger* notre collaboration, monsieur Somers ?

Ce dernier eut un sourire radieux.

— Ma chère, ce travail d'illustration-là est certainement le meilleur que vous ayez jamais exécuté, répondit-il en désignant la liasse de papiers qu'elle venait de lui confier. Je serais très honoré que vous m'accordiez quelques jours pour préparer un nouveau contrat, aux fins de publication.

Il voulait publier son travail ? Une fois de plus, elle feignit un calme qu'elle était loin de ressentir.

— Ce serait parfait, monsieur Somers.

— Naturellement, je vous demanderai de m'accorder des droits d'exclusivité en attendant que je vous aie soumis mon offre. Si nous ne parvenons pas à nous entendre, je céderai mes droits, à regret je dois le dire, à une autre maison d'édition.

Elle hocha la tête, sachant déjà qu'elle accepterait, quel que soit le montant de son offre. Avoir son argent à elle… Ce ne serait pas une somme considérable, bien entendu. Somers n'avait en main que quelques exemples d'illustrations.

— N'êtes-vous intéressé que par les illustrations que vous avez sous les yeux ? risqua-t-elle en s'efforçant de dissimuler l'espoir qui venait de germer en elle. Ou bien souhaitez-vous voir aussi ce que j'ai fait après la mort de mon père ? Ces derniers dessins n'accompagnent aucun texte, bien entendu.

Somers écarquilla les yeux. Il lui fallut quelques secondes pour se ressaisir et demander, avec une placidité apparente :

— Il y en a davantage ?

— Environ cent cinquante. Peut-être plus, fit-elle, hésitante. Je peignais chaque jour ; je n'ai jamais pris la peine de compter.

— Cent cinquante… murmura-t-il, l'air songeur. Cela représente trois volumes. Peut-être quatre.

Il darda soudain sur elle un regard acéré.

— Quand pourriez-vous me les montrer ?

Seraphina fut étonnée. Qu'elle essaye de gagner le maximum d'argent grâce à ses œuvres ne semblait pas le scandaliser. Reprenant courage, elle expliqua :

— Je n'ai pas encore déballé toutes mes affaires. Il faudrait que je les classe. Pourriez-vous attendre jusqu'à la fin de la semaine ?

— Sans problème, mademoiselle Baines Miller. Prenez tout votre temps.

— Pendant que Seraphina rassemble ses œuvres pour vous les soumettre, fit Carden en se levant, n'oubliez pas de porter plainte contre Reginald Carter.

— Considérez que c'est chose faite, répondit Somers en se levant à son tour.

Seraphina prit la main que Carden lui tendait.

— Merci, monsieur Somers, dit-elle en souriant, après avoir ramassé son carton à dessins. J'attends avec impatience notre nouvelle rencontre.

— Moi de même. Ce fut un grand plaisir. Je vous souhaite une bonne journée, mademoiselle Baines Miller.

— À vous également, monsieur Somers.

— Lord Lansdown, ajouta-t-il avec raideur.

Carden retint un sourire et offrit son bras à Seraphina.

— Bonne journée, Somers.

L'entrevue était terminée. Seraphina flottait sur un petit nuage. Elle était certaine cette fois que son bien-être ne devait rien au cognac !

Carden était aux anges. Il retira tout ce qu'il avait pu dire de désobligeant dans sa vie, concernant Dieu, les saints et tout ce qui touchait au divin. Lorsqu'on sortait victorieux de ce genre d'affrontement, avec en plus la femme de ses rêves à son bras, que pouvait-on demander de plus à la Providence ? La vie était merveilleuse.

— Serrons-nous sur le côté, recommanda-t-il en se dirigeant vers l'attelage qui les attendait. Somers ne va pas tarder à jaillir comme une flèche.

— Pour se lancer à la recherche de Reginald Carter ?

— Il chargera un de ses larbins de cette basse besogne, répondit-il en ouvrant la portière de la voiture. Non, Somers va d'abord se précipiter à son club pour raconter à ses amis que Seraphina Baines Miller vient de débarquer chez lui avec un carton plein de dessins qui vont faire fureur et qu'il détient des droits de publication exclusifs.

— Je suis flattée que les gens aient une aussi haute opinion de mon travail, mais ce ne sont que des illustrations.

— Des illustrations que tous les éditeurs londoniens vont s'arracher, riposta-t-il, enchanté par la modestie de la jeune femme. Dès demain soir, la nouvelle se sera répandue. Je gage que d'ici la fin de la semaine vous recevrez au moins deux propositions alléchantes, faites sous le sceau du secret.

— Mais ces gens ignorent si mon travail est de qualité et le nombre de dessins dont je dispose. Ils ne me feront pas de proposition au hasard.

— Ils sont sûrs de la qualité de vos travaux. Quant au nombre de dessins, ça ne compte pas. Ce qui compte, c'est de retirer à Somers la gloire et le profit dont vous le ferez bénéficier. Ils vous offriront le double ou le triple de la somme qu'il vous proposera. Quel que soit le montant de celle-ci.

Seraphina fronça pensivement les sourcils et jeta un regard à l'immeuble qu'ils venaient de quitter.

— Carden ? D'après vous... à combien estimeriez-vous...

Il sourit, certain que la somme qu'elle imaginait était très inférieure à ce qu'elle pouvait obtenir.

— *Au moins* cinq mille livres.

— Vraiment ?

Si innocente dans certains domaines, et cependant si mûre dans d'autres. Carden opina du chef.

— Dieu seul sait combien de milliers de livres Gerald vous a déjà dérobés. Que vous parveniez ou non à récupérer cet argent, vous êtes de toute façon une femme riche, Seraphina Baines Miller.

Elle poussa un soupir et fit la moue.

— Vous ne croyez tout de même pas que Gerald va se contenter de hausser les épaules et partir en m'abandonnant cette mine d'or ?

— La partie est terminée, Seraphina, dit-il en l'aidant à monter dans la voiture. Somers sait désormais à quoi s'en tenir à son sujet. Sa source de revenus s'est définitivement tarie. Quoi qu'il fasse.

— Vous ne connaissez pas Gerald ! Il n'a pas hésité à fabriquer des faux pour atteindre son but. Qu'est-ce qui l'empêchera de fournir des documents falsifiés prouvant qu'il est mon mari et...

— Seraphina, cessez de vous torturer ainsi. Il y a à peine dix minutes, vous avez fourni la preuve que c'était un menteur, un escroc et un faussaire. Soit dit en passant, vous vous êtes montrée d'une habileté sans pareille. J'en étais bouche bée.

— Merci.

— Gerald Treadwell ou Reginald Carter, peu importe le nom qu'il utilisera désormais. L'homme a perdu toute crédibilité. Plus personne ne lui fera confiance ni n'acceptera le moindre document venant de lui. L'homme est démasqué, vous n'avez à vous inquiéter de rien d'autre que de savoir comment vous allez investir votre fortune.

— Imaginez qu'il réapparaisse en clamant qu'il est mon mari, afin de venir vivre sous mon toit et de profiter de mon argent ? insista-t-elle.

Carden referma la portière derrière elle et s'accouda à la fenêtre ouverte.

— Mon ange, vous n'aurez qu'à prétendre que vous n'avez jamais vu cet homme. Ce sera sa parole contre la vôtre.

— Mais cela m'obligerait à mentir ! Ce ne serait pas honorable, Carden.

Seigneur, une telle intégrité ! Il n'en croyait pas ses oreilles !

— La discussion est close, déclara-t-il d'un ton ferme.

Elle le considéra un instant, puis posa les yeux sur la portière fermée.

— Vous ne rentrez pas à la maison ?

— Je vous laisse mettre de l'ordre dans vos papiers et vos dessins. Demandez aux filles de vous aider. Je serai de retour pour le dîner. En attendant, je vous interdis de penser à Gerald. C'est compris ?

— Vous parlez comme un comte.

— Ah, oui ? Et vous avez souvent entendu des comtes parler ?

— Oui. À la Jamaïque. Ils ont tendance à prendre des airs importants, partout où ils vont.

Carden éclata de rire en s'écartant de la portière.

— Passez une bonne journée, Seraphina. Ceci n'est que le tout début de votre nouvelle vie.

— Où allez-vous ?

— À mon club. Il se trouve juste au coin de la rue.

— Vous allez raconter à John Aiden qu'une grande artiste vit sous votre toit ?

Carden claqua des doigts pour faire signe au cocher de démarrer.

— Quelque chose comme ça ! lança-t-il tandis que l'attelage s'ébranlait.

Il suivit la voiture des yeux jusqu'à ce qu'elle disparaisse au milieu du flot de véhicules. Son sourire s'effaça et il prit le chemin de son club.

Si quelqu'un pouvait comprendre son désir d'infliger à un criminel un châtiment mérité, c'était bien Barrett Stanbridge.

15

Barrett et Aiden disputaient une partie d'échecs en buvant un verre. Carden jeta un coup d'œil à la vieille pendule, tout en se faufilant entre les tables. N'était-il pas trop tôt pour commencer à boire ? Midi et demi... Il fit un détour par le bar et commanda un double scotch.

— Carden ! s'exclama Aiden en le voyant approcher. Quelle surprise ! Nous pensions que tu nous avais abandonnés. Qu'est-ce qui t'amène ?

Barrett se renversa dans son fauteuil et étendit les jambes devant lui.

— Il s'est rendu chez l'éditeur avec Seraphina et a découvert que, comme nous le soupçonnions, il y a quelque chose de pourri dans le royaume d'Angleterre.

Carden acquiesça et s'installa dans un fauteuil.

— Barrett, mon vieux, j'ai besoin de ton assistance professionnelle. J'espère que tu es libre ?

— Je me libérerai, assura son ami en riant. Qu'as-tu appris chez Somers ?

Carden avala une gorgée de whisky tout en réfléchissant. Il avait appris beaucoup de choses, et pas seulement chez l'éditeur. Autant mettre cartes sur table.

— Pour commencer, Seraphina n'est pas veuve, annonça-t-il de but en blanc.

Aiden jura à mi-voix. Barrett avala une rasade de whisky, et fit remarquer :

— Cela complique un peu la situation pour toi, non ?

Carden se hérissa. Ce que Barrett insinuait, c'était qu'il était trop superficiel pour comprendre que Seraphina était différente de toutes les femmes qu'ils avaient connues jusque-là. Mais Seraphina n'était pas une conquête comme une autre. Et elle n'était pas le genre de femme dont on parlait entre hommes sur un ton badin.

— La relation que j'ai avec Seraphina ne te concerne pas. Et cela n'a rien à voir non plus avec la raison de ma présence ici.

— Ne le prends pas mal, Carden. Je voulais juste voir dans quelle direction soufflait le vent. Je pensais que tu éprouvais peut-être des sentiments profonds pour elle.

— Je n'y ai pas songé, dit-il, coupant court aux spéculations de son ami. Pour être tout à fait franc, je n'en ai pour l'heure ni le temps ni l'envie. Le mari de Seraphina est à Londres, où il se fait passer depuis trois ans pour l'agent littéraire de son père.

— Et elle n'était pas au courant de la publication du livre, parce qu'il l'a escroquée depuis le début, conclut Barrett.

— Un grand seigneur, visiblement, commenta Aiden. A-t-on une idée de l'endroit où il se cache ?

Satisfait de constater que la conversation prenait un tour qui lui convenait mieux, Carden se détendit.

— Non. Mais nous savons qu'il se fait appeler Reginald Carter.

Barrett hocha la tête.

— Tu as une description à me fournir ?

— D'après Seraphina il n'est pas vilain garçon et peut se montrer charmant quand c'est nécessaire.

Aiden s'esclaffa.

— C'est le cas de la moitié des Londoniens !

— Sa taille ? La couleur de ses yeux ? Ses cheveux ? A-t-il des cicatrices ou des signes distinctifs ? débita Barrett d'une traite.

Carden haussa les épaules.

— Tout ce que je sais, c'est que c'est un ivrogne, un coureur de jupons et un sale faussaire.

— L'autre moitié des Londoniens, fit Aiden en soupirant. Ça ne va pas être facile.

— Je sais aussi qu'il est américain. Seraphina m'a dit qu'avant d'arriver à Belize, il était associé à un militaire aventurier. Un certain William Walker.

Aiden se figea, son verre de whisky à la hauteur de ses lèvres.

— Walker ? Ce type est fou. Un obsédé, déterminé à achever son rêve de gloire et de grandeur. Et un authentique fou.

— Jamais entendu parler de lui, fit Barrett en secouant la tête.

— Il constitue des armées privées afin d'envahir de petits pays le long de la côte des Mosquitos. Son but est d'augmenter le nombre d'États esclavagistes en Amérique.

— Je suppose qu'il n'a pas encore réussi, dit Barrett.

— Non. Malgré deux tentatives.

— D'après moi, il en prépare une troisième, affirma Carden. Seraphina m'a dit qu'un des anciens associés de Gerald Treadwell était venu le voir à Belize City, pour lui demander de recommencer à travailler pour Walker. Treadwell a accepté. C'était juste avant qu'Arthur et Mary ne partent en expédition dans la jungle.

— Pour ne jamais revenir, compléta Aiden, la mine sombre.

— La coïncidence est intéressante, observa Barrett pensivement.

— Je suis content de ne pas être le seul à nourrir certains soupçons à ce sujet.

Aiden fit tourner son whisky dans son verre.

— Tu penses que l'argent de Seraphina est destiné à financer la prochaine invasion de Walker ?

— C'est possible, concéda Carden. Il est possible aussi qu'il l'ait gardé pour lui. Ce type est totalement dépourvu de scrupules.

Barrett semblait plongé dans une profonde réflexion.

— Nous n'aurons pas de mal à le retrouver, dit-il enfin. Cela ira plus vite si Seraphina accepte de me fournir une description précise de notre homme.

— Je ne veux pas qu'elle ait vent de nos projets, décréta Carden. Tu ne dois pas lui en parler, Barrett.

Le regard de ce dernier s'attarda sur Carden.

— Pour quelle raison ? Explique-toi.

— Elle a peur de lui. Elle redoute ce qu'il pourrait lui faire afin de garder le contrôle de son argent.

Aiden eut une exclamation de dégoût.

— Elle a raison de s'inquiéter, Carden. Il n'y a rien de tel que l'appât du gain pour rendre un homme fou. Tu ne crois pas que cela la rassurerait de savoir que nous avons l'intention de retrouver ce type pour le... pour le...

Il n'alla pas plus loin.

— Un peu lent, fit observer Barrett d'une voix traînante. Mais il finit toujours par comprendre. Dis-moi, Carden, qu'as-tu l'intention de faire quand nous l'aurons retrouvé ?

Dans les recoins les plus noirs de son âme, Carden voulait voir cet homme mort. Mais comme il était civilisé, il se contenterait de le faire jeter en prison, où ce vaurien paierait chèrement ses crimes.

Ce qu'il souhaitait par-dessus tout, cependant, c'était que Seraphina soit heureuse et libre sans délai.

— J'espère persuader ce saligaud qu'il a tout intérêt

à devenir amnésique brusquement et de manière permanente.

— Et s'il refuse de se montrer aussi accommodant ? interrogea Barrett.

Dans ce cas, il faudrait qu'il choisisse entre l'envoyer en prison ou le tuer...

— Je prendrai ma décision le moment venu. Et je la prendrai seul.

Barrett détourna les yeux.

— Nous en reparlerons si Aiden et moi nous trouvons avec toi à ce moment-là. Puis-je te poser une autre question ?

Depuis quand Barrett lui demandait-il la permission de le questionner ? Cela n'augurait rien de bon. Il sentit sa nuque se hérisser et demanda, sur la défensive :

— D'ordre strictement professionnel ?

— De fait, non. C'est extrêmement personnel. Cela concerne un problème déjà soulevé par Honoria le soir de l'arrivée de Seraphina. Tous les invités de mes parents sont partis hier soir en se réjouissant de pouvoir annoncer à leurs amis que la célèbre artiste Seraphina Baines Miller était à Londres.

— J'en ai entendu parler ce matin, renchérit Aiden, avant même d'arriver au club. Ma gouvernante m'a tout raconté pendant que je prenais mon petit-déjeuner.

Barrett attendit un instant, puis reprit :

— Tu sais parfaitement ce qui va se passer, Carden. Tu l'as vécu toi-même. Avant ce soir, Seraphina croulera sous les invitations. Elle sera sollicitée pour chaque dîner, chaque réception donnés à Londres pendant la saison.

— Ce qui résoudra au moins un problème, rétorqua Carden d'un ton vif. Je n'aurai pas besoin de chercher quelqu'un pour m'accompagner dans ces réceptions, et Seraphina non plus. Nous irons ensemble.

— Je te le concède, fit Barrett en contemplant son verre de whisky. Mais il faut prendre en compte les aspects négatifs. Ce qui n'était qu'un problème d'ordre personnel quand Seraphina n'était encore qu'une inconnue, va devenir une affaire publique. Tu sais comment sont les gens, Carden. Ils imagineront le pire, les commentaires seront forcément malveillants. La réputation de Seraphina en souffrira si tu ne la protèges pas. Ne crois-tu pas qu'il serait plus sage de l'envoyer sans attendre chez Honoria avec les enfants ?

La sagesse n'avait rien à faire dans cette histoire. Il voulait que Seraphina reste chez lui. Pas question de la voir épisodiquement, aux heures où Honoria pouvait le recevoir, de faire la queue parmi ses prétendants et de mendier quelques minutes de son temps. Oui, il était égoïste, et ça lui était complètement égal.

— J'y réfléchirai, répliqua-t-il d'un ton neutre.

C'était déjà tout réfléchi. Seraphina était un amour, elle était à lui et il n'était pas question qu'il renonce à elle.

— Tu y réfléchiras ? grommela Barrett. Il n'y a pas à réfléchir. Pourquoi voudrais-tu ruiner sa réputation ?

Le fait qu'elle vive sous son toit serait vite oublié s'il devait y avoir un procès et un divorce. Ces deux scandales-là domineraient tout le reste. Seraphina était condamnée socialement si elle restait chez lui, et condamnée si elle partait. Ce n'était qu'une question de degrés. S'il était à ses côtés, au moins l'aiderait-il à affronter cette épreuve.

Il regarda tour à tour ses deux amis, répugnant à se montrer aussi franc avec eux.

— Nous collaborons actuellement sur un projet d'architecture, commença-t-il, se creusant la cervelle pour justifier sa décision. Si nous habitons dans des endroits différents, cela nous compliquera la tâche. Et puis, il y a le problème des chiots. Honoria ne peut s'approcher d'un chien sans avoir aussitôt le nez qui coule comme une fontaine et les yeux qui gonflent.

C'est affreux, elle ressemble à un goret. Les chiots ne pourront donc pas partir avec les petites, et celles-ci refuseront de les abandonner.

— Sans vouloir paraître dépourvu de cœur, intervint Aiden, il me semble que la réputation de Seraphina devrait passer avant le sort des chiots.

C'était une évidence. Carden sentit le piège se refermer sur lui.

— Je laisserai à Seraphina le soin de prendre une décision, annonça-t-il afin de mettre un terme à la discussion.

Mais Barrett n'était pas d'accord pour en rester là.

— Malgré tout le respect que je lui dois, riposta-t-il d'un ton coupant, je ne crois pas que Seraphina soit à même de mesurer les conséquences de sa décision. Elle a certes les manières et l'éducation d'une jeune fille de bonne famille, mais elle ne sait absolument rien du monde dans lequel sa célébrité va la propulser. Elle imagine en toute bonne foi que les gens, à l'exception sans doute de son mari, sont aussi droits et généreux qu'elle-même. Mais ils s'acharneront sur elle, et elle risque d'être anéantie par leur cruauté. Non, il faut que tu prennes une décision à sa place. Et tu le sais aussi bien que nous, il n'en existe qu'une seule de raisonnable.

Carden avala le reste de son whisky d'un trait et se leva.

— Je lui exposerai clairement la situation.

Barrett eut un ricanement désabusé.

— En lui promettant de la protéger de la calomnie?

Une calomnie qui, avec un peu de chance, ne serait pas entièrement sans fondement. Par Dieu! Si Seraphina venait à lui pour partager son lit, il n'y réfléchirait pas à deux fois. Et il ne l'en laisserait pas sortir de sitôt non plus. Le reste du monde pouvait bien aller au diable.

— Tu ne peux pas faire ça, insista Aiden. Plus tu prendras sa défense, plus elle paraîtra coupable. Barrett a raison. Il faut qu'elle aille vivre chez Honoria. Je déteste avoir à le reconnaître, mais il faut sauver les apparences.

— Considère cela comme un défi personnel, suggéra Barrett d'un ton soudain léger. Séduire Seraphina alors qu'elle vit sous ton toit, c'est un peu comme pêcher dans un tonneau. Trop facile.

Carden fit un effort pour garder ses poings crispés le long de son corps.

— Tu es sur le point de dépasser les limites, Barrett, siffla-t-il.

— J'en suis conscient, rétorqua son ami en soutenant son regard. C'est un choix délibéré de ma part. Toi aussi, tu peux faire tes choix. Ce serait bien si, pour changer, ils étaient un peu moins égoïstes. Sans en faire une habitude, tu pourrais essayer, juste une fois. Pour Seraphina.

Barrett était son ami. Ils avaient vécu des moments difficiles ensemble. Ils s'étaient sauvé mutuellement la vie. Ils pouvaient traverser cette épreuve sans que leur amitié se brise… Il suffisait que Carden résiste à l'envie de lui casser la figure. Il fit un pas en arrière et lança :

— Si tu es si inquiet pour Seraphina, retrouve donc son mari.

Une expression voisine du mépris passa dans les yeux de Barrett. Sa voix était clairement dédaigneuse lorsqu'il répliqua :

— Le pire qui puisse arriver à un homme ce n'est pas de tomber amoureux, Carden. C'est de repousser l'amour quand il se présente.

— Je ne suis *pas* amoureux, rétorqua Carden avant de tourner les talons.

— Transmets nos amitiés à Seraphina, lança Barrett en guise d'adieu.

— Dis-lui aussi que je lui demande de me réserver la deuxième danse au bal de lady Hatcher, ajouta Aiden.

Carden s'immobilisa, puis se retourna lentement.

— Pourquoi la deuxième ?

— Parce qu'elle m'a déjà promis la première, répondit Barrett en levant son verre.

Cette fois, il dut faire appel à toute sa volonté et plus encore, se rappeler tout ce qu'il devait, depuis des années, à Barrett Stanbridge, pour ne pas lui flanquer son poing dans la figure.

Sans un mot, il leur tourna le dos et s'éloigna.

Seraphina recula de quelques pas et examina les illustrations alignées devant elle. Trop de rouges. Les fleurs finissaient par se confondre les unes avec les autres. Il suffirait peut-être d'ajouter un peu de jaunes et d'orangés pour briser cette impression. Des bleus et des violets feraient encore plus d'effet. Elle en avait quelques-unes qui s'intégreraient à merveille dans cette collection.

Elle jeta un coup d'œil aux sacs de toile cirée entassés dans une caisse. Dommage qu'elle n'ait pu les étiqueter au fur et à mesure qu'elle les remplissait. Mais elle n'en avait pas eu le temps. Elle avait déjà eu beaucoup de chance de les retrouver dans un débarras. Plus de chance encore en constatant qu'ils contenaient toutes ses œuvres. Maintenant, elle n'avait plus qu'à les ouvrir les uns après les autres pour retrouver les peintures qu'elle cherchait. En priant pour que la toile cirée les ait suffisamment protégées.

Les vitres de la serre tremblèrent brusquement comme sous l'effet d'un coup de tonnerre, et Seraphina leva instinctivement les yeux vers le toit, craignant qu'il ne se brise.

— Où sont les filles ?

Carden. Le ton de sa voix était si dur qu'elle se retourna, le cœur battant. Il était hors de lui. Plus furieux qu'elle ne l'avait jamais vu. Que se passait-il ? Gerald était-il venu la chercher jusqu'ici ?

— C'est l'heure de leur sieste, expliqua-t-elle en s'efforçant de garder son calme. Qu'y a-t-il, Carden ?

Il fondit sur elle, les yeux lançant des éclairs.

— Vous avez été invitée au bal de lady Hatcher ?

La peur fit place à l'étonnement. C'était donc cela ?

— Oui. Barrett m'a demandé de l'y accompagner.

— Et vous avez accepté ? demanda-t-il en tournant autour d'elle.

Elle se pivota pour le suivre des yeux.

— Je craignais de le blesser en refusant. Vous m'aviez prévenue qu'il m'inviterait, et que vous ne verriez aucun inconvénient à ce que j'accepte.

— Non ! gronda-t-il en s'arrêtant brusquement. J'ai dit que *j'essayerais* de me montrer bienveillant.

— Apparemment, vous n'y parvenez pas, fit-elle observer doucement, en reculant d'un pas.

— C'est exact, reconnut-il. Je viens de découvrir que j'étais terriblement égoïste. Je ne veux vous partager avec personne.

Désignant d'un geste du bras le monde qui se trouvait au-delà des parois de la serre, il précisa :

— Surtout pas avec mes amis. Ce sont des débauchés !

— Comme vous, répliqua Seraphina, perplexe.

— Non. Moi, je suis un débauché honorable.

— Cela n'existe pas, contra-t-elle, les poings sur les hanches.

Pour qui la prenait-il ? se demanda-t-elle, indignée. Elle n'était pas naïve à ce point.

— Un débauché est un débauché. Vous utilisez les femmes, puis vous vous débarrassez d'elles.

— Je ne me suis jamais débarrassé de personne, protesta-t-il, l'air terriblement offensé. Je ne suis pas cruel au point de me comporter ainsi.

— Disons les choses autrement. Vous séduisez une femme, puis vous la remerciez de vous avoir accordé ses faveurs, et vous repartez en chasse pour en dénicher une nouvelle. Vous êtes un coureur, Carden Reeves, un vrai. Vous aimez la chasse, et la conquête.

Il fit un pas dans sa direction, cherchant son regard.

— Tous les hommes sont ainsi, rétorqua-t-il durement. Vous oseriez me faire croire que les femmes n'aiment pas être pourchassées ? Que vous êtes morte de peur à l'idée que je pourrais vous attraper ? Allez-y, Seraphina. Mentez-moi !

Prise au piège. Il ne fallait pas tomber amoureuse d'un don Juan. Et si par malchance cela vous arrivait, il n'était pas question de lui confesser votre folie ! Le cœur battant, le souffle court, elle soutint son regard. Il la mettait au pied du mur, l'obligeait à choisir entre rendre les armes, ou survivre.

— Je ne mentirai pas, déclara-t-elle fermement en levant le menton.

Elle se détourna en ajoutant :

— Mais nous sommes deux personnes très différentes et…

Il l'attrapa par le bras et la ramena vers lui.

— En quoi sommes-nous différents ?

Elle ne voulait pas se battre avec lui ni détruire la relation qui était désormais la leur. Mais elle ne lui céderait pas.

— Je suis une femme mariée et…

— Je me moque de Gerald Treadwell, coupa-t-il d'une voix rageuse en lui agrippant les épaules. Vous ne lui devez rien. Il vous a abandonnée, Seraphina. Il vous a escroquée. Ne vous cachez pas derrière Treadwell. Ce serait lâche et malhonnête.

Seraphina sentit quelque chose se briser en elle. Elle n'était plus disposée à accepter et à supporter ce qu'on voulait lui imposer. D'un mouvement sec, elle repoussa Carden. Elle était libre. Relevant fièrement la tête, elle le défia du regard.

— Très bien, je vais vous répondre honnêtement, Carden. Je suis lâche. Je refuse d'être séduite, puis abandonnée pour une autre. Je n'étais pas amoureuse de Gerald, je n'étais qu'une épouse soumise. Mais il m'a rejetée au profit d'autres femmes. Et cela m'a fait mal. Ce n'est pas mon cœur qui en a souffert, mais ma fierté. Je sais que la fierté n'est qu'un bouclier fragile, mais quand c'est tout ce que vous avez dans la vie, vous y tenez. Voilà pourquoi je n'abandonnerai jamais le peu de défenses dont je dispose pour tomber dans vos bras, Carden Reeves. Je ne vous laisserai pas me faire du mal.

— Seraphina, murmura-t-il en tendant les bras vers elle.

Il y avait tant de tristesse, de désir et de regret dans ses yeux qu'elle faillit céder. Elle recula, bien décidée à le repousser avant qu'il n'ait compris qu'elle lui dissimulait le plus important.

— J'ai cru que je pourrais… Au début, quand nous n'étions encore que des étrangers. J'ai cru que si c'était moi qui le décidais, je supporterais d'être rejetée. Satisfaire ma curiosité, puis me retirer du jeu sans dommage. Mais nous ne sommes plus des étrangers, et je n'ai plus le courage d'aller jusqu'au bout. Je suis désolée de vous avoir laissé croire qu'il pourrait y avoir quelque chose entre nous. Je n'aurais pas dû.

Sans chercher à combler la distance qui les séparait, il demanda calmement :

— Si nous ne sommes plus des étrangers, que sommes-nous, Seraphina ? Une gouvernante et son employeur ?

— Oui.

— Ce n'est pas tout, non ? Nous sommes aussi associés, n'est-ce pas ?

— À peine.

— Des amis, alors ?

— Je ne sais pas.

Elle suffoquait ; elle avait l'impression que des murs se refermaient autour d'elle.

— Seraphina, nous sommes pratiquement amants.

Il avait raison et elle l'en détesta. Elle aurait voulu hurler, lui lancer un objet à la tête. Mais ce qu'elle voulait par-dessus tout, de tout son être, c'était s'abandonner entre ses bras et l'entendre dire qu'il l'aimait.

Le monde se mit à tournoyer autour d'elle tandis que les larmes lui brûlèrent les paupières.

— Je vais vous faire une promesse, Seraphina. Je resterai jusqu'à ce que ce soit *vous* qui me repoussiez. C'est à vous que reviendra le mot de la fin.

Elle considéra un instant le piège qu'il lui tendait, et vit presque immédiatement l'échappatoire qu'il lui offrait.

— Et si je ne voulais pas que cela finisse ? Si je décidais de rester pour toujours avec vous ?

Désarçonné, il cligna des yeux.

— Je ne sais pas, finit-il par répondre après s'être éclairci la voix. Franchement, je ne sais pas.

La confusion de Carden l'encouragea à poursuivre :

— Cette idée vous effraye, n'est-ce pas ?

— Oui... en effet.

— Eh bien, moi, je suis effrayée à l'idée d'être abandonnée.

La respiration de Carden devint hachée, laborieuse. Les muscles de ses mâchoires se crispèrent nerveusement. Il lui sembla qu'une éternité s'écoulait avant qu'il ne lâche dans un murmure :

— C'est une impasse.

Réussissant à conserver une apparente impassibilité, Seraphina sentit une immense vague de soulagement déferler en elle. Le secret de son cœur n'avait pas été découvert. Mais le prix à payer était beaucoup plus douloureux qu'elle ne l'aurait cru. Un jour, cependant, avec le recul, elle se dirait qu'elle avait fait le seul choix possible.

— Soyons raisonnable, dit-elle d'un ton consolateur. Admettons simplement que nous ne sommes pas destinés l'un à l'autre.

— Ça ne me plaît pas, avoua-t-il sans la regarder.

— Je ne vois pourtant pas d'autre solution.

Aurait-elle vu une issue possible avec Barrett ? Aiden pouvait-il lui offrir ce qu'elle voulait ? Autant de questions qu'il aurait voulu lui poser, mais il n'en trouva pas le courage. Il redoutait trop qu'elle réponde par l'affirmative. Cependant, il ne pouvait demeurer là, avec elle, à prétendre qu'il ne se sentait pas déchiré intérieurement. S'il ne partait pas sur-le-champ, il finirait par lui offrir la lune pour la garder… et dans six mois, ils s'en mordraient tous les deux les doigts.

— J'ai rendez-vous demain avec lady Caruthers, dit-il, les yeux fixés au loin. Aurez-vous terminé le tableau d'ici là ?

— Je l'ai fini et déposé sur votre bureau il y a une heure. Vous me ferez savoir ce qu'elle en pense, n'est-ce pas ?

Il hocha la tête, pivota sur ses talons et s'éloigna en priant pour que le peu de sang-froid qui lui restait ne l'abandonne pas avant qu'il ait atteint la porte. Il avait la main sur la poignée quand un sanglot lui parvint.

Il sentit sa résolution chanceler, hésita, puis, se fermant aux sentiments chaotiques qui l'assaillaient, il poussa le battant et sortit.

16

Carden regarda son verre vide et décida qu'il avait assez bu. Les deux premiers whiskies l'avaient aidé à digérer la limonade sirupeuse de lady Caruthers. Les quatre suivants avaient été un prétexte pour traîner à son club, et éviter de rentrer chez lui et de croiser Seraphina. Par chance, il avait réussi, songea-t-il en ôtant son col empesé, car il ne savait toujours pas ce qu'il allait faire.

Tant de possibilités s'offraient à lui... Chacune avait ses avantages et ses inconvénients. Jetant son col sur les plans posés devant lui, il déboutonna sa chemise, se laissa tomber dans son fauteuil et, les pieds posés sur sa table de travail, réfléchit au dilemme auquel il se trouvait confronté.

La seule façon de restaurer un peu son amour-propre blessé, c'était d'expédier Seraphina et les filles chez Honoria, le lendemain à la première heure. Ensuite, il sortirait et trouverait une femme. N'importe laquelle. Voilà qui soulagerait son ego. Et le feu qui lui embrasait les reins. Il l'aurait déjà fait si une stupide petite voix ne lui avait soufflé qu'il ne serait pas rassasié tant que ce ne serait pas *Seraphina* qu'il tiendrait entre ses bras. Satanée conscience...

Il se leva d'un bond, décidant qu'en fin de compte, un autre cognac ne lui ferait pas de mal. Il était en train de s'en servir une rasade lorsque Aiden pénétra dans le bureau d'un pas désinvolte.

— Que fais-tu ici ?

— Bonsoir aussi à toi, mon vieux, rétorqua Aiden, nullement déstabilisé par la grossièreté de son ami. Je viens chercher Seraphina. Le dîner chez les Martin-Holloway a lieu ce soir. Tu avais oublié ?

— Non, mentit Carden en replaçant le bouchon sur la carafe de cristal.

« De mieux en mieux », songea-t-il.

Il défit deux autres boutons de sa chemise et retourna à son bureau. Il s'affala de nouveau dans son fauteuil et posa les pieds sur la table.

— Je suppose que tu viens de rentrer ? s'enquit Aiden.

— Bien vu. Mais je vais peut-être ressortir. Je n'ai pas encore décidé.

— Il y a une raison particulière à ton irritabilité ?

— Juste ma visite à lady Caruthers, grommela-t-il d'une voix sourde.

— Si cela peut égayer ton humeur, sache que Barrett pense être sur la piste de Reginald Carter.

En effet, cette perspective était des plus réjouissantes. Cela lui ferait tellement de bien de flanquer une raclée à quelqu'un ! Il acquiesça et avala une longue gorgée d'alcool.

— Carden, reprit son ami en le dévisageant, puis-je faire quelque chose pour t'aider ?

« Va au diable et emmène Seraphina avec toi ! » fut tenté de lui rétorquer Carden. Y renonçant, il marmonna :

— Non, merci, ça va.

— Ce n'est pas l'impression que j'ai.

Il perçut sa présence, sentit son regard glisser sur lui. Il leva les yeux et la découvrit là où il le pensait qu'elle se tenait, dans l'embrasure de la porte. Elle ne portait pas la robe bleu nuit qu'elle avait mise pour se rendre chez les Stanbridge. Oh, non ! Elle avait choisi quelque chose de plus éclatant, de beaucoup moins sage. Un fourreau de soie vert, orné de perles de cristal qui scintillaient sur son corps telles des étoiles, comme pour le tenter, l'obliger à tendre la main vers elle.

— Bonsoir, messieurs. Sawyer m'a dit que je vous trouverais ici. Je ne vous dérange pas, j'espère ?

Aiden – *cet ami hypocrite* – sourit et s'exclama :

— Vous êtes ravissante, Seraphina !

— Merci, murmura-t-elle en rougissant.

Elle reporta son regard sur Carden.

— Qu'a pensé lady Caruthers du projet que vous lui avez soumis ?

— Elle a adoré, et me donne carte blanche pour construire la serre, répondit-il en levant son verre. Bravo, Seraphina, vous aviez vu juste !

— Je suis contente pour vous, Carden. Quand comptez-vous commencer ?

Pour toute réponse, il se contenta de hausser les épaules. Le fait qu'elle soit aussi crispée que lui et semble aussi malheureuse ne lui avait pas échappé. Le regard d'Aiden passa alternativement de l'un à l'autre.

— Il nous faut y aller, Seraphina, dit-il enfin en lui offrant son bras. Le dîner est à 20 heures.

Elle prit le bras d'Aiden tout en gardant les yeux rivés sur Carden.

— Les filles sont dans la cuisine avec les chiots. Elles essayent de leur trouver des noms. Anne les enverra se coucher.

— Passez une bonne soirée.

Il les suivit des yeux en espérant qu'Aiden allait marcher sur l'ourlet de sa robe, ou commettre une autre maladresse de ce genre. Il attendit, l'oreille tendue. Mais tout ce qu'il entendit, ce fut le bruit de la porte d'entrée qui se refermait. Avec un grognement de contrariété, il engloutit le reste de son cognac.

Par Dieu, puisque Seraphina sortait avec un autre, il n'allait pas rester à la maison à ruminer sa rancœur ! Il y avait des quantités de femmes à Londres qui ne demandaient pas mieux que de passer une soirée, et même toute une nuit, en sa compagnie. Encore un cognac pour célébrer le retour de don Juan dans le monde. Ensuite, il prendrait le temps de manger un morceau et de se raser. Puis il irait chercher une femme qui non seulement comprenait, mais *appréciait* les avantages de faire l'amour uniquement pour le plaisir.

Le malaise qu'éprouvait Aiden était évident. Seraphina comprit en prenant place dans la voiture qu'il n'allait pas tarder à la questionner. Malgré l'influence de gredins confirmés, tels Carden Reeves et Barrett Stanbridge, il demeurait un jeune homme attentionné et compréhensif. Quelque part dans le monde se trouvait une jeune fille qui ne savait pas encore quelle chance incroyable elle aurait un jour.

— Seraphina, commença-t-il alors qu'ils se mettaient en route, il faudrait être aveugle pour ne pas voir que ça ne va pas entre Carden et vous. Que s'est-il passé ?

Elle fut tentée de répondre que, à moins de rouler jusqu'à Édimbourg, elle n'aurait pas le temps de tout lui raconter pendant le trajet. Mais elle se contenta de lui sourire et répondit :

— J'apprécie votre sollicitude, Aiden. Mais c'est personnel.

Elle ne s'attendait pas qu'il renonce – il était trop sincère pour abandonner aussi vite –, aussi ne fut-elle pas étonnée de l'entendre lui demander :

— Vous préféreriez sans doute en parler avec une femme ? Je pourrais vous emmener chez lady Lansdown.

— Seigneur ! s'exclama-t-elle, prise de court. Merci, mais non. Honoria est vraiment la dernière personne à qui j'aurais envie de parler de Carden.

— Mais qu'a-t-il fait ? Je pourrais en discuter avec lui, si vous voulez, et faire appel à son bon sens. Si ça ne marche pas, j'essayerai de le convaincre d'un coup de poing.

— Un seul ? s'enquit-elle, amusée.

— Peut-être deux. Je ne pense pas avoir une chance d'aller plus loin. Je suis peut-être plus jeune et plus rapide que lui, mais il a de l'expérience et de l'agressivité à revendre. Il gagnerait. Mais je me sacrifierai de gaieté de cœur si vous acceptiez seulement de me dire ce qu'il a fait.

Il était non seulement gentil, mais persévérant.

— Il n'a rien fait.

— C'est cela, le problème ? Vous espériez qu'il ferait quelque chose qu'il n'a pas fait ?

Ce n'était pas parce qu'on espérait que quelqu'un allait vous aimer, qu'il était obligé de se plier à vos désirs, n'est-ce pas ?

— Oh, Aiden, fit-elle en secouant la tête. C'est si gentil à vous de m'offrir votre aide. Mais comme je vous l'ai dit, c'est personnel.

Il se pencha en avant, les coudes posés sur les genoux.

— Je vous en prie, Seraphina, parlez-moi. Je ne peux rien faire si vous ne m'expliquez pas ce qui ne tourne pas rond.

— Il n'y a rien à faire, assura-t-elle se rappelant le regard de bête traquée qu'avait eu Carden à l'idée de rester pour toujours avec elle.

— Balivernes ! Et vous, avez-vous fait quelque chose ?

Que n'avait-elle pas fait ? Elle avait accepté, non, *provoqué* les avances de Carden. Elle avait été au bord de faire l'amour avec lui, puis s'était dérobée en se cachant derrière sa fierté, sa colère et un désir discutable d'être vertueuse ! Et lorsqu'il avait tenté d'apaiser ses craintes, elle s'était appuyée sur ses faiblesses pour le repousser. Pour échapper aux conséquences de ses propres décisions.

Pour le punir de ne pas l'aimer.

Les larmes jaillirent, brûlantes, et roulèrent sur ses joues. La seconde d'après, Aiden était près d'elle. Il lui entoura les épaules du bras et lui glissa un mouchoir dans la main.

— Qu'avez-vous fait, Seraphina ? fit-il doucement. Dites-le-moi et je vous promets de tout arranger.

— Vous n'y pouvez rien ! s'écria-t-elle, au désespoir. On ne peut pas revenir en arrière !

— Mais qu'avez-vous donc fait ? insista-t-il, manifestement à bout de patience. Dites-le !

— J'ai été assez folle, assez aveugle, assez stupide pour… pour tomber amoureuse de lui !

Aiden la fixa, bouche bée, tandis qu'elle tamponnait ses joues trempées de larmes.

À sa grande surprise, elle l'entendit éclater de rire. Puis, sans lui laisser le temps de tourner la tête vers lui, il l'étreignit et s'exclama joyeusement :

— Mais il n'y a rien de mal à cela, Seraphina ! Strictement rien de mal. En fait, c'est merveilleux. La meilleure nouvelle que j'aie entendue depuis longtemps !

Elle s'écarta légèrement de lui afin de voir son visage.

— Ah, vous trouvez ? fit-elle, incrédule. Vous avez perdu l'esprit, Aiden. Tomber amoureuse d'un coureur de jupons n'a rien de merveilleux.

— Sa carrière de don Juan est terminée, assura-t-il en riant de plus belle. Il l'ignore encore, c'est tout.

Elle ne savait plus que penser, ni que dire.

— C'est vrai, Seraphina. Il est tellement amoureux de vous qu'il n'est plus lui-même. En fait, il est trop amoureux pour s'en rendre compte, vous voyez ce que je veux dire ?

Oh, oui, elle voyait ! Elle aurait tellement voulu que ça soit vrai ! Mais elle connaissait Carden. Et elle savait que l'espoir ne ferait qu'entretenir ses propres illusions et accroître son chagrin. La sagesse consistait à accepter la vérité. Essuyant ses dernières larmes, elle déclara :

— Il ne m'aime pas, Aiden. Il ne m'aimera jamais. C'est impossible.

— Vous vous trompez, Seraphina, riposta son compagnon en s'adossant à la banquette. Barrett et moi avons vu la transformation s'opérer à l'instant où vous êtes entrée dans sa vie. Il finira par prendre conscience de ce qui lui arrive. Faites-nous confiance.

— Confiance ? À vous ? Si vous êtes si sûrs qu'il m'aime, pourquoi m'avez-vous invitée, l'un et l'autre ? N'est-ce pas une façon de trahir votre amitié ?

— Vous avez accepté notre invitation, n'est-ce pas ? Ce faisant, vous n'aviez pas le sentiment de trahir votre amour ?

Seraphina cherchait ses mots avec soin. Elle tenait à s'expliquer, sans pour autant blesser Aiden dans son amour-propre.

— Quand on est seul à être amoureux, on ne peut trahir que ses propres espérances. Et je ne voulais pas risquer de vous mettre dans une situation embarrassante, Barrett et vous, en refusant de vous accompagner.

Aiden cligna des yeux, puis fronça les sourcils.

— C'est la *pitié* qui vous a poussée à accepter ?

— Je n'ai pas dit cela, se défendit-elle. Je voulais ménager vos sentiments.

Il tenta de prendre un air offensé, en vain. Un sourire flottait au coin de ses lèvres.

— Bien. Quels qu'aient été vos raisons, cela cadre parfaitement avec le plan de lady Lansdown.

Seraphina tressaillit.

— Honoria ? Honoria a quelque chose à voir dans tout cela ? J'aurais dû m'en douter, murmura-t-elle en se rappelant leur rencontre inattendue dans le parc. Je ne devrais pas être le moins du monde étonnée.

— Son plan est excellent, affirma Aiden. Je vous assure.

Elle n'en croyait rien.

— Et quel est-il, ce plan ? Où comptez-vous en arriver, au juste ?

— Lady Lansdown nous en a parlé le soir même de votre arrivée. C'est très simple. Barrett et moi vous invitons le plus souvent possible et rendons Carden tellement jaloux qu'il finit par comprendre qu'il vous aime.

Seigneur ! Le plan avait commencé à fonctionner et le mal était fait. Pourquoi n'avait-elle rien deviné ? Elle aurait pu empêcher ce désastre.

— Tout marche comme prévu, poursuivit Aiden, inconscient du sentiment d'horreur qui s'insinuait en elle. Carden était furieux que vous sortiez avec moi ce soir. Et hier, quand il a appris que Barrett serait votre cavalier au bal de lady Hatcher… J'ai cru qu'il allait le tuer de ses propres mains.

— Au lieu de quoi il est rentré à la maison, où nous avons eu une scène terrible ! lâcha-t-elle, hors d'elle à l'idée qu'ils aient été ainsi manipulés. Les quelques liens que nous avions pu forger se sont brisés, Aiden.

— Quelle était la raison de cette scène ?

— Tout a commencé, selon les plans de lady Lansdown, à cause de cette invitation de Barrett à l'accompagner chez lady Hatcher. Et nous en sommes rapidement arrivés à la triste réalité…

— Qui est ? la pressa Aiden. Il n'y a pas de secrets entre amis, Seraphina.

— La vérité, c'est que je ne supporte pas la pensée d'être une maîtresse de passage. Et Carden ne peut envisager une relation durable.

— Et il ne vous est pas venu à l'idée, à l'un comme à l'autre, d'établir un compromis, et de laisser l'amour et le temps décider à votre place ? suggéra Aiden.

La colère de Seraphina éclata alors au souvenir de l'humiliation qu'elle avait éprouvée.

— Il a essayé, murmura-t-elle, le cœur en miettes.

Aiden poussa un long soupir, retira le bras des épaules de la jeune femme et lui prit la main.

— Seraphina, dans la vie, il n'y a pas de certitudes, dit-il avec un mélange de douceur et de fermeté. Qui ne risque rien n'a rien.

Ses paroles pénétrèrent lentement, inexorablement, jusqu'à sa conscience. Si elle n'offrait pas son cœur à Carden, elle ne pouvait espérer qu'il lui donne le sien en retour. En ne prenant aucun risque, on ne gagnait rien. Mais en prenant de grands risques, on pouvait gagner… le monde.

C'était une vérité toute simple, et cependant fondamentale. Elle ne l'aurait jamais compris si Aiden ne lui avait pas ouvert les yeux. Elle le regarda en silence, incapable de trouver les mots pour lui exprimer sa reconnaissance.

— Je sais, dit-il avec un sourire. Je ne suis pas aussi naïf que je veux le faire croire. Ce qui me fait penser… Je vous en prie, ne dites *jamais* à Carden que j'ai posé mon bras sur vos épaules ou que je vous ai pris la main. Si par malheur, il l'apprend, je ne donne pas cher de ma peau.

Oui, songea-t-elle, attendrie. Un jour, une femme aurait beaucoup de chance…

— Je vous promets que le secret sera bien gardé. C'est le moins que je puisse faire pour vous remercier de votre amitié et de vos conseils pleins de sagesse.

— Vous réfléchirez à ce que je vous ai dit ?

— J'ai déjà réfléchi, Aiden.

— Bien ! fit-il gaiement en pressant sa main entre les siennes.

L'attelage s'arrêta et le cocher vint leur ouvrir la portière.

— À présent, lança-t-il joyeusement, allons dîner. Ensuite, vous rentrerez régler vos comptes avec Carden.

Seraphina sourit et prit la main qu'il lui tendait pour l'aider à descendre. Elle était émerveillée par la façon dont il avait mené la conversation. Dire qu'elle s'était naguère inquiétée de l'influence que Barrett et Carden pouvaient avoir sur lui ! John Aiden Terrell était aussi un vaurien, dans son genre. Un gredin qui, ce soir, avait mis son habileté à son service. Bien qu'elle lui en fût reconnaissante, elle ne put s'empêcher d'avoir une pensée compatissante pour toutes les femmes qui ne voyaient pas le danger qu'il représentait.

Carden se figea sur le seuil, se rappelant un peu tard ce que Seraphina lui avait dit avant de partir. Il n'avait plus aucune chance de s'esquiver sans être vu.

— Bonsoir, oncle Carden ! s'exclama Beatrice. Vous venez nous aider ? Nous cherchons des noms pour les chiots.

Se ressaisissant, il sourit.

— Justement, je me disais que ce serait une excellente façon de passer la soirée, mentit-il effrontément.

Anne n'allait pas tarder à venir chercher les fillettes qui étaient déjà en robes de chambre. Il pouvait bien prendre quelques minutes pour jouer les oncles gâteau.

— Où en êtes-vous ? s'enquit-il en s'asseyant sur le sol auprès d'elles.

Camille souleva l'un des chiots.

— Celui-ci s'appellera Tippy.

C'était une femelle, mais il ne vit pas de raison de corriger l'erreur de la fillette. Tippy était un nom qui convenait à une chienne.

— Et celui-ci, ajouta Beatrice en lui en attrapant un autre, s'appelle Bootsie.

— À cause de ses pattes sombres qui donnent l'impression qu'il porte des bottes ? devina-t-il. Si je peux vous faire une suggestion, ce chiot est un mâle. Si vous l'appelez Bootsie, ses copains vont se moquer de lui. Un nom comme Boots lui rendrait la vie plus facile.

— Je suis d'accord, déclara gravement Beatrice.

Ses sœurs approuvèrent, et elle reposa Boots à côté de sa mère. Carden prit l'un des trois chiots qui restaient et jeta un coup d'œil discret sous son ventre.

— Et… celle-ci ? Comment allez-vous l'appeler ?

— Mlle Seraphina, proposa Camille. Parce qu'elle a les yeux bleus, comme elle.

— Les yeux des chiots changent de couleur, ma chérie. Dans une ou deux semaines, ils seront bruns.

— Ceux de Mlle Seraphina vont changer aussi ? s'enquit Camille, médusée.

— Non. Seraphina aura toujours les yeux bleus.

« De magnifiques yeux bleus », songea-t-il.

— Nous pourrions l'appeler Fluffy, proposa Amanda. Parce qu'il ressemble à une peluche.

— Qui, Mlle Seraphina ? demanda Camille en fronçant les sourcils.

— Mais, non, idiote. Le chiot. Mlle Seraphina n'est pas une peluche.

Non, Seraphina n'était pas douce comme une peluche. Elle était belle, intelligente. C'était une artiste. Mais elle était trempée dans l'acier. Et elle avait une tendance à la passion que tout homme aurait rêvé de…

— Tippy, Boots et Fluffy, répéta Beatrice, l'arrachant à ses réflexions. Il n'en reste plus que deux et la mère. Il faudrait en appeler au moins un Lucky. Cela veut dire « chanceux » et ils ont eu de la chance, n'est-ce pas ?

— Pourquoi pas celui-là ? suggéra Amanda en soulevant un chiot pour l'approcher de son visage. Coucou, Lucky !

Camille plissa le front, l'air songeur, puis lâcha de but en blanc :

— C'est une fille ou un garçon, oncle Carden ?

— Une fille, répondit-il rapidement, redoutant que l'une d'entre elles ne lui demande comment il le savait.

— Lucky, ça ne va pas pour une fille, décréta Beatrice. Je ne voudrais pas m'appeler comme ça.

— Et que penses-tu de Lucky Lucy ? intervint Amanda.

Carden réprima une grimace. S'il n'intervenait pas, cette pauvre chienne allait traîner toute sa vie un nom qui désignait communément une catin ! Le problème, c'est qu'il n'avait pas envie d'expliquer aux fillettes des choses qu'elles n'avaient pas besoin de savoir.

— Comment trouves-tu ce nom, oncle Carden ? fit Amanda.

— Très bien.

Il n'aurait qu'à surnommer la chienne Lucy, en espérant que les filles l'imiteraient. Et Lucy lui devrait une fière chandelle !

— Il n'y a plus que celui-là, annonça Camille en soulevant le dernier chiot.

Elle le tourna vers lui, grâce au ciel ventre en avant, et l'interrogea :

— C'est un garçon ou une fille ?

— Encore une fille.

Boots et lui se retrouvaient en minorité. Ils allaient devoir se serrer les coudes.

— Si on l'appelait Beauty ? s'écria Béa.

Amanda ricana.

— C'est un nom idiot.

Ceci déclencha une polémique entre les filles. Le débat se prolongea un moment, puis Carden suggéra :

— Et pourquoi pas Red, puisque son pelage est roux ?

Beatrice secoua la tête en faisant la moue.

— Un des marins sur le bateau s'appelait aussi Red, à cause de sa barbe.

Camille plissa le nez.

— Il y avait toujours des *trucs* dedans.

Carden hocha la tête, compréhensif.

— Il vaut mieux ne pas donner de nom qui vous rappelle quelqu'un ou quelque chose de désagréable.

— Comme M. Hopkins ! s'exclama Amanda en affichant un air faussement horrifiée.

— Ou lady Matthews ! renchérit Camille en grimaçant.

Le regard de Beatrice se perdit au loin et son expression s'assombrit tandis qu'elle ajoutait :

— Ou M. Treadwell.

Camille se figea. Amanda tressaillit et flanqua un grand coup de coude à sa sœur, avant de déclarer d'un ton vif :

— Il y avait plein de gens désagréables à Belize, oncle Carden.

— J'en ai l'impression.

— Belize me manque, avoua Camille avec un soupir. C'était beau, là-bas. Il faisait chaud et il y avait tout le temps du soleil.

— Puisque vous avez de bons souvenirs de Belize, pourquoi ne pas donner ce nom au chiot ? Belize est un joli nom pour une femelle, vous ne trouvez pas ?

Les visages des fillettes s'éclairèrent instantanément, et elles caressèrent chacune à leur tour le pelage roux du petit chien.

Tippy, Boots, Fluffy, Lucy et Belize. Joli et rythmé, se dit-il en caressant la mère derrière les oreilles.

— Comment allons-nous appeler la maman ?

— Chaque fois que quelqu'un prononce le mot « maman », dit doucement Camille, je pense à papa et à maman. Ils me manquent beaucoup.

— À moi aussi, souffla Beatrice.

Redoutant de les voir toutes les trois fondre en larmes, Carden se hâta de proposer :

— Que diriez-vous de Queenie ?

— Pourquoi Queenie ? interrogea Camille, dont le chagrin fut aussitôt chassé par la curiosité.

— Je ne sais pas. Beaucoup de gens appellent leur chienne ainsi, parce que ça signifie « reine ».

— Notre reine s'appelle Victoria, murmura Béa, songeuse.

— Je ne pense pas qu'elle serait flattée qu'on donne son prénom à une chienne, observa Carden. Patience, les filles, nous allons trouver.

— Patience ! s'exclama Amanda, toute joyeuse. C'est un nom parfait !

— Oh, oui ! renchérit Beatrice en souriant. Et quand Mlle Seraphina nous dira que nous n'avons pas de patience, nous pourrons lui répondre que si, nous en avons *une* !

— Quand va-t-elle rentrer, oncle Carden ? s'enquit Camille en se triturant les mains. Dans longtemps ?

— Oh, oui, dans quelques heures. Il va falloir vous armer de… patience !

Les fillettes protestèrent.

— La patience est une vertu, leur rappela-t-il en riant. En attendant, voici Anne. Elle va vous emmener au lit.

La femme de chambre venait d'apparaître sur le seuil. Les filles se levèrent et chacune d'elles vint lui planter un baiser sur la joue avant de sortir.

— Bonne nuit, mesdemoiselles ! cria-t-il alors qu'elles disparaissaient dans le couloir en piaillant joyeusement.

Mais Amanda s'arrêta et revint sur ses pas.

— Papa et maman me manquent, mais pas toujours, dit-elle d'un ton si solennel qu'elle parut soudain beaucoup plus âgée qu'elle ne l'était en réalité. Parfois, j'ai l'impression qu'avec Mlle Seraphina et vous, nous formons une vraie famille. Bonne nuit, oncle Carden.

— Bonne nuit, Amanda.

Mlle Seraphina et vous. Carden se leva en soupirant. C'était bien joué, mais si Amanda croyait que cela suffirait pour le retenir à la maison ce soir, alors il allait vraiment falloir qu'elle apprenne…

Non. Réflexion faite, décida-t-il en se dirigeant vers le cellier, Amanda n'avait pas besoin de savoir quoi que ce soit des besoins des hommes.

17

Carden dénicha un morceau de fromage et un reste de rôti dans le garde-manger. Il posa le tout sur la table de bois blanc au milieu de la pièce et s'empara d'un des couteaux affûtés fixés sur le côté. À peine eut-il fait mine de couper la viande, que la chienne fut à ses pieds, abandonnant ses petits dans l'espoir de partager son repas improvisé.

Il lança un morceau de viande en l'air et elle le rattrapa avant même qu'il ait touché le sol. Elle eut droit encore à deux tranches de rôti, puis à six morceaux de fromage. Tous furent engloutis de la même manière.

Carden s'apprêtait à couper un nouveau morceau de viande pour tenter d'apprendre à Patience à faire un demi-tour, quand celle-ci s'immobilisa, les oreilles dressées, les yeux rivés sur la porte de service. Ses poils se hérissèrent, puis elle se mit à grogner. On frappa discrètement à la porte, et le grognement se transforma en un aboiement furieux. Elle se rua sur la porte, grattant le battant avec ardeur.

Carden reconnut à travers la vitre la silhouette familière de Barrett Stanbridge. Retenant Patience par son collier, il ouvrit la porte, puis ramena la chienne vers la table en lançant par-dessus son épaule :

— Elle me paraît avoir un excellent jugement.

Mais Patience avait déjà repéré le reste de rôti sur la table et elle s'assit, le regard empli d'espoir.

Barrett sourit.

— Je suis venu pour trois raisons. La première, c'est que Reginald Carter s'est volatilisé. Jusqu'à présent il vivait sur un grand pied, dans une luxueuse demeure de Chelsea. Il en est sorti normalement avant-hier matin et depuis, son personnel ne l'a pas revu et n'a plus entendu parler de lui. Je pense qu'il doit chercher à se cacher du côté de Newcastle ou de Southwark. Nous aurons un mal de chien à le retrouver, mais j'ai lancé mes meilleurs hommes sur la piste.

— Peu m'importe ce que cela coûtera, déclara Carden en lançant un morceau de viande à Patience. Je veux qu'on le trouve.

— Ça ne te coûtera rien tant qu'on ne lui aura pas mis la main dessus. Je ne paye mes hommes que lorsque le travail est achevé. J'ai remarqué qu'ils étaient plus motivés ainsi.

Très futé. Restait à espérer que les hommes qui travaillaient pour Barrett aimaient l'argent, ou bien qu'ils avaient une famille nombreuse à nourrir.

— La deuxième raison de ta présence, c'est quoi ?

— Je suis passé au club, ce soir, et j'ai bu un verre avec Rob Tompkins.

— Je l'ai vu aussi aujourd'hui, fit Carden en grignotant un morceau de rôti. Comment allait-il ? Toujours dans le trente-sixième dessous ?

— Non seulement il va bien, mais je l'ai même trouvé guilleret. Il m'a appris qu'ils avaient un problème dans le métro, et que tu avais accepté de jeter un coup d'œil aux plans.

— Il avait l'air si déprimé que j'ai eu pitié de lui. Les plans sont sur mon bureau.

— Je voulais juste te dire que la nouvelle m'a fait plaisir, Carden. Tu es trop doué pour te limiter à la construction de serres pour de vieilles dames désœuvrées.

Il valait mieux construire des serres plutôt que de creuser des tunnels sous terre avec les rats. Mais rien ne se comparait aux ponts.

— Et la troisième raison ?

— Je me rendais à Covent Garden dans l'espoir de m'amuser un peu. J'ai pensé que tu aimerais m'accompagner.

Afin sans doute de rapporter ensuite, comme par hasard, l'incident à Seraphina ? Barrett le croyait-il vraiment aussi idiot ?

— Je ne peux pas. J'ai promis à Tompkins d'étudier les plans ce soir et de lui en parler demain matin.

Il n'avait rien promis à Tompkins, mais l'excuse n'était pas plus mauvaise qu'une autre.

Barrett tourna la poignée de la porte en haussant les épaules avec désinvolture.

— Le travail avant tout. Si jamais tu changes d'avis...

— Je saurai où te trouver, termina Carden.

Il regarda la porte se refermer sur son ami. Il gèlerait en enfer avant qu'il commette l'erreur fatale d'aller courir le jupon avec Barrett !

Il n'avait pas encore renoncé à tout espoir de conquérir Seraphina. Il s'était conduit comme un imbécile, la veille, en s'emportant contre elle. Naturellement, elle s'était retranchée derrière sa fierté, avait invoqué les convenances. Il ne lui avait pas laissé d'autre choix. Et quand il s'était rendu compte qu'il avait commis une gaffe, il était trop tard pour faire machine arrière.

Il ne lui restait plus qu'à trouver un moyen d'apaiser ses craintes, de la ramener vers lui, de la faire sourire... Un baiser. Il n'en faudrait pas plus pour la faire fondre.

Carden ferma les yeux et secoua la tête. Ce qu'un homme pouvait être bête, parfois ! Lui, un séducteur expérimenté, avait négligé toutes les règles du jeu. Il avait laissé leur relation s'égarer dans le terre à terre, le quotidien. Il avait demandé à Seraphina de faire un choix, il avait négocié. Seigneur ! Rien d'étonnant qu'il se retrouve seul à la maison, en train de partager son dîner avec le chien, tandis qu'elle était à une réception avec un de ses amis !

Eh bien, par Dieu, cela allait changer ! Et avant même le lever du soleil. Quant à sa sortie avec John Aiden, il ferait comme si elle n'avait pas eu lieu. Ce genre d'événement appartenait au quotidien, il n'avait pas de place dans le monde enchanteur qu'il allait créer pour elle. Pour commencer, il lui demanderait pardon. Il s'était comporté comme un véritable mufle, dans la serre. Lorsqu'elle aurait baissé sa garde, il en profiterait pour l'attirer dans ses bras et l'embrasser. Elle lèverait les yeux vers lui, perdue, ne sachant comment réagir. C'est là qu'il ferait appel à sa nature passionnée. Il lui murmurerait des paroles enivrantes, lui parlerait des plaisirs à découvrir ensemble, sans lui laisser le temps de prononcer elle-même un mot raisonnable. Et alors, confiante, elle se donnerait à lui.

Tout ce qui lui restait à faire, c'était de passer le temps en attendant son retour. Les plans de Tompkins étaient justement là pour le distraire. Mais à l'instant où Seraphina franchirait la porte…

Carden sourit, et lança distraitement le reste du rôti à Patience.

Il déroula les plans et chercha ceux qui concernaient la portion de métro dont Tompkins lui avait parlé. Pris séparément, les problèmes qui ralentissaient le travail étaient d'ordre mineur. Mais ajoutés les uns aux autres, ils faisaient perdre un temps considérable. Or, le temps, c'était de l'argent. Et des sommes importantes étaient en jeu.

Carden étudia le plan général sans y déceler la moindre erreur. L'ingénieur qui avait tracé ce dessin était très compétent. Manifestement, l'homme avait une grande expérience dans la construction de voies ferrées. Toutefois, les problèmes que Tompkins lui avait décrits...

Carden fronça les sourcils et revint en arrière pour étudier la partie concernant le tronçon qui venait d'être terminé. Là aussi, rien ne retint son attention. Il décida alors de regarder une autre section du plan se rapportant à une ligne d'un demi-mile environ. À partir de là, les ouvriers essayaient de monter des murs sur un terrain qui, contre toute logique, glissait et s'effondrait lentement autour d'eux.

Il soupira tout en poursuivant son examen. Les fondations, les revêtements, les angles d'élévation... rien dans tout cela ne semblait comporter de défaut de conception. Et rien ne justifiait les problèmes que les constructeurs rencontraient actuellement. Ce qui signifiait que la cause du problème ne se trouvait pas dans la structure elle-même, mais quelque part, n'importe où, dans la masse invisible du sol.

Ce « quelque part » faisait partie du royaume obscur qui était sous la responsabilité des géologues. De vieux gâteux qui disaient n'importe quoi, songea Carden en feuilletant le document pour retrouver l'étude géologique du terrain. S'il avait gagné un souverain chaque fois que ces idiots s'étaient trompés, il aurait de quoi acheter le trône d'Angleterre...

Rien dans l'étude des géologues ne suggérait que le sol à cet endroit avait été stable de toute éternité. Rien non plus n'affirmait le contraire.

Revenant aux plans de l'ingénieur, il considéra longuement les aires problématiques que Tompkins avait encerclées en rouge. À quelques exceptions près, elles se trouvaient situées au nord.

— Il doit y avoir de l'eau, murmura-t-il. C'est la seule explication possible. Mais d'où vient-elle ?

Il chercha dans les rapports géologiques des références éventuelles à d'anciennes rivières, de vieux puits, ou même des citernes souterraines abandonnées. Rien. Ce qui n'était pas étonnant. Il n'avait jamais rencontré dans sa vie de géologue de formation universitaire capable de trouver de l'eau avec autant d'habileté qu'un sourcier armé de sa baguette de coudrier.

Agacé, il relut la description qui accompagnait les plans. Quand il l'eut bien en tête, il se renversa dans son fauteuil et, les yeux fermés, passa en revue les rues et les immeubles qui se trouvaient au-dessus des tunnels. Lequel était susceptible de contenir une masse d'eau assez importante pour qu'en s'infiltrant dans le sol, elle parvienne à déstabiliser la construction souterraine ? Il ne trouva rien. Ignorant alors les constructions les plus récentes, il tenta de se rappeler ce qui se trouvait à leur place autrefois. Il se souvenait d'un incendie spectaculaire qui avait eu lieu quand il était enfant. Le feu avait pris dans une des...

Carden bondit sur ses pieds et feuilleta rapidement les documents que lui avait confiés Tompkins, retraçant mentalement le trajet du métropolitain. Pourvu qu'il se soit trompé...

Non, pas d'erreur ! Le tunnel passait juste sous l'emplacement des anciennes fonderies. Il y en avait au moins une douzaine et chacune possédait une immense citerne souterraine fournissant l'eau nécessaire pour refroidir le métal en fusion. Il se rappela la rapidité avec laquelle le site avait été nettoyé pour permettre la construction de nouveaux édifices. Personne n'avait vu l'utilité de démonter les citernes. Celles-ci avaient été recouvertes et oubliées. Le bois avait lentement pourri, le métal avait rouillé. Et chaque fois qu'il pleuvait, chaque fois que la neige fondait, l'eau s'accumulait dans les vieilles cuves.

Carden reporta son attention sur les plans, examinant les endroits cerclés de rouge. Il eut alors la certitude que les citernes étaient en train de céder. Ce n'était qu'une question de temps. Tôt ou tard, les matériaux vétustes céderaient sous le poids de l'eau, de la boue, des rochers, envahissant d'un seul coup les quatre derniers tunnels creusés pour le passage du train. C'était un miracle que la catastrophe ne se soit pas encore produite.

Il roula rapidement les plans, puis quitta son bureau pour se précipiter à l'étage des domestiques.

— Sawyer! hurla-t-il en ouvrant la porte du majordome à la volée. Réveillez-vous!

Sawyer leva à peine la tête de l'oreiller et grommela d'une voix ensommeillée :

— Il y a le feu, monsieur?

— Non. Mais un tunnel est sur le point de s'effondrer. Il faut que j'y aille.

Sawyer repoussa ses couvertures et s'assit.

— Que suis-je censé faire pour éviter le désastre, monsieur?

— Prévenez Seraphina. Je ne serai peut-être pas de retour avant un jour ou deux. Si sa tenue vous paraît le moins du monde chiffonnée, dites à John Aiden que c'est un homme mort. Envoyez un mot à Barrett pour lui demander de faire surveiller la maison par ses hommes pendant mon absence. Je paierai. Il est parti il y a un moment à Covent Garden. Monroe le trouvera sans peine s'il se dépêche.

— Je vous souhaite bonne chance, monsieur. Je m'occuperai de tout ici.

— Veillez surtout à la sécurité de Seraphina et des enfants, lança Carden en s'éloigna à grands pas dans le couloir. Tout le reste m'est égal.

Seigneur, il espérait que Tompkins se trouvait encore au club. Sinon, il irait chez lui et le tirerait de son lit. De fait, dans l'heure suivante, un bon nombre d'hommes allaient se trouver arrachés au doux confort de leur demeure.

Plaqué contre les poutres de soutènement, Carden examina la partie supérieure du tunnel, cherchant des traces d'infiltration. Pour le moment, tout paraissait normal. Il examina alors la section la plus récente, celle qui était le plus en danger. Deux jours et deux nuits, et ils continuaient d'apporter des poutres et des plaques de métal pour essayer de stabiliser le sol.

Au moins, les rigoles qui coulaient entre les plaques qu'ils s'étaient donné un mal fou à fixer avaient disparu. Pour un ingénieur, le tunnel était une vision de cauchemar, mais ils parvenaient tout de même à éviter l'effondrement. C'était toujours ça de gagné.

— Voyons si nous pourrons garder les fondations intactes, murmura-t-il en se penchant pour observer le bas du tunnel.

Le bruit était assourdissant, la lumière très insuffisante et l'air enfumé. Mais il vit que les chariots continuaient de descendre régulièrement, manipulés par des hommes aux visages noirs de suie.

Carden avança avec précaution pour examiner la paroi nord, en espérant que les plaques de métal et les supports qu'ils avaient placés à la hâte la veille résisteraient à la pression énorme qui s'exerçait au-dessus d'eux. Remarquant soudain que de l'eau continuait de s'infiltrer entre les pierres, il lâcha un juron. Bon sang, que fichait l'équipe de pompage ? Ils vidaient les citernes à la petite cuillère ou quoi ?

Il inspecta le mur sur toute sa longueur, essayant de mémoriser les endroits où l'eau filtrait encore. Il avait presque atteint l'extrémité du tunnel lorsqu'il le vit.

Il était grand et d'une carrure peu commune, mais ce qui distinguait surtout Barrett des autres hommes, c'était sa chemise blanche et propre. Carden l'observa un instant, essayant de deviner d'après son allure la raison de sa présence ici. Il ne semblait pas agité, ni même vraiment pressé de le trouver. De fait, il paraissait surtout s'intéresser à la structure du tunnel. Ce qui signifiait qu'il n'était rien arrivé d'horrible à Seraphina ou aux enfants.

À l'instant même où cette pensée se formait dans son esprit, Barrett leva la tête et croisa son regard. Souriant, il avança vers lui. Carden enjamba un fossé pour prendre pied sur une poutre et rejoignit son ami en quelques bonds habiles.

— Seraphina m'envoie m'assurer que tu ne fais pas de folie et que tu ne risques pas ta vie. Je pense que je ne lui dirai rien de ce que tu viens de faire à l'instant. Elle ne peut s'inquiéter pour des choses qu'elle ignore.

Seraphina s'inquiétait donc pour lui ? Suffisamment pour lui pardonner de s'être conduit comme un malotru ?

— Eh bien, je peux difficilement montrer aux autres où se trouvent les problèmes, puis partir en leur souhaitant bonne chance, non ?

— Je suis d'accord. Le chef montre l'exemple. Aurais-tu besoin d'une autre paire de bras musclés ?

Carden secoua la tête.

— Ce ne sont pas les muscles qui manquent. Je pense que nous avons pompé suffisamment d'eau dans les citernes pour éviter un effondrement. Mais si jamais je me suis trompé dans mes calculs, j'aimerais autant que tu ne sois pas là quand ce truc nous tombera sur la tête.

— Tu dis cela par pure amitié, ou bien il existe une autre raison à cette sollicitude ?

Carden chercha le regard de Stanbridge.

— Vu que tu es mon ami, j'espère que s'il m'arrive malheur, tu aideras Seraphina et mes nièces à faire leur chemin dans la vie.

— Je ne suis pas seul à pouvoir le faire, tu sais. Tu peux aussi compter sur John Aiden.

— Certes. Mais il ne lui viendrait jamais à l'idée de demander Seraphina en mariage. Alors que toi, tu as déjà vaguement caressé cette idée.

— Oh ? fit Barrett avec un sourire coupable. Et sais-tu aussi ce que j'ai décidé, en fin de compte ?

— Oui. Que c'est une veine que les femmes comme Seraphina soient rares, car elles finiraient par vous faire croire que le mariage est une chose merveilleuse et indispensable au bonheur d'un homme.

Barrett considéra son ami d'un air grave, puis demanda de but en blanc :

— Tu y as donc songé ?

— L'idée m'a effleuré à une ou deux reprises, avoua-t-il. Mais chaque fois, j'avais trop bu. Lorsque je suis dans mon état normal, c'est-à-dire sobre… Non. Seraphina a retenu mon attention plus longtemps que n'importe quelle autre femme. Mais la réalité étant ce qu'elle est… Toute une vie, c'est sacrément long, Barrett. Je ne suis pas fait pour ça.

— Moi non plus. Alors, essaye de sortir vivant de ce tunnel. Sinon, je serai obligé d'envisager sérieusement cette sombre perspective.

Carden considéra les filets d'eau qui s'écoulaient le long de la paroi nord du tunnel. Il pouvait difficilement lui dire de ne pas s'inquiéter, et que tout irait bien. Barrett était ingénieur. Il savait que tout pouvait s'effondrer d'un moment à l'autre.

— Comment va Seraphina ? s'enquit-il pour faire dévier la conversation.

— Elle est dans tous ses états.

— À cause de qui ? De toi ou d'Aiden ?

— À cause de toi, mon vieux. Sawyer dit qu'elle passe son temps à tourner en rond dans le salon et à regarder par la fenêtre. D'après les filles, elle n'a pas encore trié les peintures qu'elle doit apporter à l'éditeur. Tu ne m'avais d'ailleurs pas dit qu'il lui avait demandé de les lui montrer.

— J'étais surtout préoccupé par ce Reginald Carter. Tu l'as retrouvé ?

Barrett détourna les yeux.

— Nous nous rapprochons du but.

Il était visiblement contrarié de ne pas l'avoir encore atteint. Carden décida de ne pas insister.

— As-tu chargé un de tes hommes de surveiller la maison, comme je l'avais demandé ?

— J'en ai posté un devant la porte et un autre à l'arrière. Ils sont bien armés.

— J'apprécie ce que tu fais, Barrett, dit-il en lui donnant une claque amicale sur l'épaule. Merci. Avec un peu de chance, je serai rentré demain et tu pourras les envoyer sur la piste du futur ex-mari de Seraphina.

Ils se dirigèrent en silence vers la rampe d'accès. Au bout d'un moment, Barrett se racla la gorge et demanda :

— Cela t'ennuierait énormément si tu apprenais que Gerald Treadwell a été retrouvé mort ?

Sans laisser à son ami le temps de répondre, il enjamba une rambarde et poursuivit :

— Tu sais aussi bien que moi que les morts violentes ne sont pas rares dans les environs de Newcastle et de Southwark. Ce sont des endroits si mal famés... Cette disparition éviterait à Seraphina un scandale et beaucoup de tracas. Ça tomberait à pic, en somme. Et s'il meurt avant que tu l'aies rencontré, personne n'aura de soupçons.

Barrett était capable de résoudre le problème d'une façon nette et sans bavure, avant que la situation ne devienne encore plus compliquée qu'elle ne l'était déjà. Mais cela engendrerait d'autres problèmes, et ce n'était pas acceptable. Barrett faisait assez de cauchemars comme ça sans en ajouter de nouveaux dans le seul but de leur rendre, à Seraphina ou à lui, la vie plus simple.

— Non, je préfère prendre le risque de le laisser en vie, décida Carden. C'est une question d'honneur. Cet homme doit avoir une chance de réparer le tort qu'il a fait à Seraphina.

— Imagine qu'il veuille se racheter et garder Seraphina comme épouse ?

— Il faudra d'abord qu'il me tue.

— Comme disent les avocats, la légitime défense est le meilleur des arguments pour justifier un crime. Et le problème serait résolu. Toutefois, le scandale serait tel que Seraphina et toi ne vous en remettriez jamais.

— Comme je le dis toujours, mieux vaut vivre dans le scandale que mourir respecté.

Le regard de Barrett se perdit dans l'obscurité. À ce moment, un homme vint prévenir Carden qu'on avait besoin de lui pour surveiller une opération délicate.

— Je saluerai Seraphina de ta part, dit Barrett en prenant congé de son ami. Dois-je l'embrasser pour toi ?

— Uniquement si je meurs là-dedans, répliqua Carden d'un ton sec. Je te préviens : si tu poses la main sur elle de mon vivant, je t'étrangle.

À ces mots, son ami eut un faible sourire.

— Sois prudent, Carden. Si tu sens les murs vibrer un tant soit peu, sors d'ici. Et vite !

Carden acquiesça d'un hochement de tête et regarda Barrett gravir la rampe qui menait à la surface. Si les murs s'effondraient, beaucoup d'hommes mourraient. Et il aurait beau courir à toutes jambes, il y avait de fortes chances pour qu'il soit parmi eux. C'était la première fois de sa vie qu'il ne se contentait pas de hausser les épaules avec désinvolture à cette idée. Étrange...

Barrett disparut dans le puits de lumière qui conduisait au monde des vivants. Carden se détourna. S'il s'en sortait, il avait l'intention de faire des tas de choses, là-haut. En tout premier lieu, séduire la belle Seraphina. Et rien ni personne ne l'en empêcherait. Seraphina était si inquiète qu'elle avait envoyé Barrett aux nouvelles. Elle se souciait de son sort. Si elle ne lui avait pas encore pardonné, cela ne saurait tarder. Et il s'arrangerait pour qu'elle se souvienne jusqu'à la fin de ses jours du plaisir qu'il lui donnerait.

Un sourire aux lèvres, il rejoignit l'équipe qui l'attendait.

C'était merveilleux d'avoir enfin une bonne raison de vouloir survivre.

18

Enfin, il était rentré ! Il était là, dans son bureau baigné par la lumière dorée de cette fin d'après-midi, un verre de cognac à la main, les vêtements sales, les manches de sa chemise roulées au-dessus du coude et les joues ombrées par une barbe de trois jours. Jamais elle ne l'avait trouvé aussi beau.

— Vous allez bien ? s'enquit-elle en le dévorant des yeux tandis qu'elle pénétrait dans la pièce.

— Très bien, Seraphina, lui assura-t-il en étouffant un bâillement. J'ai juste quelques coupures et des bleus. Pas de quoi s'inquiéter.

Elle s'attendait qu'il lui propose d'un air espiègle d'examiner ses blessures, mais il se contenta de bâiller de nouveau. Ravalant sa déception, elle tenta de se consoler en se persuadant que cet apparent manque d'intérêt était dû à l'état d'épuisement dans lequel il se trouvait.

— J'étais terriblement inquiète. Avez-vous réussi à préserver le tunnel ?

— Je ne l'ai pas fait tout seul. Et je me suis même demandé à plusieurs reprises si nous y parviendrions. Mais finalement, nous avons accompli ce miracle.

Il marqua une pause, sourit, et précisa :

— La construction de ces tunnels est un sale boulot. Ils ne payent pas assez les ouvriers.

Oh, ce sourire ! Comme il lui avait manqué ! Durant ces trois jours, elle avait constamment redouté de ne plus jamais le revoir. Et maintenant qu'il était rentré, elle voulait profiter de sa présence. Elle avait tant de choses à lui dire, à lui expliquer...

Notamment de quelle façon on les avait manipulés au nom de l'amitié et des bonnes intentions.

— Le bal de lady Hatcher a lieu ce soir, lui rappela-t-elle. J'ai voulu me décommander, mais Barrett prétend que s'il n'y a pas eu de mort subite dans la famille, c'est impossible. Lady Hatcher trouverait cela incroyablement mal élevé.

Il se massa le front, bâilla à s'en décrocher la mâchoire, puis avoua :

— Je croyais que c'était demain,. J'ai perdu la notion du temps. C'est un phénomène courant quand on passe quelques jours sous terre.

Seraphina le considéra longuement. Elle pourrait lui parler tant qu'elle voudrait, il était trop exténué pour comprendre une seule de ses paroles. À moins, songea-t-elle soudain, le cœur battant, qu'il n'ait décidé qu'elle ne valait pas la peine qu'il se donne tant de mal et qu'il laissait le champ libre à Barrett.

— Souhaitez-vous que j'invoque la mort d'un lointain parent afin de rester avec vous ce soir ? risqua-t-elle. Je suis sûre que Barrett trouvera aisément une autre cavalière.

Il l'étudia un moment, et elle comprit qu'il pesait prudemment le pour et le contre. Puis il secoua lentement la tête.

— Merci, Seraphina, mais non. J'ai hâte de prendre un bain, de me raser et de manger un repas chaud. Après quoi... j'irai me coucher et je dormirai pendant une semaine. Il n'y a aucune raison de rater ce bal à cause de moi. Sortez et passez une agréable soirée.

— Vous êtes sûr ? fit-elle d'une voix chevrotante.

— Tout à fait sûr, Seraphina. Menez votre vie de princesse.

Il l'abandonnait à Barrett ! Certes, il avait hésité une seconde ou deux, mais il ne fallait pas espérer entendre du regret dans sa voix. Elle hocha la tête et leva crânement le menton.

— Très bien. Puisque vous insistez.

Il esquissa un sourire, qui disparut immédiatement dans un irrépressible bâillement. Elle quitta le bureau. Elle aurait aimé se dire qu'elle ferait une autre tentative le lendemain, lorsqu'il serait reposé, pour ranimer la flamme de son désir. Mais elle n'y croyait pas. La douleur qu'elle ressentait d'avoir été repoussée avec tant d'indifférence était trop cruelle. Pas question de se voir rejetée une deuxième fois et de manière plus définitive. Sa dignité en souffrirait trop.

Carden consulta sa montre une fois de plus puis la remit dans son gousset. Il n'avait pas menti à Seraphina. Simplement, il se contenterait de six heures de sommeil au lieu d'une semaine. Il ne lui restait plus qu'à espérer que le reste du monde accepterait de coopérer avec lui. Passant avec désinvolture devant les valets de pied postés à l'entrée, il fit un détour par l'office, gratifia une petite servante effarée d'un clin d'œil, chipa un canapé sur un plateau et se dirigea vers le grand hall. Comme prévu, l'escalier brillamment éclairé était désert. Il gravit les marches quatre à quatre. Trop tard pour une entrée formelle et trop tôt pour le début du repas : il avait parfaitement calculé l'heure de son arrivée. Il se glissa discrètement parmi la foule des invités.

Barrett se tenait à l'endroit habituel, c'est-à-dire au fond de la salle de bal, un verre de champagne à la main. Cette position faisait partie de leur stratégie habituelle, car elle leur permettait de garder un œil aussi bien sur le bol à punch que sur la piste de danse.

Seraphina n'était pas avec lui. Balayant la salle du regard, il repéra John Aiden en compagnie d'une jolie rousse. Seraphina, elle, n'était nulle part. Déconcerté, il alla rejoindre son ami.

Sans quitter la piste de danse du regard, celui-ci lança :

— Que fais-tu ici, Carden ? Tu ne m'avais pas dit que tu avais accepté l'invitation de lady Hatcher.

— Je me suis décidé dans l'après-midi. Je m'excuserai auprès d'elle, et si je repars assez tôt pour lui éviter de modifier son plan de table, je suis sûr qu'elle me pardonnera. Tu as trouvé notre homme ?

— La piste se resserre vers le sud de Newcastle. Je pense que le rat sera pris au piège dès demain. Tu as vu la petite brune avec une robe jaune, à côté des violons ?

Carden acquiesça.

— Elle se querelle avec son cavalier, semble-t-il. Tu as toutes tes chances, mon vieux. Où est Seraphina ?

— Je ne sais pas, avoua Barrett avec désinvolture. La dernière fois que je l'ai vue, elle était près du balcon.

Carden avait à peine tourné la tête dans cette direction que son ami ajouta :

— Je préfère te prévenir… elle était en conversation avec lord Fraylee.

— Et tu n'es pas intervenu ?

Barrett quitta des yeux la petite brune pour répondre :

— Ils parlaient, c'est tout. Elle en a le droit, tu sais.

— Fraylee est un mufle qui a les mains baladeuses. Seraphina ne saura pas repousser ses avances.

— Tu parles d'expérience ?

La remarque glissa sur lui sans qu'il y prenne garde, tant il était concentré sur son plan.

— Tu peux être un vrai salaud, parfois, Barrett, observa-t-il avec un vague sourire.

— Exact. Essaye quand même de ne piétiner personne sur ton chemin, et sois aimable avec elle quand tu la trouveras. Nonobstant le fait qu'elle a décidé de porter son audacieuse robe rouge ce soir, je la trouve un peu fragile. Tu y es sans doute pour quelque chose.

« Voilà bien la preuve que tu ne comprends rien à rien, rétorqua Carden en lui-même. Seraphina est loin d'être fragile. »

Ainsi, elle avait choisi la robe rouge. Eh bien, il savait qu'il prenait un risque en l'obligeant à sortir avec Barrett alors qu'elle n'en avait aucune envie. Qu'elle ait choisi cette robe par défi ou dans l'espoir que la couleur vive lui donnerait du courage lui importait peu. S'il la lui avait offerte, c'était pour avoir le plaisir de la lui ôter un jour. Et, par Dieu, il ferait en sorte que son souhait se réalise avant la fin de la nuit.

Il jeta un coup d'œil sur le balcon. Personne. Mais il ne resterait pas vide longtemps. Surtout si Barrett réussissait à aborder la petite brune avant que son cavalier se soit fait pardonner. Il scruta le jardin éclairé par la lune, et n'y décela aucun mouvement ni aucun bruit.

Où diable était Seraphina ? Il fallait bien qu'elle se trouve quelque part. Si elle avait été dans la salle, il l'aurait repérée tout de suite. Fraylee n'était pas le seul à apprécier les jolies femmes et elle aurait été entourée par une nuée de prédateurs la suppliant de leur réserver une danse. Non, elle ne pouvait être qu'à l'extérieur.

Son regard se porta par-delà le jardin, vers le petit lac artificiel, puis sur les escaliers de pierre, à l'extrémité de la grande demeure.

Carden sourit. Il savait exactement où s'était réfugiée la jeune femme.

Seraphina posa sa coupe de champagne vide sur le sol, à côté de la chaise longue, et ferma les yeux pour inhaler le mélange de senteurs exotiques. L'air chaud et humide était chargé de parfums qui enivraient les sens. Si seulement une petite brise avait caressé sa peau. Et si elle avait été entre les bras de Carden... C'eût été le paradis.

— Trouvée, murmurèrent des lèvres chaudes contre son cou.

Elle tressaillit, se leva d'un bond et fit volte-face. Il était là, derrière sa chaise.

— Carden ! s'exclama-t-elle d'une voix étouffée. Que faites-vous ici ?

— Décidément, c'est la question de la soirée, répondit-il en contournant la chaise longue.

— Et quelle est la réponse ?

— Tout dépend de la personne à laquelle je m'adresse, dit-il doucement en soutenant son regard. Si c'est lady Hatcher, je dirai que je n'ai pas pu résister à l'attrait d'une de ses réceptions. Quant à Barrett, je n'ai même pas jugé utile de lui fournir une explication.

Forcément, Barrett savait pourquoi il était là. Le cœur battant, elle se rendit compte que Carden était parfaitement à l'aise dans son rôle de séducteur. Il était incroyablement, merveilleusement dangereux.

— Et que me répondrez-vous, à moi ? s'enquit-elle, le souffle court.

Il eut un lent sourire et déclara tranquillement :

— Je suis venu dans l'espoir de trouver une femme pour partager mon lit cette nuit.

Le visage de Seraphina s'enflamma, le sang lui battit aux tempes.

— Je ne pense pas que vous la trouverez dans la serre, répliqua-t-elle, s'efforçant de ne pas espérer. La salle de bal vous offrira un choix plus étendu.

— J'ai déjà fait mon choix ; une seule femme peut me contenter. À moins, bien sûr, que vous n'ayez donné rendez-vous à quelqu'un d'autre, ajouta-t-il en haussant les sourcils. Suis-je de trop ?

Elle était prévenue. Si elle ne fuyait pas dans les deux secondes, elle serait sa proie.

— Je n'attends personne, parvint-elle à articuler d'une voix étranglée. Je me suis réfugiée ici pour échapper aux bavardages creux et aux propositions à peine voilées.

— Je n'ai jamais apprécié les voiles trop fins, dit-il doucement. À moins qu'une femme ne porte que cela. Auquel cas, c'est plutôt excitant.

Sans la lâcher du regard, il fit quelques pas. Elle était incapable de détourner les yeux, ni ne voulait s'enfuir. Elle ne s'était jamais sentie aussi vivante ; en elle la peur se mêlait au désir. Un cocktail plus grisant que le plus doux des nectars.

— Savez-vous ce que je trouve aussi très excitant, Seraphina ? reprit-il en s'immobilisant devant elle.

Il fit courir l'index sur son décolleté.

— Faire l'amour dans une serre qui ne vous appartient pas, puis retourner ensuite dans la salle de bal comme si de rien n'était.

Le cœur de la jeune femme fit un bond. Là ? Maintenant ? Il était sérieux ? Une onde de chaleur prit naissance au creux de son ventre et se répandit dans tout son corps. Elle chancela.

— Cela me paraît difficile, murmura-t-elle, tremblant de la tête aux pieds. Vous aurez beau faire, il y aura des vêtements froissés et tachés de boue ou des brindilles accrochées à vos cheveux pour vous trahir.

Il eut un sourire en coin.

— Pas de vêtements froissés, pas de boue, pas de brindilles. Voulez-vous que je vous montre comment il faut s'y prendre ?

Il était sérieux. *Très* sérieux. Que faire ? Oserait-elle aller jusqu'au bout ? *Qui ne risque rien n'a rien.*

— Je vois une lueur de curiosité dans vos yeux, Seraphina. Vous êtes tentée, n'est-ce pas ?

Impossible de nier l'évidence.

— Y a-t-il des conditions ?

Le sourire de Carden s'évanouit, ses yeux s'assombrirent.

— Une seule. À partir de ce soir, vous ne sortirez plus avec aucun de mes amis.

— Et vous, aurez-vous le droit de sortir avec d'autres femmes ?

— Non. Je vous serai fidèle.

Aussi longtemps qu'il le pourrait, ajouta-t-elle en son for intérieur. Aussi longtemps qu'elle saurait se montrer assez audacieuse pour le retenir.

— Eh bien, monsieur Carden Reeves, fit-elle les mains sur les hanches. Je ne crois pas qu'il soit possible de faire l'amour dans une serre sans froisser sa jupe. Vous allez devoir me prouver le contraire.

Il pensait qu'elle céderait, mais lui demanderait de rentrer à Haven House. Et il était prêt à accepter son choix. Mais qu'elle soit assez hardie pour relever son défi, ici même... Bon sang, il pouvait se considérer comme l'homme le plus chanceux de la terre !

— Vous ne vous attendez pas que ça dure trop longtemps, n'est-ce pas ? dit-il en commençant à déboutonner son pantalon.

Elle rit, les yeux brillants, et rétorqua, en suivant le mouvement de ses mains :

— Je suppose que je ne le dois pas.

Il rit à son tour, l'embrassa et se laissa tomber dans la chaise longue.

— Pas cette fois, mon ange, murmura-t-il en sortant une protection de sa poche. Nous ne pourrons pas nous attarder.

Surprise, elle entrouvrit les lèvres et il l'entendit étouffer une exclamation.

— Des regrets ? demanda-t-il en lui agrippant les poignets. Il n'est pas trop tard pour arrêter.

— Si, il est beaucoup trop tard, répondit-elle en soutenant son regard. Mais... je n'ai jamais...

— fait l'amour ainsi ? devina-t-il en l'attirant sur lui.

Elle cala ses genoux de part et d'autre de lui.

— Et si je tombe ?

— Ne t'inquiète pas, murmura-t-il en glissant les mains sous ses volumineux jupons pour lui agripper les hanches. Je te tiens solidement. Fais-moi confiance, mon ange.

Seraphina se pencha sur son visage éclairé par la lune, se noya dans les puits sombres et mystérieux de ses yeux. Elle sut alors au plus profond de son être que Carden Reeves était le seul homme au monde qui posséderait jamais son cœur. Le seul homme pour lequel elle prendrait des risques. Posant les mains sur ses épaules, elle chuchota :

— Je ne serais pas là si je n'avais pas confiance.

Elle traça le contour de ses lèvres du bout de la langue.

S'ils s'étaient trouvés ailleurs, n'importe où, il l'aurait laissée le torturer et le taquiner aussi longtemps qu'elle le désirait. Mais la situation était si contraignante, qu'il n'avait pas le choix. Il la souleva doucement au-dessus de lui et, les yeux rivés aux siens, se glissa dans l'ouverture de son sous-vêtement, entrant en elle d'un coup de reins souple.

Elle laissa échapper un soupir. Ses yeux s'agrandirent, ses pupilles se dilatèrent et un frisson lui parcourut le corps. Il fut grisé par sa réaction, son cœur se gonfla de bonheur tandis que la brûlure sensuelle qu'il ressentait à être en elle s'intensifiait. Seraphina. Son ange exotique, audacieuse et innocente à la fois. Jamais il n'avait rencontré de femme qui lui ressemblât. Elle était unique. Et elle était à lui. Tant qu'il saurait la faire sourire, frissonner, gémir de plaisir.

— Mon ange, chuchota-t-il.

Il allait et venait en elle, encore et encore, de plus en plus profondément, en proie à une foule de sensations tumultueuses.

— Oui, mon ange, oui, souffla-t-il, les reins en feu.

Seraphina ferma les yeux, éblouie par la puissance de leur union. Ils s'appartenaient mutuellement. Plus rien n'existait que la spirale de feu qui montait en elle inexorablement. C'était la seule réalité, le seul univers. Les mains crispées sur les épaules de Carden, elle se laissa engloutir dans la gigantesque déferlante du plaisir. Une jouissance ineffable prit possession d'elle, véritable incendie des sens.

Elle était magnifique. Belle dans la passion qui la dévorait, sincère dans son désir. Resserrant son étreinte sur ses hanches, il accéléra le rythme.

Avec un sourd gémissement, elle se laissa emporter par le flot tumultueux qui la précipita dans l'océan sombre de l'extase.

Retenant son souffle, Carden retarda le plus longtemps possible sa propre jouissance afin de prolonger et de savourer l'abandon de sa compagne. Elle reprenait à peine contact avec la réalité lorsque, du coin de l'œil, il perçut un mouvement. Il ne pouvait attendre davantage. Il arqua le dos pour s'enfouir profondément en elle, et s'abandonna au plaisir.

— Carden ! murmura-t-elle en se contractant autour de lui.

L'assouvissement lui arracha un gémissement venu du tréfonds de son être. Il fit un effort désespéré pour reprendre son souffle, retrouver le chemin du réel, et sauver Seraphina du désastre social.

— Je suis désolée, haleta-t-elle, alanguie et souriante, mais j'ai froissé ma jupe.

Seigneur, que n'avait-il l'éternité devant lui pour savourer son enivrante présence !

— Il faut un peu de temps pour lisser un vêtement. Et nous n'en avons plus.

— Mais si, protesta-t-elle en pressant ses hanches contre les siennes.

La caresse était exquise, la tentation aussi. Mais le danger rôdait.

— Non.

Il la souleva vivement, et sortit d'elle. C'était la seule façon de laisser une chance au bon sens de reprendre ses droits.

— J'aperçois lord Freelay qui vient par ici en bonne compagnie.

Elle poussa un petit cri affolé, et serait tombée s'il ne l'avait retenue. Étouffant un rire, il pressa ses lèvres sur les siennes et l'aida à prendre pied sur le sol.

— Sors par la porte du fond, chuchota-t-il. Vite ! Je te suis.

Empoignant ses jupes, Seraphina s'éloignant en courant. Sa gorge était nouée, ses jambes tremblaient. Elle poussa le battant avec force, et se retrouva dehors, dans l'air frais de la nuit. Un bosquet se dressait devant elle et elle s'y rua. Ses mains se refermèrent sur le tronc d'un sureau et elle inspira à fond. La panique qui s'était emparée d'elle reflua doucement. Elle était folle. Oui, folle à lier. Et jamais, de toute sa vie, elle ne s'était sentie aussi totalement, follement, extraordinairement heureuse.

Un rire monta dans sa gorge et elle plaqua la main sur sa bouche pour le contenir. En vain. Les larmes aux yeux, elle luttait encore contre ce fou rire intempestif lorsque Carden surgit de l'ombre et l'agrippa à la taille.

La faisant tournoyer sur elle-même, il s'adossa à l'arbre et l'attira contre lui. Elle l'enlaça, et se laissa volontiers aller contre lui, le visage enfoui au creux de son cou.

— Tout va bien, mon ange ? s'enquit-il en la couvrant de baisers.

— Je déteste les corsets, déclara-t-elle avec un rire de gorge.

Carden s'enivra de la joie qu'il lisait dans son regard et l'étreignit avec délices. Cette femme était exquise. Dieu seul savait pourquoi elle avait accepté de devenir sa maîtresse, mais il n'allait pas prendre le risque de la perdre en se posant trop de questions.

— Je promets de t'enlever ce corset dès que nous serons rentrés.

Il jeta un rapide coup d'œil à la demeure illuminée. Jusqu'à présent, la chance leur avait souri. Mais il savait qu'à chaque seconde qui passait, le risque d'être découverts grandissait.

— Pour l'heure, il faut que tu retournes dans la salle de bal avant que Barrett ne parte à ta recherche. J'aimerais autant ne pas me prendre son poing dans la figure !

Elle n'avait aucune envie de se retrouver dans la salle bruyante et trop éclairée, et répugnait à quitter le cercle délicieux de ses bras. Mais c'était le prix à payer avant de le retrouver, comme il le lui avait promis. Avec un soupir résigné, elle s'écarta, laissant ses mains glisser le long de son torse.

Il les lui attrapa et les porta à ses lèvres.

— Tourne-toi, mon ange, ordonna-t-il ensuite à mi-voix, que je remette un peu d'ordre dans ta coiffure.

Elle obéit et il fixa les épingles qui retenaient son chignon. C'était un geste intime qu'aucun homme n'avait eu pour elle auparavant. Carden était unique. Elle aurait beau vivre très vieille, faire le tour du monde, elle ne retrouverait jamais un homme comme lui.

— Merci, murmura-t-elle.

— Pour ta coiffure ?

— Oui. Mais surtout parce que je me sens...

Comblée. Aimée. Différente. Folle de bonheur.

— Je me sens merveilleusement bien.

Il lui passa le bras autour de la taille et lui embrassa l'épaule.

— Alors tu es prête à recommencer ?

— Oh, oui ! fit-elle en se tournant entre ses bras pour lui faire face. Quand ?

Avec un rire de bonheur, il la repoussa doucement.

— Va retrouver Barrett et essaye de ne pas avoir l'air aussi heureuse. Prétends que tu as la migraine, ou ce que tu veux, mais arrange-toi pour qu'il te ramène à la maison le plus vite possible. Nous nous retrouverons là-bas.

— Dans la serre ? suggéra-t-elle, les yeux brillants.

Il avait dû vendre son âme au diable un jour et perdre le souvenir de cette transaction. Non, Seraphina ne pouvait être un don de Dieu. Seul un démon lui aurait envoyé une femme susceptible de combler ses rêves les plus fous.

— Je t'attendrai dans l'entrée. Je ne sais pas encore dans quelle pièce nous irons. Quoique j'apprécie parfois les matelas de plumes et les draps de satin.

Elle se hissa sur la pointe des pieds pour déposer un tendre baiser sur ses lèvres. Le contact de sa bouche chaude et sensuelle réveilla aussitôt les ardeurs de Carden.

— Pars, Seraphina, ordonna-t-il d'une voix ferme. Tout de suite. Sinon, je risque de te faire l'amour ici même.

— Voilà une menace qui ne me fait pas peur, Carden Reeves, riposta-t-elle avant de s'éloigner.

Elle traversa la pelouse en direction de la vaste et luxueuse demeure de lady Hatcher, suivie par le rire sonore de Carden. Peu importait qu'il l'aime ou pas, décida-t-elle. Quelle que soit la place qu'il lui accordait dans son cœur, elle était heureuse. Elle voulait profiter pleinement de chaque moment passé ensemble. Et quand elle ne verrait plus la flamme du bonheur briller dans ses yeux gris, elle partirait. Mais elle aurait dans le cœur les souvenirs les plus précieux qu'une femme puisse posséder.

19

Elle s'immobilisa en les voyant côte à côte, près des palmiers qui ornaient la salle de bal. Seul, aucun des deux ne lui aurait paru intimidant. Mais elle n'était pas sûre d'être assez habile pour affronter Barrett et Aiden ensemble. Elle caressait l'idée de se faufiler discrètement dans la foule lorsque John Aiden l'aperçut et sourit.

— Donnez-moi la force, murmura-t-elle en plaquant bravement un sourire sur ses lèvres.

— Seraphina ! Chaque fois que je vous vois, je vous trouve encore plus belle qu'avant ! Vous êtes littéralement radieuse, ce soir. Tu ne trouves pas, Barrett ?

— Si, tout à fait, répondit son ami en luttant pour ne pas sourire. Les promenades au clair de lune semblent lui réussir à merveille.

Elle sentit ses joues s'empourprer, et se rendit compte, un peu tard, qu'elle n'avait pas accordé assez d'attention à son apparence. Il ne s'agissait pas seulement de sa robe ou de sa coiffure. Il y avait quelque chose dans son allure qu'elle n'avait pas su dissimuler.

— Carden vous a-t-il fixé une heure pour rentrer ? s'enquit Barrett en souriant franchement.

Elle battit des paupières, hésitant à répondre. Jusqu'à quel point devait-elle jouer la comédie ? Était-elle censée prétendre qu'elle ignorait où il se trouvait ? Ou bien avouer qu'ils s'étaient rencontrés dans la serre, mais qu'ils n'avaient fait qu'échanger des banalités ? Ou encore, abandonner tout espoir de leur faire croire quoi que ce soit puisque, visiblement, ils avaient tout deviné ?

Elle n'avait pas pensé à demander conseil à Carden. Les regardant à tour de rôle, elle finit par admettre :

— Je ne sais vraiment pas quoi dire.

Les deux hommes échangèrent un coup d'œil. Aiden recula imperceptiblement et fit signe à Barrett de prendre la parole.

— Seraphina, je connais Carden. Je n'approuve pas toujours ce qu'il fait, mais la plupart du temps je sais pourquoi il le fait. Il ne l'avouera jamais, mais la vérité, c'est qu'il est venu ce soir parce qu'il ne supporte pas la pensée de vous savoir en compagnie d'un autre que lui. Il veut mettre un terme à ces invitations, d'une façon ou d'une autre. Il l'aurait fait le soir où vous êtes sortie avec Aiden, mais l'affaire du tunnel l'en a empêché. J'espère que vous avez eu la sagesse de lui soutirer quelques promesses pendant que vous mettiez les choses au point dans le jardin.

— Des promesses d'une nature… non romantique, précisa Aiden.

Seraphina les considéra en silence, se rendant soudain compte de l'avantage qu'il y avait à avoir des amis masculins. Ils ne feignaient pas l'ignorance, ni que l'attirance physique entre deux êtres n'existait pas. Ils ne mâchaient pas leurs mots, sauf quand il s'agissait de préserver sa sensibilité féminine. Et tout ce qu'ils lui demandaient en retour, c'était d'agir de même et de leur faire confiance.

— Seraphina, insista Aiden, vous a-t-il au moins promis la fidélité ?

Elle acquiesça.

— Je crains toutefois qu'il ne puisse tenir parole très longtemps, reconnut-elle.

— Il pourrait nous surprendre, remarqua Barrett, l'air satisfait.

— Nous sommes vos amis et nous ferons tout ce qui est en notre pouvoir pour qu'il ne gâche pas la meilleure chose qui lui soit jamais arrivée, affirma Aiden.

Barrett approuva d'un signe de tête.

— Merci à tous les deux, murmura-t-elle.

Jamais elle n'avait eu d'amis aussi dévoués. Barrett lança un coup d'œil à la porte d'entrée et esquissa un sourire diabolique.

— Que croyez-vous qu'il fera si nous ne vous ramenons qu'au petit matin ?

— Ou mieux encore, à midi, renchérit Aiden, entrant aussitôt dans le jeu de son ami.

— Ne vous préoccupez pas de sa réaction. C'est *à moi* que vous aurez affaire si je n'ai pas quitté cette maison dans les cinq minutes.

Barrett se mit à rire et lui offrit son bras.

— Notre voiture nous attend. Allons d'abord nous excuser auprès de notre hôtesse.

— Ne prétendez pas que vous avez la migraine, Seraphina, conseilla Aiden. Personne ne vous croira. Vous êtes beaucoup trop… radieuse.

Il la gratifia d'un clin d'œil complice, et, bien que rougissante, elle ne put s'empêcher de rire.

C'était une décision impulsive et non dépourvue de conséquences. Mais Carden frappa quand même du pommeau de sa canne contre la cloison de l'attelage. La voiture s'arrêta derrière la file de véhicules qui attendaient dans l'allée. Il ouvrit la portière et sortit d'un bond.

Seraphina l'aperçut de loin. L'éclat de son sourire chassa les derniers doutes de Carden. Il avait eu raison. Barrett, en revanche, paraissait plus récalcitrant... Carden le vit hésiter, s'arrêter et échanger quelques mots avec Seraphina en fronçant les sourcils. Non, Barrett n'appréciait pas ce changement de programme. Il songeait aux possibles répercussions...

La jeune femme s'était tournée vers lui pour lui parler et Carden ne pouvait voir l'expression de son visage. Quand il vit ce dernier se rembrunir, puis soupirer avec résignation, il sut qu'il avait remporté la victoire.

L'air morose, Barrett escorta Seraphina jusqu'à la voiture.

— Quelle heureuse coïncidence ! s'exclama Carden en tendant la main à Seraphina. Puisque nous nous rendons au même endroit, il serait ridicule de prendre deux voitures. Barrett, je raccompagnerai Seraphina moi-même.

Barrett garda le silence et Seraphina le salua avec grâce.

— Merci pour cette charmante soirée, Barrett.

— Tout le plaisir fut pour moi, Seraphina.

Carden aida la jeune femme à monter dans la voiture. Il savait que, derrière lui, Barrett attendait en rongeant son frein. Refermant la portière, il fit un pas de côté, s'attendant presque à recevoir le poing de son ami en plein visage.

Mais ce dernier se contenta de grommeler :

— Nous aurons une discussion en tête à tête, demain.

Sachant parfaitement ce qui le tracassait, Carden opina.

— Tôt dans l'après-midi, ça te va ? Chez toi, dans le salon.

Plusieurs secondes s'écoulèrent, puis Barrett recula, apparemment convaincu que sa proposition était sérieuse.

— Excellente idée, dit-il sans cesser de le dévisager. La meilleure que tu aies eue depuis longtemps. Félicitations. Et merci.

— À demain.

Carden ouvrit la portière et grimpa dans la voiture. Il mourait d'envie de s'asseoir à côté de Seraphina et de la prendre dans ses bras. Mais, écoutant la voix de la raison, il s'installa en face d'elle. Il y avait un certain nombre de questions à soulever, de dures réalités à considérer. Cela devait être réglé avant qu'ils aient atteint Haven House, car il voulait qu'ils entrent dans la chambre l'esprit libre.

L'attelage se mit en route. Seraphina s'enfonça dans les coussins et s'humecta les lèvres.

— Je croyais que tu devais m'attendre dans le hall ?

Il sentit son désir renaître sur-le-champ.

— J'ai décidé que je ne pouvais pas attendre aussi longtemps.

— Barrett affirme que nous allons déclencher un scandale en partant ensemble, et qu'une dame ne quitte pas une réception sans son escorte, sous peine de provoquer les pires commérages.

— Il a raison, reconnut Carden. Cela t'ennuie ?

Seraphina l'observa en silence. Elle avait deviné juste. Il n'avait pas l'intention de profiter de ce court trajet pour s'offrir un interlude passionné avec elle, mais bien plutôt de discuter des différents aspects de leur relation. Il faudrait en passer par là tôt ou tard... Le plus tôt serait le mieux.

— Comme je l'ai fait remarquer à Barrett tout à l'heure, commença-t-elle, le scandale que provoquera la nouvelle que mon mari est toujours vivant, sera si considérable qu'il étouffera celui que notre départ ensemble devrait occasionner.

— En effet. Et à part le meurtre, je ne vois rien qui nous permette de l'éviter. Mais dans l'intérêt des enfants, nous ferons tout ce qui sera en notre pouvoir pour faire taire les ragots. Dans cette perspective, j'ai un instant considéré la possibilité de vous envoyer vivre toutes les quatre chez Honoria. Mais j'avoue que l'idée de vous laisser sous sa coupe ne m'enthousiasme guère.

— Merci.

— La deuxième solution, poursuivit-il d'une voix tendue, consiste à vous laisser chez moi avec le personnel, tandis que j'irai habiter chez Barrett en attendant de me trouver une autre demeure.

Seraphina haussa les sourcils.

— Tu serais chassé de chez toi à cause des amateurs de ragots ? Ce n'est ni juste ni justifié.

Il parut méditer cette observation, puis suggéra :

— En attendant de trouver une maison pour toi, alors ?

Posséder sa propre maison. C'était une idée qu'elle n'avait jamais envisagée. Pour la bonne raison que, jusqu'à présent, c'était tout à fait hors de sa portée.

— C'est en général ce que les hommes offrent à leur maîtresse, remarqua-t-elle pensivement.

— Parce qu'une maîtresse dépend financièrement de son amant, lui rappela-t-il. Ce n'est pas ton cas, Seraphina. Si tu as envie d'acheter une douzaine de maisons, tu peux te les offrir. Tu n'as nullement besoin de moi.

— Si, Carden. J'ai besoin de toi.

— Pour quoi ? interrogea-t-il calmement. Cite une seule chose pour laquelle tu aies vraiment besoin de moi.

Elle avait besoin de son sourire, de sa voix, de son rire enjoué. Elle avait besoin de le contempler, les manches retroussées, un verre de cognac à la main. Besoin de savoir que, quoi qu'il arrive, il veillerait toujours à la sécurité de ses proches. Elle avait besoin de ce qu'il lui faisait éprouver lorsqu'il lui murmurait des propositions indécentes, lorsqu'il la touchait, lorsqu'il plongeait son regard dans le sien, lorsqu'il éveillait en elle une passion dont elle n'avait jamais soupçonné l'existence. Elle avait besoin de l'aimer de tout son être et d'espérer qu'un jour il l'aimerait en retour.

Mais elle savait que ce fragile espoir volerait en éclats si elle répondait franchement à sa question. Ce risque-là, elle n'était pas prête à le prendre. Cependant, il méritait une réponse.

Il sentit son cœur bondir dans sa poitrine. Cette lueur dans ses yeux... ce sourire séducteur... Elle s'avança sur son siège, et aussitôt, une vague de désir brûlant le submergea. Lorsque ses mains fines se posèrent sur ses genoux, il durcit instantanément.

— Veux-tu que j'ordonne au cocher de prendre le trajet le plus long ? s'enquit-il, le cœur battant furieusement.

Elle fit glisser ses mains le long de ses cuisses et demanda :

— Quel avantage à cela ?

Il jeta sa canne de côté, lui attrapa les poignets, l'obligeant à cesser la délicieuse torture à laquelle elle le soumettait.

— Cela me donnerait le temps de t'enlever ta crinoline.

Elle se pencha en avant, lui effleura le cou de ses lèvres, et chuchota :

— Et quel est l'avantage de prendre le chemin le plus court ?

L'avantage, c'était qu'il attendrait moins longtemps. Pourquoi diable lui avait-il laissé le choix ?

— Nous aurions un peu plus de temps que dans la serre de lady Hatcher. Mais pas beaucoup plus.

Elle déposa un baiser sur sa joue, s'écarta et libéra ses poignets. Elle était assise au bord de son siège, sa poitrine se soulevant au rythme de sa respiration. Elle lui sourit.

— Vous êtes un libertin, Carden Reeves.

— Je sais. Et vous êtes un ange déchu, Seraphina. Alors, quel trajet ?

— Le plus court, déclara-t-elle avec un délicieux sourire coquin.

Elle marqua une pause, arqua un sourcil et ajouta :

— À moins, bien sûr, que cela n'ôte tout attrait au matelas de plume et aux draps de satin qui nous attendent à l'arrivée.

— Pas du tout. Les préliminaires rapides présentent certains avantages.

— Lesquels ?

— Une fois comblé, on est moins impatient lorsqu'on recommence ; on va plus plus lentement et on prend le temps d'apprécier son plaisir.

Elle sourit. Carden s'adossa à la paroi de la voiture et étendit les jambes devant lui. Tandis qu'il se protégeait, elle éteignit les lampes qui brûlaient à l'intérieur du véhicule.

— Tu ne vois pas d'inconvénient à ce que je froisse ma robe, cette fois ? demanda-t-elle en franchissant l'espace qui les séparait.

— Non.

Ses doigts se refermèrent sur ses poignets et il l'entraîna vers lui, l'aidant à garder l'équilibre dans la voiture qui brinquebalait sur les pavés. Elle glissa une jambe par-dessus lui.

Les mains viriles s'aventurèrent sous sa jupe, remontèrent sur ses hanches. Il voulut l'attirer sur lui, mais elle résista, s'appuyant sur le pied qui reposait encore sur le sol.

— J'aimerais froisser tes vêtements, chuchota-t-elle. Et en savourer chaque instant.

— Seraphina…

Elle décela une pointe d'amusement dans sa voix. Une pointe de défiance aussi.

— Je vois certains avantages à occuper la position dominante, ajouta-t-elle en se laissant glisser sur lui.

Sa chaleur, le poids de son corps sur le sien le grisaient. Sa façon de se frotter sur lui était un délice de sensualité. Les mouvements imprévisibles de la voiture rendaient le jeu encore plus exquis. Carden crispa les mains sur ses hanches et inspira brusquement en cherchant à s'insinuer dans sa douce moiteur. Elle se déroba, décidée à retarder ce moment le plus possible, à faire durer le plaisir.

S'il existait une femme au monde capable de rendre un homme fou de désir, c'était bien celle-ci... Elle était parfaite. Pas de demi-mesure. Pas de détachement non plus, ni de patience. C'était tout ou rien. Et il la voulait tout entière. *Tout de suite.* Éperdu, il tenta de reprendre le contrôle de la situation. Mais il n'y avait pas moyen de le faire en douceur, et il ne voulait pas la brusquer. Non. Jamais.

— Seigneur, Seraphina...

Elle perçut la note de frustration dans sa voix.

— Seraphina, ne te refuse pas, je t'en prie...

Alors elle céda, et s'offrit sans réserve, corps et âme.

Carden renversa la tête en arrière, ferma les yeux et laissa échapper un soupir de pur contentement. Et dire que Treadwell avait abandonné une femme pareille ! Il fallait que ce soit un fieffé imbécile. Mais après tout, tant mieux, puisque cela faisait son bonheur, à lui. C'était stupéfiant de découvrir qu'elle était capable de lui donner un plaisir aussi étourdissant. Il ne s'était jamais senti aussi vivant, alors même qu'il était absolument sans force.

Il la sentit bouger et resserra l'étreinte de ses mains sur ses hanches.

— Où vas-tu, mon ange ?

— La voiture s'est arrêtée, dit-elle, l'air inquiet.

Il ouvrit les yeux et sourit.

— Et alors ?

— Si jamais le cocher vient ouvrir la porte…

Il allait lui assurer que son cocher ne ferait jamais une chose aussi stupide, mais il se retint à temps. Il ne voulait pas qu'elle soupçonne la complicité qui existait entre son domestique et lui, et que les spectres d'aventures anciennes viennent hanter la voiture. Seraphina ne devait rien savoir de précis sur son passé. Il ne fallait surtout pas qu'elle se compare aux autres femmes qu'il avait connues… car il n'y avait aucune comparaison possible.

— Très bien, concéda-t-il en l'aidant à se relever. Soyons prudents, pour une fois.

Elle se rassit sur la banquette opposée. Il ôta sa protection et rajusta ses vêtements. Ils n'avaient pas fait preuve de tant d'imprudence, finalement. Certes, ils auraient pu causer un scandale s'ils avaient été pris sur le fait. Mais Carden avait fait en sorte de limiter les risques. Chaque fois qu'ils avaient fait l'amour, il s'était protégé, leur évitant à tous deux une multitude de complications. Carden Reeves ne prenait que des risques calculés. C'était extrêmement rassurant.

Mais elle ne pouvait nier que sa prudence l'attristait aussi. C'était un sentiment vague, et d'autant plus troublant qu'elle n'aurait su en expliquer l'origine. Au cours de son mariage, elle avait toujours insisté pour que Gerald la protège d'une grossesse. Mais avec Carden, elle n'en ressentait pas la nécessité. Elle ne voulait pas être protégée. Elle voulait des enfants.

Elle ferma les yeux, en espérant que la douleur qui venait de la transpercer allait s'évanouir. Il ne fallait souhaiter des enfants que si on était sûr que l'amour durerait. Carden ne l'aimait pas et ne lui avait rien promis de plus qu'une aventure. Elle connaissait ses conditions et les avait acceptées. Il fallait donc qu'elle accepte aussi qu'il n'y ait pas d'enfant. C'était bien mieux ainsi.

Elle l'entendit tourner la poignée de la portière et trouva le courage d'ouvrir les yeux, de sourire, de prendre sa main. De feindre que son cœur ne saignait pas.

Il vit passer une ombre fugitive dans son regard et devina que quelque chose la taraudait. Son regard s'assombrit de nouveau quand ils traversèrent le hall. Avait-elle changé d'avis, et préférait-elle ne pas le suivre dans sa chambre ? Mais... pourquoi ? Ils avaient pourtant déjà...

Peut-être redoutait-elle de se déshabiller ? Craignait-elle qu'il ne la voie nue ? Mais ce n'était pas une épreuve, songea-t-il avec un demi-sourire. Ils se sentiraient si libres, une fois débarrassés de leurs vêtements !

— Je vais jeter un coup d'œil aux filles, chuchota-t-elle en s'arrêtant devant la chambre des enfants.

— Pour l'amour du ciel, ne les réveille pas.

Mais elle avait déjà tourné la poignée et entrouvert le battant. Il retint sa respiration, attendant avec impatience qu'elle le referme. Mais au lieu de cela, elle se glissa dans l'embrasure.

— Où vas-tu ? murmura-t-il en la retenant par le bras.

— Mme Miller est tombée du lit. Si Camille se réveille et ne la trouve pas, elle se mettra à pleurer.

— Si tu la réveilles, c'est *moi* qui vais pleurer !

Elle eut un sourire éblouissant et ordonna dans un souffle :

— Attends-moi ici.

Bon sang, il n'avait pas l'intention d'aller où que ce soit sans elle ! Il la regarda traverser la pièce sur la pointe des pieds, ramasser la poupée et la caler sous les couvertures à côté de Camille. Alors qu'il s'apprêtait à pousser un soupir de soulagement, il la vit se baisser pour déposer un baiser sur les boucles brunes de la petite fille. L'air demeura prisonnier dans sa gorge et il eut l'impression qu'un feu liquide se répandait dans sa poitrine, réveillant le désir qui le tenaillait.

La jeune femme revint vers lui avec un doux sourire, attisant les flammes qui le consumaient. Ce n'était pas encore ce soir qu'il prendrait son temps pour la séduire et lui faire l'amour.

— Voilà, dit-elle en refermant la porte sans bruit. Ce n'était pas long, non ?

— Une éternité.

Il l'enlaça pour l'entraîner dans le couloir. Elle rit, noua les bras autour de son cou et se haussa sur la pointe des pieds pour l'embrasser sur la joue. Mais il la surprit en tournant la tête. Leurs lèvres s'unirent avec tendresse. Le soupir qu'elle poussa balaya ce qui restait de ses résolutions.

Il l'embrassa plus profondément, ouvrit à tâtons la porte de sa chambre et la souleva dans ses bras pour en franchir le seuil. Il refermait le battant d'un coup de pied lorsqu'une douleur fulgurante explosa sous son crâne.

20

Le grognement de douleur de Carden se répercuta en elle tandis qu'il s'effondrait. Seraphina se dégagea dans un effort désespéré pour le retenir et freiner sa chute.

Mais son poids l'entraîna au sol.

— Carden ! s'exclama-t-elle dans un sanglot. Mon Dieu, Carden, que se passe-t-il ?

Les bras drapés autour de ses épaules, elle roula avec lui sur le tapis.

C'est alors que des doigts durs lui encerclèrent douloureusement le bras. Et elle *comprit*. Son cri s'étrangla dans sa gorge et son cœur s'emballa follement. Elle se débattit pour échapper aux mains qui la traînaient à l'écart.

— Salut, Feenie, ricana l'homme en la remettant debout. Tu te souviens de moi ? Gerald. Ton mari.

Elle ne risquait pas de l'oublier. Ses traits étaient gravés dans sa mémoire. De même que le souvenir de sa poigne brutale. Et de la peur qu'il lui inspirait. De son odeur lorsqu'il avait bu. Les souvenirs étaient là, intacts. Une bouffée de haine la submergea.

— Tu ne me demandes pas ce que je fais là ?

Elle inspira et expira plusieurs fois avant de répondre d'une voix égale :

— Je le sais déjà.

— Tant mieux. Ça nous fera gagner du temps. Où sont tes dessins ? demanda-t-il en resserrant les doigts autour de son bras.

Elle tiendrait bon. Elle ne crierait pas, ne le supplierait pas de ne pas lui faire de mal. Pas question de lui offrir ce plaisir.

— Dans la serre, répondit-elle, les mâchoires serrées. Ils sont rangés dans de la toile cirée, à l'intérieur d'une caisse.

— Allons les chercher, fit-il en la poussant sans ménagement vers la porte.

Seraphina se prit les pieds dans le bas de sa robe. Le tissu se déchira et des perles roulèrent sur le sol alors qu'elle heurtait le lourd battant de chêne. Recouvrant tant bien que mal son équilibre, elle ouvrit la porte et se tourna vivement vers son agresseur.

— Je t'ai expliqué où ils se trouvaient, tu n'as plus besoin de moi. Prends-les et va-t'en.

Il eut un rire mauvais qui lui arracha un frisson de terreur.

— Je ne risque pas de partir en laissant la poule aux œufs d'or derrière moi.

— Et moi, je ne sortirai pas de cette pièce, rétorqua-t-elle fermement.

Il leva la main. Le sang de Seraphina se figea dans ses veines.

— Tu fais ce que je te dis, Feenie. Ou je loge une balle dans le crâne de ton amant, menaça-t-il en pointant le canon de son pistolet vers Carden.

Seraphina se mit à trembler de tous ses membres. L'esprit en ébullition, elle cherchait désespérément comment protéger Carden. Une détonation réveillerait toute la maison. Un homme sain d'esprit ne prendrait pas un tel risque. Mais Gerald était tellement obsédé par son désir de vengeance qu'il ne voyait rien d'autre. Du reste, quoi qu'elle fasse, il se pouvait qu'il tue quand même Carden. À moins qu'il n'en ait pas le temps.

Empoignant brusquement sa jupe, elle se rua vers l'escalier. Il poussa un juron avant de se lancer à sa poursuite. Sans hésiter, elle dévala l'escalier. Son regard tomba sur la canne que Carden avait, comme d'habitude, déposée sur la console de l'entrée.

Gerald la rattrapait. Par-delà les battements affolés de son cœur, sa respiration haletante, elle l'entendait, le sentait. Le coup l'atteignit alors qu'elle parvenait à la dernière marche. Elle perdit l'équilibre et tomba en avant.

Elle eut conscience de pousser un cri, puis tout se brouilla. Un bruit de porcelaine brisée, une flèche de douleur lui traversant le corps, un sentiment irrépressible de panique. Une petite voix intérieure lui cria de ne pas s'arrêter. Elle lui avait échappé, il fallait continuer, avancer tant qu'elle le pouvait encore.

Son regard balaya le sol. Prenant appui sur ses mains, elle réussit à s'agenouiller. La table s'était renversée. Gerald, allongé sur le sol, tentait de se redresser. Le sol était jonché d'éclats de bois, de débris de porcelaine, de fleurs. Au milieu d'une flaque d'eau se trouvait le petit plateau d'argent. Et près de la porte d'entrée, la canne. Seraphina se mit à ramper vers elle à quatre pattes, gênée par sa crinoline et par l'étoffe de sa jupe qui s'enroulait autour de ses jambes.

Elle tendit la main, toucha la canne du bout des doigts, la ramena vers elle au moment précis où Gerald lui agrippait la cheville. Comme dans un cauchemar, elle sentit qu'il la tirait en arrière, puis qu'il la faisait rouler sur le dos. La seule chose qu'elle entendit clairement, ce fut le chuintement de la lame qui sortait du fourreau.

Sans trop savoir comment, elle parvint à s'asseoir et, tout en donnant des coups de pied à Gerald, elle agita l'épée devant elle, frappant au hasard. La lame fendit l'air avec un sifflement, déchira l'étoffe de la veste de son assaillant et lui entailla l'épaule.

Il jura et se rejeta en arrière, lâchant la cheville de Seraphina. Celle-ci frappa de nouveau, décidée à le faire reculer. La lame tourbillonna, s'abattit encore, déchirant cette fois le bas de son pantalon. Le sang jaillit et elle vit l'os blanc de sa jambe apparaître.

Il poussa un rugissement de douleur. Elle s'apprêtait à frapper une troisième fois, mais, contre toute attente il ne recula pas. Il bondit en avant, et elle laissa échapper un cri de rage lorsqu'il lui agrippa le poignet. Elle se débattit de toutes ses forces, sans succès. Lui serrant le poignet comme dans un étau, il l'obligea à ouvrir la main. L'arme tomba sur le sol avec un bruit métallique.

Il lui tordit alors le bras et tout se mit à tourner autour d'elle, tandis que la douleur se propageait dans tout son corps. Lorsque le tourbillon cessa et que la douleur s'apaisa, elle s'aperçut qu'il la maintenait fermement contre lui, lui encerclant la taille du bras. Devant elle, dans le corridor qui menait à l'arrière de la maison, elle reconnut la silhouette de Sawyer. Monroe se tenait juste derrière lui. Les deux hommes étaient en chemise de nuit, les yeux écarquillés.

Elle se tortilla, envoya des coups de pied en tous sens, et reprit espoir en voyant l'éclat d'une lame entre les mains de Sawyer. Mais le canon froid du pistolet se pressa alors contre sa tempe et les deux domestiques se figèrent sur place.

— Messieurs, vous allez nous laisser passer bien gentiment. Et toi…

Il se pencha et plaqua son menton contre la tête de Seraphina.

— Si tu essayes de m'échapper, je tue le vieux. Ou l'autre. Tu as une préférence, Feenie ?

Respirant avec difficulté tant il lui écrasait la taille de son bras, elle croisa le regard affolé de Sawyer.

— Faites ce qu'il dit, ordonna-t-elle. Quand nous serons partis, allez voir Carden. Il est blessé.

— Elle a toujours eu le sens du sacrifice, grommela Gerald, la bouche contre sa joue.

Elle ravala un haut-le-cœur tant il empestait l'alcool.

— Messieurs ! continua-t-il d'une voix forte, en la poussant devant lui. Restez contre le mur, les mains en l'air.

— Emmenez-moi à sa place, proposa Sawyer.

— Du balai ! hurla Gerald.

Sawyer et Monroe obéirent à contrecœur, et Gerald la traîna dans le corridor, le canon du pistolet toujours collé à sa tempe.

Un mouvement dans l'escalier attira l'attention de Seraphina. Elle croisa le regard terrifié d'Amanda, de Beatrice et de Camille. Derrière elles, Anne, blanche comme un linge, avait la main plaquée sur sa bouche.

Impossible de les rassurer. Le moindre mouvement de sa part risquait de les mettre en danger. Elle leur adressa un petit sourire et s'efforça d'attirer l'attention de Gerald sur elle.

— Tu ne peux pas avancer plus vite ? Tu dois être le kidnappeur le plus lent de toute l'histoire du crime !

Il réagit comme elle l'espérait.

— Un seul geste, messieurs, et je la tue. Et vous avec. Toi, avance, ajouta-t-il en la poussant brutalement. Et n'essaye pas de me jouer un tour à ta façon.

Elle ne se fit pas prier, trop contente de l'éloigner des filles, et de laisser à Sawyer et à Monroe la possibilité d'aller soigner Carden.

— Ramasse-moi tout ça, et vite, ordonna-t-il en lui flanquant un coup dans le dos.

La pointe de sa chaussure s'accrocha à l'ourlet de sa robe. Le tissu se déchira davantage, des perles roulèrent encore sur le sol. Soulevant sa jupe en lambeaux, Seraphina se dirigea vers la caisse qui contenait ses dessins.

Elle rassembla ceux qu'elle avait déjà sortis et les entassa dans la caisse, par-dessus les toiles cirées qui contenaient le reste de la collection. Du coin de l'œil, elle aperçut un éclair blanc près de la porte. Sa gorge se noua et les larmes lui montèrent aux yeux.

« Non, ne vous occupez pas de moi, supplia-t-elle silencieusement. Allez voir Carden. »

De crainte que Gerald ne s'aperçoive qu'ils étaient suivis, elle souleva la caisse et le considéra d'un air de défi.

— Et où voulez-vous porter ceci, mon cher mari ?

— Là-bas, fit-il en désignant d'un mouvement de tête la porte de la serre qui ouvrait sur le jardin.

Il pressa la pointe du pistolet contre sa poitrine et ajouta :

— Une voiture m'attend dans l'allée, derrière la maison. Va jusqu'à la porte et tâche de ne rien faire tomber en route.

Seraphina obéit, semant autour d'elle des dizaines de perles de cristal. Le bois pourri de la caisse s'effritait sous ses doigts. Elle caressa un instant l'espoir que la caisse se fende et que son contenu s'éparpille dans le jardin. Si cela se produisait… elle n'hésiterait pas à ramasser une pointe de bois pour la lui enfoncer dans le cœur.

Hélas, la caisse tint bon ! La grille du fond était déjà ouverte et un fiacre attendait dans l'allée déserte. La portière était béante et, sans attendre qu'il le lui ordonne, elle déposa la lourde caisse sur le plancher et la fit glisser à l'intérieur. En même temps, elle promena le regard d'un bout à l'autre de l'allée, cherchant désespérément un endroit où se réfugier, quelqu'un qui puisse lui venir en aide si elle criait.

Le coup qu'elle reçut projeta sa tête en avant. Puis elle se sentit tirée par les cheveux et ramenée sans ménagement en arrière. Des larmes de douleur jaillirent dans ses yeux..

— Monte.

Elle n'avait pas le choix. La tirant par les cheveux et par le bras, Gerald la hissa à l'intérieur du véhicule. Elle tomba sur la caisse, puis alla se réfugier dans le coin le plus éloigné de la banquette. La portière se referma avec un claquement sec et la voiture se mit en branle, projetant Gerald sur la banquette opposée. Il se redressa en jurant et lança à Seraphina un regard sombre. Sans lâcher son arme, il fourragea à l'arrière de la voiture.

La seconde d'après, il en exhumait une bouteille à demi pleine. Il arracha le bouchon avec ses dents puis, après avoir craché celui-ci, grommela :

— Je vais te faire payer le sale tour que tu m'as joué, Feenie. Tu regretteras d'avoir croisé mon chemin.

Cela faisait des années qu'elle le regrettait, mais elle se garda bien de le lui dire. Si elle se taisait, si elle évitait de le regarder ou de le provoquer de quelque manière que ce soit, il se concentrerait sur son whisky et oublierait sa présence. Quand la bouteille serait vide, il fermerait les yeux et sombrerait dans l'inconscience. À ce moment-là, elle aurait une chance de s'échapper. Elle l'avait déjà fait des centaines de fois. Elle avait dû apprendre la patience pour survivre.

À l'intérieur de sa tête, tout était blanc et confus. Mais l'odeur qu'il inhala soudain était encore plus épouvantable que la douleur. Il ouvrit les yeux.

— Jésus, marmonna-t-il en repoussant la main qui tenait l'horrible petite fiole.

— Non, monsieur, ce n'est que Sawyer.

Il le savait, bon sang ! Mais il avait trop de mal à rassembler ses pensées pour répondre. Il était dans sa chambre, sur le sol, et il souffrait d'un abominable mal de crâne. Tout ce qu'il se rappelait, c'était qu'il avait franchi le seuil avec Seraphina et...

Son estomac se contracta et son sang se glaça d'effroi.

— Je vous en prie, monsieur, n'essayez pas de vous lever, conseilla Sawyer en lui maintenant les épaules au sol. Vous avez reçu un sale coup à l'arrière de la tête.

— Je sais, merci, rétorqua-t-il en repoussant le majordome pour tenter de s'asseoir. Où est Seraphina ?

Sawyer lui entoura les épaules du bras pour l'aider à se relever ; la chambre se mit à tournoyer follement autour de lui.

— Nom d'un chien, Sawyer, marmonna-t-il en agrippant la chemise de nuit du majordome pour l'empêcher de tourner avec la chambre, où est Seraphina ?

— On l'a emmenée, monsieur. De force.

Nouvelle contraction de l'estomac, suivie d'un haut-le-cœur. Carden fixa Sawyer dans les yeux, se concentrant sur ce qu'il disait.

— Continuez, Sawyer.

— J'ai envoyé Monroe chercher M. Stanbridge et M. Terrell. Si, comme je l'espère ils étaient encore chez lady Hatcher, ils ne devraient pas tarder à arriver, monsieur.

Il secoua le majordome, fou de rage et de désespoir.

— Qui l'a emmenée ? Vous l'avez vu ?

— Comme je vous vois, monsieur. Un homme grand et plutôt maigre. Un Américain, d'après son accent. Et de la pire espèce.

— Gerald, murmura-t-il, les poings crispés sur la chemise de nuit du majordome.

— Il ne s'est pas présenté, monsieur.

— Comment était Seraphina quand il l'a emmenée ? Blessée ?

— Elle était excessivement inquiète pour vous, monsieur.

Dieu tout-puissant, il avait parfois envie d'étrangler le bonhomme ! Se carrant sur ses jambes, Carden attira le domestique plus près.

— Sawyer, oubliez que vous êtes majordome et parlez franchement. Cet homme a-t-il blessé Seraphina ?

— Il semble qu'il lui ait cogné dessus à plusieurs reprises, monsieur. Néanmoins, elle était encore capable de se défendre.

Il ne l'avait donc pas emmenée inconsciente. Elle possédait encore assez d'énergie pour résister. La vague de soulagement qui déferla en lui était telle que la pièce se mit de nouveau à tourner autour de lui. Il relâcha Sawyer, se dirigea en titubant vers l'armoire et agrippa le montant pour garder l'équilibre.

— Toutefois, reprit Sawyer, la résistance de Mlle Seraphina flancha considérablement lorsqu'il brandit son pistolet et menaça de tirer sur Monroe ou sur moi. Je suis sûr qu'il aurait volontiers menacé Mme Blaylock et le cuisinier si ça n'avait pas été leur soir de sortie, monsieur. Ce Yankee était prêt à tirer sur tout le monde.

Mon Dieu, Seraphina ! Il imagina son regard face au pistolet. Malgré sa peur, elle s'était montrée courageuse. Il la connaissait. Et il n'était pas là pour la protéger. Elle avait bravé le danger seule. Et elle était encore seule avec ce monstre.

— Que diable s'est-il passé dans le hall ?

Aiden ! Carden pivota d'un bloc pour faire face à son ami.

— Dans le hall ?

— C'est le bruit de la console se renversant qui m'a réveillé, se hâta d'expliquer Sawyer. Pareil pour Monroe. Quand nous sommes arrivés, Mlle Seraphina était aux prises avec son assaillant. C'est sans doute pure supposition de ma part, monsieur, mais je crois qu'elle a essayé de le transpercer avec votre épée.

— À en juger par le sang répandu, ajouta Aiden, elle a en partie réussi. Tu vas avoir une sacrée bosse, mais tu t'en sortiras, enchaîna-t-il en examinant le crâne de Carden.

— Vous êtes sûr qu'elle n'a pas été blessée, Sawyer ?

— Je pense que je m'en serais aperçu, monsieur. Le Yankee saignait abondamment.

Carden adressa au ciel une prière de reconnaissance.

— Mais je dois préciser, monsieur, qu'il ne semblait pas s'en rendre compte. Rien d'étonnant, du reste, car il émanait de lui une forte odeur d'alcool.

En effet, les ivrognes ne sentaient pas la douleur. Il laisserait donc ce saligaud cuver son vin avant de faire justice. Et ensuite, il apprendrait à Seraphina à se servir d'une épée. Mais il fallait d'abord la retrouver. Chaque seconde qui passait l'éloignait davantage. Lâchant le bord de l'armoire, il redressa les épaules. Son crâne lui faisait un mal de chien, mais il s'efforça de se concentrer.

— Un de mes hommes a été assommé et l'autre a disparu, annonça Barrett en pénétrant dans la pièce.

Son regard froid lançait des éclairs.

— Tes hommes ? répéta Carden sans comprendre.

— Je te croyais toujours dans les tunnels du métro. Seraphina m'a appris que tu étais rentré alors que nous nous rendions chez lady Hatcher, expliqua-t-il en ôtant ses gants. Je n'avais donc pas dit à mes hommes de quitter leur poste. L'un d'eux s'est visiblement frotté à Treadwell – Monroe est en train de le soigner. J'ignore où est passé le deuxième.

Sawyer s'éclaircit la voix.

— Serait-ce par hasard un petit homme maigre, monsieur ?

Tous trois se tournèrent vers le majordome, et Barrett demanda :

— Vous l'avez donc vu, Sawyer ?

— Le Yankee a emmené Mlle Seraphina dans la serre, puis ils sont sortis par le portail de service, au fond du jardin. Monroe était déjà parti vous chercher. Je les ai donc suivis dans l'espoir de parvenir à secourir la dame. Malheureusement, l'occasion ne s'est pas présentée, et l'homme l'a obligée à monter dans un fiacre qui attendait dans la rue. Ils se sont éloignés rapidement. C'est alors que votre homme est sorti des buissons et s'est mis à courir derrière le fiacre. J'ai d'abord cru que c'était un gamin des rues qui voulait se faire transporter à bon compte. Je serais infiniment soulagé d'apprendre que je me suis trompé, monsieur.

— C'est le cas, Sawyer, déclara Barrett en lui donnant une claque sur l'épaule. Joseph O'Mara est un de mes meilleurs limiers. Il ne perdra pas leur trace et me contactera dès que possible.

— Et tu crois que je vais rester assis là à attendre ? s'écria Carden.

Ce sale type tenait Seraphina en joue, et il devait se tourner les pouces ?

— Il n'y a rien d'autre à faire, riposta Barrett. Et ce n'est pas en te mettant en colère contre moi que tu feras avancer l'enquête.

— Désolé, marmonna Carden.

Sawyer se racla de nouveau la gorge.

— Je vous demande pardon, monsieur, mais il y a autre chose.

Carden haussa les sourcils, grimaça de douleur et fit signe au majordome de continuer.

— Monroe et moi ne sommes pas les seuls à avoir été réveillés par les bruits de lutte, monsieur. Vos nièces ont vu cet homme malmener Mlle Seraphina et l'emmener.

Un crime de plus que Gerald Treadwell allait payer cher !

— Où sont-elles ?

— Dans leur chambre avec Anne, monsieur.

— Je vais leur parler.

Il se dirigea vers la chambre des enfants d'un pas décidé, bien qu'il n'ait pas la moindre idée de ce qu'il convenait de leur dire. À part leur demander pardon de n'avoir pas su protéger Seraphina...

— Monsieur ?

Carden se retourna. Sawyer se tenait au pied du lit. Il lui tendit un petit pistolet en métal.

— J'ai confisqué ceci à Mlle Beatrice, expliqua-t-il. Soyez prudent, monsieur. Il est chargé.

Carden se figea de surprise. Puis, le cœur battant, il demanda :

— Où l'a-t-elle trouvé ?

— Je n'en ai aucune idée, monsieur. Je revenais du jardin, quand j'ai croisé Mlle Beatrice dans la salle à manger. Visiblement, elle avait l'intention de tirer sur l'assaillant de Mlle Seraphina.

Doux Jésus ! Beatrice ? Mais elle n'avait que sept ans !

Aiden secoua la tête, impressionné.

— Ne lésine jamais sur l'argent de poche de cette enfant, mon vieux. Tu pourrais le regretter.

— Si vous n'avez plus de questions, monsieur, reprit Sawyer, je vais préparer une compresse froide pour votre tête. Si je peux faire quoi que ce soit pour vous aider à retrouver votre dame, n'hésitez pas à me le dire.

Le majordome gagna la porte. À cet instant, un déclic se produisit dans l'esprit de Carden, qui le rappela.

— Sawyer ? Encore une question. Quand Seraphina est-elle devenue ma *dame* ?

— Le jour où elle est entrée dans cette maison, monsieur.

Sawyer s'inclina avec raideur et sortit. Éberlué, Carden en vacilla sur ses jambes.

— Carden ? fit doucement Aiden. Nous la ramènerons.

C'était une possibilité. Une parmi d'autres, hélas ! Seraphina lui avait affirmé que son mari était un être brutal, déterminé et sans scrupules. Il avait pris ses avertissements à la légère, assurant que tout irait bien. Il s'était trompé. Il avait été aveugle. Seraphina, elle, connaissait le danger qui la menaçait. Elle avait même craint pour sa vie. Et à présent – trop tard –, lui aussi avait peur.

Il leva les yeux sur ses amis.

— Vous la ramènerez vivante ?

Aucun ne répondit. Dans le silence qui suivit, il ajouta :

— Ne me donnez pas d'espoir si vous n'êtes pas certains de réussir.

Il tendit le pistolet à Aiden et lui lança avant de sortir :

— Garde-le chargé, je veux l'emporter quand O'Mara nous fera signe. Je vous retrouverai dans mon bureau dès que j'aurai fini de parler aux filles. Entre-temps, s'il y a du nouveau, faites-le-moi savoir immédiatement.

S'immobilisant sur le seuil, il se retourna et les considéra tour à tour. Il se devait d'être franc avec eux.

— Il faut que vous sachiez… Quand nous aurons retrouvé Treadwell, je le tuerai. Si vous ne voulez pas être mêlés à cette affaire, je le comprendrai.

Ni Aiden ni Barrettt ne prononcèrent une parole, mais il lut l'assentiment dans leurs regards. Ils demeureraient à ses côtés jusqu'au bout. Il les remercia d'un signe de tête, eut une grimace involontaire de douleur, et alla retrouver ses nièces.

21

Jamais Seraphina n'avait eu aussi froid. Elle n'avait jamais vu non plus de rue aussi sordide ni aussi étroite que celle où elle avançait, la caisse contenant ses œuvres dans les bras. Des lumières blafardes s'échappaient des fenêtres, loin au-dessus des pavés de la rue. Toutes sortes de détritus nauséabonds jonchaient le sol, et son estomac se révulsait à chaque pas.

Impossible de réprimer le tremblement nerveux qui agitait son corps. Les doigts de Gerald lui encerclaient solidement le bras. Il la poussa vers un escalier qui menait à une allée sombre. Les marches en étaient glissantes, et elle pria pour que Gerald trébuche et tombe.

Il avait beaucoup bu, mais pas assez pour être complètement ivre. Sa voix était pâteuse, sa démarche vacillante. Cependant, la bouteille était encore pas mal pleine. Seraphina savait d'expérience que c'était la phase la plus dangereuse. Il pouvait encore marcher, réfléchir et surtout, frapper.

Toutefois, il continuerait de boire tant qu'il aurait de l'alcool. Et une fois qu'il ne resterait plus qu'un quart de la bouteille, elle aurait une chance de s'enfuir. C'était une question de minutes. Il suffisait de garder le silence et d'attendre le moment propice. Elle serait à Haven House avant le lever du jour. De retour dans la chambre...

Au souvenir de Carden gisant sur le sol, inerte, les larmes lui montèrent aux yeux. Elle s'efforça de les ravaler, sachant que si Gerald la voyait pleurer, il la frapperait.

Ils atteignirent une porte en contrebas. Gerald lui lâcha le bras et lui plaqua la main dans le dos pour la maintenir contre le battant de bois pourri pendant qu'il glissait une clé dans la serrure. La porte s'ouvrit en grinçant sur ses gonds. Il la poussa à l'intérieur d'une petite pièce sommairement meublée.

Deux fenêtres étroites, l'une donnant sur la rue, l'autre sur une allée à l'arrière, laissaient pénétrer tout juste assez de lumière pour distinguer un poêle en fonte, un lit étroit, une lampe posée sur une caisse et une chaise.

— Mets ça ici, ordonna-t-il en désignant du canon de son arme un espace entre le lit et le poêle.

Seraphina s'exécuta sans broncher.

— Assieds-toi !

Elle se dirigea en hâte vers la chaise et y prit place, les mains sur les genoux. Gerald déposa sa bouteille et son pistolet sur la caisse. Il se retourna vers elle. Elle vit venir le coup, mais ne parvint pas à l'éviter. Le monde bascula et tout devint uniformément gris. Plongée dans un brouillard épais, elle sentit le contact de la corde sur sa peau et comprit qu'il l'attachait à la chaise. Ni la peur ni le désespoir ne lui donnèrent la force de résister.

Fermant les yeux, elle baissa la tête afin qu'il ne voie pas les larmes qui roulaient sur ses joues. Il y eut le craquement d'une allumette, une odeur de soufre quand il alluma la lampe à huile. Puis il s'approcha du lit et elle entendit les paquets qui contenaient ses peintures glisser à terre. Trois grands coups, un bruit de bois sec qui se brise. Elle entrouvrit les yeux pour regarder.

— Saleté de pays, marmonna-t-il en ouvrant la porte du poêle. Pas une journée de chaleur depuis que je suis arrivé.

Il jeta une poignée de bois sur les charbons rougeoyants et attisa le feu.

Seraphina referma les yeux. Le lit craqua sous le poids de Gerald. Il avala plusieurs longues goulées de whisky, puis le silence retomba, et elle n'entendit plus que le faible craquement du feu dans le poêle.

Au bout de quelques secondes, elle souleva les paupières. Son cœur fit un bond quand elle croisa le regard de Gerald. Un sourire hideux éclaira son visage. Avec sa barbe de plusieurs jours il était plus répugnant que jamais.

— Je t'ai manqué, Feenie ?

Elle se mordit l'intérieur de la joue et, surmontant son dégoût, demanda :

— Qu'as-tu fait à Arthur et à Mary ?

— Je les ai tués, puis j'ai abandonné leur corps à la lisière de la jungle. Tu les aurais trouvés si tu avais cherché.

Il porta le goulot à ses lèvres et renversa la tête pour avaler une nouvelle rasade d'alcool.

— Peut-être pas, remarque, ajouta-t-il en s'essuyant la bouche de sa manche. Les cadavres disparaissent vite, dans la jungle.

— Pourquoi les avoir tués ? Tu aurais pu les abandonner à eux-mêmes.

Il fixa sa bouteille d'un œil goguenard.

— Parce que le vieux Arthur avait fourré son nez là où il ne fallait pas. Je ne pouvais pas lui expliquer d'où venait l'argent qu'il a trouvé dans mes affaires. Je n'avais pas le choix. Ou je les tuais, ou ils faisaient échouer mon plan.

Haussant les épaules, il ajouta :

— Je pouvais pas renoncer à mon plan…

— Qu'as-tu fait de mon argent ?

Il leva la bouteille, comme pour saluer.

— J'ai vécu comme un prince et soutenu de justes causes.

À la grande déception de Seraphina, il ne se remit pas à boire. Au lieu de cela, il cala la bouteille contre sa cuisse et ramassa quelques dessins éparpillés au pied du lit.

— Combien Somers t'a-t-il offert pour ça ?

— Rien. Il ne les a pas encore vus.

Il ricana, but une gorgée de whisky.

— Tu lui enverras une lettre demain matin. Tu exigeras deux mille livres. Compris ?

— Oui.

Les rouages de son esprit fonctionnaient à toute allure. Il enverrait sans doute un messager porter la lettre à l'éditeur. À en croire Carden, Somers serait prêt à lui offrir une somme deux fois supérieure à celle-ci. Peut-être se douterait-il que quelque chose ne tournait pas rond. S'il avait l'idée de questionner le messager…

— Tu es trop tranquille, Feenie, marmonna Gerald en se penchant pour l'étudier avec attention. À quoi tu penses ? Tu crois que tu pourras t'enfuir quand je serai endormi ? Comme d'habitude ? Tu comptes emmener la chaise avec toi, dis ?

Il renversa la tête en arrière et éclata d'un rire sonore. Seraphina tira nerveusement sur ses liens et risqua un coup d'œil vers la bouteille. Bientôt, il n'en resterait plus qu'un quart. Bientôt…

Cessant brusquement de rire, il bondit en avant et enroula les doigts autour de son cou. Elle ferma les yeux, retint son souffle, écœurée par son odeur. L'étreinte se resserra sur sa gorge.

— À quoi tu penses, Feenie ? Parle !

Elle le détestait. Plus qu'elle n'aurait cru possible de détester un autre être humain.

— Quand Carden te trouvera... commença-t-elle, les dents serrées.

— Ton amant.

Il la relâcha et se laissa retomber sur le lit en ricanant.

— Il ne doit pas être si...

Il hésita et laissa sa phrase inachevée. Seraphina comprit qu'il avait perdu le fil de ses pensées. Une faible lueur d'espoir réapparut.

Il but une gorgée d'alcool et dirigea le goulot de la bouteille vers elle.

— Il ne viendra pas, Feenie. Je lui ai réglé son compte. Je l'aurais abattu si tu ne t'étais pas enfuie à ce moment-là.

— C'est précisément pour éviter cela que je me suis enfuie, rétorqua-t-elle, dissimulant son soulagement.

— Tu te crois maligne, pas vrai ? Tu as toujours cru que t'étais plus... intelligente que moi.

Il but encore une gorgée et repoussa l'oreiller taché.

— Puisque t'es si finaude, dis-moi... ce que c'est que ça... marmonna-t-il en agitant deux morceaux de papier. Tu le sais pas, hein ? Ce sont des billets... Tu crois que ton amoureux viendra te chercher en... en Ar... Ar...

— Argentine.

Il lui lança un regard mauvais.

— Quand on sera là-bas, tu recommenceras à peindre. Ouais... Et je deviendrai vraiment riche...

Seraphina explosa. Sa colère était trop violente pour qu'elle puisse la contenir plus longtemps.

— Tu n'as pas pensé que tu laissais la poule aux œufs d'or derrière toi, quand tu as quitté Belize ?

Il eut un rire d'ivrogne, but encore une rasade de whisky.

— Savais pas... que tu valais autant... J'allais repartir te chercher... c'est là que je t'ai vue à Hyde Park.

Il leva de nouveau sa bouteille.

— Merci de m'avoir épargné le voyage, Feenie.

Elle tint sa langue, sachant que toute parole serait inutile dorénavant. Il avait atteint le niveau fatidique. À partir de maintenant, il ferait seul la conversation.

— Tu ne t'enfuiras plus, Feenie. Ça, non! Si je ferme les yeux, tu les fermes aussi.

Il posa la bouteille sur la caisse, se leva avec difficulté. Il vacilla un long moment sur ses jambes, puis se dirigea en titubant vers une petite étagère accrochée au-dessus du poêle.

Il dénicha un flacon parmi le bric-à-brac qui l'encombrait et revint vers Seraphina d'une démarche mal assurée.

— C'est du laudanum, annonça-t-il en dévissant le bouchon. Excellent pour garder les femmes à leur place... À la maison...

Elle faillit hurler de désespoir.

— Je suis attachée, tenta-t-elle. Je ne peux aller nulle part.

— Ça sera plus sûr comme ça, répliqua-t-il en pressant le bord du flacon contre ses lèvres. Avale.

Elle serra les lèvres et détourna la tête. Pas question d'avaler cette drogue.

Gerald la considéra avec fureur. Toujours titubant, il alla prendre son pistolet sur la caisse, revint vers elle et pressa le canon contre sa poitrine.

— Fais ce que je te dis!

Plus moyen de se dérober. Ravalant un sanglot, elle ferma les paupières et entrouvrit les lèvres. Il versa le liquide trop vite, si bien qu'une partie coula sur son menton.

— Avale encore! cria-t-il.

Elle s'étrangla et recracha le liquide. Alors seulement, il s'arrêta. Les larmes coulaient maintenant librement sur ses joues et elle se débattit, tirant sur ses liens.

— Ne crois pas que… que j'ai oublié ce… que tu m'as fait, marmotta-t-il en déposant le pistolet et la bouteille à côté du lit. Demain, Feenie. Quand je serai en forme… et que tu auras écrit la lettre… tu recevras la correction que tu mérites.

Il ramassa un des dessins et l'examina en se balançant d'avant en arrière. Un sourire étira ses lèvres, puis il froissa le papier et baissa les yeux sur elle. Elle comprit son intention, mais ne put rien faire pour se dérober. Lui attrapant le menton, il la força à ouvrir la bouche et fourra rudement la boule de papier entre ses lèvres.

— Tu peux toujours essayer d'appeler à l'aide ! dit-il en regagnant le lit.

Il se mit à rire, ramassa une poignée d'éclats de bois qu'il jeta négligemment dans le poêle sans même regarder.

— Vas-y, crie, fit-il, moqueur.

C'était fini. Elle n'avait plus aucun espoir. Déjà le laudanum faisait son effet, et elle sentit l'engourdissement la gagner. Elle n'était même plus inquiète. Elle avait tout essayé, mais Gerald avait gagné.

Ses yeux se posèrent sur le poêle. Elle regarda les flammes danser à l'intérieur, les braises rougeoyer. Il n'avait pas bien refermé la porte, des morceaux de bois pointaient à l'extérieur. Le feu allait les lécher doucement et ils finiraient par tomber sur le sol. Sa mère lui avait toujours recommandé de se méfier. Le feu tuait si souvent. Elle avait toujours été si prudente… elle n'aurait jamais cru que ça lui arriverait, à elle.

Un mouvement rapide la tira de sa léthargie. Elle fronça les sourcils et le vit clairement, suspendu au bout d'un des morceaux de bois qui dépassaient du poêle. La chaleur l'avait réveillé. Il tomba sur le sol et se précipita vers le pied du lit. Ses pattes jaunes émettaient un bourdonnement familier.

Seraphina battit des paupières et essaya de secouer la tête. Le laudanum, sans doute. Elle voyait des choses horribles qui n'existaient pas. Pas ici, à Londres. Quelle chance… Au moins, elle ne sentirait pas la morsure des flammes. C'était une bénédiction. Ses paupières semblaient de plomb. Elle lutta contre le sommeil qui la gagnait doucement. Au prix d'un effort surhumain, elle parvint à tourner la tête vers le lit.

Gerald était affalé sur le dos, la bouteille de whisky à la main. Ses jambes ensanglantées pendaient audessus du sol. Les peintures et les toiles cirées étaient éparpillées autour de lui. Et des petites boules jaunes et brillantes en sortaient en tourbillonnant. Une, puis deux…

Très vite, elle en perdit le compte. Ses yeux se fermèrent. Si seulement Carden pouvait la retrouver avant qu'il soit trop tard. Elle ne voulait pas mourir sans lui avoir dit qu'elle l'aimait.

Debout près de la fenêtre, les trois fillettes scrutaient l'obscurité. Assise dans un coin, près d'une lampe, Anne crochetait avec application. Elle leva la tête quand Carden entra, le salua brièvement, posa son ouvrage et sortit.

Il considéra ses nièces, cherchant encore ce qu'il allait leur dire et comment.

— Oncle Carden ! s'exclama Camille en se retournant.

Ses sœurs l'imitèrent. Le regard d'Amanda glissa sur lui et s'arrêta sur la porte. Il comprit qu'elle s'attendait à voir Seraphina dans son sillage. Camille, qui tenait sa poupée serrée contre son cœur, le contempla comme si elle espérait qu'il allait accomplir un miracle. Quant à Beatrice... son regard était celui d'une adulte. Elle savait déjà que les choses pouvaient mal tourner. Amanda et Camille gardaient espoir et ne demandaient qu'à être rassurées. Beatrice, elle, n'osait même pas espérer...

Bon sang, comment devait-il s'y prendre ?

— Tout va s'arranger, affirma-t-il d'une voix à la fois ferme et optimiste. Nous allons retrouver Seraphina et la ramener à la maison.

— Quand, oncle Carden ?

— Bientôt, Amanda. Nous attendons qu'un détective nous envoie un message pour nous dire où elle se trouve. Alors, je partirai la chercher avec M. Stanbridge et M. Terrell.

— C'est M. Treadwell qui l'a enlevée.

— Je sais, Beatrice.

Il s'assit au bord du lit pour être à la même hauteur qu'elle.

— Ce que je ne sais pas, en revanche, c'est où tu as trouvé le pistolet que Sawyer t'a confisqué.

— C'était celui de papa, répondit-elle d'une voix égale. Il en avait deux, rangés dans une boîte. Il en a pris un quand il est parti et nous avons emporté l'autre en quittant Belize. Je l'ai retrouvé dans les bagages et je l'ai caché dans ma malle. Mlle Seraphina ne savait pas que je l'avais pris.

— Pourquoi as-tu fait cela, Beatrice ?

— Parce que j'avais peur que M. Treadwell ne revienne la chercher. Et c'est ce qui s'est passé.

Les lèvres de la fillette se mirent à trembler et elle ajouta :

— Mais je n'ai pas réussi à charger le pistolet assez vite.

Des larmes jaillirent de ses yeux et coulèrent silencieusement sur ses joues.

Le moment était mal choisi pour lui demander où elle avait appris à charger une arme. Il verrait cela plus tard. Il l'attira à lui et l'étreignit doucement.

— Ce n'était pas à toi de protéger Seraphina, Beatrice, murmura-t-il. C'est moi qui devais m'en charger. Tu n'es pas responsable de ce qui s'est passé. D'accord ?

La fillette demeura muette quelques secondes, puis elle acquiesça en reniflant.

— Bien, reprit-il en lui posant les mains sur les épaules. Tu ne dois plus jamais toucher à ce pistolet. C'est compris ?

— Oui.

Il aurait insisté davantage si Camille n'avait posé la main sur son bras.

— Oncle Carden ?

— Oui, Camille ?

Beatrice s'écarta pour sécher discrètement ses larmes et Amanda vint s'asseoir près de lui, sur le lit. Mme Miller sous un bras, Camille se percha sur ses genoux.

— Anne nous a dit que vous aviez reçu un gros coup sur la tête.

— C'est vrai.

— Vous avez mal ?

Impossible de décrire la douleur qui lui vrillait le crâne.

— Très mal, répondit-il sobrement.

— Vous allez pleurer, dites ?

Un poids lui oppressa la poitrine et il eut soudain du mal à respirer. Peu lui importait la douleur, il avait connu pire. Ce qui le faisait souffrir le plus, c'était de savoir que Seraphina était en danger à cause de lui. Parce qu'il n'avait pas su la protéger. Il toussota et s'obligea à sourire pour rassurer sa nièce.

— J'en ai envie, avoua-t-il, mais je ne le ferai pas. Car cela n'arrangerait rien.

— Mais on a le droit de pleurer quand on a mal, oncle Carden. C'est ce que dit Mlle Seraphina.

— Oui, mais…

Mais pas quand vous étiez un homme et que les choses étaient arrivées par votre faute. Sa poitrine se contracta douloureusement. Vous n'aviez pas le droit de pleurer devant vos petites nièces… surtout lorsque la personne qui était en danger n'était pas encore tirée d'affaire.

On frappa un coup sec à la porte et Aiden passa la tête dans l'embrasure.

— O'Mara est arrivé, annonça-t-il avant de disparaître en laissant la porte entrouverte.

L'heure était venue d'agir. La douleur qui lui comprimait la poitrine se dissipa et il sentit son sang bouillonner dans ses veines.

— Je dois y aller, dit-il en soulevant Camille pour la déposer sur le lit. Vous allez rester avec Anne dans votre chambre. Je viendrai vous voir dès mon retour.

— Avec Mlle Seraphina ! ajouta Camille d'un ton enjoué.

— Avec Seraphina.

Amanda redressa les épaules.

— Nous allons dire une prière pour vous et pour Mlle Seraphina, oncle Carden.

— Merci, dit-il en gagnant la porte.

— Et une aussi pour l'âme de M. Treadwell.

Il s'immobilisa, la main sur la poignée de la porte et, se retournant, croisa le regard sombre de Beatrice.

— Il faudra que nous parlions, Beatrice.

— Oui, monsieur.

Elle soutint son regard sans ciller. Elle mourrait plutôt que de demander pardon pour ce qu'elle ressentait.

Dieu ait pitié de Gerald Treadwell, songea-t-il en refermant la porte derrière lui. Car personne d'autre ne s'apitoierait sur le sort de ce misérable.

— Laisse-moi entrer le premier, fit Barrett alors que la voiture ralentissait. Il est armé, et il vaut mieux pour Seraphina que tu ne sois pas blessé.

— Tu as intérêt à être plus rapide que moi, mon vieux, répliqua Carden en ouvrant brutalement la portière.

Il sauta à terre avant même que la voiture se soit immobilisée. Des millions d'étoiles tournoyèrent devant ses yeux et il dut fermer un instant les paupières. O'Mara le rejoignit sur le trottoir et désigna l'escalier. Carden voulut s'y précipiter, mais une poigne de fer le retint.

— Vas-y ! entendit-il Aiden hurler.

Il le retenait fermement par le col de sa veste. Carden sentit des flèches douloureuses lui transpercer le crâne, mais il tenta tout de même de se dégager. En vain. Aiden le tenait bien. Il vit Barrett prendre appui sur la rambarde de fer qui longeait les marches, l'enjamber d'un bond et disparaître dans l'obscurité. Il y eut un bruit de bois qui se brisait et alors, seulement, Aiden le libéra.

Il se précipita vers l'escalier, sachant que sa blessure à la tête ne lui permettrait pas de prendre le même chemin que Barrett. La douleur résonnait sourdement dans tout son corps, il franchit la porte et s'immobilisa. Barrett écrasait à coups de talon des morceaux de bois incandescents qui étaient tombés sur le sol. Treadwell était allongé, inerte, sur le lit. Seraphina, affalée sur une chaise…

En deux bonds, il fut près d'elle.

— Seraphina !

Luttant contre les larmes, il lui releva la tête, vit les traces de coups sur son cou, son visage, ses bras. Il ôta le papier froissé qui lui servait de bâillon et posa la main sur sa poitrine. Elle respirait encore. Mais si doucement. Si lentement…

— Seraphina ! répéta-t-il.

Après lui avoir appuyé le front contre son épaule, il sortit son couteau de sa manche.

— Ouvre les yeux, mon ange, la pressa-t-il. Une seconde. Rien qu'une seconde, pour que je sache que tu es vivante.

Elle battit des paupières, ses lèvres s'entrouvrirent. Ce fut suffisant pour le rassurer ; il sentit son cœur se gonfler de joie. Avec des gestes d'une infinie douceur, il l'adossa à la chaise et trancha les liens qui la retenaient prisonnière.

Barrett s'approcha de lui et chuchota :

— Voilà ce que nous allons dire, Carden. Les dessins de Seraphina ont été volés, tu m'as engagé pour les retrouver. John Aiden m'a assisté dans mon enquête. Nous avons retrouvé Reginald Carter tel qu'il est actuellement, inanimé sur ce lit. C'est l'histoire que je vais raconter aux policiers. Seraphina n'a jamais mis les pieds ici, et toi non plus. C'est compris ?

Il avait fort bien compris, mais il y avait une faille dans l'histoire. Il fut sur le point de le faire remarquer à son ami, mais cette pensée s'évapora quand il vit les poignets ensanglantés de Seraphina. Une rage folle, primitive, s'empara de lui. Il se redressa, et se tourna vers le lit, en proie à un désir de vengeance aveugle.

Mais Gerald Treadwell ne pouvait souffrir plus qu'il ne souffrait déjà. Son visage et son cou étaient affreusement enflés, sa langue bleuie lui sortait de la bouche, sa respiration était hachée, laborieuse. Visiblement, il était à l'article de la mort.

— Ramène Seraphina chez toi et occupe-toi d'elle, reprit Barrett. Nous nous chargeons du reste. Aiden, lança-t-il par-dessus son épaule, essaye de trouver un médecin. Je doute qu'il y en ait beaucoup dans le quartier, mais même un rebouteux fera l'affaire. Vite. Nous n'avons pas beaucoup de temps devant nous.

Carden détourna les yeux du mourant. Son regard s'arrêta sur une caisse posée à côté du lit, sur laquelle il reconnut le pistolet d'Arthur, le jumeau de celui que Sawyer avait confisqué à Beatrice et qui était maintenant coincé dans sa ceinture. Il eut soudain la certitude que son frère était vraiment mort et éprouva une sensation de perte et de regret qui le surprit lui-même.

— Sco... lo...

Il pivota sur ses talons en entendant la voix de Seraphina. Elle avait du mal à garder les yeux ouverts et tentait en vain de relever la tête. Un soulagement intense, merveilleux, l'envahit. Il alla s'agenouiller près d'elle et prit son visage entre ses mains.

— Chut, Seraphina, n'essaye pas de parler. Je t'emmène à la maison.

— pendre... chuchota-t-elle.

Il y avait dans sa voix une angoisse qu'il ne comprenait pas.

— Personne ne bouge ! ordonna Aiden avec tant de force que Carden se figea.

Son ami s'approcha et repoussa une mèche collée sur le visage de la jeune femme.

— Qu'avez-vous dit, Seraphina ? Répétez, je vous en supplie.

Le visage crispé par l'effort, elle murmura d'une voix à peine audible :

— Sco...

— Scolopendre ?

Elle se détendit visiblement, et Carden leva les yeux vers Aiden, demandant silencieusement une explication.

— L'un des insectes des tropiques les plus dangereux, les plus venimeux. Il est rapide et carnivore. Vorace. Si par malheur tu es sensible à son venin, tu risques de finir comme Treadwell.

Aiden considéra le lit et les dessins de Seraphina éparpillées sur les draps froissés.

— Il est là, quelque part. Nous avons intérêt à le retrouver avant qu'il ne choisisse l'un d'entre nous pour son prochain repas. Carden, secoue les jupons de Seraphina. Ses cheveux aussi. Ce saligaud grimpe et s'accroche partout.

Carden renversa Seraphina sur sa chaise, passa les mains dans ses cheveux et ressortit son couteau.

— Ce serait bien de savoir à quoi ressemble ce truc, marmonna Barrett.

Aiden écarta les mains d'une dizaine de centimètres.

— C'est long à peu près comme ça, brun foncé, avec des centaines de pattes jaunes. Le cousin exotique du mille-pattes. Ne touchez à rien avant de l'avoir examiné avec soin, ne vous appuyez pas contre les meubles.

Jurant à voix basse, Carden glissa la lame de son couteau sous le corsage de Seraphina et le coupa sur toute sa longueur.

— Que faut-il faire si on le trouve ?

— Servez-vous de quelque chose pour l'envoyer sur le sol et écrasez-le.

Barrett regarda dans sa direction juste comme il s'attaquait à la crinoline de Seraphina.

— Que fais-tu ?

— En dehors du fait que ce monstre risque de s'attaquer à elle...

Il s'interrompit pour la soulever afin de faire glisser la crinoline sur le sol. Puis il la prit dans ses bras et la serra contre lui.

— Imagine que quelqu'un me voie emporter une femme vêtue d'une robe rouge ? reprit-il en revenant à la partie du plan de Barrett qui le chiffonnait. Le sol était jonché de perles rouges quand nous sommes arrivés, Barrett. Même le plus obtus des détectives en tirerait des conclusions. C'est la faille principale de ton histoire.

— Mais des gens l'ont peut-être vue entrer ?

— Elle avait disparu quand vous êtes arrivés sur les lieux. Ils ne l'ont pas vue ressortir, c'est tout.

— D'accord. C'est plausible.

— La voilà, cette saloperie ! cria Aiden en flanquant deux violents coups de talon sur le sol.

— C'était une petite, constata-t-il en se penchant sur l'insecte aplati. Il y en a probablement d'autres. Faites attention.

Barrett lui lança un regard de côté et jura tout bas.

— Mets la robe et les cordes dans le poêle, ordonna Carden en emportant Seraphina vers la porte. Quand Aiden ira chercher le médecin, il n'aura qu'à jeter les cerceaux de la crinoline au coin d'une rue. Nous nous retrouverons chez moi. N'oublie pas de récupérer le pistolet, sur la caisse.

Abandonnant là ses amis, il transporta Seraphina jusqu'à la voiture. À peine eut-il déposé son précieux fardeau sur la banquette que le cocher fit claquer son fouet.

— Ma Seraphina, chuchota-t-il en ramenant sur elle la couverture qui restait en permanence dans la voiture. Ma douce, douce Seraphina.

Elle se tourna légèrement entre ses bras, cala sa joue au creux de son épaule.

— Je suis là, mon ange, souffla-t-il en resserrant son étreinte. Nous rentrons.

— Froid...

Il ouvrit sa veste et l'attira à l'intérieur. Puis, posant la joue sur sa tête, il inspira son parfum, grisé de la sentir ainsi blottie contre lui. Dire qu'il avait failli ne plus jamais la revoir !

— J'ai eu si peur de te perdre, murmura-t-il, la voix étranglée par l'émotion.

Avec un soupir, elle se lova contre lui en chuchotant son nom. Ce fut comme si l'énorme poids qui lui écrasait la poitrine lui avait été ôté. Son cœur parut se dilater à l'infini, un bonheur intense l'envahit tandis que la vérité se faisait jour en lui. Il n'essaya pas de résister, il voulait partager ce sentiment merveilleux avec elle.

— Je t'aime, Seraphina. Je t'aime de toute mon âme.

22

Seraphina se réveilla en sursaut. Reconnaissant le décor familier de sa chambre, elle se laissa retomber contre les oreillers. De retour parmi les vivants, songea-t-elle avec ravissement en contemplant le plafond. Elle bougea les bras et les jambes, fit jouer les muscles de son cou et de ses épaules, et décida qu'elle ne s'en sortait pas trop mal étant donné l'épreuve qu'elle avait traversée la nuit précédente. Seuls ses poignets et ses chevilles étaient encore endoloris par la morsure des cordes, et elle doutait de pouvoir supporter des bas ou des manches longues pendant un jour ou deux.

Levant l'un de ses bras à la hauteur de ses yeux, elle examina le bandage qui lui entourait le poignet. L'œuvre de Carden, sûrement. Il l'avait aidée à prendre un bain. Il faisait nuit. Il lui avait parlé doucement, l'avait embrassée et lui avait dit de rêver de lui. Elle avait ensuite sombré dans un sommeil sans rêve.

D'autres bribes de souvenirs émergeaient peu à peu. Ils n'étaient pas tous aussi clairs. Des petites mains glissant Mme Miller à côté d'elle, sur l'oreiller. Anne attisant le feu dans la cheminée. Sawyer lui tâtant le front.

En revanche, impossible de se rappeler comment elle était rentrée. Tout ce qui s'était passé après qu'elle eut vu la scolopendre ramper sur le lit avait été englouti dans un trou noir. Ce qui était tout aussi bien... Quant à ce qui avait précédé... Non, elle préférait ne plus y penser. C'était terminé. Elle avait survécu, Carden aussi. C'était le principal.

À présent il fallait sortir du lit et recommencer à vivre normalement. Un rai de lumière filtrait entre les tentures, il devait être midi. Oui, il était temps de se lever.

Elle s'étira longuement, repoussa les couvertures et s'assit. Sa robe de chambre était posée au pied du lit. Dessus, une petite pelle de jardin neuve, entourée d'un ruban rouge. Avec un sourire, elle s'en empara. Un bristol était attaché à l'autre extrémité du ruban.

Don Juan t'attend dans la serre.

Elle éclata de rire et s'empressa d'aller faire sa toilette. Quand elle eut attaché ses cheveux, enfilé ses mules et sa robe de chambre, elle partit en toute hâte à sa recherche.

C'était la chose la plus extraordinaire qu'elle ait jamais vue. La veille encore, la serre n'était qu'un lieu morne où se côtoyaient quelques malheureuses plantes desséchées. Mais aujourd'hui... Des palmiers aux feuilles vertes et gorgées de sève et une mutitude de feuillages luxuriants atteignaient la verrière. L'air humide et chaud était chargé du parfum enivrant des fleurs exotiques. Où qu'elle regarde, ce n'était qu'une explosion de couleurs.

La seule chose qui n'avait pas changé, c'était le mobilier. Les chaises étaient toujours telles qu'elle les avait disposées. Et son magnifique séducteur était assis là, les pieds posés sur la petite table de rotin. Il leva les yeux vers elle et son sourire lui parut plus ensorcelant que jamais. Refermant le livre qu'il était en train de lire, il se leva et vint à sa rencontre.

— Bonjour, mon ange, dit-il en l'attirant dans ses bras pour l'embrasser. Comment te sens-tu ?

Bien. En sécurité. Aimée.

— Beaucoup mieux que je ne m'y attendais, répondit-elle sobrement. Que s'est-il passé ici ?

— Lady Godwin a décidé qu'il lui fallait une nouvelle serre, sur le même modèle que celle que je construis pour lady Caruthers. Il faut détruire la sienne avant d'en bâtir une autre, mais elle ne savait que faire de sa jungle. Je lui ai généreusement offert de la prendre en gardiennage.

— Tout cela a été installé entre hier et ce matin ? Comment as-tu réalisé un tel miracle, Carden ?

— Tu as dormi pendant deux jours et deux nuits, Seraphina. Le médecin nous a expliqué qu'il fallait attendre que l'effet du laudanum se dissipe. Et pendant ton sommeil, ajouta-t-il en lui effleurant les lèvres d'un baiser, j'ai fait venir le paradis pour toi.

Le cœur de Seraphina se gonfla de bonheur et elle s'émerveilla de tant d'attention et de délicatesse.

— Et toi, as-tu dormi ? s'enquit-elle doucement.

— Quelques heures par-ci par-là. Mais cela me suffit. Veux-tu une tasse de thé ? Je t'offrirais bien un cognac, mais le médecin nous en déconseille l'usage à tous les deux pendant au moins une semaine. Jusqu'ici, j'ai respecté la consigne.

Elle scruta son visage en lui caressant la joue.

— Tu vas bien ? Gerald ne t'a pas blessé gravement ?

— J'ai juste une belle bosse à la base du crâne. Tu veux voir ?

— Oui.

Sans la lâcher, il se tourna à demi.

— Mon Dieu, Carden ! s'écria-t-elle en découvrant la bosse en question.

Il l'enveloppa d'un regard pétillant de malice.

— Camille prétend que ça soigne avec des baisers.

— Elle a raison.

Elle se hissa sur la pointe des pieds pour l'embrasser, retrouvant avec délices le goût incomparable de ses lèvres. Le paradis, c'était de pouvoir embrasser Carden Reeves. Elle y aurait volontiers passé sa vie entière, songea-t-elle en s'écartant légèrement.

— Tu me promets de ne pas le dire à Camille ? J'ai l'impression que tes baisers sont plus efficaces que les siens, avoua-t-il d'un air espiègle.

Elle rit, lui caressa les lèvres du bout des doigts.

— J'ai quelque chose à te montrer, reprit-il.

— Ta cicatrice sur la cuisse ? hasarda-t-elle en arquant les sourcils.

Il éclata de rire et lui prit la main.

— Ferme les yeux et fais-moi confiance.

Seraphina n'avait jamais éprouvé une confiance aussi totale et aussi spontanée avec qui que ce soit. Elle le suivit sans hésiter. Un bruit léger et cristallin lui fit dresser l'oreille.

— Carden ? N'est-ce pas de l'eau que j'entends ?

— L'ancien jardinier de lady Godwin est très pointilleux. Il tient absolument à créer ce qu'il appelle « une atmosphère authentique ». C'est aussi un as pour installer des tuyaux sous les rochers.

— *L'ancien ?* Il ne travaille plus chez lady Godwin ?

— Non, il travaille chez moi, à présent.

— Quand pourrai-je le voir ?

— Pas aujourd'hui. Je lui ai donné une journée de congé. Il l'avait bien méritée.

S'il avait réussi à transférer le contenu de toute une serre en l'espace de deux jours, il méritait non seulement une journée de congé, mais une médaille ! Ils approchaient de la cascade et le bruit devenait plus clair. Elle se trouvait sur leur droite et elle ne devait pas être très grande, car le bruit de l'eau était léger.

Carden s'arrêta.

— Reste là, ordonna-t-il. N'ouvre les yeux que lorsque je te le dirai.

Elle sentit qu'il passait derrière elle. Il posa les mains sur ses épaules, la fit pivoter sur ses talons.

— Tu peux ouvrir les yeux, mon ange.

Elle laissa échapper un cri émerveillé. Le jardinier avait reconstitué une anfractuosité de rocher recouverte de mousse et de verdure. La cascade était bien à l'endroit où elle le pensait, mais elle était plus importante que ce qu'elle avait imaginé. Elle s'élevait à au moins trois mètres. L'eau coulait silencieusement le long d'une pierre lisse et noire, et tombait dans un large bassin. Sur la gauche, on avait installé un lit à baldaquin garni de draps de soie.

— Ça te plaît ?

— Oh, Carden ! C'est comme dans un rêve.

— Est-ce que j'ai une place dans ce rêve ? s'enquit-il en lui enlaçant tendrement la taille pour lui déposer un baiser dans le cou.

— Tu y tiens le rôle principal, avoua-t-elle.

Sans cesser de l'embrasser, il dénoua la ceinture de sa robe de chambre.

— Tu me diras si je joue bien ? chuchota-t-il tandis que ses mains glissaient sur ses seins pour en taquiner les pointes à travers l'étoffe de la chemise de nuit.

Seraphina s'embrasa.

— Où sont les filles ? souffla-t-elle, affolée.

— Au parc avec Honoria, répondit-il en déposant une pluie de baisers dans son cou et sur sa nuque. Elles ont prévu de déjeuner ensemble ensuite. Elles ne reviendront que tard dans l'après-midi.

— Et Sawyer ?

— Je l'ai envoyé faire des courses urgentes.

Elle se sentait littéralement fondre sous ses caresses expertes.

— Aiden et Barrett ?

Carden lui dénuda l'épaule et y promena lentement les lèvres.

— Aiden s'occupe de ses bateaux. Barrett travaille sur une enquête. Je les ai invités à dîner ce soir.

Prise de vertige, elle ferma les yeux et remarqua d'une voix haletante :

— Tu as tout prévu.

— Je m'enorgueillis de toujours penser à tout, murmura-t-il contre sa peau.

Si elle ne faisait pas quelque chose pour calmer son zèle, elle ne tarderait pas à se dissoudre entre ses bras.

— J'ai remarqué, dit-elle en tournoyant sur elle-même pour poser les mains sur son torse, que vous vous enorgueillissiez de beaucoup de choses, Carden Reeves !

— Il se trouve que j'excelle dans de nombreux domaines, rétorqua-t-il en lui prenant la taille. Et je trouve la fausse modestie si ennuyeuse. Pas toi ?

— Il y a une différence entre modestie et humilité.

— Je ne suis pas doué pour l'humilité, reconnut-il avec un sourire.

— Je l'ai aussi remarqué.

— Qu'as-tu constaté d'autre, Seraphina ?

— Que tu es un architecte de talent, répondit-elle en laissant glisser ses doigts sur sa chemise.

Elle défit un bouton. Il compta mentalement... il n'en restait que trois jusqu'à la ceinture de son pantalon.

— Et puis ?

Un autre bouton céda sous ses doigts légers.

— En dépit de tes déclarations visant à faire croire le contraire, tu t'y prends très bien avec les enfants.

— Et ?

Elle dégrafa un troisième bouton et leva les yeux.

— Tu embrasses merveilleusement bien.

— C'est exact.

Comme pour appuyer ses propos, il inclina la tête. Ses lèvres rencontrèrent les siennes, tandis que ses mains s'aventuraient sur ses reins. Elle se cambra, pressa ses seins contre sa poitrine tout en lui rendant son baiser. S'enhardissant davantage, elle traça du bout de la langue les contours de ses lèvres. Il frémit sous sa caresse.

— Tu n'embrasses pas mal non plus, fit-il remarquer.

— C'est toi qui m'inspires.

— Ah, oui ? fit-il, le cœur battant.

— Tu m'inspires les désirs les plus… scandaleux. Les pensées les plus impudiques, poursuivit-elle en déboutonnant son pantalon.

— Là, c'est *mon* fantasme que tu réalises.

Elle sourit, haussa les sourcils.

— Nous pourrions peut-être combiner les tiens et les miens, histoire de voir ce que ça donne.

Il savait à l'avance ce que ça donnerait. Cette fois-ci. La fois suivante. Aujourd'hui. Demain. Chaque jour de leur vie. Il allait l'aimer. Éperdument, de toute son âme. Son corps ne lui appartiendrait plus, ce ne serait plus jamais lui qui déciderait. Elle le rendrait fou… fou de désir. Et il la laisserait faire, parce qu'elle était la seule femme au monde à détenir ce pouvoir. Et aussi parce qu'il ne se sentirait plus jamais aussi totalement comblé que lorsqu'il faisait l'amour avec elle.

— Aime-moi, Seraphina, souffla-t-il. Je t'en prie, aime-moi autant que je t'aime.

Elle ferma les yeux. Ses rêves et ses espoirs les plus fous devenaient réalité. Son cœur se gonfla de bonheur et elle eut l'impression de flotter sur un nuage.

— Je t'aime, Carden.

Il sourit, déposa un doux baiser sur ses lèvres. D'un mouvement souple, il fit glisser sa robe de chambre sur ses épaules, celle-ci tomba mollement à leurs pieds.

— Dis-moi ce que tu veux, Seraphina, murmura-t-il en plongeant son regard dans le sien.

— Toi.

La flamme de la passion s'alluma dans ses yeux gris.

— Tu as un désir particulier ?

— J'aimerais assez que tu sois nu, avoua-t-elle.

Il arqua un sourcil, sourit, fit un pas en arrière et attendit.

Seraphina fut transpercée par la flèche ardente du désir. Elle finit de déboutonner sa chemise d'une main tremblante. Elle explora son torse musclé, ses larges épaules, puis elle repoussa les pans de la chemise sur ses bras ; il s'en débarrassa d'un mouvement vif.

Elle recommença ses caresses, s'arrêta délibérément à hauteur des hanches, pressa ses paumes sur sa peau bronzée. Le souffle court, il lui agrippa les épaules, comme pour recouvrer son équilibre.

Son sourire s'effaça et il ferma les yeux lorsqu'elle lui caressa doucement le haut des cuisses. Elle se fit plus audacieuse, se rapprochant lentement de la source de son plaisir. Il laissa échapper un grognement sourd quand ses mains se refermèrent sur son sexe.

C'était la plus merveilleuse des tortures. Il s'y abandonna, conscient toutefois qu'il ne pourrait contrôler longtemps la lave brûlante qui lui incendiait les reins.

— Seraphina… tu me pousses à bout.

— Je sais.

Il ouvrit les yeux ; elle souriait, un sourire d'absolu contentement. Alors il saisit le devant de sa chemise de nuit et la déchira d'un mouvement sec. Les lèvres de la jeune femme s'arrondirent de surprise.

— Ça suffit comme ça, déclara-t-il en jetant sur le sol les lambeaux de tissu. Ce n'est pas encore cette fois-ci que nous prendrons notre temps.

Elle posa les mains sur ses hanches étroites, fit glisser le pantalon le long de ses jambes et rétorqua, provocante :

— Je n'ai peut-être pas envie de prendre mon temps…

Carden s'embrasa encore davantage.

— Mon ange, murmura-t-il en la contournant.

Il s'immobilisa derrière elle, et elle lui lança un regard par-dessus son épaule.

Il prit ses seins au creux de ses mains, en pressa tendrement les pointes entre ses doigts.

— Tu aimes ça, Seraphina ?

— Oui.

Il lui mordilla le lobe de son oreille, le caressa de la langue, tout en continuant de lui taquiner les seins.

— Et ça, Seraphina ? Ça te plaît ?

Les jambes flageolantes, les yeux clos, elle se laissa aller contre lui, certaine qu'il l'empêcherait de tomber. Il se plaqua alors contre elle, afin qu'elle n'ignore rien de son désir. Frissonnante, elle répondit dans un souffle :

— Oui.

Il la fit pivoter sur elle-même et, la soulevant dans ses bras, l'emporta vers le lit, les yeux plongés dans les prunelles dilatées qui reflétaient son désir.

Lui titillant doucement les seins, il s'inclina sur elle et frôla sa bouche de la sienne. Avec un soupir sensuel, elle noua les mains sur sa nuque pour l'attirer doucement à elle, les lèvres entrouvertes. Répondant à son invite, il approfondit son baiser, caressant, effleurant, envahissant.

Puis il s'écarta un peu, déposa des baisers légers comme des ailes de papillon au coin de ses lèvres, sur son cou, sur ses seins gonflés. Elle inspira longuement lorsqu'il approcha les lèvres de la petite pointe dressée, puis la taquina de la langue.

— Oh... Carden! balbutia-t-elle, éperdue.

Il souffla doucement sur sa peau humide, et sourit lorsqu'elle s'arqua désespérément vers lui.

— Tu aimes ça, Seraphina? chuchota-t-il, son souffle tiède comme une caresse impalpable sur son sein. Veux-tu que je recommence?

Pour toute réponse, elle se redressa en s'appuyant sur les mains, pressant ses seins contre la bouche de son amant. Il se soumit volontiers à son désir, suçant un bourgeon rose après l'autre.

— Dis-moi si tu aimes cela aussi, murmura-t-il avant d'en saisir un entre ses dents.

— *Oh, Carden...*

— Ça veut dire oui? s'enquit-il en s'intéressant à l'autre sein.

— Oui... Ne t'arrête surtout pas.

— Comme il te plaira.

Il tint parole et elle gémit, creusa les reins sous ses caresses. Fou de désir, il dut lutter de toutes ses forces pour résister à la tentation de la posséder dans l'instant.

Se redressant enfin, il la contempla longuement, puis posa les mains sur ses jambes et les fit remonter lentement le long de ses cuisses. Elle articula des mots sans suite, une supplication presque silencieuse.

Ses doigts s'aventurèrent entre ses cuisses et trouvèrent la source moite et brûlante de son plaisir.

— Veux-tu que j'arrête?

— Non. Je t'en *supplie*...

Elle était si près de basculer dans l'abîme.

— Ah, Seraphina, je devrais peut-être arrêter!

— Carden! s'écria-t-elle en lui agrippant frénétiquement les bras. Ne t'avise pas de me laisser ainsi!

Un large sourire s'épanouit sur ses lèvres tandis que la flamme du triomphe brillait au fond de ses yeux.

— Ne crains rien, mon ange. Je ne t'abandonnerai pas. Jamais.

Elle eut l'impression que son cœur allait éclater. Elle l'aimait. Elle aimait ce qu'elle ressentait auprès de lui, la façon qu'il avait de satisfaire ses désirs les plus secrets.

— Tu es un effronté, Carden Reeves. Et un affreux libertin, l'accusa-t-elle d'une voix haletante.

— C'est précisément pour cela que tu m'aimes, rétorqua-t-il.

L'attirant au bord du lit, il s'insinua entre ses jambes.

— Tu aimes être impudique, murmura-t-il.

— Seulement avec toi.

— Oui, Seraphina, fit-il en la saisissant aux hanches. Seulement avec moi.

Il s'enfonça lentement dans le fourreau soyeux de sa féminité. Elle frissonna de la tête aux pieds en l'accueillant, le retint profondément en elle. Il se retira, oh, à peine ! et la pénétra de nouveau. Pantelante, elle crispa les doigts sur les draps et se laissa emporter dans la spirale vertigineuse du plaisir en criant son nom.

Ils étaient tous deux à deux doigts d'atteindre l'extase. Déjà.

— Seulement avec moi, Seraphina, répéta-t-il, en équilibre au bord du gouffre. Seulement avec moi. Promets-le-moi.

Elle se cambra à sa rencontre, et murmura d'une voix à peine audible :

— Seulement toi, Carden.

— Toujours, insista-t-il en lui immobilisant les hanches. Toujours, Seraphina. Regarde-moi dans les yeux et promets-le-moi.

— Toujours, Carden… Il n'y aura que toi…

Il la souleva et plongea en elle, s'abandonnant totalement à la force de son désir.

Elle bascula dans l'océan de la jouissance avec un cri. Alors seulement, il rendit les armes et se laissa submerger par la vague puissante du plaisir, rejoignant sa bien-aimée dans ce monde mystérieux qui n'appartenait qu'à eux.

Elle voguait sur un nuage de félicité. Les bras de Carden l'enveloppaient, forts et protecteurs. Le bruit cristallin de la cascade accompagnait les battements sourds de leurs deux cœurs résonnant à l'unisson.

Toujours. Il lui avait demandé de l'aimer toujours. Elle sourit, et laissa échapper un soupir d'aise. Un jour, il y aurait...

Son cœur fit un bond dans sa poitrine.

— Qu'y a-t-il ? murmura Carden en lui embrassant la tempe.

Elle s'appuya sur le coude, et le regarda.

— Tu as oublié de te protéger.

— Je n'ai pas oublié, répondit-il doucement. C'était un choix délibéré.

— Merci, souffla-t-elle.

Le bonheur qu'elle éprouva en cet instant était si total qu'il lui parut impossible qu'une autre femme avant elle ait pu en éprouver de semblable.

Une lueur malicieuse scintilla dans les yeux de Carden.

— Tu vas être obligée de m'épouser, tu sais. Cela créerait un terrible scandale si tu refusais.

— Je ne voudrais pas que ta réputation en souffre.

— Je pensais surtout à la tienne, riposta-t-il en riant. En ce qui concerne la mienne, il est déjà trop tard. C'est un désastre.

— Qu'ils disent ce qu'ils veulent, répliqua-t-elle en se lovant contre lui. Je m'en moque.

Il lui prit la main et leurs doigts s'entrelacèrent.

— Merci de t'être montrée aussi patiente avec moi, mon amour.

— J'étais prête à attendre l'éternité, Carden Reeves.

Oui, l'éternité. Avec Seraphina.

Où qu'il soit, tant qu'il l'aurait à ses côtés, ce serait le paradis.

Découvrez les prochaines nouveautés des différentes collections J'ai lu pour elle

AVENTURES & PASSIONS

Le 7 mars

Les noces de la passion ☙ **Laura Lee Guhrke**
Lord Hammond est ruiné ? Lady Viola n'en a cure. Folle amoureuse, elle l'épouse. Très vite pourtant, il lui faut déchanter : John ne l'aime pas, ne s'intéresse qu'à son argent… et s'affiche avec d'autres femmes ! C'en est trop pour Viola qui lui interdit sa chambre. Neuf ans plus tard, en mal d'héritier, John doit la reconquérir…

Inédit ***Les fantômes de Maiden Lane - 1 - Troubles intentions*** ☙ **Elizabeth Hoyt**
Persuadé que l'assassin de sa maîtresse se cache à St. Giles, le plus sordide quartier de Londres, lord Caire demande à la douce Temperance, une jeune veuve à la tête d'un orphelinat, de le guider dans les sombres ruelles. En échange, il l'introduira dans la haute société. Mais Temperance n'est pas aussi innocente qu'elle n'en a l'air…

Inédit ***Les péchés de Lord Cameron*** ☙ **Jennifer Ashley**
L'éternel séducteur Cameron MacKenzie se moque de savoir si Ainsley Douglas a une bonne raison de se trouver dans sa chambre. Six ans plus tôt, dans des cisconstances similaires, il l'avait laissée filer. Seulement cette fois-ci, il compte la garder à ses côtés et toute la nuit !

Le 21 mars

Le chevalier noir ☙ **Connie Mason**

1355. Raven prépare son mariage quand se présente au château le terrifiant Chevalier noir. C'est avec effroi qu'elle reconnaît Drake, celui qui, douze ans plus tôt, fut chassé du château par sa faute. D'un regard, la jeune femme comprend la haine qui l'habite. Et, le soir de ses noces, c'est Drake qui pénètre dans la chambre nuptiale...

Inédit ***Les insoumises - 2 - Verity*** ☙ **Madeline Hunter**

Aussitôt mariée de force au duc de Hawkeswell, Verity s'était enfuie, se faisant passer pour morte. Deux ans plus tard, abasourdi, ce dernier la retrouve. Entourées d'amies indépendantes et volontaires, Verity est devenue une nouvelle femme, qui exige l'annulation de leur union. Jamais ! Hawkeswell récupérera celle qui lui appartient et s'il le faut, en jouant de la ruse... Au moyen de trois baisers par jour.

Inédit ***Le clan Campbell - 1 - À la conquête de mon ennemie*** ☙ ***Monica MacCarty***

Craint et respecté de tous, Jamie Campbell appartient au plus puissant clan d'Écosse. Pour vaincre l'anarchie qui règne dans la région, il redoublera de ruse en demandant la main de Caitrina, la fille du chef des Lamont, un clan rival. Longs cheveux auburn, lèvres sensuelles... Face à la sublime Caitrina, le Highlander doit baisser les armes.

Le 7 mars

CRÉPUSCULE

Inédit **_Les Highlanders_ - 3 -**

La tentation de l'immortel Karen Marie Moning

Quand ce soir-là Lisa touche une étrange fiole, tout bascule. Transportée dans l'Écosse du XIVe siècle, elle se retrouve face à Circenn Brodie, un guerrier immortel qui a juré de tuer quiconque toucherait l'objet. Devant une telle beauté, Circenn tiendra-t-il sa promesse ? Une promesse qu'il a jadis faite à Adam Black, l'Elfe noir...

Inédit **_Le cercle des Immortels_ - _Dark-Dreamers_ - 2 -**

Au-delà de la nuit Sherrilyn Kenyon

Née sur le mont Olympe, la déesse Leta vit et se déplace dans les songes des Humains, des êtres dont elle ne connaît que les pensées. Si leur monde lui est totalement inconnu, Leta doit pourtant s'y infiltrer et retrouver Aidan.... Aidan, le seul homme capable de la protéger contre l'effroyable ennemi qui la pourchasse et l'a bannie du royaume des rêves.

Le 7 mars

PROMESSES

Inédit

Sexe, mensonges et idéaux

Rachel Gibson

Quinn McIntyre, détective à la recherche d'une tueuse en série qui opère par Internet, se fait passer pour un habitué des sites de rencontres. La suspecte numéro 1 ? Lucy Rothschild. Certes, cette jolie blonde n'a pas l'allure d'une tueuse mais on n'est jamais trop prudent. Très vite, Quinn se surprend à espionner Lucy plus par plaisir que par devoir...

Inédit

Les Chicago Stars - 5 - Folle de toi

Susan Elizabeth Phillips

Son métier, Molly Somerville l'adore. Auteur de livres pour enfants, elle est pleinement épanouie. Quant à sa vie intime, c'est autre chose. Ado déjà, elle était folle amoureuse de Kevin Tucker, le quarterback des Chicago Stars, l'équipe que dirige sa sœur Phoebe. Talentueux, adorable, Kevin est parfait. Si ce n'est qu'à ses yeux, Molly n'existe pas. Jusqu'à ce week-end dans le chalet familial...

Et toujours la reine du roman sentimental :

Barbara Cartland

« Les romans de Barbara Cartland nous transportent dans un monde passé, mais si proche de nous en ce qui concerne les sentiments. L'amour y est un protagoniste à part entière : un amour parfois contrarié, qui souvent arrive de façon imprévue.
Grâce à son style, Barbara Cartland nous apprend que les rêves peuvent toujours se réaliser et qu'il ne faut jamais désespérer. »

Angela Fracchiolla, lectrice, Italie

Le 7 mars
La belle et l'escroc

Le 21 mars
Les seigneurs de la côte

7819

Composition
CHESTEROC

Achevé d'imprimer en Italie
par GRAFICA VENETA
le 2 janvier 2012.

1er dépôt légal dans la collection : octobre 2005.
EAN 9782290040485

ÉDITIONS J'AI LU
87, quai Panhard-et-Levassor, 75013 Paris

Diffusion France et étranger : Flammarion